Wir gewinnen Freunde, durchqueren Kontinente und wir verlieben uns, nur um der Einsamkeit zu entfliehen oder aber um noch einsamer zu sein. Ist das die Bestimmung des Menschen? Kushank, ein junger Mann aus Bombay versucht darauf eine Antwort zu finden. Obwohl er auf der Suche nach seiner Identität nicht nur gute Erfahrungen macht, sieht er doch in Armut, Krankheit und Tod, in menschlichen Beziehungen und in der Sexualität stets auch die komische Seite.

Frauen spielen in Kushanks Welt eine große Rolle: die launische Aroti, die schöne und verletzliche Chandani, und eine rätselhafte Frau, die ihn vor langer Zeit verlassen hat, er sie aber nicht. Wie schon in seinem Roman „Gottes kleiner Krieger" verbindet Kiran Nagarkar das Komische und das Tragische, das Brutale und das Zärtliche. Nagarkar ist einer der erstaunlichsten Erzähler der Gegenwart, voller Ironie, Witz und Lebenshunger.

Kiran Nagarkar, 1942 in Bombay geboren, veröffentlichte Romane, Theaterstücke und Drehbücher. Für seinen Roman „Krishnas Schatten" erhielt er die höchste Anerkennung der indischen Literaturakademie, den Sahitja-Award. Kiran Nagarkar lebt in Bombay.

Unsere Adresse im Internet: www.fischerverlage.de

KIRAN NAGARKAR

Sieben mal sechs ist dreiundvierzig

ROMAN

Aus dem Marathi, Hindi und Englischen von Ditte und Giovanni Bandini

Fischer Taschenbuch Verlag

Die gegenüber der Originalausgabe geringfügigen Änderungen und Kürzungen sind mit dem Autor abgesprochen.

Veröffentlicht im Fischer Taschenbuch Verlag,
einem Unternehmen der S. Fischer Verlag GmbH,
Frankfurt am Main, Juli 2010

Lizenzausgabe mit freundlicher Genehmigung
des A1 Verlag, München
Die Originalausgabe erschien unter
dem Titel „Saat Sakkam Trechalis“ bei Mauj Publications India

Druck und Bindung: CPI – Clausen & Bosse, Leck
Printed in Germany
ISBN 978-3-596-18194-0

Als er heimkam, war er sturzbetrunken. Wie so oft in letzter Zeit. Pratibha machte schnell die Tür hinter ihm zu, dass die häusliche Schande nur ja innerhalb der vier Wände blieb. Wie verängstigt oder wütend sie auch sein mochte, die Gesetze guter Nachbarschaft vergaß sie nie.

Dann, sie für sich allein in einer Ecke des Zimmers, und er, mittendrin, wie ein Schiedsrichter im Boxring. Schubste sie herum.

Beim ersten Mal hatte er seine Mutter geschlagen, und noch dazu voll ins Gesicht. Für Pratibha war das eine Genugtuung gewesen. Doch als er eines Tages wütend auf Pratibha war, ohrfeigte er auch sie und begann blindlings auf sie einzudreschen. Pratibha war ziemlich mollig. Ihr Babyspeck war nie richtig fest geworden. Er fand es befreiend, seine Hand auf einen solchen Körper loszulassen. Wirklich toll. Er scherte sich einen Dreck darum, was sie davon hielt. Drosch einfach drauflos. Im Vergleich zu Pratibha war die Mutter eher langweilig gewesen.

Und wenn er sie genug verprügelt hatte, bestieg er sie und kam zu einer erschöpften Befriedigung. Rein, raus, rein, raus. Sie: widerstrebend, kaputt, völlig fertig. Er: siegessatt, der fucking king of the world. Konnte dann sogar von Mitleid gepackt werden. Seine Handflächen brannten. Die vorquellenden Augen blutunterlaufen, seine schwächliche Unterlippe. Aber zu guter Letzt war er müde.

Er hörte ihre brüchige Stimme aus der sicheren Zimmerecke und kniff die Augen zusammen, um besser hören zu können.

„Wenn du mich noch ein Mal schlägst, verbrenn ich mich selbst! Ich hör jetzt auf niemanden mehr! Ich hab's ein für alle Mal satt! Mach, was du willst! Ich will nicht mehr leben! Sieh zu, wie du allein klarkommst! Dann kannst du dich um Anil und Jyotsna kümmern! Ich bin nicht mehr deine Frau! Ich will nicht mehr leben!" Und so weiter und so fort.

Er kicherte erst mal nur vor sich hin.

„Hure! Du willst mir drohen?" Wie Spucke sabberten ihm die Worte von den Lippen. „Mach doch, du Schlampe! Wer hält dich davon ab? Traust dich ja doch nicht, dich abzufackeln! Auf was zum Teufel wartest du noch?"

Er fasste sie unscharf ins Auge. Sie goss eine Flasche Petroleum über sich. Zischte: „Du wirst schon sehen ... Ich werd's dir zeigen ... Ich hab die Nase endgültig voll!"

Sie fing an zu zittern, als das Petroleum, das sie auf den Sari gespritzt hatte, an ihre Haut drang. Sie hielt ein brennendes Streichholz an einen Zipfel. Gelbe Flammen züngelten. Dazwischen Lila und Rot, am Rand sogar ein bisschen Blau. Irgendwie hübsch.

Ganz schön mutig, die dumme Sau! Er spähte mit zusammengekniffenen Augen zu ihr hinüber. Sie war ganz klein geworden.

„He, Pratibha, bist ja auf einmal ganz winzig geworden! Wie hast'n das hingekriegt?" Dann riss er die Augen wieder auf. „He, jetzt bist du irgendwie wieder fett. Klein – fett, klein – fett!"

Sie hatte angefangen zu schreien. Aus Leibeskräften. Wie ein abgestochenes Schwein. Rannte hektisch im Zimmer herum. Wie ein Gespenst liefen ihr die Flammen hinterher.
Sie versuchte, ihn zu umarmen. Da hörte der Spaß auf! Er riss sich los.
„He, hast du sie noch alle? Was soll das? Ich fang Feuer! Von wegen, ‚Ich hab's satt, kümmer du dich um Anil und Jyotsna!' Komm mir bloß nicht zu nah! Du blödes Miststück, ich hab verdammt nochmal keine Lust zu krepieren!"
Jetzt hämmerte es an der Tür. Sie schrie weiter wie am Spieß. Verdammt, das Miststück könnte tatsächlich sterben. Er ging öffnen.

Bevor sie bewusstlos wurde, noch bevor sie ins Krankenhaus gebracht wurde und die Polizei da war, klammerte sie sich an den Arzt. An seinen Arm. An ihr kümmerliches einsames Leben. Wieder und wieder. Nur das, nur das. Nur diese eine tausendfach wiederholte flehentliche Frage, Bitte, Forderung.
„Ich will leben! Ganz ehrlich! Sie retten mich, ja? Ich hab doch Anil und Jyotsna ... Tun Sie doch was, dass ich nicht sterbe! Herr Doktor, ich schwör's Ihnen! Er braucht mich doch auch ... Er wär sonst verrückt geworden! Sie haben ja keine Ahnung ... Er hat's mir selbst gesagt: Nur deinetwegen bin ich wieder zur Vernunft gekommen, hat er gesagt ... Ich bleib doch am Leben, oder? Was sagen Sie? Sagen Sie mir, dass ich leben werde! Ich hör jetzt wirklich auf niemanden mehr! Ich will jetzt nicht mehr sterben ... Schluss, aus! Ja, ich will leben, am Morgen, am Abend, wenn Anil aus der Schule kommt, wenn Jyotsna nachts ins Bett macht, die ganze Zeit will ich leben ..."

Man hatte mich losgeschickt, seine Mutter zu holen. In den letzten fünf Tagen hatte sie bei ihrem Bruder gewohnt. Immer wenn sie bei ihrem Sohn gewisse Anzeichen bemerkte, ergriff sie die Flucht und ließ ihren armen Ehemann bei Sohn und Schwiegertochter zurück. Als ich die sechs Treppen hochgerannt war, schnappte ich erst mal nach Luft und richtete dann der Frau die knappe Botschaft aus. Wie immer hatte sie Schwierigkeiten mit dem Hören.

„Sie ist durchgebrannt?"

Ich dachte, das sind schlechte Neuigkeiten, versetz ihr also keinen Schock. Ich wiederholte mein Sprüchlein, möglichst sanft und behutsam.

„Was nuschelst du so, Junge? Bin ich vielleicht dein Liebchen, oder was? Also los, mach den Mund richtig auf!"

„Sie hat sich selbst verbrannt!"

„Sag ich doch! Und hat sie was mitgehen lassen? Was denn? War denn niemand zu Haus?" Die Alte kapierte es einfach nicht.

„Nein, sie hat nichts mitgehen lassen! Ist nicht durchgebrannt!", schrie ich sie an. „Verbrannt! Sie hat sich verbrannt! Hat sich mit Sprit übergossen."

„Du lieber Himmel! Und wenn das Haus nun Feuer gefangen hätte?"

Weil ich darauf keine Antwort wusste, blieb ich stumm.

„Warum konnte sie nicht ihr eigenes Haus anstecken? Ausgerechnet unseres musste sie sich dafür aussuchen! Und dann hab ich ihr grad erst vor zwei Wochen einen Sari von mir gegeben! Und der war noch nicht mal sehr zerschlissen!"

Irgendwie lief hier die Sache aus dem Ruder. Der Zug war aufs falsche Gleis geraten. Die Frau meinte überhaupt nicht Pratibha. Aber wer hätte sie jetzt noch stoppen können? Sie hatte ihr Thema gefunden, an sich gerafft und mich dazu. Dann legte sie los.

„Zwei Monate, nein, drei Monate, hat die mich genervt! Schließlich hab ich mir gesagt, na, dann gib ihr eben einen Sari! Selbst die Armen brauchen was zum Anziehen, oder? Aber es bringt nichts. Undank ist der Welten Lohn. Wie sollte es auch anders sein? Schlechte Rasse schlägt halt durch. Und Abschaum bleibt Abschaum. Sag ihr, sie ist gefeuert. Man muss Pratibha sagen, dass diese Frau nicht mehr für uns arbeitet. Was hat sie schon groß gemacht? Ich war es doch, die das Haus in Schuss hielt! Sogar das Kochen habe ich besorgt! Selbst den Dreck musste ich wegmachen! Genauso gut hätte man mich für einen Dienstboten halten können! Oder wie? Eigentlich hätte man mich bezahlen müssen!"

So ganz allmählich begann mein Kopf zu schwanken.

„Was soll das Gewackel? Ich hab die Arbeit eines Dienstboten verrichtet! So wie die mich behandelt haben, wären sie nicht einmal mit einer Putzfrau umgesprungen!"

„Nicht Radha! Pratibha!"

„Wie, Pratibha? Erzähl mir bloß nichts von der! Wer war es denn, der ihn mir so entfremdet hat, seit er verheiratet ist? Wie reizend war Ajit doch als kleiner Junge! Sogar vor Ratten hatte er Angst! Selbst heute noch fürchtet er sich vor ihnen! Dann kam sie. Da wusste ich Bescheid. Sie hat mich schlechtgemacht. Sie hat immer gesagt, die macht's nicht mehr lang, was soll man auf so eine alte Schachtel hören? Ich eine alte Schachtel, wie? So schnell geb ich den Löffel nicht ab!"

„*Aai:* Pratibha hat sich selbst angezündet. Haben Sie das verstanden? Hat Petroleum genommen, es über sich gegossen."

Da hielt sie endlich die Klappe. Wenn auch nur kurz. Es sah beinah so aus, als ob sie gleich weinen würde.

In ihrem Gesicht spielte sich allerhand ab. Dann allerdings wechselte der Ausdruck.
„Wie es kommen musste, ist es auch gekommen. Das hat man davon, wenn man seine alte Schwiegermutter quält. Der Herr schaut zu, und eines Tages rechnet er ab. Wer den Wind sät, der wird Sturm ernten. Früher oder später. Da gibt's kein Entrinnen."
„Sie kommen doch mit nach Hause, oder?"
„Ich? Wozu? Was soll ich da? Ich könnte das nicht mit ansehen. Ich hab mir mal heißes Öl auf die Hand gespritzt. Da ist eine große Blase entstanden, und zwei Tage später ist sie geplatzt und Wasser ist rausgekommen. Jetzt wird ihr ganzer Körper bestimmt zu einer einzigen Blase. Ich könnte nicht hinsehen, wenn sie aufplatzt. Wie sieht sie aus? Ist sie schwarz geworden? Ich komme nicht mit! Geh du nur allein."
„*Appa* hat Sie rufen lassen! Er hat gesagt, ich soll Sie mitbringen. Die warten schon alle auf Sie!"
„Ich werde nicht kommen! Jetzt nerv mich nicht weiter, ich hab schon Kopfschmerzen."
Die Frau kam nicht mit. Ich kehrte allein zurück.

Drei Tage später starb Pratibha.
Er weinte sehr. Er konnte wirklich weinen. Er hatte so viele Zuschauer. Die Schlampe hatte also wirklich den Abgang gemacht. Bevor sie ins Koma fiel, hatte sie erklärt, aus Ekel vor sich selbst und ihrer Krankheit habe sie versucht, sich das Leben zu nehmen.
„Ich werd jetzt nie wieder sterben, ich werde immer leben" – und dann nach drei Tagen doch zu sterben, ergab einfach keinen Sinn. Nicht gut. So geht das nicht. Das lasse ich nicht zu.

Sie war fett. Kugelrund. Speck, Schicht über Schicht. Kurz und plump mit Stummelfingern. Wenn sich mir der Gedanke daran durch den Kopf stahl, war ich zu nichts mehr zu gebrauchen. Nicht im Sinne von „liebeskrank“ oder so, sondern einfach: Genug! Da muss ich durch. Das ist alles. So fett sie war, so versessen war ich auf sie. Es gab keinen vernünftigen Grund. Fragte ich mich gelegentlich: „Warum?“, gab ich mir zur Antwort: „Warum nicht?“ Ich hatte es längst aufgegeben, mit mir zu diskutieren. Wollte sie nur hinter mich bringen, wie eine Aufgabe, die man sich in einer religiösen Anwandlung gestellt hat.

„O holde Maid, so weich und rund, ich lieb dich brünstig Pfund für Pfund“, sang ich, als ich die Arena betrat. Aber mit dem Betreten der Arena war das Wild noch lange nicht erlegt. Bei ihr war überhaupt nichts sicher. Außer, dass sie sich zierte, passierte erst mal nichts. Sie zickte, und ich kämpfte mich ab. Sie hatte nicht die geringste Eile. Wie sehr ich auch zerrte, wie sehr ich auch zappelte, ich würde ihr schon nicht vom Haken springen, das war ihr völlig klar. Sie würde einfach abwarten. Dass ich derart nach ihr gierte, schien sie gar nicht begreifen zu können. Aber da war sie ja nicht die Einzige.

Schließlich schloss ich meine knochigen Finger um ihre butterweichen Hände und streichelte sie. Starrte sie hingebungsvoll an. Die Hände. Die pummelplumpen. Sanft hob ich die eine, liebkoste sie mit Liebhaberlippen. Natürlich alles ungeheuer sanft und behutsam. Endlich entschlüpften ihr die ersten langen weichen Seufzer. Herrgott, Weib, wie lang soll das noch so weitergehen? Mein

Blick heftete sich wieder auf ihre fetten Stummelfinger. Die Nägel waren abgekaut.
„You've got beautiful hands." Auf Marathi wäre mir das nicht über die Lippen gegangen. Das war schließlich immer noch meine Muttersprache. Ich klappte ihre Hand auf und zu. „Really exquisite fingers. So delicate, artistfingers." Mehr bekam ich beim besten Willen nicht raus. Ihre Seufzer kamen jetzt ohne Unterlass.
„Ehrlich?", fragte sie. Sie glaubte mir nicht. Ich auch nicht. Ich schaute ihr tief in die Augen und nickte bedeutungsvoll. Sie zog die Linie meiner Unterlippe mit einer Fingerspitze nach.
„Bis jetzt hat mir so was noch niemand gesagt", meinte sie. Ihr Körper: träge hingegossen, extra large. Und ihre schwellenden maßlosen Schenkel. Unbezwungen. Wie viele Male passte ich da wohl rein? Nicht zu zählen. Ich, ein langer, dünner Strich, und dann so etwas! Allein schon, um mit ihr zu reden, musste ich mich anderthalbmal um sie herumbiegen. Im besten Fall würde es mühsam werden, ein ungefüges Körper-Kuddelmuddel. Es schien schlichtweg unmöglich zu sein. Dieser Kontrast von Breiten- und Längengraden wollte erst noch bewältigt werden. Ich schaffte das nicht. Würde es wohl nie schaffen.
Doch dann fing sie an, in unregelmäßigen Abständen zu mir nach Hause zu kommen. Tagelang hörte ich nichts von ihr. Manchmal sogar monatelang. Und wenn ich dann eines Morgens nachschauen ging, wer geklingelt hatte, stand sie wie ein lächelndes Butterfässchen auf dem Treppenabsatz.
„Wie geht's dir?", fragte sie beim Reinkommen.
Hatte ich mir gerade die Haare geschnitten, sagte sie unweigerlich: „Du bist schmal geworden." Waren sie etwas länger, hieß es: „Du hast zugenommen."

Kaum hast du den Geburtsklaps auf den Hintern bekommen, gilt es schnellstens einzusehen, dass die Hätschelzeiten endgültig vorbei sind. Je eher du das kapierst, desto weniger Kummer und Leid musst du erdulden. Deine Selbstverwirklichungsallüren scheren die Welt einen Dreck. Wenn dir der Sinn danach steht zu verhungern, wird bestimmt keiner Anstoß daran nehmen. Uns ist nur ein einziges Leben gegeben. Dieses hier. Fährst du im Doppeldecker, gibt's keine dritte Etage. Shanta von nebenan schläft mit Nirad aus Mahim, wo sie doch mich zur Hand hätte; der Fallschirm vom Vilas ist nicht aufgegangen und Sanjay-der-Bekloppte quasselt sich den Mund fusselig. Selbst wenn vergessen besser wäre, plappert er in einem fort. Auf nichts ist Verlass, alles ist eitel, die Welt geht den Bach runter, sie ist wahrhaft kein Ort, an dem Menschen leben können.
Das mag alles stimmen. Aber der Bigboss dieser Welt ist jemand anders. Wir sind's nicht. „Wir nehmen, was uns gegeben, und geben, was uns genommen wird." Wir tun uns auch nicht mehr weh, wenn wir den Schein der Wörter für wahr nehmen. Du kannst sie mögen oder ablehnen – es ist diese Welt, mit der wir uns arrangieren müssen.
Hatte Shah einem Freund Geld gegeben, hängte er es nicht an die große Glocke, sondern meinte nur: „Auch wenn er lügt, braucht er doch was zu beißen." Damit hat Shah den Finger auf Bigbossens wunde Stelle gelegt. Darüber hinaus etwas über Gott zu erfahren, ist nicht drin. Ich hab so meine Zweifel, ob außer Seiner wunden Stelle überhaupt etwas an Ihm dran ist. Aber Er soll selbst zusehen, wie Er klarkommt. Tut Er ja auch. Wenn das jemand nicht kann, dann ist es der Mensch. Ob Theist, ob Atheist, wir alle brauchen jemanden, der uns zuhört. Dem Gläubigen werden die Mühen des Tages zum sanf-

ten Ruhekissen verklärt. Der Atheist mag einen hoffnungsvollen Blick zum Himmel richten und sagen: Mich haut nichts mehr um. Für uns andere bleibt solch ein Stoizismus jedoch immer bloße Sehnsucht. Der Weg dahin ist mehr als dornig und für beide Sorten Mensch nicht zu bewältigen.

Es gibt nur einen Stoiker auf Erden: Ihn. Und dass Er stoisch ist, liegt nur daran, dass Er keinen Schimmer davon hat, was es bedeutet. Stoisch heißt hirnlos. Soll ich essen? Ja. Soll ich fasten? Ja. Gibt's dich? Ja. Gibt's dich nicht? Ja, nickt er. Doch auch das stimmt nicht. Er hat gar keinen Kopf zum Nicken. Und selbst wenn Er einen hätte – es schert Ihn einen Dreck. He doesn't give a damn.

Selbst wenn die gute Fortuna nicht persönlich anklopft, sondern nur ihre Schwester, mal ehrlich, wer würde sie wieder nach Hause schicken? Ich schaffte das nicht, würdees nie schaffen. Und dann gehörte ich ihr mit Haut und Haar. Sie hatte irgendeinen Liebhaber in Bombay. Fuhr sie zu ihm, nahm sie ihr gebrochenes Herz, den Schmerz ihrer einsamen Nächte und ihre sämtlichen Fettmassen mit. Auf dem Weg zu ihm fiel auch immer ein Besuch bei mir ab. Der arme Kerl ging bestimmt ganz schön auf dem Zahnfleisch: Eheweib, Kinder und Geliebte. Die Quadratur des Dreiecks ist gewaltig schwer. Aber als echter Mann musste er es irgendwie doch schaffen. Ohne Rücksicht auf Verluste.

Sie bezeichnete sich als Künstlerin. Welchen Fachs auch immer. Künstler sind natürlich eine Spezies für sich. Nehme ich jedenfalls an. Da ich keiner bin, kenne ich mich da nicht so aus. Von mir ging sie immer direkt zu ihm. Sie sorgte aber dafür, dass ich mich nicht vor Gram

verzehrte und sprach deshalb mir gegenüber nie von ihm. Getroffen haben wir uns nur ein einziges Mal.
Nachdem ich anderthalb Tage lang gefastet hatte, war ich gerade beim Essen. Ich schaute nicht links, nicht rechts und änderte auch nichts am Neigungswinkel meines Kopfes, schaufelte in mich hinein, als bekäme ich es bezahlt. Ein Sari drang in mein Gesichtsfeld, und meine yogische Versenkung bekam einen Sprung. Ich kann es einfach nicht lassen: Bei Frauen zwischen sieben und siebzig muss ich hinschauen. Sie lachte. Ihr Familienpapa unterhielt sich mit einem Typen, der neben mir saß.
Ich starrte auf das Foto des verblichenen Lokalbesitzers, das an der Wand hinter dem Kassierer hing, und schickte ein „Hare Rama" in seine Richtung. Die lassen niemanden in Ruhe tot sein: eine liebevolle Girlande, Räucherwerk für die Seele des Verstorbenen, nebendran ein in einer Wasserschale schwimmendes Öllämpchen. „Mögen sie dich in Frieden ruhen lassen, fat man", sagte ich zu ihm und machte mich wieder an die Arbeit. Die Situation war hochgradig amüsant. Ich fragte mich: Wenn sie uns jetzt miteinander bekannt macht, ob ich dann „Na, Kollege!" sage? Schließlich pflügen wir denselben Acker, kämpfen im selben Schützengraben.
Mach uns bloß nicht miteinander bekannt, flehte ich sie innerlich an. Erst sie ihn mit mir, dann er mich mit dem neben mir und so weiter. Bis wir bei dem verblichenen Besitzer auf dem Foto angelangt wären.
„Das ist Kushank", sagte sie schließlich nur.
Ich lachte zuckersüß und versenkte mich wieder ins Essen. Ihr guter Bekannter war wirklich ein echter Gentleman. Er verkniff es sich, mich mit sonst noch jemandem bekannt zu machen.
Danach vergaß ich sie völlig. Ich sagte nicht einmal „Bis dann", als ich ging. Das hat sie mir nie verziehen. Als

sie mich ihrem Typen vorstellte, hatte sie fest mit einer Eifersuchtsszene gerechnet. Fehlanzeige. Hoffnungsloser Nichtsnutz, fauler Sack, der ich war.

Manchmal war ich einfach nicht in Stimmung. Weil ich nachts erst spät eingeschlafen war, tat mir der ganze Körper weh, und mein Gesicht war verspannt. Und just an dem Morgen kam dann sie. Nicht gerade vor Tagesanbruch, aber immerhin so um neun oder zehn. Was sein muss, muss sein. Wenn ich zögerte und zauderte, packte sie mich bei der Hand. Gurrte hingebungsvoll meinen Namen, stieß klitzekleine Seufzer aus, höchst gefühlvoll, bis schließlich ihre Hand zusammen mit meiner auf Erkundungstour ging. Da sie die Augen geschlossen hielt, hatte es nicht den geringsten Zweck, ihr flehentliche Blicke zuzuwerfen.
Ich saß da und schaute uns zu, unparteiisch wie ein UN-Beobachter. Aber sie ließ nicht locker. Und warum auch, wenn das Kalb schon schlachtbereit war. Also sagte ich mir: „*Ho jay!* Packen wir's an!" Und da ich nicht wissen konnte, wann mir die nächste Paarung beschieden sein würde, nahm ich sie zu guter Letzt dann doch.

So fade Lippen wie ihre hatte ich weiß Gott noch nie geschmeckt. Ihr verquollenes dickes Gesicht und die teigigen Lippen klebten mir wie Asche am Mund. Sie erinnerten mich an meine alte Tante. Wie klein sie geworden war, auf der stählernen Bahre inmitten weißer Blumengirlanden. Zwischen die Lippen hatte man ihr einen Wattebausch gestopft, sie hatte wohl vergessen, die Klappe zuzumachen. Und dann noch ihre Verwandten. Alle verabschiedeten sich von ihr und stempelten ihr einen Kuss auf das verhutzelte Gesicht. Ich brachte das nicht fertig.

Der Geschmack ging immer noch nicht weg. Wenn ich versuchte, meinen Mund in Sicherheit zu bringen, rückte sie mir ruckzuck den Kopf wieder zurecht.
Mittendrin fiel mir Rashid ein. Er und seine hübsche Freundin. Als sie ihm die Frage zum ersten Mal stellte, hatte er sich abrupt aufgesetzt. Genau in dem Moment, als sie voll zugange waren.
„Rashid", hatte sie begonnen.
Nach einer kurzen Weile machte er „Hm", vergaß aber die bedrohlichen Anzeichen sofort wieder.
Noch einmal: „Rashid."
Frauen müssen sich manchmal den teuren Namen vorsagen, beruhigte er sich selbst. Sie sagt ihn eben einfach so, ohne sich etwas dabei zu denken.
„What is sin?", fragte sie ganz leise.
Er wischte sich mit einem Taschentuch den Schweiß von der Stirn. Sein Puls raste. Er nahm ihr hübsches Gesicht in beide Hände.
„*Begum.*" Seine Stimme war kaum hörbar, ein heiserer Hauch nur.
Ihre schönen Augen wurden vor Besorgnis noch schöner und größer.
„Begum", fragte er eindringlich, „habe ich Sie erzürnt?"
„Natürlich nicht!"
„Dann, Begum, machen Sie so etwas um Himmels Willen nie wieder!"
„Aber was denn, mein Gebieter?" Ihre Augen suchten in den seinen nach dem Fehler, den sie begangen haben mochte, völlig verwirrt.
„Diese Frage! Begum, diese unheilvolle Frage! Und dann auch noch in so einem Augenblick! Nein! Sie können doch nicht wirklich so grausam sein!"
Sie verstand sein Verhalten, seine plötzliche Kälte und Theatralik nicht. Aber sie würde die Frage garantiert

nicht wiederholen, zumindest nicht zu einem solchen Zeitpunkt. Darauf gab sie ihm ihr Wort.
Beim nächsten Mal hatte Rashid, der Sündenlose, schon alles vergessen. Jetzt vergisst er es nicht mehr. Aber was soll die Arme auch machen, als Sklavin ihres Wissensdurstes? Deshalb legt er ihr jetzt entweder seine Lippen oder die Hand auf den Mund.

Wenn ich nicht bei der Sache war, wurde sie wütend. Mit der Zeit fand ich Auswege. Ich war dann bei ihr und gleichzeitig völlig woanders, ließ meine Gedanken schweifen und meinen Körper den Job erledigen.
Was ist das Wort für eine männliche Hure? Gigolo.
Aroti hat einmal gesagt: „Wer auch nur ein einziges Mal gedankenlos Sex hat, ist eine Hure."

„**D**u hattest wirklich Schwein", sagte Jitendra, „dass sie dich in den Emergency Room gebracht haben. Dem Himmel sei Dank, sonst hätte es ganz schön übel für dich ausgesehen."
Er zog die Nadel aus der Vene. Löste die Pflasterstreifen von meinem Handgelenk und wickelte die daran hängenden Kanülen um die leeren Infusionsflaschen. Dann ging er. Sagte, er würde am Abend wiederkommen. Mitunter kam er wirklich. Abends, nachts oder am nächsten Morgen. Gelegentlich mit etwas Essbarem, manchmal nicht. So war er eben. Musste vielleicht irgendwo einem Chirurgen eine Diagnose zusammenschustern. Hin und wieder verließ er wohl auch das Krankenhaus. Er musste dazu keine Erlaubnis einholen. Solche Leute gibt es, sie können jederzeit gehen, wohin sie wollen.

Es gibt zwei Sorten Menschen auf der Welt: Patienten und Nichtpatienten. Jeder Patient hat seine eigene Welt. Alle Nichtpatienten aber haben eine gemeinsame, und auf diese Welt war ich wirklich neugierig.
Wenn die Schwester ihren Dienst auf der Station erledigt hatte, verspürte ich regelmäßig den Drang, sie festzuhalten. Nur für ein paar Minuten. Mir lagen tausend Fragen auf der Zunge. Wie ist es da draußen denn so? Gibt's da auch Menschen? Was machen die? Gibt's einen Himmel? Genauso einen, wie man ihn durchs Fenster sieht? Einen blauen? Keinerlei Unterschied? Sagen sie zu unserem Blau dort draußen auch „Blau"? Essen die dort? Reden sie auch? Nachts schlafen die nicht, stimmt's? Und vergessen auch nichts, oder? Sie erinnern sich doch immer daran, dass sie am Leben sind, nicht wahr? Und dass sie jetzt, in diesem Augenblick, Atem holen? Ein. Aus. Und das Ausgeatmete und das Eingeatmete sind für immer weg. Wenn du rausgehst, drängen die sich dann alle um dich? Umarmen sie dich? Was, du lebst? Immer noch? Das muss ihnen doch wie ein großes Wunder erscheinen? Aber sie glauben es bestimmt. Die verplempern doch sicherlich keine Zeit mit unnützen Zweifeln, oder? Was wirst du mit diesem Himmel machen? Draußen? Mit dem blauen? Und es gibt auch Wind da draußen, nicht wahr? Und ihr lauft auf der Straße? Zu Fuß? Wohin denn? Wohin ihr wollt? Niemand hält euch auf? Da gibt's auch Bäume, groß, mit grünen Blättern? Und an einigen Bäumen sind die Blätter gelb geworden? Wegen der Hitze? Die Sonne? Sieht man sie? Mit eigenen Augen? Ich hatte große Lust, auf dem Bett herumzuhüpfen. Die Arme hochzuwerfen. Hatte Lust, die zarte dunkle Hand der Schwester in meine zu nehmen. Wirst du mich mitnehmen? Deine Sonne anschauen?

Ich war jetzt seit drei Tagen da. Wenn jemand von draußen auf die Station kam, versuchte ich, ihn in ein Gespräch zu verwickeln. Aber die lassen nicht einfach so mit sich reden. Es ist offenbar eine andere Sorte Mensch. Sie können rausgehen. Sie sind von draußen gekommen. Und nach einem Weilchen gehen sie tatsächlich wieder. Man muss ihnen mit Respekt begegnen. Auch mögen sie es meistens nicht, wenn man ihnen Fragen stellt. Ich gab mir große Mühe, ihre Gespräche zu belauschen. Draußen sprechen sie eine ganz andere Sprache. Vielleicht würde ein klein wenig davon bei mir hängen bleiben.
Kamen sie jemanden besuchen, tat ich nach außen hin völlig unbeteiligt und spitzte die Ohren wie ein Schießhund. Aber sie sagen nie etwas Besonderes. Wie geht's denn so? Nein, wir haben dir keine Orangen mitgebracht, die sind zu teuer. Werde schnell wieder gesund. Der Herr Doktor meint, du ziehst es absichtlich in die Länge. Dann sitzen sie da und schweigen. Eine halbe Stunde lang. Fünfundvierzig Minuten. Als ob sie ein Grab besuchen würden. Aber man kann es ihnen nicht verübeln. Sie sind von draußen gekommen. Die Menschen in der Welt da draußen sind lebendig. Dann gehen sie. Sagen: Wir gehen. Nicht morgen, aber übermorgen kommen wir wieder, sagen sie und gehen.

Unsere Mitpatienten sind uns scheißegal. Mit Mitleid geben wir uns nicht ab. Der Rest der Station ist Dreck. Krank. Manchmal sehr. Wir haben keine Zeit, uns anzuspucken.
„Dein Auftritt, mein Freund, war very dramatic."
Ich produzierte ein kleines Lächeln.
Er strich um mein Bett herum: „Bist du nicht vorgestern gekommen?"

Sein Bett stand gegenüber von meinem. „Wir haben dein Timing sehr bewundert. Hast dir genau den richtigen Zeitpunkt ausgesucht. Vier Uhr früh. Als wir schon wach waren, aber noch nicht so richtig. Und da warst du dann da. Wie ist der werte Name?"

„Purandare", sagte ich und machte ihm Platz, damit er sich zu mir aufs Bett setzen konnte.

„Ajvaani." Er verstummte. Als er meinen fragenden Blick sah, fügte er hinzu: „So heiße ich. Es ist uns verboten, auf anderer Leute Betten zu sitzen."

Mir war nicht nach Reden. Er holte sich einen Hocker vom Ende der vierten Reihe. Vom Strafgefangenen, um genau zu sein. Die beiden waren dicke Freunde.

„Drei Krankenschwestern waren bei dir, weil du nicht alleine gehen konntest. Und dann war da noch dein Kumpel, der jetzt gerade auch da war. Die haben dir eine Spritze nach der anderen gegeben! Sauerstoff! Und dieses Röhrchen, das nicht in deiner Nase bleiben wollte. Und nach zehn Minuten kam der Arzt, genau wie im Film!"

Offenbar hatte ihm meine Darbietung überhaupt nicht gefallen. Er hielt mich wohl für einen Simulanten. Ich dankte Gott, dass er nicht auch noch bei meiner Aufnahme dabei gewesen war. Werfen die mich doch auf die Rollbahre, und ich falle prompt auf der anderen Seite vier Fuß tief auf den Boden. Ein Stationsarzt war nicht aufzutreiben und so konnten sie meine Aufnahme nicht bestätigen lassen. Es ging drunter und drüber.

„Aber kaum 'ne halbe Stunde später konntest du schon wieder mit dem Doktor und deinem Freund herumblödeln. Was macht dein Freund denn so? Studiert Medizin, was? Ich weiß alles, was in diesem Krankenhaus abläuft. Ich bin jetzt das dritte Mal hier. Ich hab Zucker. Wo bist du her?"

„Bombay."
„Aber was machst du dann hier?"
„Ich war woandershin unterwegs. Da bin ich krank geworden", antwortete ich unwirsch.
„Und jetzt bist du hier ..."
Ich schaffte es nicht, ihn anzusehen, wenn er sprach. Was, wenn die in seiner Mundkaverne noch vereinzelt herumstehenden Zähne anfingen, auf mich herabzurieseln? Selbst wenn er keine Zähne mehr gehabt hätte ... allein bei der Vorstellung geriet ich in Stress. Aus den Zahnlücken spritzte Speichel hervor und schlug schillernde Blasen. Als ein Tropfen Spucke auf meine Hand fiel, wischte er ihn wie selbstverständlich mit dem Finger weg. Offenbar musste dieser Mensch ständig reden, auch wenn es nichts zu sagen gab. Doch das musste ich wohl ertragen. Also redete er und redete und redete ...
Ich hielt es nicht mehr aus, ihn so dicht neben mir zu haben. Steh endlich auf, Mann! Steh auf! Verpiss dich! Halt die Klappe! Bist du taub? Gleich hau ich dir eine rein, dass es in der ganzen Station Zähne hagelt! Halt endlich dein Maul!
Er hatte meine Gedanken wohl erraten.
„Du siehst geschafft aus. Ich werd jetzt auch müde. Drei Tage, bevor du gekommen bist, haben sie mir eine Transfusion verabreicht. Ich kann immer noch nicht richtig essen, hab keine Kraft mehr in den Zähnen. Jedes Mal, wenn einer davon ausfällt, müssen die mir eine Transfusion geben."
Er fing an, sich zu kratzen. Auch ich kratzte mich ständig. Anfangs zog ich dabei noch das Laken hoch, doch bald tat ich es dann ganz offen. Sein Schamgefühl war längst irgendwo auf der Strecke geblieben. Krankenschwester und Kratzen bildeten für ihn keinerlei Widerspruch. Wenn er sich kratzen musste, kratzte er sich

eben, ob nun eine Schwester dabei war oder nicht. Auf unserer Station waren wir alle leidenschaftliche Kratzer. Hände, Kopf, Füße, Rücken ... überall. Wir hatten den lieben langen Tag nichts anderes zu tun. Wenn von uns überhaupt was unter den Schwamm kam, dann die Regionen zwischen Zehen und Knien und Fingerspitzen und Ellbogen. Nur ganz wenige von uns durften unter die Dusche.

„Heute ist eigentlich der Tag, an dem der Arzt Visite macht. Aber jetzt wird er wohl nicht mehr kommen. Nach dir hat er überhaupt noch nicht geschaut, und solange er dir keinen Entlassungsschein ausstellt, kannst du hier verrotten. Wir haben hier alle denselben Arzt. Er ist ein guter Mensch. Hat zu mir gesagt: Deinen *Bachelor of Commerce* wirst du nicht mehr erleben. Ich hab mit ihm gewettet, dass ich's doch schaffe."

Von rechts rief die Frau des Herzpatienten nach mir. Um Ajvaani zu entkommen, hätte ich alles getan. Herzlich dankbar wandte ich mich ihr zu.

„Mein Gemahl möchte Ihnen etwas sagen." Es fehlte nur noch, dass sie „Seine Durchlaucht" gesagt hätte.

Er durfte sich noch nicht auf die Seite drehen. Er hatte seinen zweiten Herzinfarkt hinter sich.

„Lassen Sie sich von diesem Menschen bloß nicht entmutigen. Ihr Arzt wird schon kommen. Es ist nie zu spät." Die Stimme kam tief aus dem Abgrund seines Schlundes.

Ajvaani marschierte wütend zu seinem eigenen Bett zurück.

„Sie brauchen jetzt Ruhe. Selbst wenige Worte ermüden Sie", sagte das devote Eheweib zu ihrem Mann.

Das macht den Kohl auch nicht mehr fett, dachte ich bei mir. Wozu dieses Kleben am Leben? Rühr dich nicht. Sprich nicht. Kratz dich nicht. Heul nicht. Der nächste

Infarkt ist sowieso der letzte. Dann wird er garantiert den Löffel abgeben. „Stirb nicht", sagt niemand.
Er schaute zu mir herüber und lächelte schwach. Seine verwitwete Mutter und seine Schwester waren voller Bewunderung für mich. Ja, voller Ehrfurcht. Hatten sie doch miterlebt, wie man mich ins Krankenhaus gebracht hatte. Und wie ich so bald darauf schon mit Jitendra und dem Stationsarzt plauderte. Sie meinten, er solle sich ein Beispiel an mir nehmen und Mut fassen. Ich sei tapfer, mutig, ich würde an das Leben glauben. Ich sollte ihm versichern, dass er wieder gesund werden würde. Jetzt zahlte er's mir heim. Doch gemessen an mir war er ein Ehrenmann. Er glaubte wirklich an das, was er sagte.

Angrenzend an unsere Bettenreihen gab es ein paar Einzelzimmer. Für Notfälle und Ähnliches. Meistens aber standen sie leer. In eines davon hatte man einen Police Inspector a. D. gelegt. Seit etwa einem Monat war er wieder gesund. Oder wenigstens so gesund, wie man eben werden kann, wenn man alt ist. Trotzdem war er den einen Monat noch im Krankenhaus geblieben. Zu Hause würden sie ihm nichts zu essen geben, meinte er. Jeden Tag unternahm man den Versuch, ihn an die Luft zu setzen, jedoch nur halbherzig. Das Ganze hatte sich längst zu einer lieb gewordenen Routine entwickelt. Wenn der Arzt am Morgen seine Runde machte, kamen zwei Schwestern mit dem Frühstück in sein Zimmer und es folgte der übliche Dialog:
„Nun, Alterchen, jetzt iss mal schön dein Frühstück. Das ist dein letztes hier. Gleich kommt der Oberarzt und schmeißt dich raus."
„Wie? Heute das letzte Frühstück? Welcher Hurensohn will mich rauswerfen? Bin ich etwa tot?" Mit einem Fuß auf das Bett gestützt, begann er herumzuhopsen.

„Solang mein Herz noch schlägt, werdet ihr mir hier zu essen geben! Kapiert? Wer ist der Scheißkerl, der sich nicht traut, mir das ins Gesicht zu sagen? Schickt ihn her, er soll nur kommen, wenn er den Mumm dazu hat!“ Darauf überschüttete er die armen Schwestern mit sämtlichen Schimpfwörtern, die er sich im Laufe seines Lebens im Gefängnis angeeignet hatte. Das ging so anderthalb bis zwei Minuten.

„Dieser motherfucker! Ich werd ihm sämtliche Knochen im Leib brechen, Hände, Arme, Beine! Ich versau ihm die Visage! Und von einer Schlampe lass ich mir schon gleich gar nichts sagen, kapiert?“

„Du meine Güte, was bist du für ein schamloser alter Mann! Wagst es, vor uns Frauen solche Reden zu führen! So einen wie dich haben wir hier noch nie gehabt! Wir schicken dich augenblicklich nach Hause! Nicht eine Minute länger bleiben wir hier, um uns solchen Schmutz anzuhören!“, schrie die dunkelhäutige Krankenschwester in ihrem empörtesten Falsett.

Ihre gestärkte Bluse und der BH hatten es inzwischen aufgegeben, den Eindruck eines Busens zu erwecken, und hingen nur mehr schlapp hinter der Schürze herab. Ihre gelben Augen funkelten vor Vergnügen, als das ritualisierte Wortgefecht in die nächste Runde ging.

„Außerdem gebe ich dir deine Krücke nicht zurück! Du wirst also leider, leider hier raushumpeln müssen! Und du kannst dich jetzt tausendmal auf Knien entschuldigen – für mich war's das, Schluss!“

„Dass dich dein Großvater …! Ich mich bei dir entschuldigen? Das Luder spricht schon wie eine Nutte! Und meine Krücke? Gib sie sofort zurück! Auf der Stelle! Sonst prügel ich dich windelweich!“

Manchmal wurde er dann tatsächlich handgreiflich und schlug einfach auf irgendjemanden ein. Deshalb gab es in seinem Zimmer weder Flaschen noch Gläser. Die Krücke hatte man ihm weggenommen, weil er sie einmal an einer Schwester ausprobiert hatte. Seitdem durften sie zur Sicherheit immer nur zu zweit in sein Zimmer gehen.

Jeden Abend besuchten ihn seine Frau und seine Mätresse. Regelmäßig. Gemeinsam. Die Frau in einen altmodischen *Neun-Meter-Sari* gewickelt, ihre Begleiterin im Rock. Ganz selten richteten sie ein Wort an ihn. Er saß nur stumm da.

Manchmal, wenn er in rührseliger Stimmung war, sagte er morgens zur Krankenschwester: „Was bringt's euch denn, wenn ihr mich nach Hause schickt? Was habt ihr denn davon? Diese beiden alten Hexen geben mir nicht einen Krümel zu essen! Die stellen mir das Bett auf die Straße! Auf mein Geld haben sie's abgesehen! Aber noch sind sie keine Witwen!"

„Uns gegenüber spielst du den großen Macker, aber wenn sie da sind, kriegst du die Zähne nicht auseinander! Es ist doch dein Geld, oder nicht? Also sprich ein Machtwort. Aber du kriegst den Mund nicht auf. Du hast Angst vor den beiden, das sieht man doch! Dieser Mann hier hat Bammel vor seiner eigenen Frau!"

„So ein Schwachsinn, ich hab keine Angst!", schrie er dann böse. „Wer will mit denen schon reden? Die brauchen keinen Ehemann, die brauchen einen Zuhälter!"

„Und ich sage dir: Du legst dich mit jedem anständigen Menschen an, schlägst ihn, schikanierst ihn. Aber an deine Frau traust du dich nicht ran!" Worauf die Krankenschwester ihn noch ein wenig auf ihre optischen und sonstigen Qualitäten aufmerksam machte.

Dann aber musste er eines Nachmittags doch gehen. Er bekam auch seine Krücke zurück. In der Hoffnung auf eine mitreißende Abschiedsvorstellung schauten wir alle

gespannt zu. Aber er ging einfach so, allein, sagte überhaupt nichts.
Auf die Leute ist kein Verlass.

In der Nacht starb der Strafgefangene. Bis zum Lichtlöschen war er noch total fit gewesen. Er ist in seiner Sträflingskleidung gestorben, schwarz gewürfelte Jacke und Shorts.
Bevor der ihm zugewiesene Polizist das Licht ausmachte, stellte ihm der Sträfling die allabendliche Frage:
„Na, wie steht's? Wirst du schlafen?" Und dann lachte er schadenfroh. „Nein? Also, ich werde prächtig schlafen. Wer wird denn hier eigentlich bestraft? Du oder ich? Gute Nacht!"
Die Nachtschwester schimpfte deswegen jeden Abend mit ihm, weil so viele Leute schon schliefen und er nicht reden konnte, ohne zu brüllen. Aber er hörte nie auf sie. An manchen Abenden, wenn er schlecht gelaunt war, schrie er sie an:
„Der Tattergreis da" – er zeigte auf einen Patienten – „ist schon seit anderthalb Monaten weggetreten. Der motherfucker kriegt's doch nicht mal mit, wenn du ihm direkt ins Ohr brüllst oder ihm die Augendeckel hochklappst. Aber du brauchst ihn nur mit 'ner Nadel zu pieken, und schon kreischt er wie am Spieß. Das reißt selbst den Herrgott aus dem Schlaf. Der ist ja nicht mal breit genug, dass man eine Nadel ganz in ihn reinkriegt. Stichst du sie an der einen Seite rein, kommt sie an der anderen wieder raus. Hört ihr aber deshalb auf, ihm Spritzen zu geben, du und dein Doktor? Und wenn er sich die Kehle aus dem Leib schreit, lasst ihr ihn brüllen! Du aber regst dich auf, wenn ich nur einen Mucks von mir gebe?"
Wenn er das zu der Schwester aus Kerala sagte, verstand sie nicht eine Silbe davon. Doch dieser kleine Umstand

beeinträchtigte das gegenseitige Vergnügen am Zwiegespräch in keiner Weise.

Eine ganze Zeit lang konnte ich nicht einschlafen. Ein kleines Neonlicht am anderen Ende des Raumes behelligte mich. Der Strafgefangene wälzte sich auf die linke Seite und stand stolpernd auf. Mit der Hand hilflos nach Halt suchend, begann er, seine Eingeweide auszukotzen. Ein roter Strahl schoss an die gegenüberliegende Wand. Alles, was er in sich hatte, drängte unaufhaltsam ins Freie. Das ganze organische Gespinst, an dem sein Leben hing, kübelte aus ihm heraus. Der Vorgang versetzte ihn in einen hysterischen Tanz. Er fiel hin und wälzte sich strampelnd herum. Inmitten seines Blutstausees schnappte er nach Luft. Dann rappelte er sich wieder auf und versuchte, sich die Faust in den Rachen zu stopfen. Aber umsonst: Er kotzte und kotzte weiter. Irgendwann war er vollkommen leer. Trotzdem kam immer noch etwas raus. Mit dem, was er von sich gab, hätte man mühelos zwei, drei Leute füllen können. Plötzlich vollführte er eine unerwartete Drehung. Ein Bett weiter lag ich. Und da kotzte er seine roten Innereien zu guter Letzt auch auf mich. Die klebten sich an meine linke Hand und an meine Brust. Eine Schicht davon drang mir unter die Haut. Um den Dreck loszuwerden, hätte ich sie mir abpellen müssen.
Ajvaanis Augen starrten mich an. Sein Mund klaffte, er hatte eine Kiefersperre. Aus seinem zerbombten Mund sickerte ein dünnes Rinnsal Blut, bläulich im Neonlicht. Kurz darauf entfiel ihm ein wurmstichiger gelblicher Zahn.

Den Rest der Nacht verbrachte ich damit, den Gefangenen von mir abzuschaben. Überall da, wo ich ihn runter

hatte, spross prompt ein gelblicher wurmstichiger Baum. Und an seinen Ästen konnten es hunderttausend reife Zähne kaum erwarten herabzuprasseln. Drei Tage lang versuchte ich, das Zeug loszuwerden. Aber der Zahnregen hörte nicht auf.
Am vierten Tag kam ich wieder zu mir. Ajvaani und der Herzinfarktler waren ebenfalls von uns gegangen.

Heute werde ich nicht nach Hause gehen. Ich werde hier an der Brüstung bleiben. Zum Schlafen habe ich schließlich den Regenmantel. Es ist jetzt drei Jahre her, dass er mir zugelaufen ist. Jemand hat ihn uns ins Haus gebracht. Keine Ahnung, wer das war, aber er hat leider vergessen, auch die dazugehörige Kappe dazulassen. Wenn es richtig gießt, behelfe ich mich mit einer Plastiktüte. Die Wolken hängen tief, sind strotzend voll. Wenn ich die Hand nach oben streckte, würden sie sich mit ihrem ganzen Gewicht darauflegen.
Eine halbe Stunde ist um, und noch immer schüttet es nicht. Vielleicht kommt ja auch gar nichts. Nur Schwärze, ab und an tief drinnen funkelndes schwarzes Wasser, der Himmel, ängstliche blaue Lichter und ich.
Das Meer ist heute so wunderbar friedlich. Sechs Fuß unter mir. Leckt an der Mauer. Vollendete Körperbeherrschung. Ein ungeheurer schwarzer Moby Dick. Zeigt seine Präsenz in jeder Muskelfaser. Ein uferloser Moby Dick führt seine gigantische Arroganz rund um die Welt spazieren. Wie Ehrfurcht gebietend ist sein Schrecken!
Du liebst dieses salzige Wasser sehr. Das Meer hier und den Ozean dort. Hast du mir geschrieben. Und als du in den Ferien wieder hier warst, hast du darüber gespro-

chen. Als die Sonne hinterm Horizont verschwunden war – ein unheimlicher Ozean und einige düstere, in seinem Zwielicht verstreute Erinnerungen. Kurz darauf nicht mal mehr die. Aber warum erzähl ich dir das alles? Soll ich dir die Dias zeigen?, hast du gefragt. Ich hab Nein gesagt. Du oder das Meer? Du. Und dennoch, das eine Mal auf dem *Marine Drive*, bevor du in die Fremde gingst ... Ich werde heute Nacht nicht nach Hause gehen.

Wir kamen aus dem „Parisian Dairy". Es war vielleicht acht oder halb neun. Ich bleib bis zehn. Dann geh ich. Wirklich. Soll ich noch bleiben? Warum sagst du nichts? Zugegeben, das Thema hatten wir schon. Ich misch mich in deine Geschichten nicht mehr ein. Über deine sorgsam geheim gehaltenen trostlosen Nächte kann ich nichts sagen. Ich kann über rein gar nichts irgendetwas sagen. Und ich werde auch nichts sagen. Soll ich bis zehn bleiben? Gut. Bis halb elf? Nein, wirklich. Keine Spielchen. Halb zehn. Geht das? Mit dir zusammen. So kann ich dann wenigstens eine kleine Weile mit dir wach bleiben. Deshalb. Dann bist du gegangen, warst aber nicht verärgert. Du? Unter all den Menschen, all den Dingen bist du für mich etwas Besonderes.

Diese Nacht verlief schlecht. Wie so viele andere. Ich wurde sie nicht los. Genau dieselbe Nacht und genau dasselbe Meer. Vom *Cuffe Parade* über den Marine Drive bis zum *Breach Candy*. Wenn du hier wärst, würde mir dein Meer wahrscheinlich nicht so vorkommen. Ich habe es nie verstehen können. Es machte mich depressiv. Das ewige Rollen der wahrhaft unendlichen Schwärze des Meeres. Wie ich. Zuweilen kann ich dieses, dein Meer nicht leiden, zähneknirschend nicht leiden. Und als mich an diesem Tag, in dieser Nacht, der Polizist von der Brüstung am *Nariman Point* verscheuchte und meinte: „Kei-

ne Zuhälter hier!", da spie ich den Frust über die Sinnlosigkeit des Ganzen in dein Meer.
Du hättest da sein müssen. Dann wär's nicht so gekommen. Ich hätte Verständnis für mich aufbringen können. Aber ich rede Unsinn. Und dem eigenen Leiden kann man nichts vormachen. Selbst beim Liebesakt bleibt die Insel mit Namen Ich immer bestehen. Wenn man sich hinlänglich abzappelt, erschafft man vielleicht eines Tages ein neues Leben. Aber dass zwei Leben zu einem werden, ist völlig unmöglich. Und das gilt erst recht für das Leiden. Da bist du immer allein.

Im Zimmer der *Parsi*-Frau brennt noch Licht. Was macht Shirin nachts um zwei? Seit fünfzehn Jahren lebt sie allein und wird vermutlich die ihr verbleibenden fünfzehn, zwanzig Jahre lang genauso einsam bleiben. Heiraten wird sie nie. Diese staksige, in einen Sari gewickelte Gliederpuppe. Ihr weißer *sadra* lugt aus der *choli* hervor. Wie ein gerupftes Huhn, von dem nur der Kamm stehen geblieben ist, sieht sie aus.
Vielleicht schreibt sie. Wenn ich sie das nächste Mal sehe, werde ich es wohl lesen müssen. Selbst mitten im dichtesten Menschengedränge weiß sie ihre Einsamkeit zu wahren. Irgendwann hat sie sich von ihrer Familie getrennt – oder diese sich von ihr. Mittlerweile aber ist sie von ihrem Alleinsein regelrecht besessen. Ihre jahrelang unbenutzten Kommunikationsorgane sind mittlerweile völlig verkümmert. Sie berauscht sich an ihrer Einsamkeit. Sie reibt sie sich in die Haut wie andere Kautabak in den Gaumen.
Dann verfiel sie plötzlich auf die Unart, Lyrik zu schreiben. Gedichte über ihre Kindheit in Aligarh, ein aufmunterndes, dem unbekannten Soldaten in den ersten

Tagen des Krieges als Anfeuerung zugedacht. Seit einer unglücklichen Liebe beseufzt sie eine angebliche lesbische Neigung. Sie besingt ihre elf Jahre in Paris und knittelt Verse auf die inzwischen im Himmel weilende Katze eines Nachbarn.
Eine Seite. Wenn's hoch kommt, anderthalb, einfingrig erpickte Buchstaben auf einer europäischen Schreibmaschine in ihrem Büro. Kurze Gedichte über kleine Gefühle. In einem gelben Ordner ihre gesammelten Werke, ebenso blutleer wie sie. Fad. Streng nach Rezept dosierte Ironie. Früher in langen Abständen und mühsam unter Qualen herausgepresst. Inzwischen fällt regelmäßig alle zwei Wochen ein neues Poem aus ihr heraus. Wenn sie erst einmal ihre eigene Wohnung hat, kann sie das bestimmt noch steigern. Anderthalb Jahre spart sie schon auf ein flat of her own. Nur für sie, ganz und gar: Wohnzimmer, Schlafzimmer, eine klitzekleine Küche und ein Bad. Nur für sie und sonst niemanden, der sie aus der Stimmung bringen könnte.
Neuerdings schreibt sie auch Short Storys. Über Geigen aufschluchzen lassenden Inzest. Über eine römisch-katholische Nonne aus Goa, die angesichts einer renitenten, immer nur „What, man!" von sich gebenden Klosterschülerin mühsam ihre Verachtung hinunterschluckt. Auch die beklagenswerte Entehrung einer im Grunde edlen Hure macht sie sich zum Thema. Simpel. Seicht. Suggestiv.
Sie liebt Indien. Deshalb ist sie aus Frankreich zurückgekehrt, nach elf Jahren. Die Kälte behagte ihr nicht. Sie spielt Harfe, geht in der Musik völlig auf. Man muss sie einfach erlebt haben, wie sie über Bücher oder Musik spricht.
Drei Jahre lang liefen wir uns gelegentlich über den Weg. Wie geht's? Wie läuft's? What's all the news? Eines Tages

hielt sie mir ohne jede Vorwarnung ein Blatt Papier vor die Nase.

„Read it now!", sagte sie.

Damit fing es an. Wir sprechen über dies und das, und auf einmal zückt sie den Ordner. Was Gedichte, Short Storys, kurz Literatur angeht, setzt sie vollstes Vertrauen in meine Ignoranz. Sie hat Mitleid mit mir, weil ich den *B. A.* habe. Gemischt mit einer kleinen Spur Verachtung. Aber alles sehr beherrscht, zivilisiert.

„Warum veröffentlichen Sie Ihre Gedichte nicht?", fragte ich sie oft.

„Oh, I don't know!", sagte sie dann. „Nothing special. Nur für den Hausgebrauch." Dabei machte sie gezierte Mundverrenkungen. Mit dieser Frau müsste mal jemand schlafen.

Einmal nahm sie mich mit zu sich. Solange ihr Boss nicht starb, würde sie nicht aufrücken. Allerdings war nicht zu erwarten, dass er in den nächsten zwanzig Jahren das Zeitliche segnen würde. Haare hatte er mittlerweile zwar keine mehr, aber seine Wangen waren so glatt wie ein Kinderpopo. Er und sie waren Freunde. Sie war sehr gut in ihrem Job, was ihr eine alljährliche Gehaltsaufbesserung von fünfunddreißig Rupien einbrachte.

Vom Büro stakste sie dromedarbeinig nach Hause, blind für den Verkehr und alle sonstigen wichtigen Dinge des Lebens. In ihrem Zimmer mit Meerblick stand in der Ecke die gebuckelte Silhouette der Harfe in einem blauen Plastikfutteral. Bevor sie ins Büro gegangen war, hatte sie den Morgenmantel auf einen Bügel gehängt und die rosa-weiß gestreifte Tagesdecke von Bombay-Dying auf dem Bett ausgebreitet.

„Sie müssen die Unordnung entschuldigen, please."

Ich räusperte mich.

Ihre erstaunten Augen trauten ihren Ohren nicht.

„What? Sie finden es unordentlich? Sit down, sit down."
„No ..."
„All right, dann bleiben Sie eben stehen, wenn's Ihnen lieber ist."
Ich setzte mich aufs Bett. „Nein, ich finde es hier nicht unordentlich."
Sie lachte. „Take off your shoes and relax. Besser spät als nie: Willkommen im Palast." Dann mit einer großartigen Geste zum Fenster: „The sea is yours!" Sie schenkte mir das Meer. „Ich mach mich nur etwas frisch und bin sofort wieder bei Ihnen. Hören Sie sich so lange good old Bach an."
Um mich herum Stille. Eine Zeit lang hörte ich das Geräusch fließendenWassers, dann auch das nicht mehr. Am tiefblauen Himmel flatternde, loderrot karmesinfarbene Schleier, im Meer zitternde, sich windende Kupferschlangen. Im Zwielicht ein lauernder düsterer Schmerz, ohne Hand und Fuß, Sinn und Verstand – eine Trauer, die ihre Fremdheit begriffen und akzeptiert hat. Eine seltsame, reglos lastende Stille. Man wird schier süchtig danach.
Ich verstehe Musik nicht, ich mag sie. Aber Bach ... der Mann ist ein echtes Wunder. Überirdisch. Er lässt aus Messingröhren einen unerforschlichen Gott erstehen. Da musste ich an dich denken. *Ali Akbars* Interpretation von *Sindhu Bhairavi. Saigal. Kesarbai. Satyajit Rays* „Devi". *Kishore,* wie er *Jin raton ki bhor nahin* singt. Dann Camus. Manchmal denkt man unwillkürlich: Thank you! Wem? Für all das: Gott!
Sie kam aus dem Bad und setzte sich auf einen Stuhl. Gleich würde sie zu quasseln beginnen. Ich hatte Angst davor. Sie sagte nichts. Als die Platte zu Ende war, zog sie die Harfe aus der Ecke zu sich heran, streifte ihr die Hülle ab und begann sie zu liebkosen. Tröpfelndes rie-

selndes Wasser. Zwischendrin riss sie eine Saite kräftiger an und wartete dann, bis sie wieder zur Ruhe gekommen war. Ein wenig Sonne fiel auf ihre flüchtige Hand. Sie war jetzt knochenlos geschmeidig. Ihr ausgezehrtes Gesicht hatte sich seit fünftausend Jahren nicht mehr verändert. Schwall um Schwall ergoss sie sich aus der vollen Harfe. Ich verwandelte die von ihren Fingern erstreichelten Töne hinter den geschlossenen Lidern in Linien. Die ursprüngliche Melodie blieb zurück. Jetzt ließ sie sich selbst erklingen. Leere Linien, tanzende Linien, zarte, verworrene, rankende Linien, schwingende, klare, ineinander verschlungene, in Farben ausbrechende, aufschießende, sprossende Linien. Rote, tieflilafarbene, sich ausbreitende, kupferne, verknäuelte, fortlaufende Linien. Kreiselnde blaue, den Kopf in den Nacken werfende, aus dem Gleichgewicht geratene grüne.

Eines sind die Geräusche des Tages, ein anderes die Laute der Nacht. Heute war hier nicht viel zu hören. Aus dem eingesperrten Meer war ein Wasser schlappernder schwarzer Hund geworden. Es war ein bisschen unheimlich.

Als ich in Puna im Hostel wohnte, gehörten die Nächte den herumstreunenden Kötern. Wenn irgendwo einer dünn zu bellen begann und ich mich dann im Bett umdrehte, strömten alle auf dem Antlitz der Erde weilenden Hunde in Puna zusammen. Sie kamen, wollten sich alle gleichzeitig sämtliche Neuigkeiten erzählen, und das reine Chaos brach aus.

Der aus Portugal erzählte seinem Freund aus Shivdi, was sich so getan hatte, der Liverpooler stritt sich mit dem aus Thailand. Und noch bevor den terrestrischen endlich die Puste ausging, versammelten sich unter meinem

Fenster die vom Mars, dem Polarstern und verschiedenen anderen Himmelskörpern. Sie waren von der langen Reise kein bisschen mitgenommen. Ihre überschäumende Wiedersehensfreude hinderte sie auch nicht daran, sich gegenseitig an die Kehle zu gehen. Der Hund, das extrovertierte Geschöpf, kann nicht den kleinsten Gedanken für sich behalten. Und damit er keine Gedanken für sich behalten muss, posaunt er sie aus. Nicht nur die eigenen, nein, auch die der anderen.

Antworten geben die sich keine. Wenn einer fragt: „Was machst du?“, antwortet der andere nicht etwa: „Ich backe Plätzchen oder genieße die Abendluft oder mache einen kurzen Zwischenstopp, um die Glut einer entflammten Hündin zu löschen.“ Das würde der eine hinaustrompeten, den man überhaupt nicht gefragt hat. Der zweite aber, der gar keine Frage gestellt hatte, würde ständig wütend wiederholen: „Warum antwortest du nicht?“

Während meines Aufenthalts in Puna erwürgte ich dreihundertachtzigmillionenfünftausendundvierundzwanzig Hunde. Und annähernd viermal so vielen schnitt ich die Zunge ab. Aber das nützte rein gar nichts. Entfernte man ihnen die Stimmbänder, bellten sie mit den Füßen. Kappte man ihnen den Schwanz, kläfften sie mit dem abgeschnittenen Stück und dem verbliebenen Stummel. Wenn Katzen neun Leben haben, dann besitzen Hunde fünftausendachtundvierzig. Ich tat, was in meinen Kräften stand. Schließlich verließ ich Puna. Aber die karmischen Hunde meiner früheren Existenzen waschen sich die Pfoten in Unschuld und nehmen die Verfolgung auf.

Dass nach Mitternacht noch Geräusche ertönen können, die unmittelbar menschlichen Ursprungs sind, wurde mir erst bewusst, als der Madras-*vala* über uns starb. Du hast mein Zuhause in Bombay nie gesehen. Und dass es dich gab, davon hatte ich damals noch gar keine Ahnung. Sie bekamen die Wohnung kurz nach meiner Geburt. Auf dem Bhau-Dock hatte es eine Explosion gegeben, und viele hielten es deshalb für ratsamer, Bombay zu verlassen. Seit dieser Zeit gehörte uns die Wohnung allein. Wohnzimmer, Küche, ein Klo und ein Badezimmer.

Wenn wir uns über irgendein Datum nicht einigen konnten, schickten sie mich hinüber zu den Pradhans, um zu fragen.

„Wann das war? Vorgestern Abend? Deine Tante Sunita kam am Sonntag, nicht vorgestern. Da kamen doch die zwei Sindhi-Freundinnen von deinem Bruder Ankush zu Besuch, nicht wahr? Und dann ist er mit ihnen spazieren gegangen."

Als vor zwei Jahren Don und Ursula bei uns wohnten, quatschte mich einmal Arvind von den Bhosles an. Ursula und ich waren auf einen Tee beim Iraner gewesen und kamen gerade zurück. Das war das erste Mal, dass der mit mir redete. Zum einen, weil ich die letzten zwölf Jahre überhaupt nicht in Bombay gewohnt hatte, und zweitens, weil ich nicht den geringsten Wunsch verspürte, mit ihm oder sonst einem *Garhwali* auch nur ein Wort zu wechseln. Er überquerte die Straße, pflanzte sich vor uns auf, zuckte seine schiefe Schulter gerade und fragte mit Kastratenstimme:

„Hey? Hat Ankush seine Frau rübergeschickt?"

Ich starrte ihn an. In der Annahme, er sei ein Freund von mir, schickte Ursula ein leises „Hallo" in seine Richtung.

„Oder gehört sie dir?"

„Uns beiden, abwechselnd", sagte ich und ging weiter. Ich hoffte, ihn mit meiner wahnsinnig schlagfertigen

Entgegnung ein für alle Mal mundtot gemacht zu haben. Aber selbst heute noch, wenn er mich auf der Straße sieht, rückt er seine Schultern und Hosen zurecht und quatscht mich an:
„Na, wo ist sie denn jetzt, deine weiße Frau? Ich seh sie gar nicht." Und so weiter.

Bis Mitternacht gab es immer irgendwelche Geräusche. Auch wenn Mutter mir schon um zehn Uhr Gute Nacht sagte. Bis zehn ist normalerweise jeder mit dem Essen fertig. Von halb zehn bis zehn lief seit der Unabhängigkeit ein und dasselbe aufwühlende, zu Tränen rührende Marathi-Seifendrama:
„Vater, Vater! Tu's nicht! Tu's nicht! Wir sind verloren! Ruiniert! Bruder, wer außer dir ist uns Armen noch geblieben?", fragte unweigerlich irgendein mittelalterlicher oder modernerer *Shivaji* oder *Shambaji* aus den fünfzehn bis zwanzig Radios der Siedlung.
Und dazwischen hörte man auf der Straße und im Block die Bettler: „Ehrwürdige Eltern! Der Herr wird's euch lohnen! O Schwestern, speist mich Armen! *Parameshvara* sieht es. *Ishvara* wird es segnen! Gebt ihr mir ein Mal zu essen, werden eure Kinder nie wieder hungern! Speist einen Armen, liebe Schwestern!"
Mit einem Ohr beim Hörspiel scheffelten alle in der Kolonie wohnenden ehrbaren Hausfrauen für sich und ihre Lieben himmlischen Lohn. Der Segen Ishvaras war ins Haus gekommen. Dass in jenen Tagen jemand zu kurz gekommen wäre, konnte man wahrlich nicht behaupten.
„He, du Bettler! Hier nimm. Hier gibt's was!"
Und dann bekam der Bettler im reichlich zerbeulten Alutopf die erst gestern Morgen noch grün gewesene

Erbsenpampe, den vom Gatten kaum angegessenen und angegammelten Reis aus der blechernen Lunchbox und die vor sich hin schimmelnden Pickles von Tante Sarla. „Breite das Tuch aus. Oder willst du etwa, dass ich auch die *polis* in diesen Topf tue?“ Und dann segelten die ranzigen Polis von vorgestern auf den Lappen.

Die Frauen waren die Zierde der Siedlung. Sie hatten ein Herz auch für das Allergeringste, Unscheinbarste. Das Auge fest auf den Herrn gerichtet, ging niemand leer aus. Wenn schon nicht die von Bihar, lasst uns wenigstens die hungrigen Mäuler von Bombay stopfen.

Die indischen Bettler sind wirklich eine Spezies für sich. Sie verdauen absolut alles. Schlitzte man den Bettlern aller Länder dieser Erde die Bäuche auf, fände man nirgendwo derart lederne Eingeweide wie bei den indischen. Ihre Körper haben den feinen Unterschied zwischen „verdorben“ und „gut“ oder „frisch“ und „verwesend“ längst hinter sich gelassen. Was auch immer, wen auch immer, wozu auch immer, sie formen alles um, assimilieren es, machen es zu Fleisch von ihrem Fleisch. Ein Bettler ist eine Art Gott. Eine einzige riesige, allzeit wache Instanz des Verschlingens.

Die Lust aufs Töchterprügeln befiel Kathavte vom zweiten Stock immer nur nachts. Nach zehn. Und Töchter hatte er zur Genüge. Drei Söhne hatte er schon in einem ersten Durchgang gezeugt, dann kamen die Töchter. Die Jüngste des ehrbaren, bereits mit vierzig völlig ergrauten Familienvaters ist jetzt in der fünften Klasse. Als sie zur Welt kam, war er siebenundsechzig.

Er ist ein starker alter Mann. Auch jetzt noch, wenn die verheirateten Töchter zu Besuch ins Elternhaus kommen, schlägt er sie windelweich. Sie brauchen das, denn

es verschafft ihnen das Gefühl, wieder daheim zu sein. Nur zwischen zehn und zwölf in der Nacht prügelt er sie. Die Kleine hat wirklich keine üble Stimme. Fürchterlich sind die der beiden mittleren, tief die von Rekha. Wie von einem Geier, den man über ein Schotterfeld schleift. Und dann noch die permanent zerschrammte Luftröhre von Mina. Ihre Stimme ist seit zwanzig Jahren im Stimmbruch. Sie beginnt mit dem Quäken eines kleinen Bübchens, steigt dann an, überschlägt sich auf dem Gipfel und klingt zuletzt wie aus einer Zuckerrohrpresse gequetscht. Die Prügel werden strikt unparteilich verteilt. Doch seine absoluten Lieblinge sind diese beiden.
Im Familienkreis wird Kathavte *bhau* genannt.
„Bhau! Niiicht ...!"
An dieser Stelle kippte Minas Stimme vom hohen F zum A hinunter. Von der Küche bis ins Wohnzimmer. Dort folgte ein kurzes Gekeife in den höchsten Tönen.
Daraufhin er: „Hast du denn überhaupt kein Schamgefühl?" Und dann, ohne eine Antwort abzuwarten: „Du Schamlose! Ehrlose! Hure!" Und Mund und Hände setzten ihr Werk fort. Je nach Laune unter Zuhilfenahme eines Knüppels oder eines Ledergürtels. Danach ging es draußen auf der Galerie weiter.
„Nicht doch! Hören Sie auf, bitte, bitte nicht mehr schlagen, Bhau!"
Mina untermalte die auf sie herabhagelnden Schläge ihres Erzeugers mit theatralischem Wehgeschrei.
Als ich zehn Jahre alt war, führte sie eines Abends ein neues Motiv in ihr althergebrachtes Begleitgeschrei ein. Von dieser Nacht an war mir der Schlaf vergangen. Weil meine Mutter sich sonst aufgeregt hätte, blieb ich im Bett. Ich drückte mir das Kissen auf den Kopf, trotzdem hörte und sah ich Mina vor der Tür der Pradhans – im Parterre – zu blutroten Schichtkäsebröseln zerspritzen.

„Bhau! Ich sag's Ihnen ein für alle Mal: Nehmen Sie sich in Acht! Wenn Sie mich noch ein einziges Mal schlagen, springe ich! Ich bring mich um! Bhau!"

Mit Bhaus Antwort bekam die Welt für mich ein anderes Gesicht. In einem Ton, der den Himmel spaltete, wischte er ihre Drohung vom Tisch.

„Was ist? Das Leben willst du dir nehmen? Runterspringen? So was sagst du zu deinem eigenen Vater? Na, dann los, bring dich um, nur zu! Mir machst du keine Angst! Ich sag's dir noch mal: Los, spring!"

Wenn Mina grün und blau geschlagen wurde, hieß das aber keineswegs, dass ihre Schwestern frei gehabt hätten. Schläge gab's immer im Überfluss, und keine kam jemals zu kurz.

Als Minas Schwester Rekha zehn geworden war, hörte Bhau auf, seine Söhne zu schlagen. Von da an konzentrierte er sich einzig auf die Mädchen. Der Älteste, Kishor, hatte, als sich Bhaus Hand einmal von Mina auf ihn verirrte, klipp und klar gesagt:

„Rühren Sie mich noch ein einziges Mal an, und ich verpasse Ihnen eine Tracht Prügel, dass Sie anschließend Ihre Zähne zusammensuchen können. Zwei Tage lang."

Von da an ließ Bhau ihn in Ruhe.

Als die Mädchen herangewachsen waren, bekamen sie Bhaus Hand erst recht zu spüren. Außer ihrer potenziellen Angriffsfläche hatte inzwischen auch ihr Sinn fürs Dramatische zugenommen. Besonders ausgeprägt bei Mina, die es im Übrigen nicht weiter als bis zur achten Klasse brachte. Sie flehte Gott um Hilfe an:

„Parameshvara!", schrie sie.

Oder sie rief nach Anna Pradhan, der direkt unter ihnen wohnte. Anna, der sein zweites und letztes Kind vor zweiunddreißig Jahren gezeugt hatte, ließ sich, hilflos und beschämt, erst einmal eine ganze Weile nicht bli-

cken. Wenn das Getöse und das Geschrei über ihm allerdings überhand nahmen, stürmte er aus seiner Wohnung und brüllte:
„Kathavte! He, Kathavte! Genug jetzt! Lass sie schlafen und uns auch! Sie ist jetzt erwachsen. Es gehört sich nicht mehr, sie zu schlagen!"
Bhau beugte sich dann abrupt von der Galerie im zweiten Stock zu Anna hinunter. Seine Augen loderten unter dem schlohweißen Haar. Pradhan schlich in seine Wohnung zurück. Bhau zog den Kopf ein und machte sich wieder über die Tochter her.
Mir war völlig unbegreiflich, wieso Bhaus Töchter bei all diesen Prügeln nicht starben. Einmal fiel Rekha in Ohnmacht, aber Bhave, ein Nachbar der Kathavtes, meinte, sie simuliere nur. So oft hatte ich schon mitbekommen, wie sie geschlagen wurden, aber ich hatte mich immer noch nicht daran gewöhnt. Ich versuchte mir einzureden, dass Bhau und seine Töchter ihre jeweiligen Rollen genossen. Oft nahm ich mir das sogar ab. Dennoch kriegte ich jedes Mal das Kotzen, wenn er wieder ans Werk ging. Ich wollte mich sonst wohin verkrümeln, mich in Luft auflösen, verschwinden. Ich betete damals allabendlich zu Gott, dass er die Mädchen endlich sterben lassen möge. Dass er Bhau von der Erde tilgen möge, darum betete ich nie. Denn eines wusste ich: Der würde nie verschwinden.
Damals war ich der festen Überzeugung, dass nach Bhau niemand mehr ein Kind in die Welt setzen würde. Man sollte ein Kinderverbot erlassen. Wer, der ihn in Aktion sah, hätte noch den Mut gehabt, Kinder zu produzieren? Aber nur weil der Schlaf mich mied, versäumte Bhau noch lange nicht den seinen. Und in den letzten zehn Jahren gab es allein in unserem Block neun Hochzeiten und es entstanden vierunddreißig neue Kinder.

Seit die vier Töchter von Bhau geheiratet hatten, waren sie oft für längere Zeit nicht greifbar. Also sperrt Chandarvarkar seinen Sohn Subhash in das Bad neben dem unseren ein und legt außen die Kette vor. Wenn seine Frau ihn rauslässt, verkloppt er sie. Neue Kinder und neue Väter wird es immer geben. Nachts wird den Kindern das Fell über die Ohren gezogen. Es wird dunkel. Frauen und Männer schlafen miteinander. Und setzen Babys an. Wenn ich jemals heirate, werde ich es wohl ebenso machen. Ich, Bhaus treuer Abendschüler.

Jeder hat eine spezielle Dunkelheit. Für jeden von uns ist es eine andere. Wer haust in deiner Finsternis? Du hast nur einmal darüber gesprochen. Ganz kurz. Sie schlossen dich im Dunkeln ein, um dir die Furcht vor der Dunkelheit zu nehmen. Und selbst heute noch, wenn du die Augen schließt, umsummt dich zuweilen Hass wie Schmeißfliegen eine Honigwabe. Die privaten Dunkelheiten ändern sich mit dem Lebensalter. Savants Vijay steigt jetzt die Treppe allein hoch.

Früher rief er von unten: „He, Aai!"

Dann kam die Mutter oder wenigstens ein Diener, um ihn hinaufzubegleiten. Sein Vater hatte die gesamte Treppe hoch Glühbirnchen für ihn installiert. Dann starb er, und nach ein paar Tagen gaben auch die Lämpchen den Geist auf. Auch der Diener ging. Jetzt aber holt Vijay einmal tief Luft und ängstigt sich in diesem einen Atemzug die zwei Treppen hoch.

Die Ängste der Kindheit bleiben auf der Strecke. Oft aber tauchen in der leeren Dunkelheit deutliche Echos von ihnen auf. Wenn man mit angehaltenem Atem lauscht, spürt man, wie nahe sie uns noch sind. Unsere ganze Zukunft liegt im Dunkeln.

Ich war damals fünf Jahre alt und der Madras-Vala über uns um die fünfzig. Glatt nach hinten geölte Haare, hünenhaft, mindestens fünfmal so groß wie ich. Er pflegte von oben runterzurotzen, und der Auswurf landete exakt vor unserer Haustür. Mein Vater war der Ansicht, der eigene Rotz gehöre verdammt nochmal ins eigene Taschentuch oder in den Ausguss. So kam es zwischen ihm und dem Madrasi häufig zu hitzigen Streitgesprächen. Ringsum hingen die Nachbarn aus Fenstern und Türen oder verfolgten von der Galerie aus angeregt das Spektakel. Ging ich am nächsten Tag zum Spielen raus, fragte mich unter Garantie der eine oder andere meiner Freunde in altklugem Ton: „Sag mal, wieso ist dein Vater eigentlich so ein Streithammel?"
Dann setzte ich zwei, drei Tage keinen Fuß vor die Tür. Mutter fragte in solchen Fällen nie, was los war, warum ich nicht spielen ging.
Einmal waren wir gerade rausgegangen, da spuckte der Madrasi, platsch, mitten auf Mutters Kopf. Vater rief ihn empört herunter.
Er kam und fragte: „What? What? So what?"
Mein Vater, gut einen Fuß kürzer als er, verabreichte ihm wortlos eine saftige Ohrfeige. Auf der anschwellenden tamulischen Backe begann sich ein schöner roter Abdruck abzuzeichnen. Wir gingen wieder rein. Auf dem kurzen Weg in die Wohnung umflatterten mich Kommentarfetzen wie: „Vor Gericht ... Polizei ... Unverfrorenheit ..."
Mutter strich mir die Haare zurück. „Hab keine Angst!", sagte sie. „Wovor fürchtest du dich denn? Den Papa wird schon niemand abholen!"
Aber wenn er seit diesem Tag um acht noch nicht zu Hause war, fing ich an, auf sie einzureden:
„Hab ich's dir nicht gesagt? Sie haben den Papa mitgenommen. Direkt vom Büro abgeholt."

Wenn sie dann, um ihre eigene Sorge zu verbergen, wortlos den Kopf schüttelte, hatte ich meinen nächsten Einwurf schon parat:
„Warum bringst du ihn denn dann nicht her? Wo hast du meinen Papa versteckt?"
Daraufhin bekam auch Ankush Angst. Wir setzten uns alle drei vor dem Haus auf die Stufen und warteten auf Vater. Und wenn ich irgendwann anfing, richtig durchzudrehen, sagte sie schließlich:
„Also gut, ich geh Papa suchen. Ankush, du passt auf ihn auf, ja? Und keinen Streit!"
Jetzt fürchtete ich mich erst recht.
„Nein! Ich will Ankush nicht! Du gehst nicht, oder ich komm mit dir mit!"
Und wieder saßen wir nebeneinander auf den Stufen.
Zehn Monate waren seitdem ins Land gegangen, und immer noch kam Vater nach Hause. Aber ich war felsenfest davon überzeugt, dass sie ihn eines Tages vom Büro abholen würden, wenn nicht heute, dann morgen. Mutter würde das sehr mitnehmen, deshalb verheimlichte ich meine Gewissheit vor ihr.
Auf Vater wendete ich neu erworbene Ausdrücke wie „Drecksau", „Arschloch" und so weiter nie an, selbst dann nicht, wenn ich Krach mit ihm hatte.
Einmal schrie mitten in der Nacht jemand grauenerregend. Ganz entsetzlich. Nicht auf Marathi. Selbst meine Tante Asha in Delhi wurde davon wachgeschreckt. Mir schnürte sich die Kehle zu, ich riss die Augen auf und klammerte mich an meinen Vater. Trotzdem hörten die Schreie nicht auf, sie würden nie wieder aufhören. Über uns im Haus wurde irgendjemand fürchterlich verdroschen und war jetzt schwer verwundet. Aus der Wunde sprudelte rotes Blut, und weil die so wehtat, gab es dieses schreckliche Geschrei. Die Stimme klang wie die von der

Madrasi-Frau von oben. Überall in der Siedlung gingen die Lichter an, bei den Pradhans, den Bhosles, den Kathavtes, aber ich würde die Augen bestimmt nie wieder aufmachen. Im Treppenhaus über uns hörte man hektisches Hin-und-her-Gerenne. Alle Leute strömten allmählich vor der Tür der Madrasis zusammen.

Die Stimmbänder der Madrasi-Frau leisteten in dieser Nacht schier Übermenschliches. Sie schrie und weinte vier, fünf Stunden am Stück. Bereits nach den ersten fünf Minuten begann sie auf Hindi zu kreischen. In den *chawls* ringsum wohnte schließlich niemand, der Tamil verstanden hätte.

„O Vater, was wird nun aus uns werden? O Gott! Wer ist mir jetzt noch geblieben? O Parameshvara, warum hast du das getan? Lass mich doch auch sterben! Dann bleibe ich nicht allein! O Gott, du hast überhaupt kein Herz!"

Die Nachbarsfrauen gaben sich redliche Mühe, sie zur Vernunft zu bringen. Erst einzeln, dann zu mehreren und abwechselnd. Aber sie ließ sich von niemandem beruhigen. Ihr Gatte konnte schließlich nur einmal sterben. Jetzt war er gestorben, und sie würde ihren großen Moment auf keinen Fall ungenutzt verstreichen lassen. Sie hatte endlich den Sinn ihres Lebens entdeckt. Menschen kommen notfalls auch ohne einen solchen aus, doch sie hatte – spät, aber immerhin – den ihren gefunden. Nach und nach begann sie, sich in ihre Rolle einzufühlen. Mit einem Schlag hatte sich alles geändert und sie stand im Rampenlicht.

Ihren unbestreitbar realen Schmerz hatte sie ziemlich schnell in den Griff bekommen. Jetzt kam die Kunst zum Zuge, und sie spielte alle an die Wand. Eine neue Welt, ein strahlendes Universum tat sich vor ihr auf. Ihr Gemahl war dahingegangen und die gesamte Siedlung schenkte ihr ungeteilte Aufmerksamkeit. Der Augen-

blick seines Todes würde ihr fortan als festliches, glanzvolles Ereignis im Gedächtnis bleiben.
Morgens um neun trug man ihn hinunter. Mühsam. Die Treppe war eng und die Frau ließ nicht locker. Unter unserem Fenster legte man ihn auf die Bahre. Die Frau verkündete in gestelztem Hindi: „Ich werde gleichfalls gehen!“ Vor lauter Begeisterung hatte sie glatt ihre Muttersprache vergessen.
Pradhans Anna, der arme Tropf, fragte: „Wohin?“
„Niemals werde ich zurückkommen! O mein Gott, verbrenne auch mich zu Asche! Was soll ich allein anfangen? Nimm auch mich hinweg! Uns beide!“, sagte sie und stieß immer wieder ihren Kopf gegen die Bahre.
Als sie nicht damit aufhörte, stemmten die Träger die Bahre hoch und setzten sie sich auf die Schultern. Die Alte machte keine Schwierigkeiten mehr. Sie ging ins Haus zurück und nahm ihr Gekreisch wieder auf.
Wegen des ganzen Tohuwabohus wurden später aus Versehen zwei Urnen gebracht. Der Madrasi brauchte nur eine. Die andere blieb unter unserem Fenster stehen, zusammen mit den Tragestangen der Bahre. Zwei Tage lang blieben die Dinger dort. Nicht mal der *sweeper* mochte das unreine Zeug anfassen.
Schließlich warf Vater die übrig gebliebene Madrasi-Urne auf den Müll.

Aus diesem Meer geht keine Sonne auf. Hier geht sie nur unter und taucht auf der anderen Seite wieder auf. Die Nacht zeigt ihre ersten Risse.
Heute ist Dienstag. Was machst du jetzt gerade, siebeneinhalb Stunden hinter unserer Zeit hier an der Brüs-

tung, auf diesem Vorsprung, am Nariman Point? Die Zeit durchtränkt die ganze Welt. Gott hat einen unersättlichen Bauch. Und Gott hat es eilig. Jede Sekunde, die Er werden lässt, stopft Er sich augenblicklich in den Schlund. Von hier bis da drüben. Vom einen bis zum anderen Ende Seiner selbst. Seitdem Er erstmals Hand an die Sache legte, dealt Er nur noch mit Vergangenheit, die Er dem Jetzt aus der Gurgel quetscht. Er rast, tobt, ist völlig von Sinnen, und uns macht Er ebenfalls wahnsinnig. Seine Arbeit hört niemals auf. Er trieft von göttlichem Schweiß. Und immer noch dehnt sich uferlos die Zukunft – während ich schreibe, während du siebeneinhalb Stunden hinter meiner Zeit existierst, während Großväterchen Russells kalte Wut sich über die Heldentaten der Amis in Vietnam ergießt, fünfzigtausend Frauen Jungen und Mädchen gebären, der katholische Priester in der Wüstenei seines Gottes masturbiert, Don sich in Kathmandu einen Klumpen Haschisch in die Backe stopft, Kombiamma sich auf den Stufen des Mahalakshmi-Tempels die Füße wäscht, und während Raghu seine britische Gespielin informiert: „Look, girl, so wahr mir Gott helfe, ich steh echt auf dich und aufs Bumsen steh ich auch. Ganz ehrlich. No shit. But Jesus, zweiunddreißig Stunden am Tag bring ich's einfach nicht. Selbst, wenn ich wollte."

Im Loft in Kothrud sagte meine ältere Schwester Tai zu mir: „Ich hab mehr Regenzeiten erlebt als du. Verneige dich, Kushank: Auch im Stein ist Gott." Mag sein. Aber wenn Gott in jedem Stein ist, dann ist auch ein *mennigrot beschmierter Stein* in Gott. Seinem Blick entgeht kein einziger Atemzug keines einzigen Menschen im ganzen Universum, aus Seinem Bauch geht nichts verloren. Er hat keine Augenlider. Irgendwann früher besaß Er wel-

che, aber die welkten Ihm ab. Mangels Beschäftigung. Gott macht Seine Augen nie zu. Kann's gar nicht. Seine Wahrnehmungsgier ist unbezähmbar. Dagegen ist kein Kraut gewachsen.
Mir liegt überhaupt nichts am Jetzt. Nur an einem ganz bestimmten Augenblick. Das Sterben kann sich Tage, ja, Jahre hinziehen, aber der Tod ereignet sich in einem einzigen Moment. Gegen diesen einen Moment kämpfe ich seit meinem ersten Atemzug an, Tag und Nacht. Gegen den Moment deines Todes, den meinen, den meiner Mutter.
Ich kann Ihn und Sein Geschäftsgebaren nicht begreifen. Will es auch irgendwie gar nicht. Du hast einmal gesagt, dass es so etwas wie Willensfreiheit überhaupt nicht gibt. Das ist richtig. Er hat beschlossen, Seine Augen sperrangelweit offenzuhalten, ich, die meinen zuzukneifen. Er hat sich unzählige Sünden einverleibt. Meine wird Er auch noch schlucken. Früher oder später verschlingt Er uns alle. Er hat meine Grenzen abgesteckt. Aber ich kann immer noch schreien. Zugegeben, was meine Stimme betrifft, habe ich nicht viel zu bieten. Umso weniger belästige ich die anderen.
Es herrscht Krieg. Totaler Krieg.

Heute ist mir danach, dich zu sehen. Wenn ich sechs Monate lang übers Meer liefe, würde ich doch bei dir ankommen, oder? Sechs Monate lang diese Sehnsucht am Leben erhalten? Wenn ich erst vor dir stünde, würde ich sie wohl spielen müssen. Dort drüben angelangt, würde ich mich umdrehen und nach Indien zurückschauen. Du hast einmal gesagt, mit dem Abstand ändert sich die Perspektive. Mag sein. Das Land, in dem ich geboren wurde, in dem ich aufwuchs, allerlei lernte, das ich oft genug verfluchte, über das ich lange Zeit nur mit schamhafter Zurückhaltung sprechen konnte, würde zum „Indischen Subkontinent“ werden. Und zu einem Teil der Dritten Welt.

Aber aus deiner Perspektive würde ich die Welt, das Leben, die anderen und mich selbst niemals sehen können. Als wir früher darüber sprachen, dachtest du vermutlich, ich würde dir vorwerfen, du seist inzwischen völlig verwestlicht. Was du im Übrigen auch wirklich warst. Um dich nicht zu verändern, hättest du schon ein Holzklotz sein müssen. Du hast dich entfernt, dich aber nicht entfremdet. Manche Menschen werden anders, manche assimilieren ihr Anderssein. Was dir davon widerfahren ist oder noch widerfahren wird, weiß ich nicht. Ich versuche nur, mich, die Welt und meine Wahrnehmungen zu verstehen und zu verinnerlichen. Vielleicht unternimmst du da drüben ja vergleichbare Anstrengungen, in einer anderen Sprache, mit anderen Worten. Die Frage ist nicht, was von beiden besser oder schlechter ist. Lediglich die Farbe unserer Brillen ist verschieden.

Du siehst in der Welt alle möglichen Sorten von Menschen, siehst Gruppen, Stämme, Gesellschaften, Nationen – Inder, Briten, Spanier, Deutsche, Chinesen, Kaukasier, Semiten, Mongolen und deinesgleichen.

Amerikaner der zweiten Generation sind grobschlächtigere und verbohrtere Patrioten, hast du mir einmal gesagt. Vielleicht ist dein Blickwinkel ja durch deinen Job bestimmt.

Ich hingegen sehe nur Menschen. Einzelne. Manchmal auch in Gruppen. Aber niemals losgelöst von ihrer Individualität. Faulenzend, träumend, sich paarend, wie Vieh lebend oder wie Menschen, schamlos, erbarmungslos, leidend, krank, dumm, aneinander gefesselt. Ich verstehe sie nicht. Als Mensch bin ich bestenfalls ein Lehrling.

Der Indische Subkontinent bereitet mir keinerlei Kopfzerbrechen, er juckt mich nicht, existiert für mich nicht, ist mir nicht bekannt.
Alles, was ich sehe, nicht kenne, nicht verstehe und was ich erleide, ist Prachinti.

„He, Kushank, ich geh jetzt", sagte sie und war weg. Ich konnte sie nicht aufhalten. Zehn Monate lang war sie vor meinen Augen immer weniger und weniger geworden, immer verschwommener und undeutlicher. Aber ich konnte ja schlecht die Tür verbarrikadieren, um sie am Gehen zu hindern.
Prachinti, ganze fünf Fuß groß, mit einem Zopf, der ihr bis zu den Kniekehlen reichte, klein, fragil, die jugendlich zarte Frau von Shatlaj und Mutter von Arshad, der mir gegenüber immer den Macho herauskehrte. Als sie es nicht mehr aushalten konnte – und Shatlaj und ich um ihretwillen auch nicht mehr –, brachten wir sie ins Krankenhaus. Dort blieb sie siebenundzwanzig Tage. Fünfzehn davon hat sie kein einziges Wort gesprochen. Ich wartete. Als Shatlaj einmal mit Arshad rausging, um ihm etwas zu trinken zu kaufen, schloss sie ihre zarten hellen Finger um meine Hand.
„Du hast gesagt, du würdest mich nie wieder ins Krankenhaus bringen!"
„Ich habe allerhand gesagt. Wie viele Jahre kennst du mich schon? Ich sage, was die Leute gerne hören."
„Ich will nach Hause, unbedingt. Du nimmst mich doch mit, ja?"
Neun Jahre zuvor im selben Krankenhaus. Deine Leute glaubten auch damals nicht, dass du sterben könntest.

Doch jetzt bist du zehn Monate lang gestorben, direkt vor meinen Augen. Für die ist man nicht krank, solange einem nichts fehlt, keine Hand, kein Fuß, solange man noch beide Augen, Nasenlöcher und Ohren hat. Und für eine Nichtkrankheit Geld auszugeben, dazu sind sie nicht blöd genug. Auch dein Doktor ist ein ganz Gewiefter. Ein wahrer Sparkünstler. Alles nur in Mikromengen, in homöopathischen Dosen. Bis die Antibiotika überhaupt nicht mehr wirkten.

Wenn Prachinti zehn Monate eher in ein Pflegeheim gekommen wäre, hätte sie ohne Weiteres noch ein paar Jahre länger leben können. Aber was hat es für einen Sinn, über das Was-wäre-wenn zu weinen? Ist schon gut. Shatlaj hat sich wirklich bemüht, seine Bilder zu verkaufen. Er gab Nachhilfe, Malstunden. Zuletzt gingen sogar die Farben und die Staffelei dafür drauf, um ab und zu für Prachinti Medikamente zu kaufen. Ich ging für sie betteln. Aber dass ich um Almosen bat, heißt nicht, dass ich auch welche bekam. Jedenfalls nicht in bar. Freunde nehmen einen mit ins Theater, ins Konzert, in ein Lokal. Sie drücken einem nicht ein paar Scheine in die Hand und sagen: „Geh, mach dir einen schönen Abend!“ Aber wenn die Tasche leer ist, dann ist nichts drin, und Prachinti blieb Monat um Monat ohne Medikamente.
Vor zwei Jahren kam sie einmal morgens um sechs zu mir nach Hause. Sobald Vater aus dem Zimmer gegangen war, sagte sie:
„Ich brauche Geld. Vierhundert Rupien.“
Ich lachte. Von mir? Geld? Wenn ich welches hätte, dann bräuchte ich nicht jeden zweiten Tag zu dir zum Essen zu kommen.
„Jetzt ist überhaupt niemand mehr übrig, den ich anpumpen könnte. Von einigen Leuten habe ich mir schon

zwei- oder dreimal was geliehen. Die fragen schon, wie oft ich denn noch angetanzt komme. Solange ich lebe. Solange ich Hunger habe. Ist das so schwer zu kapieren? Haben die denn keinen Hunger? Morgens, mittags, abends? Iss nur einmal am Tag, sagen sie. Einmal im ganzen Leben. Wozu denn immer wieder? Das fragen mich selbst die, die noch nie auch nur einen lumpigen *paisa* ausgespuckt haben!"

„Und wenn du nirgendwo etwas bekommst?", fragte ich, um Zeit zu schinden.

Sie schüttelte den Kopf. „Ich brauche Geld! Du wirst es auftreiben! Wir dürfen das Haus nicht verlieren!"

Ich nahm sie mit zu einem meiner Freunde. Wir redeten über dies und das. Immer um den heißen Brei herum. Er schien auch nicht gerade in Geld zu schwimmen.

„Ist leider nicht drin. Ich hätt's dir wirklich gern gegeben. Aber ich bin völlig blank. Ja, wenn du vor einem Monat gekommen wärst ...", sagte er hilflos und schaute zu der kleinen Frau hinüber, die es wagte, ihn um Geld anzupumpen, obwohl sie sich überhaupt nicht kannten. Hilflos entweder, weil er das Opfer seiner eigenen Knickrigkeit war, oder, weil er wirklich nichts zu geben hatte. Warum hätte er überhaupt etwas ausspucken sollen, versuchte ich für mich, ihn zu entschuldigen, während ich mit Prachinti ein Haus weiterzog.

Schließlich landeten wir bei Rashid.

„Gib mir etwas, auch wenn du nichts hast", sagte ich zu ihm. Als er rausging, um das Geld zu holen, rückte Prachinti näher an mich ran: „Bitte verlang noch fünfundzwanzig extra. Er hat seit zwei Monaten keine Farben mehr. Kushank, bitte, frag ihn!"

Ich hab es dann allerdings nicht getan.

Aber angenommen, du wärest wiedergekommen, hättest den Kopf geschüttelt und gesagt: „Ich brauche Geld, du wirst es mir besorgen!", und ich hätte kein Geld gehabt, und auch niemand sonst, oder niemand hätte welches rausrücken wollen, dann wäre ich wütend auf dich geworden. Ich hätte dich vom Antlitz der Erde getilgt, aus meinem Gedächtnis gestrichen. Bitte mich verdammt nochmal doch nicht um Dinge, die ich dir nicht geben kann! Verschwinde! Mach dich vom Acker! Geh mir nicht auf den Geist! Warum kannst du dich nicht selbst um dich kümmern? Nimm Shatlaj und deinen Arshad und verzieh dich, geh, wohin du willst, nur bitte aus meinen Augen, lebe, heul, sei froh und glücklich, krieg die Cholera, wohn auf der Straße oder in einem Bungalow, mach, was du willst, aber hau endlich ab! Wieso kapierst du es nicht, wenn man es dir sagt, und wenn ich dir beim nächsten Mal das Geld nicht beschaffen kann, was dann?

Sie fragte nicht wieder. Sie ist einfach gestorben. Zehn Monate lang. Zehn mal dreißig Tage. Woche für Woche. Tag für Tag. He, Prachinti: Ebbe ist nur fünf Stunden. Warum willst du es nicht kapieren? Du übertreibst, merkst nicht, wann es genug ist. Du hast keinen Sinn für Proportionen.

Wenn ich aus deinem Zimmer ging, drehte ich mich nicht mehr um, schenkte deiner Sauerstoffflasche, deinem Krankenblatt mit den Temperaturkurven, deinen Flaschen mit Kochsalzlösung und deiner Ansammlung von Medikamenten keinen letzten Blick. Was hätte es auch genützt? Gegangen wärst du sowieso. Alles hat seine Grenzen. Du warst so bleich, zerbrechlich und klein geworden, dass du ganz einfach verschwunden wärest, wenn ich noch mal zurückgeschaut hätte. Ich sah nur den roten Namensaufdruck des Krankenhauses auf dem Laken, mehr nicht. Aber du warst immer noch da. Wenn dir etwas nicht passt, warum tust du es dann? Ich muss mit dir reden. Gib mir mein Geld zurück! Jeden einzelnen Paisa! Auf der Stelle! He, Prachinti, hörst du?

Drei Tage, bevor sie starb, sagte sie: „Ich halt es nicht mehr aus. Ich ertrag's wirklich nicht mehr."
Sie fing an, den Kopf so heftig zu schütteln, dass eine Schwester sie festhalten musste, sonst wären sämtliche Nadeln und Schläuche, die ihr in Händen, Armen, Nase und Hals steckten, herausgefallen. „Was redest du da für einen Blödsinn", murmelte ich.
Als ich in der siebten Klasse war, schnauzte mich mal mein Lehrer Rahekar an: „Was schreibst du da für einen Blödsinn? Schämst du dich gar nicht? Seit wann ist sieben mal sechs dreiundvierzig? Du bist ein Vollidiot! Und was glotzt du auf den Boden? Da steht die Antwort nicht! Los jetzt, schreib die richtige Zahl hin!"
Wenn es wirklich nicht mehr zu ertragen ist, wirst du schon ohnmächtig werden und schließlich sterben. Solange du noch bei Bewusstsein bist, kannst du nicht behaupten, du hältst es nicht mehr aus.

Es ist wahrscheinlich das letzte Mal, dass ich Aroti sehe. Wenn ich mit ihr zusammen war, ging mir dieser Gedanke nicht aus dem Kopf. Und wenn wir nicht zusammen waren, ebenfalls. Ich hätte ja schlecht sagen können: „Gut, wir sehen uns ein andermal." Und zu sagen „Ich gehe", hätte ich nicht fertiggebracht.
Ihre Freundin, die immer in Hosen herumlief, war mit ihren zwei Kindern auf einen Plausch vorbeigekommen. Perfektes Timing. Ich war gerade dabei aufzubrechen. Arotis Mann war schon am frühen Nachmittag, direkt

nach dem Essen, gegangen. Um uns herzzerreißende Abschiedsszenen zu ersparen. Wofür ich ihm ewigen Dank schuldete.
Er war stinksauer auf mich. Aber ein echter Gentleman. Und obendrein noch richtig großherzig. Er hat mich nicht rausgeschmissen. Seit neun Tagen wohnte ich bei ihnen. Meine Unverfrorenheit verschlug ihm einfach die Sprache. Die Frage, wie ich eigentlich dazu käme, mich in seinem Haus breitzumachen, verunstaltete deutlich sein gutbürgerliches Gesicht.
„Hat er Angst, ich könnte in dich verliebt sein?", fragte ich Aroti.
„Bist du's?"
„Weiß ich nicht."
„Vielleicht weiß er's auch nicht."
Wir gingen wie wahre Männer von Welt miteinander um. Stets die Verbindlichkeit in Person. Jeden Morgen kochte ich ihm eine Tasse Tee. In der Küche standen neunzehn Messingbecher, umgedreht, aufgereiht auf einem Bord.
„Messing geht nicht kaputt", hatte Aroti gesagt und zum Beweis einen Becher auf den Boden geschmissen. Einen von den Dingern, heiß dampfend, in ein Taschentuch gewickelt, pflegte ich allmorgendlich ihrem Gemahl zu bringen.
Die ersten zwei Tage gaben wir uns redlich Mühe, miteinander Konversation zu treiben. Plauderten etwa über den Vietnamkrieg. Er beantwortete sogar meine Fragen. Wir gaben unsere jeweiligen Ansichten zum Besten. Bis es irgendwann reichte.
Aroti verlor die Beherrschung und schrie mich an:
„Warum redest du nicht mit ihm? Damn it, du musst es doch nicht extra peinlich machen!"
Ich starrte sie nur wortlos an.

„Oh, stop being so perverse, so totally vernagelt!“
„Ich habe ihm nichts zu sagen.“
„I know. Du blöder Hornochse! Ich weiß“, gab sie scharf zurück. Und wechselte dann wieder ins Englische. Was sie immer tat, wenn ihr Mann nicht da war, damit Sunheria und die Kinder nichts verstanden.
„Aber du musst nicht mit Absicht schweigen! Du könntest wenigstens versuchen, some sort of conversation zu machen!“
Ich zog mir die Schuhe an und ging raus. Aroti hing total in der Luft, im peinlichen Schweigen zwischen ihm und mir. Sie erstickte beinahe daran. Aber sie war nie „die Arme“. Mitleid ihr gegenüber kam nie in Betracht. Sie konnte leiden wie ein Tier und ich ihretwegen nicht minder. Doch Mitleid kam einfach nicht in Frage.
„Warum schickst du mich nicht einfach weg?“ Wir hatten das Thema schon mehrfach gehabt. Sie lächelte undeutlich, sehr sanft.
„Geh morgen.“
Dreimal hatten wir das schon durchgekaut. Ich war völlig abgebrannt. Was ich für das Ticket brauchte, würde sie mir leihen. Ich könnte es ihr dann von daheim aus überweisen.
„Warum geht es dir nicht in den Schädel, dass ich unmöglich noch länger hierbleiben kann?“
„Was wäre denn, wenn? Du bist doch der Einzige hier, der den Durchblick hat!“ Wir lachten lange. „Du wirst nie wieder zurückkommen können.“
„Ob du's glaubst oder nicht: Das ist mir völlig klar!“ Ich war nahe daran, ernsthaft sauer zu werden. Was sie allerdings nicht zur Kenntnis nahm.
„Noch zwei, drei Tage. Dann ist Schluss. Und dann nie wieder.“ Ganz ernsthaft, bestimmt, sodass wir es ja beide glaubten.

Vor zwei Jahren hatte ich ihre Schwester Koshinda getroffen. Ohne Zusammenhang hatte sie plötzlich gesagt: „Aroti hat jetzt nichts mehr mit uns Erdenwürmern gemein. She says she feels alive every moment, morgens, mittags und abends, immer lebendig."

Was ihre Tochter Prutha anging, verstand ich das schon. Aber was genau hinter Koshindas Aussage steckte, war mir damals nicht klar. Heute immer noch nicht. Aber immerhin dämmert es mir ein wenig.

Nachts bekam man in ihrem Haus praktisch kein Auge zu. Alle vier Zimmer waren fest in Rattenhand. Die Viecher rannten und wuselten über meine Füße und meinen Kopf. Machte man das Licht an, huschten sie in jeden sich bietenden Unterschlupf. Im Zimmer, in dem ich schlief, stand ein großer Krug voll Zucker, deshalb mochten sie es am liebsten. Kaum ging das Licht aus, machten sie sich wie Besessene an die Arbeit. Sie hatten sich bereits fürstliche Paläste in den Wänden eingerichtet. Doch das war für sie noch lange kein Grund, ihre Arbeiten einzustellen. Die ganze Nacht über fielen lappige Fetzen von der Verkleidung der Decke herunter, zwischendurch bröckelte Putz von den Wänden. Wenn ich nicht aufpasste und mir die Augen zufielen, klatschte mir das Zeug auf den Rücken oder die Nase. Wenn ich deshalb hochschreckte und mich ohne Vorwarnung aufsetzte, brach unter denen, die sich derweil häuslich auf mir niedergelassen hatten, das blanke Entsetzen aus. Panisch schossen sie auseinander.

Ließ sich bei Tag ein Nager blicken, warf ihm Aroti einen kalten Blick zu und verkündete düster-unbeteiligt wie eine Sybille:

„Dieses Haus wird nur noch von Rattenspucke zusammengehalten. Demnächst kracht es uns noch allen auf den Kopf."

„Mir nicht, so viel ist mal sicher. Ich mache mich nämlich vom Acker."

„Ach, so ist das? Sie verlassen uns? Schön. Wenn Sie fest entschlossen sind, Sir, dann werde ich Ihnen bestimmt keine Steine in den Weg legen!"

Worauf mir prompt bewusst wurde, dass ich gar nicht wegkonnte, wenn sie mir nicht das Geld dazu lieh.

„*Rani, bibi,* schöne und großherzige Herrin meiner Seele! Mich verlangt es nach one hundred rupees only!"

„Du bist ein echter Mistkerl. Schön war ich gestern."

Gestern Morgen war sie, kaum aufgestanden, zu mir ins Zimmer gekommen und hatte in theatralisch verzagtem Ton gesagt:

„Really, Kushank, ich kann nichts dafür, dass ich the most beautiful woman in the world bin."

Mir war die Spucke weggeblieben. Dass sie sich meinte, konnte ich einfach nicht glauben.

„Was ist los? Was starrst du mich so an? Wenn es doch stimmt!"

Sie hatte laut losgelacht, und ich mit ihr. Dann war sie gegangen, hatte sich aber in der Tür umgedreht und noch einmal gesagt:

„Es stimmt! Die schönste Frau der ganzen weiten Welt bin ich!"

Heute war ihr Ton ein völlig anderer. „Das Zusammensein mit mir hat bei dir noch keinen nennenswerten Erkenntniszuwachs gebracht. Den Unterschied zwischen gestern und heute kennst du immer noch nicht. Heute ist heute. Gestern war gestern. Und heute bin ich hässlich. Ja", fuhr sie fort und richtete den Finger auf mich, „schauen Sie ruhig den Tatsachen ins Gesicht. Sie sind der größte Schwachkopf von ganz Hindustan. Und was bin ich? Ich bin – und das zu sagen bereitet mir tiefsten Schmerz – die hässlichste Frau der ganzen weiten Welt.

Das ist eine Tatsache. Und dazu passt auch mein unseliges Haar. Was hab ich damit nicht schon alles angestellt! Wie oft hab ich den Herrn dort droben angefleht! Aber es tut einfach, was es will. Es steht mir zu Berge, als ob mir der leibhaftige *Sai Baba* erschienen wäre. Also verneige ich mich vor Gottes unerforschlichen Einfällen."

Die Ratten fraßen weiter das Haus auf. Anfangs beeinträchtigte dieses Haus meine seelische Verfassung so sehr, dass ich mich, den Kopf in den Händen, immer wieder hinsetzen musste. Ich hatte das Gefühl, gegen dieses Haus anreden zu müssen, und bemühte mich, es durch Worte in den Griff zu bekommen. Doch es war offensichtlich bereits seit Urzeiten jeglicher menschlicher Einflussnahme entzogen. Arotis Haus hatte sich dem Chaos verschrieben, einem dämonischen Chaos. Es hatte Tohu und Bohu gezeugt. Die hausgewordene Anarchie.
Gott hatte einen großen Quirl und Aroti war die treibende Kurbel. Ihr Mann, Prutha, Guddu, Arotis Dienerin Sunheria und deren zwei Kinder waren die Quirlblätter. Wenigstens sechzehn Stunden am Tag rührte Er das Haus durch. In den verbleibenden acht Stunden rackerten sich Aroti oder Sunheria wie besessene Sklavinnen ab, um wenigstens für kurze Zeit dem heillosen Wirrwarr ein Ende zu setzen. Sie wühlten das untere Chaos hervor und verbargen das obere darunter.
Guddu schaufelte Hände voll *dal* aus dem Blechtopf und zog damit eine verwackelte Spur wie von Dünnschiss durchs ganze Haus. Weil sie keine Linsen zum Spielen bekam, schlug Prutha mit der Stirn gegen das Gestänge ihres stählernen Gehgestells. Sie hatte zwei Methoden, ihren Unmut kundzutun: Die eine bestand darin, mit dem Kopf irgendwo dagegenzuschlagen, die andere, ihn vornüber hängen zu lassen und dabei die Augen so zu

verdrehen, dass nur noch das Weiße zu sehen war. Bei dieser anspruchsvollen Übung versäumte sie es dann naturgemäß, die Spucke im Mund zu behalten, und sabberte sich von oben bis unten voll.
Als sie einmal eine ganze Weile die Kopfschlagtechnik angewandt und dennoch keinerlei Aufmerksamkeit geerntet hatte, schob sie mit ihren mageren Beinchen ihr dreieckiges Laufgestell zur rückwärtigen Küchentür. Ein, zwei Minuten lang saß sie still da und schaute die Straßenschlucht hinunter. Man sah die lange Straße aufsteigen und einige Kurven nehmen. Prutha schaute den Fahrzeugen zu, die dort entlangfuhren. Dann gab sie plötzlich dem großen Messingkessel, der auf einem Zementsockel an der Außenwand der Küche thronte, einen heftigen Stoß. Er kollerte polternd zu Tal. Vor Vergnügen versuchte Prutha, in ihrem Gestänge zu hüpfen.
„Du Mistvieh!", fauchte Aroti sie wütend an. „Geht's dir noch gut? Hast du noch alle Tassen im Schrank? Du kleines Biest, wer, glaubst du, holt jetzt das Ding wieder rauf?"
Den Fuß fest auf das Balkongeländer gestemmt, inspizierte ich mit dem Fernglas von Arotis Mann die abschüssige Straße. Nach einer Weile sichtete ich den Kessel: Er lag achtzig Fuß tiefer in einer Kurve auf dem Kopf und sah ganz schön mitgenommen aus. An einer Seite war er ziemlich platt, an der anderen mit Dellen übersät.
Jetzt vernahm ich die irritierte Stimme von Arotis Mann: „Aroti! He! Aroti!"
Als sie hereinrannte, fuhr er sie an: „Frau, bist du taub? Ich ruf dich jetzt seit geschlagenen fünf Minuten. Wo zum Teufel ist meine Hose? Nicht die aus Trevira, die aus Wolle!"
Aroti machte sich im Laufschritt auf die ebenso emsige wie vergebliche Suche nach des Gatten wollener Hose,

indem sie Saris, Blusen, Unterzeug und Cholis aus dem Schrank, von Fußboden und Bett auf den bereits vorhandenen Haufen von *pajamas* warf. Dass sie die gesuchte Hose heute nicht mehr finden würde, zog niemand ernstlich in Zweifel. Allerdings reichte ein derart nichtiger Grund nicht aus, Aroti von ihren Bemühungen abzubringen.

„Ach, vergiss es!“, rief ihr Mann entnervt zu ihr hinüber und zog die Trevirahose an. „Du gehörst nicht gerade zu den Leuten, die das Finden erfunden haben!“

Als er gegangen war, fragte ich Aroti, um sie noch ein bisschen mehr auf die Palme zu bringen: „Hat er sich die fragliche Hose selbst gestrickt?“

Sie warf ein Sarileibchen nach mir.

Ich hatte sie schon mehrfach damit aufgezogen, dass sie nur tadellos gebügelte Saris trug. Jetzt sagte ich: „Meine Liebe, dein Egoismus spottet jeder Beschreibung. Du siehst immer wie aus dem Ei gepellt aus, aber wie er rumläuft, scheint dir scheißegal zu sein!“

Natürlich würde sich die Hose weder morgen noch übermorgen wieder finden. Das Leibchen würde ebenfalls verschollen bleiben, und Arotis Gatte müsste irgendwann mit nacktem Hintern und Aroti busenfrei zur Arbeit gehen.

Wenn ich dieses Thema anschnitt, war Aroti immer für kurze Zeit betroffen. Sie musste sich unbedingt rechtfertigen.

„Nein, Kushank, nein! Habe ich ihm etwa nicht erst gestern Abend ein Hemd gebügelt?“

Und wenn ich sie daraufhin betont ungläubig musterte, fragte sie leicht gereizt: „Warum kümmert er sich nicht selbst um seine Klamotten, verdammt nochmal? Früher hat er immer das getragen, was ihm morgens als Erstes in die Hände fiel!“

Sie runzelte die Stirn, weil sie – völlig zu Recht – annahm, mich immer noch nicht überzeugt zu haben.
„Was ist? Hältst du mich wirklich für einen so hoffnungslosen Fall?“
Prutha konnte man keinen Augenblick allein lassen. Aroti kümmerte sich um alle: Prutha, Guddu, ihren Mann, mich und sich selbst. Ihr Gatte ging nie ohne Hose aus dem Haus, und keiner von uns musste je mit knurrendem Magen ins Bett.
„Ich hab doch nur Spaß gemacht! O *devi-ji*, speise deinen Göttergatten oder lass ihn hungern, bring das Haus auf Hochglanz oder lass es verdrecken – das ist mir doch egal! Zieh du nur weiter schöne Saris an und erfreue mein Auge. Mehr verlange ich nicht!“
„Kushank!“ Sie versuchte, mich mit gespieltem Zorn zu beeindrucken. Dann fügte sie flüsternd hinzu: „Leise, *bhai*, leise. Du Verrückter, was, wenn dich jemand hört?“

Weil ich nur wenige Sachen dabeihatte, war ich ständig am Wäschewaschen, damit ich am nächsten Tag wieder etwas Sauberes zum Anziehen hatte. An jedem Monatsersten kaufte Aroti eine Großfamilienpackung „Surf“. Damit wurde dann die Kleidung von Aroti, ihrem Mann und ihren Kindern, von Sunheria und deren ganzer Familie gewaschen, sowie sämtliche Töpfe und überhaupt alles, was der Reinigung bedurfte.
Am Fünfzehnten war das Surf regelmäßig aufgebraucht. Dann kam die kuhdungfarbene Kernseife zum Einsatz – zunächst bei öligen Kochtöpfen. Später auch bei Kleidern, Tellern und was sonst noch anfiel. Weil wir erst in der zweiten Woche des Monats angelangt waren, konnte ich in Surfschaum schwelgen. Aroti nannte mich *dhobi*.
„Ja, wasch nur, wasch du nur! Wann wird dir schließlich schon eine zweite Begegnung mit Surf vergönnt sein?

Wie man hört, hast du aus Bombay den Rest von deiner Garderobe angefordert. Es wird wahrscheinlich das erste Mal sein, dass die Sachen Seife zu Gesicht kriegen!"

„Was soll das heißen: meine Garderobe? Auch Ankush schickt mir seine aus Amerika."

Sunheria konnte nicht mehr umhin, sich einzumischen. „*Bai-ji*, er ist als Gast in Ihr Haus gekommen. Einen Gast beleidigt man nicht!"

Aroti sah mich an und lachte: „Na, da hast du ja Schützenhilfe bekommen, wie?"

Ein paarmal bekam ich plötzlich Lust, ihr ein Gedicht vorzulesen. Dann ließ ich sie das ganze Haus nach dem gewünschten Buch absuchen. Die Bücher waren überall verstreut, und wenn sich der gesuchte Band selbst in den sechs bis sieben Klopapierfächern im Bad nicht fand, sagte sie mit kleinem Mund: *„Forgive me, oh Goddess, for he was strong and I was half asleep."*

Wenn ihr Soziologengatte unsere Diskussionen über Bücher oder mein eigenes Geschreibsel mitbekam, packte ihn die kalte Wut. Er hatte eine wunderschöne Nase, gerade und kühn. Wie sehr er sich auch anstrengte, uns vollkommen zu ignorieren, schaffte er es doch nicht, die glasklare Verachtung gänzlich aus seinen Augen zu verbannen.

Aroti konnte nicht begreifen, warum er nicht endlich explodierte, seine Wut nicht einfach rausließ. Warum er nicht über seinen eigenen schafsfrommen Schatten sprang und sie klipp und klar fragte, was zum Teufel sie sich da eigentlich herausnahm. Aber er brachte es ums Verrecken nicht fertig. Eine gewisse gelegentliche Einsilbigkeit war schon das Höchste der Gefühle.

Wenn er sich wirklich nicht mehr beherrschen konnte, verpasste er dem Hundekind, das Guddu in aller Unschuld zu quälen pflegte, einen saftigen Tritt. Er war vermutlich irgendwann einmal tief verletzt worden, wo und von wem auch immer, die Wunde ließ er jedenfalls niemanden sehen. Schweigend ertrug er mich wie einen unsichtbaren Furunkel.

Was er hätte sagen sollen und wie er es sagen sollte, lag mir auf der Zunge. Drei schlichte klare Aussagen:

„Das ist mein Haus. Ich will dich hier nicht haben. Sieh zu, dass du Land gewinnst."

Aber er brachte es einfach nicht über die Lippen.

Wenn wir drei uns zum Abendessen setzten, tat er so, als wäre ich überhaupt nicht vorhanden, sprach mit Aroti über dies und das. Sie erörterten etwa so brennende Themen wie die nationale Integration, die Kaschmirfrage oder das Problem der Regionalsprachen. Seine Ansichten hatten dabei die Unanfechtbarkeit jahrhundertelang erprobter Wahrheiten. Was Aroti indes nicht hinderte, sie regelmäßig anzufechten und in Zweifel zu ziehen. Was ihn aber wirklich fertigmachte, ihn wie eine kaum zu ertragende Unvollkommenheit zermürbte, das war meine Anwesenheit. Wenn er es wirklich nicht mehr aushielt, verbarrikadierte er sich hinter einem Werk über politische Geographie. Er starrte stur auf die Seite und blätterte exakt alle anderthalb Minuten um. Ich ließ dann meine Mahlzeit friedvoll ausklingen und die Frau im roten Kleid an der Wand dabei nicht aus den Augen.

Dem Kalenderfotografen zuliebe nestelte sie mit beiden Händen in ihrem Haar und entblößte dabei ihre jungfräulichen Achselhöhlen. Ihre üppigen Brüste standen ständig kurz davor, aus dem Ausschnitt zu schwappen. Viele Wände des Hauses zierte ein solcher fotografischer Schmuck. In ihrem Schlafzimmer etwa saß eine frische dralle Maid an einem felsigen Seeufer. Und allein davon, dass sie ein Füßchen ins Wasser tunkte, klebte ihr der schneeweiße Sari pitschnass am Leib. Die Arme würde

bis zum nächsten Neujahr feucht bleiben müssen. Sie schien sich unbändig darüber zu freuen, dass sie es in der Eile versäumt hatte, BH und Choli anzuziehen. Ihre rosigen Rundungen zeichneten sich sehr plastisch durch den feuchten Sari ab. Aber völlig unzensiert bekam man Frauen nie zu sehen. Geschickt, wie zufällig drapierte Falten verhüllten die Brustwarzen, wie sich das gehörte. Bereits am ersten Tag hatte ich Aroti auf diese schlüpfrigen und geschmacklosen Bilder angesprochen.
„Jesus Christus, was haben diese Weibsbilder in deinem Haus verloren? Ich dachte, ehrliche Pornographie wäre dir lieber als diese verklemmte Pseudo-Erotik."
„He likes them", hatte sie schlicht geantwortet und mich auflaufen lassen. Gönnerhaft konnte man Aroti einfach nicht kommen.

Täglich standen morgens und abends Pruthas heilgymnastische Übungen auf dem Programm. Sie hasste sie, brüllte wie am Spieß und verstummte bald darauf apathisch. Aber Aroti blieb eisern. Sie vertraute schlicht und einfach darauf, dass Pruthas untaugliche Glieder irgendwann einmal zum Leben erwachen würden. Vor der Möglichkeit eines Misserfolgs kniff sie beide Augen fest zu.
„Herrgott, manchmal sehe ich die Möglichkeit doch, und dann kann ich nicht weiter, I simply can't", rief sie und ballte die Fäuste. Ich wich ihrem Blick aus.
Mit Flüchen, Scherzen, Liedchen, Zornausbrüchen und allem, was ihr sonst noch einfiel, schaffte es Aroti jedes Mal, dass die Kleine ein bisschen auf dem Teppich herumkrabbelte. Weil Prutha das sehr vergnüglich fand, kroch ich zuweilen mit. Guddu dagegen wollte nur selten mit mir spielen. Ob das nun an meiner Freundschaft mit Aroti oder an Pruthas wachsender Zutraulichkeit mir gegenüber lag, hat er mir nie verraten. Brachte ich

ihm Schokolade oder Süßigkeiten mit, schnappte er sie sich erst, wenn ich wieder aus dem Zimmer war. Im Übrigen ignorierte er mich vollkommen.

„This one is going to hate you when he grows up," sagte Aroti.

„I know. Ich bin heilfroh, dass das Balg erst drei ist."

Sie zog ihn plötzlich zu sich heran und küsste ihn ab. „Aber du wirst noch da sein, wenn er groß wird. Ja?"

Ich blieb stumm.

„Es kommt mir vor, als hätte ich dir sechs Jahre lang täglich geschrieben. Ich fange mit ‚Lieber Kushank' an, und dann wird aus dem Brief ein Dialog. Ich weiß nicht, ob's richtig ist, dir das zu sagen. But why not? Früher oder später sterben wir ja doch alle, und es ist schön, jemandem sagen zu können, dass man ihn mag, und schön zu wissen, dass man gemocht wird. You see, es ist nicht so, dass ich dich verzweifelt brauchen oder mich nach dir verzehren würde ... oder vielleicht doch, vielleicht ist es ja gerade Verzweiflung oder verzehrende Sehnsucht, jemanden so zu brauchen, wie ich dich brauche – was weiß ich? Aber du bist einfach da, und es ist irgendwie frustrierend und fühlt sich nicht richtig an, wenn du's nicht bist. Ich bin nicht etwa unglücklich oder unzufrieden, das bin ich nicht! Und es ist auch nicht so, dass ich in bestimmten Stimmungen an dich denken müsste, aber es kommt mir ganz natürlich vor, dass, wenn etwas mich tief berührt, ich es dir sagen muss."

Guddu war irgendwann im Verlauf dieser Rede von ihrem Schoß gerutscht und nach draußen spielen gegangen. Das Haus war ungewöhnlich still, weil Prutha im hinteren Zimmer schlief. Ich saß auf der Türschwelle, starrte auf den Boden und fand keine Worte.

„Ach, Scheiße, warum kann ich nicht zwei Männer haben?", sagte sie, und damit war alles im Eimer. Ich be-

kam eine Stinkwut auf sie. Alles kam mir hoch: Bücher, die ich gelesen, Filme, die ich gesehen hatte, und mein sporadisch aufflackernder, namenloser, dürftiger Stolz.
„Eher verrecke ich, als dass ich die Nummer zwei spiele! Und die platonische Arschgeige spiel ich schon gleich gar nicht, für niemand!“
Das verletzte sie. Das ständige enge Zusammensein mit ihr hatte mich völlig zermürbt. Ich benutzte Wörter wie Krallen, weil sie einfach keine Ahnung hatte, was sie mit ihrer Art anrichtete. Erst wenn Blut geflossen war, wurde ich wieder friedlich.
„Was soll das denn, Kushank, you don't even know if you love me.“
Sie hatte mich nur mit einer ganz feinen Nadel angepiekst. Aber im selben Augenblick verpuffte mein ganzer selbstgerechter Zorn.

Es gibt ein paar Dinge, die ich absolut nicht begreife. Alles, was um mich herum geschieht, sehe ich. Ich halte die Augen offen, notiere mir auch die trivialsten, disparatesten, minimalsten Details. Ich behalte sie alle im Gedächtnis, genau so, wie sie passiert sind. Und dann versagt mir bei einem Ereignis, das bis heute außer Frage stand, plötzlich die Sprache? Die sonst so sittsam menschenscheue Witwe, schon jahrelang jenseits von Gut und Böse, führt sich plötzlich auf wie *Sati Savitri* in Nöten. Und ich habe es echt nicht mitgekriegt, dass sie die ganze Zeit unzählige Affären hatte. Sie hat sich ein privates autarkes Netz geschaffen und mein komplettes Leben darin eingewickelt.
Aroti hat einmal gesagt: „Wirst du es denn nie kapieren, Kushank? Der Trick besteht darin, das Offensichtliche zu sehen.“

Aber während sich alles deutlich vor meinen Augen abspielt, ist mein Kopf zuweilen offenbar woanders. Und dann plötzlich, Monate, manchmal Jahre später, springt mir dieses Offensichtliche förmlich ins Gesicht wie eine Ohrfeige. Ich klappe zusammen, als hätte ich einen Tritt ins Kreuz kassiert. Ich muss die Schulden von Jahr und Tag auf einen Sitz tilgen. Völlig unerwartet. Als hätte ich vergessen, meine dritten Zähne reinzuschieben. Krampfhaft bemüht, die Fassung zu bewahren, fange ich dann sogar an, die Wahrheit zu sagen. Und wenn ich erst mal die Wahrheit gesagt habe, ist alles zu spät. Alles ist weggesperrt, einschließlich der Schlüssel. Keine Fenstergitter mehr, keine Fenster, keine Türen. Die weite Welt steht dir offen. Nur der ständig zurückweichende Horizont setzt dir noch Grenzen. Der zeitlose, sich aus sämtlichen Richtungen an deine Fersen heftende Horizont. Und dann geht es an die Klärung der Schuldfrage.
Lasst uns die Augen schließen. Und zwar rasch. Sonst wird die Schuld am Ende noch vor Gottes Tür verhandelt.

Dass meine Mutter weg war, habe ich erst dreizehn Tage nach ihrem Tod begriffen. Ich war bei ihr, als der letzte Atemzug aus ihren Bronchien rasselte. Komm heim, wenn die Prüfungen vorbei sind, hatte sie geschrieben. Was denn die Eile solle, hatte ich ihr geantwortet, ich hätte noch mancherlei zu lesen und benötigte unbedingt ein wenig Ruhe, nachdem ich mich für die Prüfungen vollständig verausgabt hätte, dann aber würde ich bestimmt kommen.
Keine zwei Tage nach der letzten Klausur schickte Vater ein Telegramm: „Komm nach Hause!"
Weil ich allein wohnte, hatte ich mir angewöhnt, Selbstgespräche zu führen. Während ich meinen Koffer packte,

plapperte ich also vor mich hin. Die lassen einen einfach nicht in Ruhe. Wenn ich einen anderen Vater hätte, würde der sagen: Aus der Ferne betrachtet sind Kinder etwas Nettes, die der anderen und auch die eigenen.

Eigentlich hatte er mir schon lange keinen Grund mehr gegeben, mich über ihn zu beklagen. Doch bei alten Leuten und sonstigen Respektspersonen weiß man nie, woran man ist. Als ich in Bombay das Vorhängeschloss an unserer Wohnungstür sah, wurde ich noch unruhiger. Die Pradhans von über uns sagten, die ganze Familie sei ins Krankenhaus gegangen.

Als ich meine Mutter sah, war sie seit fünfzehn Stunden bewusstlos. Der Arzt meinte, wenn sie innerhalb der nächsten achtundvierzig Stunden wieder zu sich käme, hätte sie eine Chance. Auch beim Sterben behielt Mutter ihren eigenen Kopf. Sie hielt einundfünfzig Stunden durch. Dann entwischte sie, ohne die Augen noch einmal geöffnet zu haben, entschlüpfte meiner und Ankushs Wachsamkeit.

Vater schickte mich die Tante holen.

„Was ist los? Geht's deiner Mutter schlechter?", fragte sie unterwegs.

„Nein", sagte ich, „sie sieht ganz friedlich aus."

Morgens um sechs ging Vater ihre Asche holen. In der Zwischenzeit klingelte es, mein Cousin Shailesh stand vor der Tür. Mit einer riesigen Reisetasche und einem Schrankkoffer vom Medical College. Ankush hatte er das letzte Mal vor acht Jahren gesehen. Große Freude und viel Umarmen.

„Leute, ich brauch jetzt einen Tee. Und mein Lieblingsgemüse: Saubohnen mit Zwiebeln. Und Erbsencurry. Der Hostel-Fraß hängt mir zum Hals raus!"

Er marschierte in die Küche und fragte: „Wo ist die Tante? Ich brauch unbedingt einen Tee!"

„Sie ist grad mal rausgegangen“, sagte Ankush und setzte das Teewasser auf.
Shailesh wusch sich das Gesicht, und als er sich zum Tee hinsetzte, fiel sein Blick auf die Uhr.
„*Yaar*, wo zum Teufel geht sie so früh am Morgen hin? Es ist noch nicht mal halb sieben!“
„Ihr geht's nicht so gut. Papa ist mit ihr zum Arzt.“
„Du Bastard! Bist so viele Jahre in Paris gewesen und hast es immer noch nicht gelernt, Klartext zu reden! Sag schon, wo ist sie? Und was machst du überhaupt hier, ich denke, du arbeitest?“
„Ich bin hergekommen, weil es Mutter nicht gut ging“, erklärte Ankush.
„Was genau hat denn die Tante?“, kehrte er jetzt den Medizinstudenten raus. „Seit wann ist sie krank? Bei wem ist sie in Behandlung?“
„Es ist nichts Ernstes. Los, wenn du fertig bist, geh unter die Dusche. Danach können wir immer noch reden.“
Vater kam mit einem kleinen Päckchen in der Hand zurück.
„Na so was, Shailesh, du hier? Das ist aber eine nette Überraschung! Wir hatten ja keine Ahnung, dass du kommen würdest“, rief er aus.
„Ach, ich bin einfach so reingeschneit. Mir war danach, euch people wiederzusehen, also, here I am. Aber sagen Sie, Onkel, was haben Sie mir denn da für ein Päckchen mitgebracht, so früh am Morgen?“
Fragte Shailesh aus Gwalior.

Um zwei Uhr mittags war der Strom von Eindringlingen noch immer nicht versiegt. Alle bemühten sich nach Kräften, an unserem Leid teilzuhaben. Vater brachte es nicht übers Herz, sie ohne einen Tee wieder wegzuschicken. Die Ärmsten tranken ihn schweigend.

Schließlich mussten vom *bhaiyya* an der Ecke noch anderthalb Liter Milch geholt werden. Ich hatte das ständige Teekochen bis oben hin satt. Nicht einer der Ankommenden zeigte sich im Mindesten verwundert, meinen Vater und uns beide so geschäftsmäßig herumhantieren zu sehen. Mit ernster Miene sprachen uns alle Mut zu, der eine oder andere wischte sich auch die Augen. Wie ist sie gestorben? Wann ist sie gestorben? Welchen Arzt hatte sie? Warum habt ihr uns nicht früher verständigt? Woran genau ist sie schließlich gestorben? Wer war zuletzt bei ihr? Hat sie denn noch einmal die Augen geöffnet, um Ankush zu sehen, wo er doch extra ihretwegen aus Delhi gekommen ist?

Jeder, der kam, stellte mit vor Mitgefühl erstickter Stimme dieselben Fragen.

Einige Leute verabreichten Ankush und mir auch etliche Portionen Stoizismus und Lebensweisheit.

„Ja, ja, so geht's nun mal. Wir alle müssen früher oder später diese Welt verlassen. Auch ihr werdet einmal sterben, und denen, die ihr dann zurücklasst, werden andere über den Verlust hinweghelfen müssen. Das ist nun einmal Gottes Ratschluss." Sprach's und tätschelte mir den Rücken. „Verliert nur nicht den Mut. Sie ist jetzt zweifellos bei Gott. Der himmlischen Seligkeit teilhaftig. Wir sind doch alles, bloße Eintagspilger auf Erden!"

Und dann das Ganze wieder von vorn. Die Trösterei nahm und nahm kein Ende. Was sein muss, muss sein – aber die kannten einfach kein Erbarmen. Ich sagte Vater Bescheid und ging ins Kino.

Am dreizehnten Tag veranstalteten wir eine *upaasna*, eine kleine Andacht zu Ehren der Toten. Zehn bis fünfzehn engere Freunde und Verwandte waren gekommen. Nach dem zweiten Gesang begann Surve, über Mutter

zu sprechen, und ich machte mir bereits Sorgen, wie lange sich seine „zwei, drei Worte" hinziehen würden. Nach ein paar Minuten war ich allerdings schon ganz woanders, sodass mich auch das nicht mehr kümmerte. Ich war gerade damit beschäftigt, Fäden aus dem Teppich zu pulen, als Surve sagte: „... wir nannten sie alle *maai* ..."
Ich bemühte mich krampfhaft, hinter Ankushs Rücken zu verschwinden. Ich stützte den Kopf in die Hände und setzte mich um. Aber seine Worte blieben mir wie ein Schluchzen in der Kehle stecken, und ich weinte und weinte ohne Ende.

Dass meine Mutter tot war, habe ich, wenn auch spät, doch begriffen. In anderen Fällen klappte das nicht so gut. Als ich noch zur Schule ging, bin ich in den Ferien einmal mit Freunden zusammen nach Kaschmir gefahren. Wir kamen bis Gulmarg, und dann erwischte Rakesh eine Lungenentzündung. Es schneite drei Tage am Stück, und so saßen wir alle mit ihm im Hotel fest.
Am ersten Tag kam uns der Schnee noch wie ein Wunder vor. Er fiel zur völlig falschen Jahreszeit und deshalb freuten wir uns besonders. Wir schrieben Briefe nach Hause. Keiner unserer noch so entfernten Verwandten hatte jemals Schnee gesehen. Die Briefe blieben drei Tage liegen, denn wer hätte schon den Mumm gehabt, das Hotel zu verlassen? Eine Lungenentzündung genügte uns, in dem Punkt waren sich alle einig.
Die Tag und Nacht herabrieselnde Asche Gottes und die ihr nachjagenden pfeifenden, wirbelnden Winde ängstigten uns. Rakesh lag unter unseren sämtlichen Decken und bibberte trotzdem wie Espenlaub. Der Arzt hatte uns eingeschärft, das Feuer ständig in Gang zu halten, und so wechselten wir uns ab, es zu hüten.

Am zweiten Tag begannen wir, unsere Wut über den andauernden Schneefall aneinander auszulassen. Diskussionen arteten sofort in Pöbeleien, dann in Handgreiflichkeiten aus. Wir befehdeten uns, als hätten wir seit Generationen nichts anderes getan, zerfledderten uns gegenseitig die Pullover, beschmissen uns mit Stiefeln, zerkrallten uns die Gesichter, rammten die Köpfe gegeneinander. Alle zwei Minuten wechselten die Bündnisse, sortierten sich die Parteien um.

Als am vierten Tage die Sonne herauskam, wurde uns mit einem Mal die Wonne der Seligen zuteil. Sie spendete friedvollste Eintracht und obendrein und gleichzeitig noch das Wunder des allerersten Sonnenaufgangs. Plötzlich schwollen unsere Herzen vor wechselseitiger und allumfassender Liebe. Die ersten Minuten standen wir sprachlos auf dem Balkon, dann fielen wir uns in die Arme.

„Die Sonne, wirklich und wahrhaftig die Sonne! Seht ihr sie, Freunde? Welcher son of a bitch kann sie uns jetzt noch wegnehmen?", fragte Jitendra.

Und wir grölten:

„Keiner! Kein gottverdammtes Arschloch kann das! He Leute, hurra! Heil *Hanuman*!"

Aus dem Hotel sprudelte jetzt eine knallbunt gekleidete Menschenmenge. Wir drei hinterher. Doch als wir schon in der Tür standen, fiel uns Rakesh wieder ein. Einsam, verlassen und allein sollte er zurückbleiben?

Einer von uns musste bei ihm bleiben. Ene mene mu und raus bist du. Ich drehte mich um und ging wieder rein, ohne mich noch einmal umzuschauen. Kurz darauf waren die beiden samt den juchzenden, mit Schneebällen schmeißenden Horden verschwunden.

Den Kopf an das kalte Geländer des umlaufenden Balkons gelehnt, horchte ich in die Stille, die mich umgab.

Wenn ich den Kopf ein klein wenig bewegte, fiel ein Strahl vom Sonnenglast auf dem Schnee in meine Augen. Die Kälte der Brüstung rann von meiner Wange direkt in mich hinein, bis sie dort anlangte, wo ich selber war. Ich war wie betäubt, als wäre ich nicht ich. Mich beschlich das unbestimmte Gefühl, dass die wimmelnden Menschen-Pünktchen am Horizont nur in meiner Vorstellung existierten. Aber das beunruhigte mich nicht weiter. Ich fühlte mich lediglich ein wenig einsam. Das war alles. Wenn ich mich da unten in den Schnee gelegt hätte, wäre auch das vergangen.

Plötzlich sprang mich ein riesiger Schäferhund an. Da er die Vorderpfoten mit seinem ganzen Gewicht auf meine Schultern stemmte, verlor ich das Gleichgewicht. Seine feuchte Nase stocherte in meinem rechten Auge herum, und ich sprang mit einem Satz vom Balkon, er hinterher. Bevor er mich abermals anfallen konnte, fand ich irgendwo tief in mir meine Stimme wieder. Meine zunächst zittrigen Schreie gewannen rasch an Fülle und Tragweite.

„Help! Rettet mich! Get him off me! Schafft das Vieh weg! Leave me alone!"

Ich fiel hin, und schon war er auf mir drauf. Die Tonlage meiner mittlerweile heiseren Stimme wechselte. Sie erstickte zunehmend unter dem hündischen Geschlabber. Der Hotelmanager packte den Köter und zog ihn von mir runter, aber ich brüllte unbeirrt aus Leibeskräften weiter.

„It's all right!", meinte der Mann beschwichtigend. „Keine Angst, ist ja schon gut! Er ist völlig harmlos! He was feeling very lonely. Er wollte nur Freundschaft mit Ihnen schließen, nur Freundschaft!"

Er legte eine Pfote des Hundes in meine Hand und sagte: „Come on, Apollo. Shake hands with this young man. Er wusste nicht, dass du nur spielen wolltest."

Fast eine Minute lang saß ich kopfschüttelnd da und fixierte den Hundefuß, den ich in der Hand hielt, als wäre er der Kopf einer Boa Constrictor. Weil mir von der Kälte sämtliche Glieder wie abgestorben waren, brauchte ich einige Zeit zum Aufstehen. Aber kaum hatte ich mich wieder aufgerappelt, schoss ich schreiend davon.
„I hate him! I hate him! Take that bastard away! Der soll mir bloß nie wieder zu nahe kommen!"

Wie viele Jahre ist es jetzt her, dass wir uns kennen, Aroti und ich? Acht? Neun? Ich erinnere mich nicht. Und selbst wenn mir die genaue Zahl wieder einfiele, würde unsere Verbindung, die ich lange Zeit verdrängt habe, andauern und sich nicht entwirren. Auch wenn wir einst alle, Aroti, ich, ihr Mann, gestorben sind, werden diese Bande weiterbestehen, fragwürdig wie ein geheimnisvolles Zeichen.
Geheimnisse sind zu zweierlei bestimmt: zum Ausposaunen oder zum Geheimhalten. Wie auch immer, Geheimnisse würden es nicht mal mitkriegen, dass ihr Job hier erledigt ist, dass die Leute, die zu quälen ihnen bestimmt war, sie betrogen und in alle Winde verstreut haben. Doch manchen genügt ja die dürre Befriedigung, ihre Pflicht erfüllt zu haben.
Streng genommen war die Frage, ob ich Aroti liebte, an dem Tag, an dem sie geheiratet hatte, mit einem Schlag irrelevant geworden. Ich traf sie kurz nach der Hochzeit in Delhi. Sie hatte mit Koshinda im „Kwality" gesessen und Kaffee getrunken. Ich plauderte mit ihnen einige Minuten lang über dies und das und verzog mich dann. Aber als später irgendwann einmal das Gespräch auf die-

sen Tag kam, versuchte Koshinda, dem belanglosen Ereignis mit einem einzigen Satz eine neue Bedeutung zu verleihen: „Selbst ein Blinder hätte damals gemerkt, dass du in sie verliebt warst!"

Ich ließ mich auf keine Diskussion mit ihr ein. „Mag sein", sagte ich und vergaß das Ganze.

Verglichen mit damals ist diese Frage heute noch tausendmal irrelevanter. Trotzdem aber wurde ich wütend auf mich. Auch der Blödheit sind Grenzen gesetzt. Zumindest in Bezug auf die eigene sollte es so sein.

Seit der allerersten Begegnung mit Aroti war es immer so gewesen. Wenn wir zusammen waren, stellte sich uns nie die Frage, wann wir uns wiedersehen würden. Was läuft hier eigentlich ab? Was sind wir füreinander? Was soll daraus werden? Solch vernünftige Fragen kamen überhaupt nicht auf. Möglich wurde die Selbstanalyse erst durch Koshindas Äußerung. Bis dahin war es nicht notwendig erschienen, mir über mich selbst oder mein Verhalten Rechenschaft abzulegen.

Ich zählte die Regale ab. Das Neunte von unten. Das Dritte von oben. Um an das Buch heranzukommen, würde ich mich auf die Zehenspitzen stellen müssen. Das war jetzt der dritte Anlauf zu dieser bestimmten Buchreihe. Dieses Mal musste ich mein Exemplar unbedingt in die Finger kriegen. Mein zur Schau getragenes Desinteresse wirkte wohl nicht allzu überzeugend: Als ich einen sichernden Blick in den vorderen Raum warf, machte der an einem Schreibtisch mit der Buchhaltung beschäftigte Ladenbesitzer einen ziemlich argwöhnischen Eindruck. Aufstehen oder nicht aufstehen, that is the question. Mit welchem tück'schen Plane geht *von*

lean and hungry Cassius dort drüben bei den Büchern schwanger?
O bebrillter Eigner, gönne dem achtungsvollst heischenden Diener folgende Gunst: Halten Sie bitte Ihre Neugier noch zwei Minuten im Zaum. Bis dahin hab ich's geschafft. Dann dürfen Sie aufstehen. Thank you.
Ich zog langsam die Luft durch die Zähne ein, einen langen Atemzug, und das Buch lag in meinen Händen. Flink und verstohlen hatte er sich anscheinend hinterrücks an mich herangeschlichen und mir ebenso hinterrücks die Hand auf die Schulter gelegt. Wie von der Tarantel gestochen fuhr ich herum.
Sie pflückte das Buch aus meiner Hand, warf es in ihre schwarze Handtasche und ließ die Schließe aus Messing zuschnappen.
„Wer gibt dir das Recht, mein Geld zu verplempern? Du kriegst genug von Vater! Aber klar, wie solltest du dir davon Bücher kaufen können? Hast alles wieder fürs Kino ausgegeben, oder? Aber heute erzähl ich's Vater! Ich hab die Nase voll! Ständig luchst du mir Geld ab! Aber diesmal kommst du damit nicht durch, verlass dich drauf!"
Der barfüßige Ladenbesitzer hatte sich inzwischen zu uns gesellt, aber sie hörte nicht auf zu zetern: „Und wenn du mehr Geld brauchst, warum bittest du dann nicht Vater darum? Weil du ein verdammter Feigling bist! Aber deine Schwester tyrannisieren, das kannst du! Pfui! Ich schäme mich für dich!"
Ich stand stumm wie eine Salzsäule da, und dennoch herrschte sie mich an: „Halt ja den Mund! Ich will kein einziges Wort mehr von dir hören! Heb dir deine Erklärungen für Vater auf! Mutter hat vollkommen recht: Du weißt überhaupt nicht, was du an mir hast! Wart nur: Wenn ich erst mal heirate und fortgehe! Wie wirst du deiner Schwester dann nachweinen!"

Sie griff nach meiner Hand und zerrte mich aus dem Laden. Draußen hängte sie die Tasche an den Lenker und schob ihr Fahrrad vom Bürgersteig auf die Straße. Wer zum Teufel war diese Frau? Oder eher: dieses Mädchen? Im schwarz-gelb gestreiften Bengali-Sari. Eine fürchterliche Kombination. Dennoch sah sie hübsch aus. Seltsame Haare. Sie konterte meinen inspizierenden Blick mit einem kühlen Gegenblick. Hinten ein langer dicker Zopf. Als Gegengewicht ein plustrig gesträubter Pony.
„Thanks", sagte ich.
„Keine Ursache." Sie stellte den Fuß aufs Pedal und schwang sich auf den Sattel. Ein leises „Bye", und das Rad setzte sich in Bewegung.
„He, mein Buch!", schrie ich und rannte ihr hinterher. Sie bremste und stützte den linken Fuß auf den Boden.
„Sie haben es noch in der Tasche!"
Sie lächelte sanft. Zuckersüß. Der ohnehin unordentliche Pony wurde durch den Wind noch mehr zerzaust.
„Tut mir leid, da muss ein Irrtum vorliegen."
Sie lächelte noch einmal, trat wieder in die Pedale und war weg.

Zwei Wochen später in der College-Bibliothek hob ich gähnend den Blick von der Buchseite, sah mich um. Schnell senkte ich den Kopf und steckte die Nase wieder ins Buch. Umsonst. Sie kam doch und blieb rechts neben meinem Stuhl stehen. Zwei geschlagene Minuten lang. Ich bekam allmählich einen steifen Nacken. Sie rührte sich nicht von der Stelle. Schließlich sah ich auf. Sie grinste süffisant. Das Miststück. Was hatte die in meinem College zu suchen?
Sie klappte mein Buch zu und erkundigte sich: „Was lesen Sie da?" Dann, als sie den Namen des Autors gesehen hatte: „Sie mögen O'Neill?"

Ich blieb stumm.
„Hat es Ihnen die Sprache verschlagen?", setzte sie ihre Begrüßungsrede fort. „Machen Sie sich nichts draus, das passiert eben manchmal. Vor vierzehn Tagen konnten Sie noch ganz gut reden, jetzt anscheinend nicht mehr. Na ja, das scheint der Wille Gottes zu sein. Gehen wir eine Tasse Tee trinken?"
„Wie heißt du?", fragte ich entnervt.
„Pssst! Schon vergessen? Du kannst nicht sprechen. Aber das wird schon wieder, wenn du erst einmal einen Tee im Bauch hast."
Ich ließ alles raus, was sich in den letzten sechs Monaten in mir angestaut hatte. Seit ich nach Puna gekommen war, hatte es nur mein Zimmer, die Bibliothek und mich gegeben. An manchen Tagen konnte ich einfach kein Buch mehr sehen. Zartkühle grüne Wände. Da konnte man eigentlich nur noch mit dem Kopf dagegenrennen. Was ich manchmal auch tat. Vom Fenster aus der Blick auf den Hügel, und von April bis Juni rosa rosa weiß, rosa weiß, der Blütenflor der Kassien.
Zermürbendes Abschreiten des Steinfußbodens, immer hin und her. In meinem schlackernden Hirn schepperten die Gedanken. Nur wenn ich das Transistorradio voll aufdrehte, war ihr Rattern nicht zu hören. Mein Zimmer lag im zweiten Stock und meine Nachbarn hatten empfindliche Ohren.
„Mach das verdammte Ding leiser! Wenn du so wild auf Musik bist, schieb dir das Radio in den Hintern!"
Was für eine Menge Menschen auf dem College! Jungen und Mädchen. Du bist so hübsch. Darf ich dich ansprechen? Mir ist so nach reden. Wirklich. Aber einfach so reden geht auch nicht.
Wie riesig das College ist! Auch der Hügel gehört zum Campus. Überall trockene gelbe Blätter, als liefe man

über Salzkräcker. Nackte, auf frisches Laub wartende Bäume. Kam zwischendurch Nebel auf, fröstelten sie. Genau wie ich. Nur Knochen. Nur Arme. Arme mit Händen. Augen ausstechende Finger. Aufeinander weisende. Ineinander verschlungene. Zum blauen Himmel zeigende. Nicht knallblau. Steinblau. Mattblau. Ein grausames Blau. Ein gleichgültiges Blau. Und mitten in diesem Blau die Sonne. Völlig farblos. Ganz für sich. Irgendwo da. Unser aller Sonne. Glühendes Weiß. Unanschaubar. Aber jenseits des Hügels das am Boden liegende, im Wind wirbelnde, flirrende Laub vergoldend.

Ich ließ einen Gedanken fallen. Auf ein Blatt. Er flatterte abwärts, auf ein anderes Blatt. Der Wind nahm ihn mit. Höher und höher hinauf. Er schlingert wie verrückt. Wo fliegst du hin? Was bedeutet schon eine Adresse? Nur eine Richtung. Alle Richtungen. Wohin ein Gedanke auch weist, es ist die richtige Richtung. O Himmel, die Luft hat ein Loch gekriegt, ein Loch. Und der Wind rauscht da mittendurch und entwischt. Laub auf dem Weg. Laub am Geäst. Laub in den Gedanken. Gedanken im Laub. Kommt her zu mir, ihr Winde, lasst uns tanzen. Kommt her zu mir.

Wie viel habe ich geredet? So viel ich auch redete, es wurde und wurde nicht weniger, der Druck ließ nicht nach. Sie studierte Physik. Den Kopf auf die linke Faust gestützt, hatte sie mich angeschaut, mir zugehört. Aber warum liest du dann englische Literatur? Nur so. Sie las ohne Ende. Sie hatte Bücher gelesen, die ich nicht mal dem Namen nach kannte. Das ist schon krankhaft bei mir, sagte sie. Das mit dem Lesen. Immer Klassenbeste. Und was machst du mit dem Geld vom Stipendium? Meins hat mein Vater bei einer Bank in Delhi angelegt und ich komm nicht dran. Dein Geld? Ja. Stell dir das vor: Legt das Geld an! Mein Geld. Im Ernst. My father.

„Ich geh jetzt. Geschlagene vier Stunden hast du geredet. Bist du nicht müde? Mit dir geh ich nie wieder einen Tee trinken."
„Aber ich hab doch für uns bezahlt", sagte ich.
„Ach, so ist das! Wenn ich gezahlt hätte, wärst du stumm geblieben? Hättest keinen Pieps von dir gegeben? Ehrlich? Das find ich gut. Das find ich echt klasse. Wenn das so ist, werde ich dir nie eine Tasse Tee spendieren. Niemals!"
Sagte sie und verschwand, ohne sich nach mir umzusehen. Radelte einfach davon.

Sie sah jedes Mal anders aus. Selbst wenn sie denselben Sari trug. Wenn sie ihr Rad vergessen hatte, kam sie in sanft wiegendem Gang die Straße entlanggeschlendert. Trafen wir uns außerhalb des Campus, wechselte sie kein Wort mit mir. Wenn sie den Kopf schüttelte, flog ihr Pony hin und her. In Puna wohnte sie bei ihrem älteren Bruder. Gemeinsam mit seiner Frau war er ihr zeitweiliger Vormund. Beide sittenstreng, religiös, gesetzestreu. Nach außen hin gab sich Aroti immer brav und so sittsam, wie sie es von ihr erwarteten. Das war am einfachsten so.
Wenn sie nachmittags vom College heimkam, berichtete ihr die stramme Schwägerin mit dem Quadratgesicht von den Bettspielchen ihres Gatten. „Ich erzähl dir das natürlich nur zu deinem Besten, es könnte ja schließlich sein, dass du eines Tages auch heiratest. Dein Bruder und ich werden uns jedenfalls weiterhin nach Kräften bemühen, etwas Passendes für dich zu arrangieren."
Aroti war von dieser selbstlosen Güte schier überwältigt. Sie machte ihre *bhabhi* nach. Sehr überzeugend. Auch das Theater im Buchladen ging auf eine entsprechende Erfahrung mit ihrer freundlichen Schwägerin zurück.

„Wenn du erst einmal verheiratet bist, kann es sein, dass die Zeit kommt, wo ihr miteinander schlaft. Dann wirst du dich an mich und meine Worte erinnern. Männer sind sehr eigenartig. Der ältere Bruder, den du bei Tag erlebst, hat mit dem Mann, der nachts in mein Bett steigt, nicht die geringste Ähnlichkeit. Er ist wie verwandelt. Du müsstest ihn sehen. Er ist vollkommen unersättlich. Wenn es ihn überkommt, ist er nicht mehr zu hal ten. Wie zärtlich er dann sein kann! Oder wie brutal! Er vollführt einen richtigen *taandava* auf mir ...“
Wirkte ich bei solchen Erzählungen ein bisschen befangen, fragte Aroti schalkhaft: „Soll ich weiterreden oder lieber nicht?“

Die Zeit reichte nie. Wenn Aroti mir ein neues Buch zu lesen gab, ging ich vom College schnurstracks zurück auf mein Zimmer.
Die Hauswirtin hatte mich gewarnt: „Das Licht bleibt über Nacht nicht an! Rupien wachsen doch nicht auf Bäumen!“
Was das mit den Bäumen sollte, war mir nicht ganz klar. Sie trug Neun-Meter-Saris. Kam immer ins Zimmer, ohne anzuklopfen. Einmal morgens um Viertel nach sechs. Ich hatte gerade geduscht und stand splitternackt im Zimmer. Ich musste zu einer Vorlesung und war spät dran.
Die Frau inspizierte mich von Kopf bis Fuß. In aller Ruhe ließ sie den Blick über meine sämtlichen Glieder schweifen. Sie hatte nicht die geringste Eile. Als ich hastig versuchte, mir ein Handtuch umzuwickeln, kam sie ganz nah an mich heran, piekste mir mit dem rechten Zeigefinger zwischen die Rippen und meinte: „Meine letzte Menstruation liegt schon fünf Jahre zurück. Haben Sie Angst, dass ich Sie vergewaltigen könnte?“

Als sie mir mit den Fingern durchs Haar fuhr, merkte sie, dass es feucht war. „Versuchen Sie, sich eine dicke Elvis-Tolle zu kämmen?“ Sie rubbelte mir mit dem Handtuch den Rock'n'Roll-Kopf trocken, bis mir ganz warm und wohlig war.

„Undankbar sind Sie, undankbar! Wie lange hat Ihr Vater Sie ernährt? Doch mindestens siebzehn, achtzehn Jahre, oder? Und was soll dieser Körper nun beweisen? Nicht mal einen Geier könnten Sie damit anlocken! Es ist Ihr Körper. Was haben Sie eigentlich davon, so zu verwahrlosen, wollen Sie Ihre Familie ärgern? Sie müssen ja nicht übertrieben eitel sein. Aber ein bisschen sollten Sie schon auf sich achten. Ich weiß, Sie lesen viel. Ihr ganzes Zimmer ist mit Büchern vollgestopft. Schau sich einer mal das Gesicht von diesem Jungen an! Warum leben Sie nicht einfach ein bisschen? Aber nein, Sie haben offensichtlich vor, Ihr Leben den Büchern zu opfern. Sie sind ein Hohlkopf! Soll ich Ihnen das noch mal ins Ohr flüstern? Ein echter Hohlkopf!

Diesen Canetti, den Halldór Laxness, den mit dem Barabbas, diesen Lagerquist, die hab ich auch alle gelesen. Wenn Sie aus dem Haus sind, leih ich mir Ihre Bücher ein Weilchen aus. Die schreiben wirklich wunderschön – na ja, manche gehen ein bisschen in Richtung Groschenheftchen, nicht? Aber ein paar sind umwerfend! Trotzdem, die kommen auch ohne Sie zurecht.

Ich sag ja nicht, dass Sie aufhören sollen zu lesen. Aber erst kommen Sie, und dann die Bücher. Sie sind doch nach Puna gekommen, um sich selbst kennenzulernen. Und nicht, um Bücher anzubeten.

Trinken Sie Milch zum Frühstück, essen Sie dazu ein paar Cashew-Nüsse. Ich werde Sie Ihnen nicht ans Bett bringen. Und machen Sie abends um elf das Licht aus. Um halb acht ins College und dann bis um vier Uhr nachts wach bleiben! I have never seen a man abuse his body to such an extent. Get dressed. Hören Sie auf mich, sonst holen Sie sich noch einen Schnupfen!"

Dieses unvermutete Englisch aus dem Mund meiner Hauswirtin ließ mich wie bei einem Penicillinschock erstarren.

„Haben Sie nicht verstanden? Ziehen Sie sich was an!"

Dann ging sie.

Ich wohnte seit sechs Monaten bei ihr. Aber ich wusste von ihr nur zweierlei: dass ihre drei Kinder alle nicht in Puna wohnten und dass sie grüne Katzenaugen hatte. Mit Grünäugigen und mir ist das immer so eine Sache. Ich hatte deshalb anfangs zu meiner Mutter gesagt, ich würde da bestimmt nicht auf Dauer bleiben.

„Nun warte doch erst mal ab. Du musst sie ja schließlich nicht heiraten, oder?"

Meine Mutter kannte sie von der Schule her. Und sie hatte mich auch nur bei sich aufgenommen, weil ich „Sulus Sohn" war. Ansonsten hatten die zwei eine eher distanzierte Beziehung.

„Sie war von klein auf so. Man konnte es im Kalender rot anstreichen, wenn sie überhaupt mal den Mund aufmachte. In der Schule nannten wir sie immer ‚Ihro Gnaden'. ‚Schaut nur, Ihro Gnaden kommt!' Sie hat mich nur deshalb so in ihr Herz geschlossen, weil ich sie völlig ignoriert habe."

Mutter erinnerte sich an ihren letzten Schultag: „Kaum hatte sie die Abschlussprüfung bestanden, wurde sie von ihrer Familie verheiratet. Sie kam natürlich nicht auf die Idee, mich zur Hochzeit einzuladen. Vor ihrer Abreise schaute sie noch auf zwei Minuten bei mir vorbei. Einmal im Jahr kam eine Karte: ‚Hier hast du ein Lebenszeichen!' In dem Jahr, in dem am fünften September keine Karte von ihr kommt, weiß ich, dass sie tot ist."

Und tatsächlich kommt immer noch jedes Jahr pünktlich eine Karte von ihr an, und das, obwohl Mutter selbst schon das Zeitliche gesegnet hat.
Zuweilen verschwand sie aus Puna, um ihre Kinder zu besuchen. Solange ich dort wohnte, sind die allerdings nie gekommen, um ihre Mutter zu sehen.
„Den Schlüssel umdrehen heißt noch lange nicht, dass das Schloss auch zu ist. Ruckeln Sie zur Sicherheit fest an der Tür, bevor Sie gehen."
Die zwei üblichen Sätze und dann kam das Taxi.
Einen Monat vor meinen Prüfungen kam sie noch einmal zu mir ins Zimmer. Nur für eine Minute.
„Wenn Ihr Examen vorbei ist, suchen Sie sich bitte ein anderes Zimmer."
Dass ich dazu keinerlei Kommentar abgab, kam ihr vielleicht seltsam vor. Aber ich brachte einfach kein Wort heraus.
Sie druckste noch ein wenig herum und sagte dann, schon im Weggehen: „Ich ziehe von Puna weg."

Eine halbe Stunde vor Beginn der ersten Klausur klopfte ich bei ihr an. Die Tür war nur angelehnt.
„Kommen Sie nur herein, Kushank!"
Bevor mir bewusst wurde, was ich eigentlich tat, hatte ich mich gebückt und ihre Füße berührt. Als ich mich wieder aufrichtete, war ihr helles, schönes Gesicht blutrot geworden. Sie hatte die Zähne fest zusammengebissen, und ihre sonst so gelassenen Augen loderten wie glühende Kohlen.
„Wohin werden Sie gehen?"
„Was geht Sie das an?" Ihre Stimme hatte ihren weichen musikalischen Klang nicht eingebüßt.
Ich lachte leise in mich hinein. Es gefiel mir sehr, wie sie sprach.

„Überhaupt nichts." Dann wollte ich eigentlich „Ich geh jetzt" sagen und verschwinden, aber ich konnte mich nicht von der Stelle rühren.

„Nur, weil ich die Namen von zwei, drei Schriftstellern kenne und ein paar Brocken Englisch kann ... deswegen diese Respektsbekundungen? Das haben Sie bestimmt nicht für sich behalten, stimmt's? Sie haben garantiert Sulu davon berichtet. ‚Liebe Mama, deine altmodische Freundin mit den Neun-Meter-Saris liest duch tatsächlich Bücher! Ganz ehrlich!' Na, haben Sie's schön herumposaunt?"

„Ich habe es niemandem gesagt!", unterbrach ich sie wütend. „Nur Aroti."

Sie fragte nicht, wer das sei.

„Und, was hat sie dazu gesagt?"

„Dass Sie wohl ein wenig verrückt wären. Und dass einem das zu denken gäbe."

„Die scheint mehr Grips zu haben als Sie. Gehen Sie jetzt. Sonst kommen Sie noch zu spät zum Examen."

Aroti hätte sie gerne kennengelernt, aber irgendwie ergab sich das nie. Dennoch war es mein sehnlichster Wunsch, die beiden irgendwann einmal zusammen zu erleben.

Als sie eines Tages in besonders unternehmungslustiger Laune war, sagte sie:

„Ich komm zu dir. Ich will deine berühmte Hauswirtin endlich einmal zu Gesicht bekommen."

„Zu mir nach Hause? Ehrlich? Sag jetzt bloß nichts mehr! Lass uns schnell gehen, bevor du es dir anders überlegst. Jetzt sofort!", sagte ich ungeduldig, nahm sie bei der Hand und wollte schon losmarschieren. Erst als sie sanft versuchte, sich zu befreien, kam ich wieder zur Besinnung. Ich starrte sie an.

„Also sag, wann soll ich zu dir kommen?", fragte sie.

„Keine Ahnung, ich muss sie fragen, wann es ihr recht ist. Ich weiß nicht einmal, ob sie dich überhaupt kennenlernen will."

Letzteres stimmte sogar. Aber Aroti konnte man nicht so leicht etwas vormachen.

„Du bist sauer, stimmt's?"

Ich sagte überhaupt nichts mehr.

Den ganzen letzten Monat war das so gegangen. Es war praktisch unmöglich gewesen, mich irgendwo mit ihr zu treffen. Hier könnte uns jemand sehen. Dort wohnte ein Freund ihres Bruders. Auf dem Weg ging die kleine Schwester der Bhabhi manchmal zur Schule. Unser Einfallsreichtum kannte keine Grenzen. Je mehr Hindernisse wir uns ausdachten, desto spannender schien das Leben zu werden. Selbst Gott wäre nicht auf all die möglichen und unmöglichen Widrigkeiten gekommen, auf die wir beide mit vereinten Kräften verfielen.

Also kamen letztlich nur die Magazine der Bibliothek in Betracht. Aber auch da war Vorsicht geboten.

Völlig unvermutete, zufällige Begegnungen könnten sich ergeben. „Na so was, du hier?" mit entsprechend überraschter Gestik und Mimik. Wen wir mit diesem Schmierentheater eigentlich täuschen wollten, war mir vollkommen unklar.

Als ich ihr einmal sagte: „Deine Winkelzüge haben doch nur den Zweck, dass du dir wichtig vorkommst", reagierte Aroti, über meine Dummheit verärgert.

Einmal wollte ich ins Kino gehen, da sagte Aroti:

„Den Film würde ich auch gern sehen!"

„Schön, dann schauen wir ihn uns doch gemeinsam an! Heute hast du Klausuren, also morgen Nachmittag, okay?"

„Nein, du schaust ihn dir heute an. Und ich geh morgen hin."

„Was zum Teufel ist das jetzt wieder für eine Kinderei? Schließlich wollen wir doch beide den Film sehen. Warum sollten wir dann nicht zusammen ins Kino gehen?"
„Ach, Bhai, du wirst es nie kapieren, was? Du bist ein solcher Idiot."
Danach ging ich Aroti zwei Wochen lang aus dem Weg. Wenn unsere Vorlesungen zeitlich beieinander lagen oder aus sonst einem Grund die Gefahr bestanden hätte, ihr über den Weg zu laufen, schwänzte ich das College. Wenn für mich auch feststand, dass ich nie wieder ein Wort mit ihr wechseln würde, so war ich doch von dem Wunsch besessen, sie wenigstens zu sehen. Die Vorstellung ihres verwuschelten Haars war wie ein Stachel in meiner Seele. Aber ich blieb eisern.
Schließlich passte sie mich ab. Da ich vermutlich genau darauf spekuliert hatte, lungerte ich gezielt zufällig draußen vor der Lecture Hall herum. Als sie an mir vorbeiging, murmelte sie zwischen den Zähnen: „In the catacombs, in the catacombs."
„Catacombs" war Arotis Bezeichnung für die Kellermagazine der Bibliothek. Wir hatten dort schon Stunden und Stunden verplaudert, den Modergeruch der unzähligen Bücher, den Staub von Jahrzehnten eingeatmet.
Ich wartete fünf Minuten und ging ihr dann nach. Sie saß in der linken Ecke, hinter dem Regal mit der deutschen Literatur. Ans Fenstergitter gelehnt, schaute sie mich an. Ich dagegen war noch nicht bereit, sie anzusehen. Im Sonnenlicht, das gebrochen durch das Milchglasfenster drang, sah ihr Gesicht zeitlos aus, makellos rein. Sie saß vollkommen regungslos da. Atmete ich ein wenig zu heftig aus, würde sie sich verflüchtigen, sich im Sonnendunst auflösen.
Sie hatte schwarze Ringe um die Augen. Wie still ihre Augen waren. Ich sah sie zum allerersten Mal. Die weite

Ferne ihrer Augen. Und jenseits dieser Ferne lag ein Ort namens Aroti. Soll ich dorthin gehen? Soll ich über die letzten zwei Wochen dort, an diesem Ort, schweigen? Ich werde dir alles erzählen, ohne ein Wort zu sagen. Aber du weißt ja sowieso schon alles. Dann komm ich jetzt. Die vergangenen zwei Wochen bin ich dort und nur dort gewesen. Kushank will sich in dir verlieren. Er braucht einen Ort namens Aroti.

„Kushank. Kushank. Kushank. Du heißt doch Kushank? Vor mir steht ein Kushank. Vierzehn Tage lang nichts als Kushank im Kopf, nur Kushank, Kushank, einen bockigen, sturen Kushank ... Ich werde nach Delhi gehen. Nach dem Examen. Und nicht zurückkommen."

„Ja ... aber wieso denn so plötzlich? Warum hast du mir nichts davon gesagt?"

„Weil ich es selbst erst heute Morgen erfahren habe. Direkt nach dem Aufstehen hat mir mein Bruder verkündet, wenn ich vorhätte, weiterzustudieren, dann nur in Delhi."

„Aber warum? Was ist denn das Problem?"

„Ich", sagte sie und lachte bitter, „ich hatte dir in meinem Tagebuch einen Brief geschrieben. Damit du verstehst. Wegen dieser blöden Sache mit dem Film. Drei Stunden. Du hättest natürlich neben mir gesessen. Aber wir hätten nicht miteinander sprechen können. Wie viel hätten wir hier in drei Stunden miteinander reden können! Und selbst wenn wir die ganze Zeit geschwiegen hätten, so hätte ich dich doch vor mir gehabt, hätte Kushank vor diesen Sonnenstrahlen dort gesehen. Wie oft hab ich versucht, dir das begreiflich zu machen! Wenn irgendjemand uns zusammen im Kino gesehen und es meinem großen Bruder erzählt hätte, dann hätte ich mich nie wieder mit dir treffen können! Aber du hast mir einfach nie geglaubt.

Außerdem war ich stinksauer auf meinen Bruder. Hätte er nicht aus einem harmlosen Film ein Kapitalverbrechen gemacht! Ich schrieb ‚Lieber K.' und zog dann richtig vom Leder. Ich sagte dir in meinem Tagebuch, dass ich es endgültig satt habe, mir von anderen Leuten vorschreiben zu lassen, wie ich mein Leben leben sollte! Ich hab wirklich kein Blatt vor den Mund genommen. Was hat das Leben für einen Sinn, wenn man mit einem Bruder und einer Schwägerin auf die Welt kommt? Und ich hab aufgeschrieben, was mir schon seit so vielen Monaten in der Kehle steckte: dass es einen Weg geben müsste, die beiden loszuwerden."

Sie lachte bitter.

„Was ist dein Bruder bloß für ein Mistkerl! Schämt er sich nicht, in deinem Tagebuch herumzuschnüffeln?"

„Was hat es schon für einen Sinn, sich über ihn aufzuregen? Deren Ansichten und die unseren liegen Jahrhunderte auseinander. Erst letztes Jahr hat er zu Vater gesagt: ‚Bitte holen Sie Aroti wieder zu sich nach Hause! Ich bin nicht imstande, weiter die Verantwortung für ein junges Mädchen zu tragen.'"

Sie seufzte verzweifelt, als ihr die ganze Geschichte wieder hochkam.

„Mann, ist er an die Decke gegangen wegen dieser letzten Bemerkung über ihn und seine Frau! The police station, that's where he wanted to lock me up! ‚Es ist mir völlig klar', hat er getönt, ‚was du damit gemeint hast, Aroti! Was für ein Schandfleck bist du für unser Haus, unsere Familie, unsere Ehre! Wie kann ich deiner Bhabhi jetzt noch ins Gesicht sehen? Du hegst Mordabsichten, daran besteht überhaupt kein Zweifel! Du hast allen Ernstes vor, mich zu ermorden! Mich! Deinen älteren Bruder! Der dich seit so vielen Jahren hütet wie seinen Augapfel! Oh mein Gott! Gibt's denn keine Dankbarkeit mehr auf Erden? Was hättest du denn davon, Aroti, wenn ich tot wäre? Noch dazu jetzt, wo deine Bhabhi in drei Monaten zum vierten Mal Mutter wird ...' An dieser Stelle brachte er es sogar fertig zu erröten. Der dreckige Heuchler!"

Dann lachte sie wieder. Lauthals. Zu ihrer eigenen Überraschung.

„But he couldn't get the police station out of his mind. ‚Mit einem Messer? Einem Dolch? Oder mit einem Revolver? Womit hattest du denn vor, mich zu ermorden?' Meine Bhabhi filzt mich jetzt allen Ernstes jeden Tag. Choli, Unterrock, BH, einfach alles!"

Sie schüttelte sich wie in einem Anfall von Ekel.

„Weißt du, ich glaube ernsthaft, sie ist scharf auf mich. Sie knöpft mir die Choli nie auf, nein, sie schiebt mir einfach die Hand rein. Sie wird allmählich richtig fett, und diese Wurstfinger fummeln in aller Ruhe an mir rum ... ekelhaft! Und wenn ich mich aufrege, hat sie ihre Antwort parat: ‚Was ist los, was hast du es denn so eilig? Schließlich hat er gesagt: Durchsuch sie überall!' Diese Frau ist ein echter Teufel. Und ein durchtriebener! Das Einzige, was meinem großen Bruder Kopfzerbrechen bereitet, ist dieses ‚K'. Er sagt: ‚Wer ist dieser Mistkerl! Wer steckt hinter diesem K? Bring ihn gefälligst her zu mir! Ich werde ihm klipp und klar meine Meinung sagen! Kein Name, kein Mann! Na, du wirst jedenfalls umgehend nach Delhi zurückverfrachtet. Dort ist ein für alle Mal Schluss mit deinen Sperenzchen!'"

In der einen Sekunde, bevor ich alles, was sie mir gerade erzählt hatte, wirklich fassen konnte, strich sie mir mit dem Finger über die Wange.

„Und, wollen wir jetzt ins Kino?" Und lachte und lachte und lachte.

Sie ging. War weg. Nach Delhi.

Ich werde dir keinen Brief schreiben, hatte sie beim Abschied gesagt. Und schickte ein winziges Kärtchen, mit dem Satz: „Ein Brief, ein Brief, ein Königreich für einen Brief!"

Sie hatte geschrieben, ich solle ihn an die Adresse ihrer Schwester schicken, in einem Studentinnenwohnheim. Als ich Koshinda dann zum ersten Mal traf, brachte ich kaum ein Wort heraus. Ich starrte auf den Tisch, nuckelte an meiner Coke und gab nur einsilbige Antworten.

Sie nannte mich Aroti gegenüber den „loverboy". Weil ich Aroti ganze Epen schickte.

„Himmel, was ist das für ein Lover! Der schreibt dir keine Briefe, der schreibt dir Romane! Lieber Gott, ich flehe dich an, lass mich nie in die Hände eines Poeten fallen!"

Immer und immer wieder neckte sie ihre Schwester mit solchen Sprüchen. Trotzdem las Aroti ihr gelegentlich meine Briefe vor. Mein Vater, meine Mutter und Ankush in Paris dagegen beschwerten sich abwechselnd über mein Schweigen.

„Wenn du was brauchst, dann sei so gut und schreib es uns! Und wenn du dich dazu durchringen könntest, auf folgende drei Fragen zu antworten, wären wir dir zu großem Dank verpflichtet: Wie geht's dir? Nimmst du regelmäßig deine Medizin? Wann kommst du mal wieder nach Hause?"

Ankush verlegte sich schließlich auf offene Drohungen: „Wenn du auch diesmal meine Fragen nicht beantwortest, dann, ich schwöre es dir, steig ich ins Flugzeug und brech dir eigenhändig das Genick. Spar dir klugscheißerische Bemerkungen, dass ich das Geld fürs Ticket ja eh nicht hätte. Ich werde es klauen. Wart's nur ab!"

Aroti stellte keine Fragen. Und wenn sie es doch einmal tat und ich keine Antwort darauf gab, wurde sie nicht sauer.

Jedes Mal, wenn ich am Postamt vorbeikam, klebte ich einen Brief an sie zu und warf ihn ein. Nie hatten meine Briefe einen richtigen Anfang oder ein Ende. Sie enthielten nur Geschichten. Vom ständig auf dem Kopf stehenden Menschen vor unserem Haus; vom Bestattungsunternehmer, der vorbeigekommen war, um mich mitzunehmen; von meiner Wut darüber, dass die Bäume auf dem Campus abgeholzt wurden; davon, dass ich nicht mehr zu meiner Tante ging. Sie regt sich über jede Kleinigkeit auf. Sagt ständig: Wozu hast du einen Kopf, wenn du ihn nicht benutzt? Fragt, ob ich mich nicht schäme, ohne jede Auszeichnung bestanden zu haben. „Aroti, does it bother you, my not getting a first class? Seriously, does it? Ich schick dir das Exposé einer Kurzgeschichte. Sonst vergesse ich es wieder. Aber genug jetzt. Der Brief muss zur Post."
Über mich selbst schrieb ich nie etwas. Am Schluss von Arotis Briefen stand immer:
„Und dann? Was ist dann passiert?"

Und plötzlich, wie aus heiterem Himmel: „Ich heirate!"
Da waren es noch zwei Monate bis zur Hochzeit, und sie schrieb mir noch vier bis fünf Briefe. Über ihren künftigen Ehemann fiel allerdings kaum ein Wort. Vielleicht hat sie ihn auch überhaupt nicht erwähnt. Ich war mir sicher, keine Einladung zu erhalten, aber dann kam tatsächlich eine Karte. Eigentlich hätte ich es vorher wissen müssen.
Auf Aroti passt ein einziges Adjektiv: normal. Um zu sich selbst zu finden, braucht sie nicht einmal den Fuß vor die Tür zu setzen. Sie wohnt in sich selbst. Meistens zumindest.
Ich war wohl kaum der Erste, der trotz Einladung irgendwo nicht erscheint, und ich hatte auch nicht den Ein-

druck, dass sie auf mein Kommen gesteigerten Wert gelegt hätte.
Dann kamen nach der Hochzeit noch ein, zwei Briefe, genau wie die früheren. Danach war Schluss. Ich erinnere mich nicht mehr, wer zuerst damit aufhörte zu schreiben, sie oder ich, aber vermutlich wir beide gleichzeitig.

Um vier Uhr sollten Freunde ihres Mannes zum Tee kommen. Folglich hatte Aroti begonnen, planlos durch das ganze Haus zu wirbeln. Die Frage, ob man den zehn auswärtigen Gästen zumuten könne, ihren Tee aus Messingbechern zu trinken, wurde lang und breit erörtert. Schließlich wurde beschlossen, von den Kapurs von nebenan eine Teekanne und vier Tassen samt Untertassen zu leihen.
„We'll have to keep thirty rupees aside." Trotz der Hektik musste Aroti lachen. „Ich schätze, wir werden den Kapurs ein neues Teeservice kaufen müssen."
Als das Geschirr kam, waren Prutha und Guddu vollkommen hin und weg. Man fragte sich geradezu, wie sie bislang ohne diese wunderbaren glänzenden Spielsachen hatten leben können.
„Haltet den Mund und hört mir gut zu!", warnte Aroti die beiden. „Die Sachen gehören nicht uns! Wenigstens bis die Gäste gegangen sind, lasst ihr die Finger davon, kapiert?"
Guddu blinzelte mit seinen Sternaugen und lachte, ein Zähnchen zeigend, über sein ganzes süßes Gesicht.
„Mein kleines Herzblättchen!" Aroti war entzückt. „Wie verständig du schon bist!" Sie beugte sich hinunter, um ihn auf den Arm zu nehmen. Guddu strahlte unverdros-

sen von einem Ohr bis zum anderen, holte mit dem Ärmchen aus und schmetterte den Messingbecher, mit dem er gerade gespielt hatte, seelenruhig auf die Teekanne.

Es dauerte einen langen Augenblick, bis Aroti das Geschehen verinnerlicht hatte.

Derweil hüpfte Prutha in heller Begeisterung mitsamt ihrem Laufgestell scheppernd herum. Guddu dagegen starrte schreckensstarr auf seine plötzlich so schweigsame Mutter. Endlich entfuhr Arotis Mund ein leises, aber umso schärferes „Miststück!", und Guddu suchte blitzschnell das Weite.

Inzwischen war Arotis Mann am Tatort eingetroffen. Er wurde rot, röter, knallrot. Seine Lippen begannen zu zittern und sein ganzer Körper bebte. Er bemühte sich sichtlich, die Scherben der Teekanne durch die gebündelte Kraft seines Starrblicks wieder zusammenzufügen. Im reglosen Vakuum, das ihn umhüllte, geriet seine Gestalt in eine langsame schwingende Bewegung. Es kostete ihn eine derartige Anstrengung, nicht die Beherrschung zu verlieren, dass seinem aus dem kragenlosen Hemd nackt aufragenden Hals nach und nach jegliche Farbe abhanden kam.

Sein Gesicht wirkte mit der unglaublich wohlgeformten Nase, den kultivierten Augen und den vornehm schmalen Lippen noch immer sehr distinguiert. Die ein glanzloses Grau verbreitenden hängenden Schultern strebten unaufhaltsam aufeinander zu. Seine Knie gaben nach, knickten ein, und er war drauf und dran, zu Boden zu sacken. Ich schob rasch einen Stuhl unter seinen Hintern. Aber er setzte sich nicht, er stützte sich nur mit der Hand und seinem ganzen Gewicht auf die Lehne.

Ich schaffte es nicht, den Blick von seinen Augen abzuwenden. Sie würden entweder die fragmentierte Teekanne in ihren Urzustand zurückversetzen oder selbst in tausend Scherben zerspringen. Doch ihre Reserven waren restlos erschöpft. Seine Sehstrahlen durchbohrten Aroti, zerfaserten hinter ihr und verloren sich im Nichts. Wirklich, es hört nicht auf, solange man lebt. Für diesen Mann nicht, nicht für Prachinti, für mich, für wen auch immer. Für Aroti.

An jenem Tag sagte Prachinti etwas, und es schien, als wäre damit der Tiefpunkt erreicht. Sie hatte den Nerv getroffen, und ich wand mich wortlos. Aber gleichzeitig spürte ich auch so etwas wie Erleichterung darüber, dass es endlich ausgesprochen war. Eine trügerische Erleichterung.

Shatlaj war jetzt seit über einer Stunde fort und ich begann mich zu fragen, ob ich mir nicht langsam Sorgen machen müsste. Sobald er aus der Tür gegangen war, hatte Prachinti die Augen geschlossen. Nach über neun Monaten Krankheit hielt sie die Belastung, uns etwas vorspielen zu müssen, nur unter äußerstem Kraftaufwand aus. Und auch von uns hatte in diesen ihren letzten Momenten niemand mehr den Nerv, sich selbst und den anderen Mut und Zuversicht vorzugaukeln.

Wenn weinen etwas geholfen hätte, wären wir bestimmt zu Gottes Füßen in Tränen zerflossen. Aber Tränen hätten nicht das Geringste erklärt, das Herz nicht leichter gemacht und auch nicht beantwortet, was aus Arshad werden sollte. Sie hätten lediglich das Urteil des Arztes bestätigt, dass keinerlei Hoffnung mehr bestand.

Aber obwohl inzwischen auch wir davon überzeugt waren, mussten wir so tun, als ob. Beim Sterben stehen nur wenige Möglichkeiten zur Auswahl. Und diese optimistischen Beteuerungen hatten irgendwie einen üblen Beigeschmack, als vollzöge man an einem noch nicht ganz Toten bereits die letzten Riten. Leben kann der Mensch nur, solange er noch am Leben ist. Nach dem Sterben gibt es nur den Tod. Dazwischen ist nichts. Es gibt kein Niemandsland.

Es dauerte eine Weile, bis mir plötzlich bewusst wurde, dass Prachinti seit ein paar Minuten die Augen offen hatte und in meine Richtung sah. Sie machte ein paar rasche, flache Atemzüge, streckte ihre rechte Hand nach meiner aus und schloss die Finger um sie.

„Gib mir auch die andere", sagte sie. Da sie nicht die Kraft hatte, beide zu halten, legte sie sich meine und ihre Hände auf den Bauch.

„Wie oft hast du mir die Hand gehalten? Besonders in den letzten zehn Monaten? Nein. Von Anfang an, seit wir uns kennen. Erinnerst du dich? Ich war stinksauer auf dich. Weil du zu uns nach Haus kamst und dann ausschließlich mit Shatlaj geredet hast. Wenn ich dir Tee gebracht habe, hast du immer ‚Thank you' gesagt. Das sagst du immer noch."

Sie lachte und ich mit ihr.

„Wie viele lange Monate habe ich dir nun schon keinen Tee mehr gemacht und diese Worte nicht mehr zu hören bekommen."

Hast du je Prachintis Augen gesehen? Soll ich dir von Prachintis Augen erzählen?

„Richtige Steinhauerhände hast du. Wie kommt das? Du bist doch sonst so schmal. Ich mag deine Hände."

Sie drehte sich auf die Seite. „Wie oft hast du uns dein ‚Gesetz der reinen Nähe' vorgebetet! Wieder und wieder, als Warnung an dich selbst. Hast gesagt: An dem Tag, an dem du dich sexuell zu mir hingezogen fühlen würdest, von dem Tag an würdest du nicht mehr zu uns kommen. Ich selbst habe mich nie davor gefürchtet ..."

Erschöpft schlief sie wieder ein. Meine Hände in ihren. Jetzt fing ich wirklich an, mir Sorgen um Shatlaj zu machen. Warum kommt er nicht zurück? Ich fühle mich allein gelassen, ich brauche seine Stimme. Die Art, wie er sich über mich lustig macht. Diese Nachtfunzeln kann ich heute nicht ausstehen. Ich will kein Licht. Eine Stimme brauche ich, die sich an meinem Körper reibt.

„He, Prachinti, warum kommt Shatlaj nicht?"

Sie machte die Augen nur einen Spalt breit auf.

„Wie sehr du doch manchmal wie Arshad klingst! Er wird schon kommen. Vielleicht dauert es so lang, bis er die Medizin kriegt."

Die Schwester fühlte ihren Puls und ging den Arzt holen. Wie viel schwächer konnte ihr Puls noch werden?

„Sag, Kushank, was werden wir jetzt tun?", fragte Prachinti und ich hatte keine Ahnung. Ich hatte keine Ahnung und sagte:

„I don't know, I don't know. God, why do you ask? Don't you understand I don't know?"

Und ich weinte nicht, aber sie umarmte mich ja auch nicht.

„Hab ich dir so wehgetan? So sehr? Und trotzdem wirst du mich benutzen, stimmt's? Selbst nach meinem Tod?"

In ihrer Frage lag nicht der leiseste Vorwurf, aber eine schlichte Gewissheit.

„Du schreibst doch, oder? Irgendwann kommt's aus dir raus und du wirst auch über mich schreiben. Wirst den Namen ändern, damit meine Ehre unbefleckt bleibt. Vermutlich werden sie dir kein Geld dafür geben. Du wirst es aber trotzdem veröffentlichen – aus dem zwanghaften Drang, dich mitzuteilen, deinem Innenleben Ausdruck zu verleihen, oder weiß der Himmel warum."

Jeder Mensch ist ein geborener Zuhälter. Zugegeben, die Ausbeutung von Toten mag eher der Ausnahmefall sein.

Und wenn sonst niemand zur Hand ist, schickt man eben sich selbst auf den Strich. Wenn nicht für Geld, dann für Literatur, Kunst und Vaterland oder für sonst eine edle Sache.
Solange du lebst, schaffst du's nicht, die Talsohle zu erreichen. Dein Hintern ist vielleicht schon grün und blau vom ständigen Aufschlagen, dein Rückgrat schon gebrochen, aber trotzdem hört der freie Fall nicht auf.
Schluss. Ende. Das war's. Weiter geht es nicht. Das ganze Leid der Welt, des Lebens, alles Widerwärtige, Qual, Verzweiflung, Ekel, Verlassenheit, Angst, Einsamkeit, Gleichgültigkeit. Das alles ist zu Ende. Du hast alles abgehakt. Alles ausgekostet. Die eigenen Schulden sind auf die Kinder überschrieben.
Wie viele Menschen haben wir betrogen? Zwar sollst du nicht begehren deines Bruders Weib, aber mit deiner untadeligen, indisch keuschen Schwägerin Sulabha hast du geschlafen. Hast dem Blinden, obwohl gerade keiner hinsah, acht richtige *annas* gegeben anstelle von Plastikknöpfen. Hast mitgekriegt, wie deine Tochter von ihrem eigenen Onkel befingert wurde, und hast weggeschaut. Hast dein Leben lang ganz bewusst die Wahrheit gesagt. Hast einen Onkel und eine Tante, die in einem Zwölf-Zimmer-Bungalow residieren und sich in einundzwanzig Jahren wegen der riesigen steuerlichen Belastung kein einziges Kind haben leisten können. Hast mit wahrer Unparteilichkeit, weil du nicht entscheiden konntest, bei wem es dich mehr anmachte, nicht nur Madame Chitale, sondern auch deren Mann und Sohn durch den Ritz im Badezimmerfenster beobachtet. Hast Gott täglich deine *puja* dargebracht. Aber dieser dreckige *paan*-Vala da drüben hat ein Transistorradio zu siebenhundertneununddreißig Rupien und du hast keins. Nicht mal einen mickrigen Mittelwellenempfänger.

Alles hast du ertragen, hast dir Gedanken über Gott und die Welt gemacht, tiefe Gedanken. Bist überhaupt große Klasse. Hast Bücher geschrieben. Hast Pech in der Liebe gehabt. Glück in der Liebe gehabt. In einem Loch gehaust. Hast für Dinge gekämpft, an die du nicht glaubst. Hast dein Leben lang Arschtritte eingesteckt.

Rock bottom, Mann, der absolute Tiefpunkt. Du hast alles durchgemacht, alles mitgemacht, alles geschluckt. Alles, was die Welt zu bieten hat – diese oder sonst eine. Jetzt kann dich nichts mehr erschüttern, nichts mehr schockieren oder aus dem Gleichgewicht bringen.

Aber es hört nicht auf. Es gibt keinen absoluten Tiefpunkt. Sich diesbezüglich etwas vorzumachen, hat überhaupt keinen Zweck. Wenn du meinst, du bist endlich ganz unten angekommen, und den Kopf zurückwirfst, dein Gewicht mit den Händen abstützt und aufatmen möchtest, weicht die Talsohle wieder zurück, schamhaft wie der Horizont. Es gibt nirgendwo festen Boden. Nur ein immerwährendes, magenumkehrendes Abwärts, Abwärts, Abwärts.

Lass dir nichts einreden, rede dir selbst nichts ein: Wenn du das Schlimmste erlebt hast, kann's nur noch schlimmer kommen. Eine Hungersnot findet auch ohne dein Plazet statt. Das *Schwarze Loch von Kalkutta* ist gestopft voll. Dort kann keiner mehr atmen. Die Menschen verrecken. Die Mauern platzen aus allen Nähten. Aber es passt immer noch einer rein. Und noch einer. Und noch einer. Wie sehr wir Rekorde lieben! Schneller, höher, weiter. Dümmer, grausamer, hoffnungsloser. Mehr.

Schau dir den Blödmann an. Kriegt den Mund nicht mehr zu. Eine Unterlippe wie ein schlapper Waschlappen. Gott, ich könnte ihn glatt in die Arme nehmen, ihn sich an meiner Schulter ausweinen lassen. Mann, was ist passiert? Was ist passiert? Sag doch? Die Teekanne ist kaputtgegangen. Die von den Kapurs. Die aus Porzellan. War es Guddu? Prutha? Von selbst? Wir alle? Aroti? Ich?

Aroti hörte nicht auf, sich die längst trockenen Hände am Ende des Saris abzuwischen. Vom unverwandten Anstarren des kataleptischen Gatten waren ihre Augen ebenfalls völlig ausgetrocknet. Sie wirkte unendlich allein. Leckte sich tröstend die mutlosen Lippen. Sie konnte immer noch nicht fassen, was passiert war.

Da es einfach nicht passiert sein konnte, schüttelte sie immer wieder den Kopf. Würgte einen Kloß hinunter und ging auf ihren Mann zu, zerschnitt sich die Fußsohlen an den Scherben, bis sie endlich vor ihm stand. Ein dünnes Rinnsal von Blut kroch auf mich zu. Ich begann, mich ziemlich überflüssig zu fühlen, und verließ die Küche.

Zwei Stunden. Länger schaffte ich es nicht, draußen zu bleiben. Ich kämpfte wacker, versuchte dies und das. Ich war durchaus gewohnt, tagelang allein zu sein, ohne eine Menschenseele zu sehen. Heute aber wollte es mir nicht gelingen, im Touristengewimmel der *hill station* innerlich bei mir zu bleiben.

All diese wuselnden Frauen, Männer und Kinder zerfielen vor meiner Seele zu glanzloser Spreu. Wie nah waren sie mir doch zuvor gewesen! Stundenlang hätte ich ihnen zusehen, sie beim Urlaubmachen beobachten können. Aber heute hatte ich einfach keinen Sinn für sie.

Tag für Tag hatte ich sie aufmerksam studiert, heute jedoch sah ich sie wie durch das falsche Ende eines Fernrohrs.

Ein mit Ohrenklappenmütze, dickem Mantel, zwei Pullovern, Schal und aus dem *dhotar* hervorschauenden So-

cken gegen jegliche Witterung gewappneter Greis nahm seine Enkelin, die sich beim Hinfallen wehgetan hatte, tröstend auf den Arm. Ein papageibunter Mann – roter Schlips, grünes Hemd und Sonnenbrille – lächelte, die Hand in die Hüfte gestemmt, den Rücken gegen einen Felsen gelehnt, sieghaft in Richtung seiner goldklimpernden Gattin, vor deren rechtem Auge eine Polaroidkamera festgewachsen zu sein schien. Einige endlose Minuten lang hielt er die Strahlemannpose durch, dann versagten ihm die Geduld und die Wangenmuskulatur.
„Ich steh jetzt seit geschlagenen zwei Stunden hier und mach für dich ‚Weißt du noch, wie es war?‘, und du schaffst es nicht, ein einziges Foto zu schießen! Wo zum Teufel liegt das Problem? Drück einfach auf den Knopf! Das wirst doch wohl selbst du hinkriegen!"
Sein Gekeife drang mühelos durch meine wattierte Kapuze. Wieder fand sich meine grundsätzliche Überzeugung bestätigt, dass ich selbst und alles, was sich um mich herum ereignete, nichts als Einbildung sei.
Einmal waren Mutter, Vater, Ankush und ich zu früh im Kino angekommen. Die vorige Vorstellung war noch nicht zu Ende und der Film setzte gerade zum Showdown an. Aus dem Saal drangen eine männliche und eine weibliche Stimme zu uns in Foyer. „It's not too late, Marina, you can still repent", sagte der unsichtbare Mann in düster ermahnendem Ton.
„But how can I repent, Padre, when I don't feel guilty?", entgegnete darauf die verzweifelte Stimme der Frau.
Wie vollkommen ignorierten die beiden die Existenz einer wie auch immer beschaffenen Realität außerhalb des Films!
Das Bewusstsein, dass die Welt, in der ich mich bewegte, nichts als Schein war, ließ mich noch weiter in mich zusammenschrumpfen.

Auch wenn mir diese wimmelnden Menschen bis ins kleinste Detail vertraut waren, so wollte es mir heute einfach nicht gelingen, mich in ihnen zu verlieren. Ich, der Fremde. Heute spürten sie meinen Blick. Um die Kluft zwischen ihnen und mir zu verringern, bewegte ich meine Hände und Füße immer langsamer und langsamer, bis sie schließlich alle verschwanden. Mein Bremsmanöver hatte mich allerdings erschöpft. Ich konnte einfach nicht weiter. Jede Tat ist eine Rebellion gegen den Tod. Aber was hat es für einen Wert, den Kopf über Wasser zu halten, wenn kein Schwein dabei zusieht?

Ich hätte Lust gehabt, ins Kino zu gehen. Mir einen *Hindifilm* ansehen. Die laufen fast drei Stunden. Selbst wenn man die zehn Minuten Pause abzieht, ist es einfach Wahnsinn, was man für sein Geld bekommt. Das Problem war nur, dass ich keines hatte. Nicht mal die lumpigen acht Annas.

Nach Hause wollte ich nicht. Was sollte ich auch dort? Wenn ich schon hier draußen so mies drauf war, wie würde es mir erst da gehen? Schlechter, und nach einer Weile noch erheblich schlechter. Ich verdrängte die Frage, zu welchem Sumpf sich die Familientragödie inzwischen ausgewachsen haben mochte. Ich steckte schon tief genug in meinem eigenen.

Wenn die Freunde ihres Mannes noch beim Teetrinken waren, könnte ich mich vielleicht unbemerkt reinschleichen. Aber ich hatte nicht die geringste Lust, mit ihnen zusammenzutreffen. Zumindest herrschte hier auf der Straße eine entspanntere Atmosphäre. Nur ich und die Touristen, die ihre Sorgen für ein, zwei Wochen daheim gelassen hatten. Siebentausend Fuß über dem Meeresspiegel. Einander völlig fremd. Nicht einmal die ihnen allen gemeinsame wechselseitige Indifferenz hauchte ihnen ein Gefühl von Zusammengehörigkeit ein.

Ich hätte mühelos den ganzen Abend irgendwo vertrödeln können: im Tourist-Office, auf der Bank an der Bushaltestelle oder gegen ein Taxi gelehnt. Und wenn der Fahrer mich angeschnauzt hätte: „He, Mann, glaubst du, das Auto gehört deinem Vater?“, hätte ich, ohne mich mit ihm herumzustreiten, meinen topographischen Ort auf die Wippe dort drüben verlagert.

Es gab nur ein einziges Problem bei der Sache: die leidige Willensfreiheit. Dieses wollte ich nicht und auch jenes nicht. Eines war so egal wie das andere. Was auch immer es sein mochte, ich verspürte nicht den geringsten Drang, es zu vollbringen. Mir war einzig danach, mich hinzusetzen. Nein, eher noch, mich hinzulegen. Einzuschlafen, ohne einen Gedanken, ohne ein Wort. Nicht mehr vorhanden zu sein, für mich, für die Welt.

Die Asphaltstraße oberhalb von Arotis Haus war momentan wie ausgestorben. Der nächste Schub Autos würde zwar bald vom Kontrollposten unten im Tal durchgelassen werden, aber für einige Minuten würde noch himmlische Ruhe herrschen. Ich würde den Kopf auf den glatten glänzend schwarzen Asphalt legen und mich auflösen. Teilchen für Teilchen, pechschwarz zu Straßenbelag zerfallendes Ich. Bis sich aus diesem Nicht-Ich wieder ein Lastwagen materialisiert hätte, ein Fiat, ein Bus, dann ein paar Meter Asphalt, dann wieder ein Laster, immer der Reihe nach.

Und wenn das Teegelage mit den Freunden schon beendet ist? Wieder kommt mir dieser Gedanke. Momentan gibt es mich zwar nicht, aber trotzdem kriecht der Gedanke hinterrücks in mich hinein, zeigt sein Gesicht nicht, knabbert an meinen Fußsohlen und lässt mich zusammenzucken. Aroti, ihr Mann. Und ich als Knochen im Curry, als fünftes Rad am Wagen. Wieder mal draußen.

Ich war zehn. Vater hatte mich mit einer Botschaft zur Tante geschickt. Als mir der Sohn des Hauses die Tür öffnete, hörte ich laute Stimmen und prallte erschrocken zurück.

„Setz dich, Mama kommt gleich", sagte er, ging und ließ mich im offenen Vorzimmer zurück. Ich hockte mich mit gekreuzten Beinen auf den grün lackierten Rohrstuhl und gab mir größte Mühe, meinen Körper so klein wie möglich zusammenzufalten. Die Stimmen meiner Tante und ihres Mannes waren deutlich zu hören.

„Misch du dich da bloß nicht ein!"

„Sag du mir nicht, was ich zu tun und zu lassen habe!"

„Du steckst doch deine Nase in jeden Dreck!"

„Wer, ich? Doch wohl du! Du manövrierst dich ständig in irgendeinen Schlamassel, und ich kann die Sache dann ausbaden! Du bist eine echte Katastrophe!"

Ich wurde immer nervöser, hielt es auf meinem Stuhl nicht mehr aus. Ich stand auf und fing an, auf und ab zu laufen. Einmal steckte der Sohn den Kopf heraus und rief mir zu: „Was stehst du da herum? Setz dich doch!" Und verschwand wieder in der Wohnung.

„Pass bloß auf, was du sagst! Nur weil ich deine Frau bin, tanz ich noch lang nicht nach deiner Pfeife!"

„Ach nein? Und was willst du dann, bitte schön, tun?"

„Schrei mich nicht so an!", fauchte die Tante. „Ich kann es nicht ausstehen, wenn man mich anschreit!"

Ich drehte behutsam den Türknopf, stand auf der Treppe, ließ die Tür einschnappen und vergewisserte mich, dass sie auch wirklich zu war.

„Was hat die Tante gesagt?", fragte mich Mutter, als ich zurückkam.

„Gar nichts."

„Aber hatte Papa dir nicht aufgetragen, auf ihre Antwort zu warten?"

„Sie hat keine gegeben."
Als ich mich am selben Abend gerade zum Essen in die Küche gesetzt hatte, kam die Tante. Mir blieb der Bissen im Hals stecken. Auch ihr Mann war dabei. Das konnte ja wohl nicht wahr sein! Aber vielleicht war es ja doch jemand anders, der bloß genauso klang wie mein angeheirateter Onkel. Ich hatte immer noch genau im Ohr, wie es weitergegangen war. Plötzlich hatten sie sich nicht mehr aufgeregt, zornig, schrill keifend gestritten. Gerade als ich mich hinausschlich, hatte der Onkel, jetzt ganz ruhig, noch einmal gefragt: „Also, was willst du tun?"
„Sag ich dir nicht. Wenn ich's getan habe, wirst du es schon merken!"
Und dann warf sie ihm beiläufig hin: „Ich werde dich verlassen."
Das anschließende Geschrei hatte man dann wohl noch drei Straßen weiter hören können. „Hast du mich verstanden?! Du fragst, was ich tun will?! Verlassen werde ich dich!!"
Tante fasste die Hand meines Vaters und zeigte mit dem Finger auf mich. „Rushand, dein Sohn da ist wirklich eine Nummer! Streitet ihr euch denn nie? Habt ihr euren Kushank noch nicht an Familienkräche gewöhnt? Euer Sohn ist ein erbärmlicher Angsthase, ein furchtsames Kaninchen. Ihr werdet es nicht für möglich halten – stellt euch vor, er hat sich einfach verdrückt. Keine zehn Minuten hat er gewartet und ist ohne ein Sterbenswörtchen gegangen. Und das allen Ernstes nur, weil wir uns in dem Moment ein bisschen angebrüllt haben ..."

Zwischen Aroti und ihrem Mann gab es dagegen nie richtigem Krach. Ich war die unbestimmten schwankenden Zuneigungen und Loyalitäten von Herzen leid. Hätten mir die beiden nur ein einziges Mal mit der Ruhe und Einhelligkeit eines griechischen Chores „Get out!“ gesagt, hätte ich dem Gatten eines schönen Tages vielleicht sogar die Hand schütteln mögen.

Im Hof spielte Sunherias Tochter mit Prutha. Arotis Tochter wollte, dass ich sie aus ihrem stählernen Gestell pflückte und auf den Arm nahm. Auch mir war danach, sie an mich zu drücken, die Nase an ihren rosigen Apfelbäckchen zu reiben und alles zu vergessen. Manchmal war sie besonders zärtlichkeitsbedürftig. Doch schon nach wenigen Minuten wurde sie dann ziemlich nervig. Weil sie selbst sich nicht rühren konnte, erwartete sie von allen anderen ständige Action. Ich sah an ihr vorbei und ging ins Haus.

Teegeschirr und Teller standen herum und kein Mensch war da. Selbst die sonst omnipräsenten Ratten ließen heute nichts von sich hören. Ich zog die Stiefel aus und ging zu meinem Lieblingsplatz im Haus, auf den Küchenbalkon. Ich ließ die Füße über das gerade mal zwei Handspannen hohe Eisengeländer in den Abgrund baumeln und saß einfach so da, still und entspannt.

Ich mochte diese Stelle sehr. Wenn ich hier die Hand ausstreckte und sie in einem waagerechten Halbkreis schwenkte, berührte ich überall Berge und Gipfel. Nebeneinander, hintereinander, versetzt, tief gestaffelt. Und die sich aus ihnen herauswindende, sich um sie schlängelnde, sich immer wieder versteckende, von Weitem nicht erkennbar, aber dennoch ansteigende Straße.

Der Himmel hatte sich verdüstert, sich über einem Berg zu meiner Rechten verdichtet. Stille. Vollkommene Stille. Die Stille vor der Erschaffung der Welt.

Bestimmt schuf Gott die Welt in einem Luftkurort im Himalaya. Ding für Ding, ein jegliches nach seiner Art. Es herrschte eine solche Stille, dass jedes Geräusch im

Tal glasklar und unverwechselbar hier ankam. Die beharrlich von unten heraufschnaufenden Lastwagen. Das Lachen Guddus, der nebenan bei den Kapurs spielte. Pruthas Gequengel. *Bismillah,* der mit seiner *sanai* im Palace Hotel *Darbaari Kaanadi* erkundete. Sunherias Tochter, die drinnen die Teetassen einsammelte und den Rotz in der Nase hochzog.

Ich lauschte dem allen, sah, wie die Berge Jahr um Jahr auf mich herabschauten, und das Dasein von jeglichem Ding flutete uneingeschränkt in seinem Lauten heran. Ungebrochene Stille und Einsamkeit. Ein so vollkommenes Wahrhaben des eigenen Seins, dass der Kreis des Für-sich-Seins absolut fugenlos war. Bruchlos. Ungeheure Leere. Ganz und gar bruchlos. Allein, ganz allein auf dem Gipfel der Welt. So allein wie im Vorzimmer Gottes, und Gott ist nicht da.

Dann kam der Hagel. Wutfauchend, prasselnd, besessen trommelte er auf Arotis Blechdach. Ungehemmt, mit aller Gewalt. Windstöße peitschten mir die Hagelkörner an den Kopf.

Ich steh nicht auf. Bleib genau hier sitzen. Komm nur, Hagel! Schlag mich! Hagel auf mich ein!

Sunherias halslos bucklige, bezopfte Tochter kam aus dem Inneren des Hauses durch die Küchentür auf den Balkon gerannt, um die auf dem eisernen Geländer ausgebreiteten Kleidungsstücke einzusammeln. Plötzlich erbebte das Haus. Der altersschwache, von Ratten angenagte Balkon löste sich auf. Mein Magen kehrte sich um. Im Magen befand ich mich selbst, kollernd und purzelnd. Und tiefer und tiefer sich überschlagend, auch Sunherias Tochter, immer tiefer und tiefer aufschlagend, aufprallend. Ihr Hals befreite sich schließlich aus der Brust. Ganz weit unten. Ganz in der Nähe des zerdellten Topfes. Diesmal brauchte ich keinen Feldstecher.

Am Abend kam Sunheria. Sie saß auf dem Stuhl am Esstisch, die Knie an die Brust gezogen, und sah mich mit ihren von Jahrzehnten des Feueranfachens, dem ständigen Rauch ganz gelb gewordenen Augen nicht an. Jemand musste ja schließlich die Wäsche einsammeln, oder?
Sunheria, die Polizei ist da gewesen. Die Kapurs haben sie gerufen. Ich habe mir nur die Berge angeschaut. Das Stück Balkon, auf dem ich saß, ist nicht in den Abgrund gestürzt. Ich bin noch hier oben, auf meinem Bett. Warum siehst du nicht her, und warum weint Aroti, Sunheria? Der Arzt hat mir Tabletten gegeben. Es ist nichts Schlimmes, morgen wird es mir schon besser gehen. Ich möchte schlafen, Sunheria. In deinem Schoß.

Übermorgen um vier reise ich ab. Gestern haben wir zusammen mein Ticket besorgt. Ich fand es toll, mit ihr zusammen rauszugehen. So konnten wir die unterschwelligen Spannungen im Haus hinter uns lassen. Sie war immer noch schön. Und gestern ganz besonders. Trotz der zwei Schwangerschaften war ihr Körper nicht in die Breite gegangen.
Aber unterwegs lief irgendetwas schief mit uns beiden. Ohne ersichtlichen Grund. Ohne dass eigentlich etwas passiert wäre. Der Grund waren schlicht und einfach die letzten sieben Tage. Wir sprachen den ganzen Weg über kein Wort miteinander. Wahrscheinlich lag es an meiner Unzufriedenheit. Wir kauften das Ticket und machten uns auf den Rückweg.
„Komm, lass uns einen Kaffee trinken gehen."
„Nein, ich hab keine Lust."

„Warum auf einmal? Vorher wolltest du doch einen. Bevor wir aus dem Haus gegangen sind, hast du mich doch damit genervt."
„Jetzt will ich eben keinen mehr."
„Nun komm schon. Hör auf zu bocken. Leiste mir bei einem Kaffee Gesellschaft!"
Aber ich blieb stur. Bis zum nächsten Tag. Doch dann musste ich plötzlich lachen, platzte laut los. Seit ich nicht mehr mit ihr redete, kam es mir so vor, als ob nicht ich bei ihnen, sondern die beiden bei mir zu Besuch wären.
„Du hast doch nicht etwa vor, noch einmal den Mund aufzumachen?"
Ich blieb stumm.
„Du fährst morgen. Hast du die Absicht, den Rest der Zeit hier auf diese Weise abzusitzen?"
Ich schüttelte den Kopf.
Sie wollte ein neues Teeservice für die Kapurs besorgen. Um zu verhindern, dass die Kinder sich an unsere Fersen hefteten, mussten wir versuchen, unbemerkt aus dem Haus zu kommen. Prutha spielte draußen im Hof. Wann immer die Sonne herauskam, wurde sie mit ihrem Gestell ins Freie geschoben, damit sie sich mit Licht und Luft volltankte. Ihr immer gleiches Spiel war der stets vergebliche Versuch, mit ihren untauglichen Fingern Wasser aus einem Eimer auf den Weg zu schaufeln. Mit angehaltenem Atem wollten wir um die aufsteigende Kurve biegen und dann den Fußweg bis zur asphaltierten Straße nehmen. Unser Plan scheiterte.
Guddu gellte „Mama!" und nahm brüllend die Verfolgung auf. Kurz darauf kam Sunheria im Galopp hinterher. Prutha konnte mit ihren verkrüppelten Beinen nicht mitmachen und brach daher in unartikuliertes Geschrei aus. Sunheria bekam Guddu schließlich am Bund seines Pajama zu fassen und schleifte ihn zurück zum Haus.

Ich schaute ihnen von der Straße aus gelassen zu. Ich dankte Gott. Hätte Prutha auch laufen können, dann Gute Nacht! Sunheria hätte in zwei Richtungen gleichzeitig rennen müssen, und Aroti und ich hätten gleich wieder umkehren können.
Auf dem Rückweg tranken wir einen Kaffee im einzigen *Madrasi Hotel* am Platz. Ich machte Aroti auf *Shivas* blaue Brüste auf einem Kalender aufmerksam. Er saß aufrecht im Lotos auf dem *Kailaas*, die Augen friedvoll geschlossen. Nebendran, auf einem anderen Kalender, war *Ganpati* mit exakt den gleichen blauen Titten abgebildet. Da konnte Aroti nicht mehr an sich halten und musste ihren halben *dosa* stehen lassen. Draußen prustete sie laut los und bedachte mich mit dem einzigen ihr bekannten Marathi-Schimpfwort:
„*Halkat!* Dir ist wohl gar nichts heilig, was?"

Im Zug hatte ich ständig Aroti vor Augen. Sie vor dem Aufbruch, auf der verglasten Veranda, bevor ihre Freundin kam. In ihren Augen zitterndes Wasser und die Erinnerung an ihre Schwangerschaft, an Pruthas Geburt. Zu Hause, das war so Brauch in der Familie ihres Mannes. Ein Panjabi-Arzt kam.
Prutha wollte und wollte nicht rauskommen, sechs Stunden lang. Sie lag irgendwie verkantet, steckte auf der einen Seite fest. Wieder und wieder sagte der Schwiegervater: „Bringt sie doch endlich ins Krankenhaus!" Die Schwiegermutter und der Arzt dagegen meinten, das sei nicht nötig. Das Kind werde schon rauskommen. Kam aber nicht. Es steckte genau am Ausgang fest. Der Arzt drückte den Fuß gegen Arotis Oberschenkel und setzte die Zange an. Zog. Ihre Eingeweide verkrampften sich. Ihre Oberschenkel klappten auseinander. Ihre Scheide riss. Dammbruch. Erdbeben. Schlammlawine. Kaleidos-

kopisch polychrome Qual. Der Kerl zog und zog wie ein Berserker, als wollte er die ganze Welt aus ihr herauszerren. Der Schmerz in ihren Schenkeln verstummte. Immer nur ein Schmerz auf einmal. Der Schmerz der ganzen Welt.

Dann hatte der Arzt Luft in Prutha gepumpt. An ihrem Kopf waren zwei blutunterlaufene Dellen. Tiefblau. Von der Zange. Sie reagierte auf nichts, auf den Arzt nicht, auf die Welt nicht. Anderthalb Stunden lang hatte der Mann um sie gekämpft.

„Alle sagen, es wird mit der Zeit schon werden. ‚Wenn sie erst mal fünf ist, wird man nichts mehr davon merken. Ach, sie ist schon fünf? Nun, tja. Sieht man ihr gar nicht an. Aber was soll's. Mach dir keine Sorgen. Noch ein, zwei Jahre, und sie wird die Gesundheit in Person sein.' Wem zum Teufel wollen die eigentlich was vormachen? These bastards! You think she will? She will talk? Ich will, dass sie einen Geist hat, ein Bewusstsein, damit sie selbst entscheiden kann, ob sie weiterleben will. Sag doch was, Kushank!"

„Jetzt reicht's aber langsam! Kushank, mach endlich den Mund auf! Hier hast du einen Paisa, jetzt sag, was du denkst!"

Ich schwieg trotzig weiter.

„Shanko-*ji*, so red doch! Erzähl mir von Christus oder erzähl mir die Geschichte von Atlantis. Irgendeine tolle neue oder alte Geschichte."

Ich blieb stumm.

„Wenn du jetzt nicht endlich redest, steh ich auf und gehe. Kushank, bitte, heute keine moods, hm? Please. Ich meine, wozu sind wir denn dann ans Meer gegangen? Weil ich gestern am Telefon irgendeinen Blödsinn gesagt habe, musst du heute wie eine stumme Auster dasitzen?“ Du lachtest gequält. „Weil wir uns gestern nicht getroffen haben, bist du heute sauer. Wenn du deshalb heute nichts redest und dich mies verhältst, bist du morgen erst recht schlecht drauf. Übermorgen dann krieg ich einen Hass auf dich, weil ich zwei Tage lang deine Launen mit Heiterkeit und Nachsicht ertragen habe. Deine verdammte Überheblichkeit. Um dir zu zeigen, dass ich das genauso gut kann, schmoll ich also anschließend sieben Tage am Stück und sage ebenfalls keinen Ton.“

Genau das gleiche Spiel hatten wir schon ein paarmal durchgemacht, mal von dir, mal von mir, mal von uns gemeinsam initiiert.

Ich schwieg stur.

„Okay, ich gehe“, hast du gesagt und bist gegangen. Wohl wissend, was gut für mich war, bin ich auf meinem Stuhl im „Victory Stall“ am *Apollo Bunder* wie eine festgenagelte maulfaule Leiche sitzen geblieben. Weiß der Himmel, was in mich gefahren war. Anscheinend hatte etwas von deiner Schizophrenie auf mich abgefärbt. Wochenlang hattest du dich abwechselnd lieb verhalten, mies verhalten, warst biestig, hast gereizt reagiert oder schlicht und einfach Scheiße geredet, hast das *Mahabharata*, die *Gita*, *Jnanadeva* oder *Tukaram* für mich wieder lebendig werden lassen. Bei all dem habe ich einen kühlen Kopf behalten, und selbst wenn du dir die größte Mühe gegeben hast, einen Streit vom Zaun zu brechen, bin ich nicht darauf eingegangen.

Aber dann drehte sich mit einem Mal der Spieß um, und ich rächte mich für mein heiligenmäßiges Verhalten.

Wenn du erst auf Höhe des „Regal-Cinema“ angekommen bist, wird Mr. Purandare aus seiner Starre erwa-

chen. Dann heißt es zahlen – aber schnell – und wie ein Irrer hinter dir herrennen.
Und was, wenn ich endlich draußen bin, und du hast dir bereits ein Taxi genommen und bist damit verschwunden – was dann? Und wenn du nicht zurück auf dein Zimmer bist, was dann? Und wenn doch, du mich aber nicht reinlässt, was dann? Ich machte, dass ich nach draußen kam, und nahm die Verfolgung auf.
Du warst gerade dabei, zwei Tüten Softeis zu kaufen. Du hast gelacht, aber nicht hämisch. Ich hätte am liebsten dem Icecream-Vala die zwei Tüten für eine Minute zum Halten gegeben und dich auf offener Straße ganz fest umarmt. Dich auf die Lippen, den Hals, die ständig von der Nase rutschende Brille, die Ohren geküsst.
Ich stopfte mir eilends das halbe Eis in den Mund.
„Erzähl mir eine Geschichte!"
Wir gingen zurück in den „Victory Stall". Das junge Mädchen am Tisch nebenan schien aus *Maharashtra* zu sein. Sie hatte offensichtlich alles aufmerksam mitverfolgt. Unser zweiter Auftritt ließ sie und den Kellner wieder die Ohren spitzen und den inneren Operngucker zücken.
Ihr beschlipster Bürokollege versuchte, ihre linke Hand in seine Rechte zu nehmen, doch ihre gute maharashtrische Kinderstube ließ ihre harte schwarze Handtasche auf seine Hand knallen.
„But why?", klagte er verletzt und versuchte, die Nüstern zu blähen, aber die Tasche schien seine gesamte obere Körperhälfte gequetscht zu haben. Ich verspürte so etwas wie Mitleid mit ihm.
„Hörst du wohl auf, zu den beiden da rüberzulinsen, während du so tust, als würdest du mich anschauen?", hast du zwischen den Zähnen gezischt.
Der Büromensch schlüpfte mit dem besockten Fuß aus seinem Mokassin, betupfte damit leicht ihr vom Sari ver-

decktes Füßchen und wartete die Reaktion ab. Die Handtasche kam nicht wieder zum Einsatz. Beinahe hätte ich vor lauter Erleichterung gerülpst.
„Bekommst du jetzt wieder Depressionen? Möchtest du dich vielleicht zu ihnen setzen?“
„Nein, nein, nein und sorry, sorry, sorry!“
Du hattest vor Zorn riesengroße Augen.
„Kushank, Schluss mit den Entschuldigungen! Erst bist du neun Stunden lang schlecht drauf, und dann tut es dir sechs Stunden lang leid. Und hör auf, den Kasper zu spielen! Es ist eine geschlagene Woche her, dass du mir eine Geschichte erzählt hast. Steht eventuell irgendwo geschrieben, dass du immer nur dann Geschichten erzählen kannst, wenn ich stocksauer werde oder ausnahmsweise gerade selber in eine Trotz- und Schweigeperiode einsteige?“
Es ist jetzt so viele Jahre her, dass du Nein gesagt hast, und trotzdem hat es immer noch einen Sinn, mit dir zu reden. Mit dir zusammen kann ich das Leben irgendwie bewältigen. Du hast mir mit der gleichen Selbstverständlichkeit von der Erlösungserfahrung oder von Toynbees „historical perspective“ erzählt, wie du mir Fehler in meinen Marathi-Texten korrigiert oder mir die Zunge rausgestreckt hast.

„Soll ich dir die Geschichte von einem Wattebäuschchen erzählen?“
„Very funny!“
„Nein, ehrlich! Was heißt hier very funny? Soll ich dir nun die Geschichte von einem Wattebäuschchen erzählen oder nicht? Sag schon!“
Du hast den Kopf weggedreht und stumm aufs Meer hinausgeschaut.
„Es waren einmal ein Du und ein Ich ...“

„Sag, was dann geschah, Kushank.“
Manche Geschichten sind zum Erzählen, manche zum Für-sich-Behalten.
„Nein. Hör zu: Es war einmal ein Mann, dieser Mann hieß Raghu ...“

Ein oder zwei Monate, nachdem du gegangen warst, kam Raghu aus Genf zurück. Mitten in der Nacht, gegen halb vier, hämmerte es an der Tür. Es war noch keine zwanzig Minuten her, dass ich mein Buch weggelegt hatte und eingedöst war. Welcher Vollidiot klopft um diese Uhrzeit?, dachte ich, setzte fluchend die Brille auf, knipste das Licht an und öffnete die Tür einen Spaltbreit. Draußen war es stockfinster und ich sah überhaupt nichts. Wer immer es auch sein mochte, er schien es jedenfalls nicht eilig zu haben. Auch als ich ein paarmal fragte, wer da sei, ließ sich niemand blicken. Schließlich machte ich die Tür ganz auf und sah im schwachen Lichtschein, der jetzt nach draußen drang, eine undeutliche Bewegung. Da stand er und wippte auf den Fußballen. Das einzige Geschöpf, das ich kenne, das mit einer so vollkommenen Selbstverständlichkeit eins ist mit verdorrten Bäumen, abgeworfenem Laub, mit Wasser, Hitze, Tau und Schatten, mit dem ureigensten Atem der Erde.
Raghu. Gleichermaßen Tier und kleines Kind. Completely natural. Seine Freude, sein Schmerz, sein Bewusstsein des eigenen Körpers und seiner Empfindungen, seine Wut und sein Hass, seine unglaubliche Fähigkeit, sich kopfüber in etwas zu stürzen, in etwas vollständig aufzugehen.

Ich erinnere mich an eine spätere Szene mit ihm in Nandadhela bei Sonnenuntergang: Raghu, auf dem Boden kniend, sein Kopf ein schwarzer Scherenschnitt vor dem Sonnenball. Mit beiden Händen zerwühlte er die Erde, die am Rand eines Lochs aufgehäuft lag, und ein eigenartiger fremder Glanz kam in seine Augen. Ringsum reglose Einsamkeit. Sein Blick glitt abwesend über mich hinweg und verlor sich im Himmel. Sein Körper begann in einem gleichmäßigen, ruhigen Rhythmus hin- und herzuschwingen. Es war ein so intimer Anblick, dass ich mich schämte, mich wie ein Eindringling fühlte. Lautlos wandte ich mich ab.

Jetzt stand er, die Tasche in der Hand und ein extrabreites Grinsen im Gesicht, vor meiner Tür. Dann seine tiefe, selbstsichere Stimme:

„Hey, Shank, how's it going, man?"

Er sprach immer jedes einzelne Wort leise und melodisch aus. Wir kannten uns, seit wir zehn waren. Heute war er neunundzwanzig geworden. Aber er sah alterslos aus.

„Happy birthday, Raghu."

Vollkommen ruhig stand er da.

„Du hast dich also daran erinnert. Aber das tust du ja immer."

Dann stellte er die Tasche ab und umarmte mich fest.

Die letzten acht Jahre war Raghu im Ausland gewesen. Er hatte sein Ingenieurstudium in Puna abgeschlossen und war anschließend als Deckpassagier nach Aden gefahren. Von da aus weiter nach Griechenland, Paris, England. Er schlug sich mit Gelegenheitsjobs durch, und hatte er mal nichts zu essen, schlief er eben. So machte er weiter, bis er nach Amerika kam. Dort absolvierte er einen Kurs in Bergbau und bekam einen gut bezahlten Bürojob. Drei Tage später fragte ihn jemand, ob er nicht

Lust hätte, in Afrika als Katastrophenhelfer zu arbeiten. Von da an war er bei MORE, einer gemeinnützigen Organisation mit Sitz in Genf.
Wie beispielsweise auch CARE oder OXFAM, sammelte MORE Spenden und schickte eigene Experten in Naturkatastrophengebiete. Diese Experten stellten in Eigenverantwortung einheimische Helfer und Mitarbeiter ein und versuchten, Ordnung in das Chaos zu bringen und gegebenenfalls mit dem Wiederaufbau zu beginnen.
Man hätte Raghu Unrecht getan, ihm dabei ein Übermaß an edlen Motiven zu unterstellen. Bei MORE verdiente er zwar weniger als in seinem früheren Job, aber immer noch eine Stange Geld.
„Seit mehr als fünf Jahren bin ich bei jeder namhaften Hungersnot, Überschwemmung und jedem nennenswerten Erdbeben dabei gewesen. Aber ich kann wirklich nicht behaupten, dass ich schlaflose Nächte gehabt hätte, weil um mich herum die Welt zusammenbrach, oder dass ich gefastet hätte, weil die anderen nichts zu beißen hatten. Ich habe einfach meinen Job getan. Und zwar nicht aus Sentimentalität, sondern weil ich mir damit meine Brötchen verdiene. Wenn's außerdem noch irgendwie befriedigend war, umso besser. That's it."
Seit sechs Jahren trug er immer die gleichen Klamotten: khakifarbenes oder graues Outfit. Das Buschhemd entweder völlig offen oder mit einem Gürtel zusammengehalten. Wenn es an die Arbeit ging, trug er Shorts mit Dutzenden von Reißverschlüssen und Hunderten von Taschen, oder Hosen mit Tausenden davon sowie Schnürstiefel oder *kolhapuri-chappals*. Obwohl kleiner als ich, schaffte er es irgendwie, eine Handbreit größer auszusehen. Ohne besonders muskulös zu sein, wirkte sein Körper, ob er stand oder ging, durch und durch straff, zugleich fest und geschmeidig, und er besaß eine

vollkommen natürliche Anmut. Animal grace. Zwischen seinem Nacken und seinem Handgelenk schien ein einziger schlanker, sehniger Muskelstrang zu verlaufen. Bei seinem Anblick dachte man unwillkürlich an einen Geparden. Schüttelte er einem die Hand, spürte man das bis hinauf in die Schulter.
Es gibt drei Dinge, in denen nur wenige Menschen Raghu das Wasser reichen können: Konzentration, seine fast unmenschlich anmutende Fähigkeit, jegliche Arbeitslast zu bewältigen, und Frauen.
Auch wenn man ihm ein gewisses strategisches Geschick nicht absprechen konnte, war es jedem, und nicht zuletzt ihm selbst, unbegreiflich, warum er auf das weibliche Geschlecht so anziehend wirkte. In der linken unteren Tasche seines Safarihemdes bewahrte er immer ein verschließbares und auf Knopfdruck aufschnappendes Adressbüchlein auf. Darin standen die Telefonnummern und Adressen von Tausenden von Frauen rund um den Globus.
„Der Mann von MORE folgt der Naturkatastrophe meist direkt auf dem Fuß, und so kann man schon verstehen, wenn schlichtere Gemüter gelegentlich den kausalen Zusammenhang zwischen den beiden umkehren oder das eine mit dem anderen verwechseln", sagte Raghu einmal lachend. Einer ganzen Reihe von Ehemännern dürfte Raghu tatsächlich wie das leibhaftige Unheil erschienen sein. Die betreffenden Ehefrauen sahen die Sache vermutlich etwas anders.

Selbst heute noch gerate ich bei dröhnenden Lautsprechern außer Rand und Band. Raghu hingegen spricht weniger auf die wummernden Bässe an als auf die optischen Reize, die ein Besuch im „Blow Up" mit sich bringt.

Damals war er abends um zehn mit einem Päckchen in der Hand bei mir hereingeschneit und hatte gemeint:
„I feel like dancing."
„Mit wem? Mit mir?"
„Let's go!"
Ich holte meine Sachen und wir gingen. Gleich wird der Boss einhändig zwei *huris* aufreißen, brummelte ich vor mich hin, als ich aus dem Taxi stieg. Um ins „Blow Up" reinzukommen, musste man dem Türsteher zehn Rupien geben, dann war der Abend so weit gesichert. Aus der geöffneten Tür platzte ein Pärchen heraus, kreischte in die Nacht.
Drinnen war es noch dunkler als draußen. Krach und eine Discokugel ließen Glühwürmchen vor den Augen tanzen. Körper klebte an Körper, nirgendwo ein Platz zum Stehen. Das Stroboskop zerhackte die Glieder der Tanzenden und schleuderte sie einzeln durch die Gegend. Bezahlte Aufzieh-Puppen führten hinten, auf beiden Seiten des Podiums der Band, eine eckige Go-go-Pantomine vor: Zwei auf minderjährig getrimmte, Lolitagelüste bedienende Körper erteilten in funkenglitzernden Hotpants und bis zum Nabel ausgeschnittenen Tops Tanzlektionen.
Raghu schob sich mit der Linken die Nickelbrille an die Nasenwurzel und ließ seinen Jäger-und-Sammler-Blick schweifen. Plötzlich war er nicht mehr da. Zwei Minuten später verstummten die Boxen und es ging eine schummrige Beleuchtung an. Wie auf Knopfdruck versank die gesamte Disco in Lethargie. Dann ein Geräusch, wie wenn man einen vierzig Fuß langen Streifen Wüste auseinanderreißt, und es ertönte eine ziemlich eigentümliche Musik. Raghu kam swingend und tänzelnd aus dem Elektronikraum.
„You like it?", fragte er mich. „It's the latest music."

Dann meinte er ganz cool zu einem Mädchen „May I?" und tanzte los.
Der Fluss kam ins Strömen, und alles begann wieder zu tanzen. Ich betrachtete die Szene wie im Traum. Die Tänzer zappelten zum hämmernden Beat nicht anders als vorher zur Disco-Musik, einige sichtlich befremdet, andere begeistert. Raghu schuf sich inmitten dieses digital programmierten Getackers seinen eigenen Tanzrhythmus, während seine Partnerin seinen lebendigen, überaus geschmeidigen Bewegungen die Grazie einer Holzmarionette entgegensetzte.
Von meinem Beobachtungsposten aus sah ich, wie eine Schwarze weiter hinten im Raum unruhig wurde. Sie saß dort mit einem Europäer zusammen, und es war offensichtlich, dass sie hochgradig danach fieberte, mit Raghu zu tanzen. Schließlich konnte sie sich nicht mehr beherrschen. Sie kam nach vorne, klopfte Raghus Partnerin auf den Rücken, schob sie beiseite und fragte Raghu mit tiefer, rauchiger Stimme: „Daddy, wanna dance with me?"
„I've been waiting for you, momma", gab Raghu zurück.
An ihrem Ohr glitzerten große Ringe, und die Wüste empfing das erste Nass. Raghu und die schwarze Frau tanzten in einem solchen Einklang zur Musik, dass die anderen Paare nach und nach stehen blieben und ihnen zuschauten. Schließlich waren nur noch die Frau und Raghu übrig. Wie zwei entfesselte Derwische bewegten sie sich, und bald hatte man den Eindruck, dass sie miteinander verschmolzen, eins wurden.
Als Raghu sich nach einer guten Viertelstunde umsah, merkte er, dass nur noch sie beide tanzten. Er blieb stehen, bog seinen Kopf zu ihr, legte seine Lippen auf ihre und stand anderthalb Minuten einfach so da.
Der europäische Begleiter der Frau senkte den Kopf.

Sie sagte zu Raghu „Let's go, Daddy“, nahm ihr Täschchen vom Tisch und verließ mit ihm die Disco. Schon in der Tür, wandte sich Raghu um und rief mir zu: „You take care, Shank!“
Lachend machte auch ich mich auf den Heimweg. Ich kannte Raghu inzwischen, und wir mischten uns prinzipiell nie in das Privatleben des anderen ein. Wir erzählten uns allenfalls davon.

Diesmal war Raghu beruflich in Indien. So ziemlich in letzter Minute, bevor er Bombay verlassen sollte, fragte er mich: „Wie steht's, Shank, hast du vielleicht Lust mitzukommen?“
„Was soll ich denn da? Es ist ja nicht einmal sicher, dass es dort für dich allein genug zu essen gibt!“
„Zerbrich dir darüber mal nicht den Kopf. Wer weiß, wenn ich dich als Observer verkaufe, kriegst du von meiner Company vielleicht sogar noch Geld fürs Mitkommen. Und wenn du das Gleiche, was du im Krankenhaus gemacht hast, auch für sie tust, springt möglicherweise eine Broschüre oder sogar ein Buch dabei raus. MORE leidet chronisch an Geldknappheit. Ein großzügig bebilderter, engagierter Bericht würde sicherlich Spenden locker machen. Wenn ich heute Abend mit Genf telefoniere, soll ich dann fragen?“

Seit ich das Krankenhaus-Projekt aufgegeben hatte, war ich arbeitslos. Sechs Monate hatte ich damit verplempert, einen Verleger zu suchen. In Indien hatten ein, zwei Leute Interesse angemeldet. Aber bei einem einheimischen Druck wären die Fotos garantiert versaut worden. Also hatte ich ausländische Verleger angeschrieben. Zwei davon hatten erklärt, das Buch herausbringen zu wollen, doch obwohl mittlerweile mehr als ein Jahr ver-

gangen war, dümpelte die Angelegenheit vor sich hin. Es war ein Jahr zunehmender Trübsal und Hoffnungslosigkeit.
Zwar klangen die Gründe, die sie für die Verzögerung anführten, durchaus plausibel, aber mein Geldbeutel magerte unterdessen immer mehr ab. Halb Bombay hatte ich nach einer Arbeit abgeklappert und immer wieder dasselbe zu hören bekommen: Warum haben Sie Ihren früheren Job aufgegeben? Wie können wir sicher sein, dass Sie das bei uns nicht auch tun werden? Ich hatte mich auch an meine frühere Firma gewandt. Dort waren alle sehr freundlich, aber der Managing Director hatte nur gemeint: „Na, was hatte ich dir gesagt?"
Eines Morgens stand ich auf und beschloss, mir das Buch aus dem Kopf zu schlagen. Sollten sie es doch noch drucken wollen, würden sie sich schon melden. Also fing ich an, Nachhilfestunden zu geben. Um den Kindern etwas beibringen zu können, musste ich erst mal selbst englische Grammatik pauken. Auf die Dauer fand ich den Unterricht ermüdend, und so ging ich dazu über, meinen Schülern stattdessen Geschichten zu erzählen. Eine der Mütter beschwerte sich deswegen ein paarmal, aber weil der betreffende Junge und ich gut miteinander auskamen, hatte man mich bis dato noch nicht gefeuert.

Wir brachen abends um sieben auf. Wegen der Hitze, und weil es fast die gesamte Strecke durch ein Hungersnotgebiet ging, würden wir ausschließlich nachts fahren. Raghu hatte von MORE ein Motorrad, eine Bullet, gestellt bekommen. Ich hatte hundert Filme und die Zusicherung eines Vorschusses in der Tasche. Bekommen würde ich ihn, sobald Genf den ersten Schwung Fotos abgesegnet hätte.

Raghus Einsatzgebiet war Nandadhela. Drei europäische Experten von MORE hatten dort einen Monat lang mit ihren indischen Helfern versucht, Brunnen zu graben. Aber jedes Mal, wenn sie anfingen zu bohren oder zu buddeln, ging entweder etwas kaputt oder es lief sonst irgendetwas schief, weswegen man die Arbeit unterbrechen musste. Bevor Raghu kam, waren sie bereits drauf und dran gewesen, den ganzen Kram hinzuschmeißen. Dann waren alle drei Experten um ein Haar an einer Lebensmittelvergiftung gestorben. Schließlich hatte man Raghu seiner besonderen Ortskenntnisse wegen aus Afrika herbeordert.

Die Bullet war wirklich eine tolle Maschine. Wenn wir eine Durchschnittsgeschwindigkeit von etwa 50 Meilen die Stunde einhielten, konnten wir in einer Nacht 500 Meilen schaffen. Raghu und ich wechselten uns beim Fahren ab.

Die Straße wand und schlängelte sich vor meinen Augen. Ab und zu hielten wir an, um auf die Karte zu schauen. Dabei hatte man das Gefühl, dass die Beine unter einem weiterratterten.

Irgendwann fragte Raghu: „Hast du das große Schild gelesen?"

Ich war vollauf damit beschäftigt gewesen, wach zu bleiben und fragte zurück: „Welches Schild?"

„Shank, wenn du einschläfst, tret ich dir gewaltig in den Hintern!"

„Sorry, sorry, also was für ein Schild?"

„Was spielt das jetzt noch für eine Rolle? Wir sind vor ungefähr fünf Meilen dran vorbeigefahren!"

„Hast du's denn nicht gelesen?"

„Würde ich dann fragen, was draufstand? Sollen wir umkehren?"

Wir waren beide zu faul, diese Frage zu beantworten.

Es war vielleicht eine Stunde vergangen, als wir durch eine geschwenkte Taschenlampe und eine improvisierte Barriere zum Stehen gebracht wurden. Neben uns tauchte ein Policeman auf.
„Doctor Gupta?“, fragte er.
„Nein“, sagte Raghu.
„Doctor Joshi?“
„Nein.“
„Aber Sie sind doch Ärzte, oder?“
„Sorry, wenn es sich um etwas Wichtiges handelt, können wir die beiden herschaffen.“
Der Officer starrte uns geschlagene zehn Sekunden lang erstaunt an. „Aber wer hat Sie denn dann durch die Straßensperre gelassen?“
„Niemand, Sie haben uns doch gerade vor der Absperrung angehalten!“
Er lachte säuerlich. „Das hier ist keine Absperrung. Haben Sie unser Schild, ungefähr fünfzig Meilen von hier, nicht gelesen?“
Raghu erwiderte: „Nein. Warum? Was ist überhaupt los?“
„Haben Sie unsere Leute denn nicht angehalten?“
Raghu wurde jetzt langsam sauer. „Worum geht es hier eigentlich?“
„Sie werden für einen Monat in Quarantäne müssen“.
„Warum?“ Raghu begriff plötzlich den Ernst der Lage.
„In Rajgaon ist eine schwere Cholera-Epidemie ausgebrochen. Die Regierung hat angeordnet, dass wir jeden festhalten, der sich der Stadt auf weniger als fünfzig Meilen nähert.“
Raghu entspannte sich: „Oh, that's okay. Wir haben uns in Bombay, bevor wir aufgebrochen sind, beide gegen Cholera impfen lassen.“
„Kann ich die Bescheinigung sehen?“
„Wir haben sie leider nicht dabei.“

„Aber wie kann ich Sie dann passieren lassen?" Er lachte hämisch.
Ich merkte, wie Raghu innerlich auf Alarmzustand schaltete. Seine erhöhte Wachsamkeit drückte sich allerdings so aus, dass er mit einem Mal wie ein ehrlicher und treuherziger Tropf wirkte.
„Aniruddha", meinte er lachend zu mir, „bis unsere Bescheinigung aus Bombay kommt, können wir hier ein paar Tage Ferien machen!"
„Das wird mindestens zwei Wochen dauern." Der Officer hatte sichtlich zunehmende Freude an der Unterhaltung. „Der Postal Service ist zur Zeit die absolute Katastrophe."
Raghu sprang auf den Kickstarter, worauf der Officer sofort seinen Revolver auf ihn richtete. Raghu sah ihn an und lachte entwaffnend: „Na, na, Sie werden uns doch wohl nicht einbuchten wollen?"
Bevor der Polizist antworten konnte, ertönte hinter uns eine Stimme: „Rajan, sind die Ärzte gekommen?"
„Nein, Sir. Zwei Typen aus Bombay, die unser Schild nicht gelesen haben."
„Die werden wohl Regierungs-Bescheinigungen bei sich haben."
„Nein, Sir. Sie behaupten zwar, geimpft worden zu sein, aber eine Bescheinigung haben sie nicht dabei."
„Hat sie denn dein Sergeant nicht an der Straßensperre angehalten?"
„Nein, Sir."
„Dann ist es aber zur Hälfte deine Schuld!"
Officer Rajan wurde daraufhin recht kleinlaut.
Raghu stellte sich unauffällig neben mich, gab mir ein Zeichen und sagte: „Doctor Aniruddha Banerjee, Director of Oriental Arts, Guggenheim Museum, und Jagannath, Economic Advisor to the UN Secretary General. Und mit wem habe ich das Vergnügen?"

„Deputy Superintendent of Police R. B. Saksena."
Allein schon, weil er den Officer mundtot gemacht hatte, war mir dieser biedere Saksena vom ersten Augenblick an sympathisch. Und als er unsere angeblichen Namen und Titel hörte, wurde sein Ton noch eine Spur freundlicher.
„What a pleasant misfortune!", rief er liebenswürdig aus. „Durch Ihre kleine Unachtsamkeit sind in unserem eintönigen Leben gewissermaßen vier Monde aufgegangen! Bitte verzeihen Sie, wenn ich mich so darüber ereifere, aber in den vergangenen vierzehn Tagen ist keine Menschenseele bis zu uns vorgedrungen. Wegen der Cholera sind wir hier gewissermaßen eingesperrt!"
Er sah Raghu alias Jagannath an und sagte in verschwörerischem Ton: „Gemäß den Anordnungen der Staatsregierung darf ich Sie nicht weiterfahren lassen."
Am Himmel breiteten sich Wolken wie Orangenschalen aus.
„Es ist unser Fehler, really!", sagte Raghu.
„Nein, nein. Es war ja letzte Nacht wirklich außerordentlich dunkel!"
Officer Rajan war inzwischen ziemlich blass geworden.
„Sir, ich bringe sie ins Circuit House."
„Don't bother, Rajan. Ich nehme sie mit zu mir nach Hause. Bring du ihr Motorrad."
Raghu schreckte hoch, als hätte er einen Tritt in den Hintern erhalten. „Wir wollen Ihnen auf keinen Fall zur Last fallen! Bringen Sie uns doch im Circuit House unter, und wir kommen dann später auf einen Tee zu Ihnen!"
Ich kniff Raghu heimlich und zischte: „Du und deine verdammten Lügen! Zum Teufel mit dir!"
„Aber ich bitte Sie, das kommt überhaupt nicht in Frage! Wer weiß, wann ich wieder das große Glück einer solch

erlauchten Gesellschaft haben werde! Es macht Ihnen doch hoffentlich nichts aus, nicht wahr, lieber Doctor Banerjee?“

Saksenas Respektsbezeugungen waren derart aufrichtig und treuherzig stur, dass ich mir richtig mies vorkam. Ich schämte mich bei der Vorstellung, wie schlecht ihm die arglose Zuneigung zu den hochgewachsenen Fremdlingen vergolten werden würde.

Ich lachte gequält: „Warum wollen Sie sich unseretwegen solche Umstände machen?“

„Was denn für Umstände? Ich wohne in einem riesigen Bungalow! Ich und meine drei Nichten, die über die Ferien zu Besuch gekommen sind. Auch für die wird es eine willkommene Abwechslung sein.“

Mir sank das Herz. Ich stieß ein undeutliches resigniertes „Oh God!“ aus.

„Wie bitte?“, sagte Saksena.

„Dann sind die jungen Damen also auch ‚gewissermaßen eingesperrt‘, wie es scheint“, sagte Raghu und bemühte sich um eine bedauernde Miene, während in seine Augen das mir wohlbekannte Glitzern trat.

„Ach, andererseits kann für die jungen Leute von heute ein bisschen Isolation eine recht wertvolle Erfahrung bedeuten, nicht wahr? Wenn man allein ist, verfällt man doch eher darauf, sich der Reflexion und der Selbsterforschung hinzugeben! Apropos ‚junge Leute‘: Sie beide dürften doch wohl die Jüngsten sein, die in Ihrer jeweiligen Institution ein so hohes Amt innehaben – oder täusche ich mich?“

Raghu akzeptierte das Lob mit Bescheidenheit: „Um die Wahrheit zu sagen: Yes! Aniruddha wird nächstes Jahr sogar als Direktor der Orientalistischen Abteilung des Louvre nach Paris gehen.“

„Admirable, admirable!“

Inzwischen waren wir in den *compound* eingebogen. Im Hintergrund sah man einen weitläufigen Bungalow, wie ihn die Briten für ihre reisenden Beamten zu bauen pflegten. Davor lag ein schöner Garten von ungefähr ein, zwei Morgen Größe.

Aus einem der Fenster im ersten Stock schaute ein Mädchen mit langen Zöpfen heraus, das sich die Zähne putzte. Als wir aus dem Jeep stiegen, hatte sich bereits eine weitere Nymphe zu ihr gesellt.

Ihr Onkel rief ihnen von unten zu: „Reva, Shalini, Mana, kommt herunter! We have got very interesting and distinguished company. Banerjee, auch für Sie dürfte es eine nicht ganz uninteressante Begegnung werden. Unsere Reva studiert Kunstgeschichte im zweiten Jahr."

Ich rammte meinen Absatz auf Raghus Stiefelspitze und knurrte zwischen den Zähnen: „Oriental Arts, my ass! Das zahl ich dir heim!"

Sich vor Schmerz windend, winkte Raghu den Mädchen zu. Als er uns in unser Zimmer führte, damit wir uns erfrischen konnten, sagte Saksena schließlich: „Ich habe völlig vergessen zu fragen, wohin Sie eigentlich unterwegs sind."

Raghu wandte sich zu mir: „Aniruddha, willst nicht du diese Frage beantworten?"

Du Scheißkerl, dachte ich bei mir und bemühte mich dann, Raghus Märchen noch zu überbieten: „Können Sie ein Geheimnis für sich behalten, Mister Saksena?"

„Ja, selbstverständlich."

„Wir haben in der Nähe von Jashpur einige steinalte, in künstlerischer Hinsicht ganz exzeptionelle Artefakte der Induskultur gefunden. Man hat mich hergeschickt, um dort zu graben."

„Oh, Really? Ihre Arbeit klingt ja außerordentlich interesting!"

Als er die Tür hinter sich geschlossen hatte, meinte Raghu: „Wenn du musst, dann kannst du ja durchaus gelehrig sein! Du hast die Prüfung mit Auszeichnung bestanden."
„Sag mal, hast du vor, hier einen Schundfilm zu drehen? Das hier, mein lieber Raghu, geht ausschließlich auf deine Kappe, nur dass das klar ist!"
„Psst!", zischte er. „Jagannath! Nicht Raghu! Jagannath, you fool! So was erlebe ich nicht zum ersten Mal. Selbst wenn ich wegen eines Erdbebens ganz dringend irgendwohin muss, kommt es immer wieder vor, dass ich bis zu zwei Wochen mit irgendeinem bürokratischen Firlefanz aufgehalten werde. Meine drei Kollegen hier draußen sind fertig, sie kommen nicht mehr weiter. Deshalb haben sie mich als ‚our man on the spot' losgeschickt. Wenn ich nicht schnellstens nach Nandadhela komme, kann ich es vergessen, und meinen Job bin ich dann auch los."
„Und deshalb musstest du dich gleich zum Wirtschaftsberater des UN-Generalsekretärs befördern?"
„Leuten auf solchen Provinzposten musst du einfach so kommen. Wären wir nur als Irgendwer aufgetreten, hätten sie uns in ein winziges Kabuff ohne Fenster gesteckt. Außerdem muss man sich in manchen Situation trauen, direkt vor den Augen des Feindes abzuhauen. Bis der das kapiert hat, bist du längst über alle Berge."
„Großartig! Und als Draufgabe die drei Mädchen. Als Weihnachtsgeschenk für Mister Jagannath."
„Mal sehen, mal sehen", sagte Raghu.

Wir saßen gerade beim Frühstück, als Officer Rajan hereinkam. Die drei Mädchen begrüßten ihn wie eine komplette Gänseherde. Fünf Minuten lang waren wir beide abgeschrieben. Schließlich beendete Rajan das Geschnatter. „Sir, ich habe das Motorrad hergebracht. Soll ich das Gepäck checken?“

Ich wäre jede Wette eingegangen, dass er das schon längst getan hatte. Saksena hatte ganz offensichtlich denselben Verdacht: „Da du es doch ohnehin schon durchsucht hast, was fragst du noch?“

Rajan lief rot an.

„Never mind. Ich will nichts wissen. Die Herren haben eine überaus vertrauliche Aufgabe zu erledigen. Zerreiß also hier vor meinen Augen die Notizen, die du dir gemacht hast.“

Außer meinen Diafilmen und Raghus Handbüchern war eigentlich nichts im Gepäck, was uns hätte in Schwierigkeiten bringen können. Aber wegen diesem Saksena hatte ich allmählich Bedenken. Die übertriebene Wertschätzung, die er uns entgegenbrachte, kam mir mehr und mehr wie der sprichwörtliche goldene Käfig vor.

Während Rajan das Blatt Papier zerriss, fragte Reva: „Bevor Sie wieder gehen, frühstücken Sie aber doch mit uns, won't you?“

Herr Saksena antwortete an seiner Stelle: „Nein, meine Liebe, er hat viel zu tun.“

Die Mädchen warfen uns wütende Blicke zu. Von den dreien war nur eine wirklich attraktiv: Reva. Zwar wirkten sie alle, jede für sich, berauschend in der Blüte ihrer Jugend. Andererseits fragte man sich irritiert, ob sie nicht eher schon auf die Vierzig zugaloppierten.

Während wir gemütlich frühstückten, wurde mir angesichts dieser drei Mädchen irgendwie schwindlig. Der Kontrast zwischen ihren Gesichtern einer- und ihren Körpern andererseits verwirrte mich. Man konnte bei ihnen zwar literarisch-feinsinnig an „Die vertauschten Köpfe“ denken, doch ihre Mischbildung entstammte einer ganz anderen Feder, und so passten die Teile nicht recht zusammen. Die Verbissenheit, mit der sie ihrem Körper zusätzliche Jugendjahre abgetrotzt hatten und noch immer abtrotzten, begann sich allmählich auch in ihren Gesten und Bewegungen auszudrücken. Aber das altjüngferliche Aussehen ihrer Gesichter lag wohl weniger an ihrem tatsächlichen Alter als an ihrem ständig unbefriedigten Bauch. Weil sie ihre Körper, die ihnen augenscheinlich gewaltig viel Arbeit machten, kurzerhand vom Kopf abgesägt hatten, war ihnen die Seele zu einem Klumpen aus Lebenshunger und Gier erstarrt.

Das Frühstück geriet insgesamt irgendwie steif. Schließlich sagte Saksena: „Ruhen Sie sich jetzt doch ein wenig aus. Sollte irgendetwas sein, bis ich zum Lunch zurückkomme, werden Ihnen meine drei süßen Nichten gern zu Diensten sein."

Naserümpfend spazierten die drei aus dem Zimmer.

Noch halb im Schlaf hörte ich eine undeutliche Stimme reden und lachen. Ich spähte durch das Bambusrollo nach draußen. Shalini hielt sich an den herabhängenden Zweigen eines Feigenbaumes fest, lächelte wie eine breite Plakatwand und vollführte allerlei verführerische Verrenkungen. Sie hatte lediglich einen dünnen weißen Baumwollbikini an. Raghu ließ meine Kamera in einem fort klicken und verbog sich dabei noch akrobatischer als sein Model. Im Umkreis von vier- bis fünfhundert Meilen gab es keinen einzigen Tropfen Wasser. Ich erinnerte mich an die Erde, die auf der Herfahrt rissig im Mondlicht geglänzt hatte.

„Der Winkel stimmt nicht", sagte Raghu, und als er Shalini zurechtrückte, indem er einen Finger zwischen die beachtlichen Körbchen ihres Oberteils hakte, gab sie gurrende Geräusche von sich und drückte die Brüste noch weiter heraus.

Dann kam Mana an die Reihe. Ihre Brüste waren zwar nicht ganz so voluminös, dafür hatte sie insgesamt eine weitaus bessere Figur als Shalini. Sie trug ein düsteres Gespinst von Sari aus Georgette. Der Knoten ihrer Choli lechzte förmlich danach, aufgenestelt zu werden. Begierig zu zeigen, was da oben abging, sahen ihre fast bis zum Kehlkopf hochgeschnürten Brüste wie helle wohlgeformte Schweinsblasen aus, die im blauen Meer des eng gewickelten Saris schwammen. Da Raghu zeit seines Lebens keine Kamera in der Hand gehabt hatte, zielte das Objektiv meistens vorbei – in den Himmel oder auf den Gärtner, der in einiger Entfernung sabbernd zusah. Schließlich dachte ich, er wäre endlich fertig.

Doch fünf Minuten später erschien er im Zimmer. „Noch einen Film, Yaar", trällerte er bollywoodreif, „man reiche mir noch einen Film!"

„Wag es, noch einen einzigen zu nehmen, und du kannst deine Brille mit dem Handfeger zusammensuchen. Kapiert?"

Raghu war die Schärfe in meiner Stimme nicht völlig entgangen. „Ist was?"

„Wie viele Filme hast du schon verplempert?"

„Nur einen."

„Dann war das auch der letzte. Selbst wenn du fünfhundert davon mitgenommen hättest: Du kriegst nicht für einen weiteren meinen Segen!"

„Okay, okay, du Knicker! Was mach ich jetzt bloß?"

Dann spulte er den Film zurück und fädelte ihn neu wieder ein.

„No problems!", sagte er und verzog sich wieder. Wer konnte Raghu schon böse sein?

Bis ein Uhr mittags hatte er den einen Film achtmal durchgeknipst. Zum großen Vergnügen von Shalini und Mana.

Als Saksena zum Essen heimkam, war die Atmosphäre schon überaus relaxed und vergnüglich geworden. Eine gewisse Distanz wahrte lediglich noch Reva. Raghu war zu Höchstform aufgelaufen. Aus seinen Tausenden von Erlebnissen suchte er sich die ganz besonderen heraus. Streute gelegentlich wahre oder erlogene Anekdoten um Breschnew, Nixon oder U Thant ein, die Saksena als persönliche Erfolgserlebnisse zu empfinden schien.
Als das Essen beendet war, sagte er: „Seit Sie da sind, ist unser Haus regelrecht aufgeblüht. Wer würde glauben, dass schon im nächsten Ort diese fürchterliche Seuche wütet, nicht wahr? Sie können es sich wahrscheinlich nicht vorstellen, weil unser Bungalow so abgeschieden liegt, aber wenn ich so Tag für Tag in die Stadt fahre, ist es jedes Mal eine richtige Mutprobe für mich. Damit meine jungen Damen das hier nicht so mitkriegen, spiele ich ihnen immer Theater vor, aber wenn ich abends heimkomme, bin ich doch ziemlich deprimiert. Deshalb dürfte ich in letzter Zeit für die armen Mädchen ein recht langweiliger Gesellschafter gewesen sein. What a stroke of luck!", murmelte er anschließend noch vor sich hin.
Saksena fuhr wieder zu seiner Dienststelle und Raghu verschwand. Als um halb sieben Saksenas Jeep in den Compound einbog, kam er ins Zimmer zurückgehuscht und knöpfte sich dabei noch die Hose zu.
Am Abend kamen Gupta und Joshi, die Ärzte, auf die Rajan schon letzte Nacht gewartet hatte, zum Cocktail.
„Um die Wahrheit zu sagen – wenn Sie beide nicht gekommen wären, hätte ich die zwei Herren gebeten, bei mir zu wohnen, gewissermaßen zur Zerstreuung der Mädchen. Andererseits wären die armen Doktoren nach einem langen, harten Arbeitstag kaum zum Plaudern aufgelegt gewesen. Außerdem scheinen die beiden Ih-

nen und Ihrem Kollegen, was Geistesbildung und Weltläufigkeit angeht, doch ein wenig nachzustehen."

Weiß der Himmel, wie Saksena darauf kam, auch bei mir mondäne Erfahrungen zu vermuten. Zumal Raghu das Konversationsmonopol an sich gerissen hatte und ich mich an den Tischgesprächen kaum beteiligte. Aber auch so schwebte ich in der ständigen Angst, Reva oder Saksena könnten eine Frage über meine angebliche Arbeit am Guggenheim Museum stellen, wodurch unser Schwindel augenblicklich aufgeflogen wäre.

Ich wechselte gerade mit Reva ein paar belanglose Worte, als ich mich zufällig umsah und bemerkte, dass Saksena mit den beiden Ärzten flüsterte. Mir ging ein etwas befremdlicher Gedanke durch den Kopf. Ich hatte irgendwie den Verdacht, dass er das bereits uns gewährte Nichten-Verkaufsgespräch nun vor Joshi und Gupta abspulte. Mir wurde leicht klaustrophobisch zumute.

Ich verließ Haus und Gesellschaft und ging ins Freie. Weil draußen im Mondlicht nicht mal die Idee eines Lüftchens wehte, zog ich mir das Hemd aus der Hose und legte mich unter den Feigenbaum. Plötzlich war mir, als sei jemand gekommen und habe sich neben mich gesetzt. Es war Officer Rajan.

„Hallo", sagte ich.

Er lachte. „Glauben Sie ernsthaft, Saksena-*sahab* wüsste nicht, dass ihr Typen falsche Namen angegeben habt?"

„Sie werden schon dafür gesorgt haben, dass er es weiß."

„Nein. Er hat es selbst herausgefunden. Ich musste ihm nicht auf die Sprünge helfen."

Für meinen Geschmack ließ er es entschieden an Höflichkeit mangeln. Dann begann er zu allem Überfluss auch noch, in Rätseln zu sprechen:

„Sie kommen sich richtig schlau vor, was, Banerjee?" Er sprach meinen falschen Namen mit schmierenkomödiantisch übertriebener Betonung aus. „Sie dachten sich, den einfältigen Saksena wickeln Sie leicht ein! Aber nach und nach werden Sie auch seine diversen anderen Seiten kennenlernen. Dann wird es allerdings leider zu spät sein – dann werden Sie sich nicht mehr aus der Affäre ziehen können! Und das gilt ganz besonders für Ihren Freund Jagannath.“ Wieder waren deutlich die Gänsefüßchen zu hören.

Ich parierte mit Shirley MacLaines geflügeltem Wort aus Billy Wilders „The Apartment“: „Some people take and some people get took, richtig?“

„Machen Sie sich nur lustig. In ein paar Tagen sind wir es, die lachen, und zwar über Sie!“

Sein Rätsel wurde zunehmend schwieriger, weshalb mein Interesse ebenso zunehmend erlahmte.

„Na, welche haben Sie denn für sich ausgewählt?“

„Pardon?“

„Der Herr belieben, so zu tun, als ob er nicht wüsste, wovon ich rede? Na los, sagen Sie schon! Welche der drei Grazien sagt Ihnen am meisten zu?“

„Sie haben ernsthaft Angst, mein Freund oder ich könnten Ihnen Ihre Huri ausspannen?“

„Banerjee, hüten Sie Ihre Zunge!“

Ich hatte, wie es schien, mitten ins Schwarze getroffen. Aber die Sache lag dann doch völlig anders.

„Ich bin schon hinlänglich ausgenutzt worden.“

„Dann heiraten Sie sie doch und drehen den Spieß einfach um!“

„Na bitte, jetzt sind Sie endlich zum Thema gekommen! Hab ich Ihnen nicht gesagt, dass Sie sich in Ihrer eigenen Schlinge verfangen würden? Nur Sie haben das Zeug, diese Huren zu heiraten. Da kann ich, fürchte ich, nicht mithalten!“

„Warum? Mag die Betreffende Sie nicht?“

„Sie hat kein Recht mehr dazu. Und ich werde gewiss kein Balg aus einer unehelichen Verbindung heiraten!"
„Tja, da wird Ihnen wohl nichts anderes übrig bleiben, als mir die ganze Geschichte zu erzählen ..."
Aber er schien den geschliffenen Sarkasmus meiner Bemerkung zu überhören. Ich fing schon mal an, mir das Hemd wieder in die Hose zu stopfen.
„Es ist eine ganz alltägliche Geschichte. Die drei sind nicht Saksenas Nichten, sondern seine eigenen Schwestern. Es gab mal eine Zeit, da arbeiteten meine Vorfahren auf den Ländereien des Saksena-Sahab. Mein Vater hatte eine entfernte Tante, in die sich der Vater vom Saksena-Sahab unsterblich verliebte. Ich hab sie gesehen, sie war überhaupt nichts Besonderes, eine Allerweltsfrau. Eines Abends tauchte ein anderer Mann auf, und die Tante verschwand mit ihm. Zurück blieben Saksena und seine drei Schwestern. Da es der Wunsch von Saksena-Sahabs Vater war, dass ich später eine von ihnen heiratete, schickte er mich zur Schule, und ich wurde Polizeibeamter. Aber das ganze Dorf kennt inzwischen das Problem vom Saksena-Sahab. Und wer würde diese Bastardinnen schon heiraten? Zumal sie auch noch auf dem College waren!"
Während dieser Rede hatte ich mehrfach Gelegenheit, über die Zwiespältigkeit von Rajans Gefühlen gegenüber Saksena zu staunen.
„Saksena-Sahab hat mehrfach um seine Versetzung ersucht – aber vergeblich. Also lauert er jetzt ahnungslosen Reisenden auf und beschwatzt sie, ein Weilchen bei ihm zu wohnen. Na, und jetzt sind eben Sie an der Reihe, die geehrten Gäste und Schwiegersöhne in spe zu spielen."
Mit diesen wohlgesetzten Worten beendete Rajan seinen kleinen Vortrag und setzte abschließend die tugendhafte

Miene des Mannes auf, der seine Bürgerpflicht getan hat. Ich hatte ihn von Anfang nicht sonderlich gemocht. Jetzt fand ich ihn eher zum Kotzen. Ich stand auf und ging zum Bungalow zurück.

Raghu war der Held des Abends, und seine Heldinnen hießen Mana und Shalini. Reva sah in ihrem schwarzen Georgette Sari verdammt hübsch aus. Leider schenkte sie Raghu, wenn man von einigen frotzelnden Bemerkungen absah, keinerlei Beachtung. Ob Raghu eher zu Shalini oder zu Mana tendierte, war schwer zu sagen. Da er keine Angaben zum Ablauf seines Nachmittags gemacht hatte, konnte ich auch keine konkreten Vermutungen anstellen.

Als ich dann endlich im Bett lag, schlief ich sofort ein. Plötzlich aber schreckte ich wieder hoch. In der Ferne war die Sirene eines Krankenwagens zu hören. Mir kam alles vollkommen unwirklich vor: In Rajgaon starben die Menschen wie die Fliegen, und im Stockwerk über mir arbeitete sich Raghu auf einer der Schwestern ab. Zum ersten Mal, seit wir aufgebrochen waren, wurde mir die Realität der Hungersnot wirklich bewusst.

Es war noch keine drei Tage her, dass wir Bombay verlassen hatten. Aber die vergangenen vierundzwanzig Stunden begannen mir absurd und surreal vorzukommen: unsere Quarantäne, Raghu, Raghus Lügenmärchen, Saksenas selbstlose, ja geradezu demütige Gastlichkeit. Dazu kamen die bislang noch im Hintergrund lauernde Cholera und die Hungersnot.

Ich bekam allmählich einen leichten Hass auf Raghu, versuchte mir aber aus alter Freundschaft einzureden, die durch die – selbst für einen Mann wie Raghu vermutlich ungewohnte – Situation bedingte nervliche Belastung habe zum zeitweiligen Zusammenbruch seiner sittlichen Urteilskraft und, damit einhergehend, zum Verlust jeglichen Schamgefühls geführt.

Als ich am nächsten Morgen aufwachte, rasierte er sich gerade und pfiff munter vor sich hin. Sein Bett lag so unberührt da wie eine brahmanische Jungfrau. Ich erinnerte mich an einen Ausspruch von Fernandes und schämte mich augenblicklich für meine Selbstgerechtigkeit: „Das Mittelmaß hat kein Recht auf Unmut. Bis dermaleinst die letzte Tat vollbracht wird, begehen die Menschen immer neue Taten, sie atmen, schlafen, kopulieren. Wohin sollte es vom Menschen aus noch weitergehen? Sein ewig strebendes Bemühen und sein Stumpfsinn, seine Tapferkeit und seine Niedertracht – alles ist Teil seines Menschseins. Wer den Übermenschen sucht, findet lediglich Hitler, Goebbels und ähnliches Gelichter."

„Na, Banerjee, wie weit ist die Grabung gediehen?"

„Deine oder meine?"

Raghu lachte.

„Raghu, wann verschwinden wir endlich? Du machst auf mich den starken Eindruck, als könntest du es hier noch spielend zwei Monate aushalten."

„Keine Bange, wir fahren schon bald! Heute oder morgen. Und dann kann mein sauertöpfischer Freund den Ernst des Lebens so richtig in vollen Zügen genießen."

„Raghu, pass lieber auf. Gestern Abend hat mir Rajan verraten, dass Saksena auf der Suche nach Böcken für seine Lämmchen ist."

„Und was hat er dir sonst noch so alles erzählt? Vielleicht, dass die Mädels gar nicht die Nichten des ehrenwerten Herrn sind, sondern seine Schwestern?"

In diesem Augenblick läutete die Frühstücksglocke.

Vom Hügel hinter dem Haus konnte ich den ganzen Ort überblicken. Die Compound-Mauer hatte noch ein zweites Tor in Richtung Rajpur – mit der Bullet in etwa zehn Minuten zu erreichen. Auf dem Weg zurück zum Haus machte ich mir Gedanken, wie man – war man erst mal jenseits des Hügels – die Flucht gestalten könnte, ohne die Polizisten am Kontrollposten unnötig zu behelligen. Den ganzen Tag über bekam ich Raghu nur bei den Mahlzeiten zu Gesicht.

Nachmittags um halb fünf hörte ich einen hitzigen Wortwechsel aus einem der Mädchenzimmer im ersten Stock. Fünf Minuten später kam Raghu herein und sagte: „Pack zusammen."

„Ich bin fertig."

Ich ging rasch ins Badezimmer, um Zahnbürste, Seife und sonstige Kulturgüter einzusammeln. Währenddessen hörte ich Raghu vor sich hinschimpfen: „Konntest du dir nicht einen geeigneteren Zeitpunkt dafür aussuchen, die Freuden der Askese zu entdecken? Wenn du so freundlich gewesen wärest, mir eine von ihnen abzunehmen, dann hätten mich die anderen beiden nicht in Stücke gerissen."

Dann hörte ich Revas Stimme: „Jammerschade, dass du nicht mit beiden gleichzeitig schlafen kannst, was?"

„Mach doch drei draus!", sagte Raghu.

„Ihr seid offenbar am Gehen ...?"

Ich ließ mir Wasser übers Gesicht laufen und warf einen Blick ins Zimmer. Raghu zuckte mit den Schultern. Reva lachte seltsam. „Lauf nur, lauf! Lauf vor den beiden weg, wohin du willst. Doch wenn du nicht bis morgen auf dem Bauch zu mir zurückgekrochen kommst und um meine Hand bettelst, dann heiße ich nicht mehr Reva!"

Sie verließ das Zimmer.

Im Stockwerk über uns hörte man sie immer noch streiten. Raghu und ich zogen das Motorrad aus dem Stall und schoben es leise zum rückwärtigen Tor.

„Und jetzt?", fragte ich Raghu.
„Na, was schon? Wir werden ganz ruhig und selbstverständlich zum vorderen Tor schlendern und als Doktor Gupta und Doktor Joshi mal eben kurz das Anwesen verlassen, um uns ein bisschen die Beine zu vertreten. Dann müssen wir bis auf Weiteres größere Straßen meiden und uns auf Schleichwegen nach Nandadhela durchschlagen."
„Aber klar! Und Saksenas Grazien spielen brav die Rolle der Nazideppen in einem amerikanischen Kriegsfilm, wie?"
„Yaar, lass es uns doch wenigstens versuchen!"
Entgegen meinen Befürchtungen lief tatsächlich alles so ab, wie Raghu es sich vorgestellt hatte. Wir verließen vorne den Compound, schlichen uns zum hinteren Tor, stiegen auf unsere Maschine und knatterten gemütlich davon. Als wir die Stadtgrenze hinter uns gelassen hatten, fing Raghu an, auf dem Motorrad regelrechte Zirkuskunststücke aufzuführen.
„Na, was habe ich dir gesagt? Wenn man ein Ding drehen will, tut man's am besten direkt unter den Augen der Obrigkeit!"
Da uns beiden mehr als ein Stein vom Herzen gefallen war, begannen wir ausgelassen zu singen und zu grölen.
„Auf dem Bauch kommst du zurückgekrochen!", girrte Raghu, Reva gekonnt nachahmend, in seinem besten Falsett. „Die Klugscheißerin kann mich mal!"
Anderhalb Stunden lang war die Bullet wie ein geölter Blitz gelaufen. Plötzlich stieg Raghu voll auf die Bremse, wendete und brauste in entgegengesetzter Richtung wieder los.
„Raghu, was zum Teufel machst du da?", schrie ich.
„Ich hab mein Adressbuch liegen lassen."
„Stop the bloody bike!"

Erst nachdem ich ihn gut fünf Minuten lang von hinten geboxt hatte, hielt er endlich an.
„Raghu, bist du vollkommen übergeschnappt? Saksena hat inzwischen sämtliche Polizeistationen rebellisch gemacht! Und du willst denen wegen eines blödsinnigen Notizbuchs wie ein hirnloser Idiot direkt in die Arme laufen! Das ist der hundertprozentig sichere Weg mitten in die Scheiße!"
„Kein Notizbuch! Da stehen hochgradig wichtige Adressen und Telefonnummern drin", wies er mich entrüstet zurecht. „Ich muss es irgendwo liegen gelassen haben. Was ist bloß mit mir los? Warum bin ich heute nur so vergesslich?"
Eine zweifellos schwerwiegende Frage, die mich im Augenblick jedoch leider nicht interessierte.
„Reva!", rief er plötzlich. „Ich weiß jetzt, wer es genommen hat: Reva! Als du im Badezimmer warst, hab ich das Büchlein rausgeholt, um mir ihre Telefonnummer zu notieren. Das Mädchen ist echt abgebrüht, meine Weltgewandtheit und hundertfach erprobte erotische Ausstrahlung hat sie nicht im Mindesten beeindruckt."
Er saß eine Minute schweigend da und sagte dann: „Es kann nur Reva gewesen sein. Dieses Miststück. Deshalb hat sie bei unserer Auseinandersetzung auch so hinterhältig gelacht.
Shank, du wartest am Fuß des Hügels. Ich hol mein kleines Buch und bin in null Komma nichts wieder zurück, es dauert wirklich nur einen Augenblick. Don't get mad, Shank! Aber da drin stehen die Adressen und Telefonnummern der Mädchen in all meinen Anlaufhäfen. Und ich bin bestimmt nicht nur zum Schuften nach Indien gekommen!"
Es hatte keinen Zweck, sich mit ihm herumzustreiten. Er konnte ohne dieses Büchlein nicht leben.

Wir fuhren also zurück. Der Plan war so schlicht wie aberwitzig: kurz vor Rajgaon in die Felder abbiegen und dadurch Stadt und Polizeisperren weiträumig umfahren. Dank der Dürre würde uns keinerlei Gewächs den Weg versperren. Dann würden wir hinter dem kleinen Hügel das Motorrad parken. Bis dahin würde es dunkel sein. Raghu müsste dann zu Fuß über den Hügel, über die Kletterpflanzen außen am Haus in Revas Zimmer einsteigen, das Buch holen, wieder über den Hügel zurück – und dann nichts wie weg!

„Die ganze Aktion dauert, wenn's hochkommt, fünfundzwanzig Minuten. Wirst sehen, alles ist ganz einfach und leicht zu bewerkstelligen."

Raghu konnte meine vielfältigen Einwände nur mit einem „Pah!" abtun. Er sprang auf den Kickstarter und wir fuhren los.

Als wir den Hügel erreichten, war es schon nach neun. Wir ließen die Maschine stehen und stiegen hinauf bis zur Kuppe. Um zehn gingen im Bungalow alle Lichter aus.

Raghu hob den Daumen, sagte „Roger" und verschwand. Ich stieg wieder hinunter. Laut Plan hätte ich jetzt eigentlich dort warten sollen, aber irgendetwas sagte mir, dass sich Raghus Rückzug unter Umständen nicht ganz so glatt gestalten würde, wie er sich das vorstellte, es also fluchttechnisch von Vorteil sein könnte, die Maschine möglichst nah am Haus zu haben. Ich machte mich ans Werk.

Man muss sich das bildlich vorstellen: ein solches Motorrad so einen Berg hinaufzuschieben, über knöcheltiefes Geröll. Ich brauchte geschlagene zweieinhalb Stunden, um den Gipfel zu erreichen. Ich bockte die Mühle auf und brach zusammen.

„Dieb! Dieb! Catch the bastard!“

Als ich von Hundegebell aus dem Schlaf gerissen wurde, kam gerade die Sonne wie ein plötzlich hochgerissener Drachen über den Horizont. Und ganz unten rannte ein Mensch, als ob es um sein Leben ginge. An seinen Fersen klebten Rajan, ein Pulk weiterer Polizisten, Saksena, Reva und ihre Schwestern.

Ich traute meinen Augen nicht. Raghu galoppierte, nur mit seinem Safarihemd bekleidet, wie ein junger Bock den Hang hinauf. Sein Schwengel schlenkerte dabei wie wild. Officer Rajan löste die Leine von seinem Handgelenk, und ein fürchterlicher Hund schoss wie vom Katapult geschleudert hinter Raghu her. Die Distanz zwischen den beiden wurde sehr rasch kürzer und kürzer.

Ich startete das Motorrad und schloss die Augen. Ich wollte nicht mit ansehen müssen, wie der Köter Raghus Kronjuwelen abbiss.

Mit einem mächtigen Sprung landete Raghu auf dem Sozius.

„Los, los, los!“, japste er. Die Bullet machte einen Satz, und ab ging’s.

„Aua, oh weh, oh weh!“, schrie Raghu sehr überzeugend.

„Was ist passiert?“, brüllte ich aus Leibeskräften zurück, während die Maschine den Hügel hinunterpolterte. „He, was ist los, du verdammter Hurenbock?“

„Bei der Landung hab ich mir die Eier gequetscht!“

Den Rest der Strecke durfte ich fahren. Raghus Klunker waren wahrhaft dick angeschwollen. Aber ich konnte einfach nicht aufhören zu lachen.

„Was zum Teufel ist daran so komisch? Ich hätte draufgehen können, ist dir das klar?“

„Warum warst du überhaupt so früh zurück? Bis deine fünfundzwanzig Minuten um sind, fehlen noch gut siebeneinhalb Stunden.“

„God bless you, Shank! God bless you. Der alte Herr da oben segne deine Weitsicht!“, sagte er inbrünstig. „Wenn du die Maschine nicht den Hügel raufgeschafft hättest, wäre jetzt mein Fuß im Maul des Köters und der Rest von mir für fünf Jahre im Knast!“
„Aber verdammt, warum hat es denn so lang gedauert?“
„Was soll ich dir sagen, Yaar? Bis ich in Revas Zimmer war, lief alles ganz nach Plan. Ihr Zimmer liegt neben dem von ihrem Bruder. Als ich ganz leise klopfte, öffnete sie mir das Fenster.
‚Ich hab dich erwartet‘, sagte sie, ‚ich wusste, dass du wegen diesem Adressbuch zurückkommen würdest.‘
Aber als ich sie bat, es herauszurücken, schaltete sie auf stur. Anfangs kapierte ich nicht, worauf sie eigentlich hinauswollte. Und dann ... Ich hatte zwar die ganze Zeit deine Warnung im Hinterkopf, aber im Handumdrehen lag ich da, wo sie mich haben wollte. Das ist vielleicht ein heißes Weib! Leg ihr einen Toten ins Bett, und sie macht ihn wieder lebendig! Ich hab keinen Schimmer, wie die Nacht vergangen ist ...
Irgendwann schlägt es fünf, und da begreife ich, dass es schon früher Morgen ist. Wie ich die Hand nach meinem Buschhemd ausstrecke, sagt sie seelenruhig: ‚Solltest du Anstalten machen zu verschwinden, brüll ich das ganze Haus zusammen.‘ ‚Aber warum denn?‘, frag ich sie überrascht. ‚Hast du denn ernsthaft geglaubt, ich lass dich einfach so ziehen – dich und dein dämliches Adressbüchlein? Schmink dir das ab, Junge, hier kommst du nicht mehr weg!‘
Dann hat sie mir eine Viertelstunde lang vorgeprotzt, was ihr Bruderherz doch für ein mächtiger Mann sei, wie viele Polizeistellen mit wie vielen Beamten seinem Befehl unterstehen und wo er überall mit einem einzigen Anruf Straßensperren errichten könne. Als auch das

nicht zog, hat sie sich meine Hose geschnappt und gesagt: ,You male chauvinist pig! Erst raubst du mir meine Jungfräulichkeit' – von der ich, nebenbei gesagt, nicht das Geringste bemerkt hatte –, und dann willst du dich verdrücken!'

Shank, ehrlich: Ich habe mein Lebtag noch nie solchen Schiss gehabt! Sie ist völlig durchgeknallt, das hab ich in dem Augenblick begriffen.

Ich versuchte es mit einer scherzhaften Entgegnung, à la: ,Wenn du mir meine Hose nicht gibst, dann muss ich eben so gehen.'

,Daran habe ich auch schon gedacht', erklärte sie eiskalt. ,Mach nur einen Schritt in Richtung Fenster, und in einer halben Minute steht der Alte hier auf der Matte. Wenn er dich in diesem Zustand sieht und nicht die Hochzeit für uns ausrichten kann, hängt er dir eine Klage wegen Vergewaltigung an den Hals. Darauf kannst du Gift nehmen.'

Ich rief: ,*Jay* Mutter Kali!', verschwendete keinen Gedanken an das, was passieren könnte, und sprang aus dem Fenster."

Weil Reva eine derart detaillierte Beschreibung vom Polizeinetz im Umkreis von zwei- bis dreihundert Meilen gegeben hatte, waren wir über Ausstattung und Stärke des Feindes bestens im Bild. Auf einem Feld entfaltete Raghu die Karte und zerbrach sich den Kopf über unser weiteres Vorgehen. Da wir erst gestern bei Rajgaon vollgetankt hatten, würden wir mit der Füllung ohne Weiteres noch gut hundert Meilen weit kommen. Raghu beschloss, wenigstens für die nächste Zeit jede befestigte Straße zu meiden.

Irgendwann ging uns aber doch der Sprit aus. Wir ketteten die Bullet an einen Baum und marschierten ein paar Meilen bis ins nächste Dorf, wo wir zwei Kanister Benzin auftrieben. Als wir endlich zurückkamen, waren wir fix und fertig und ruhten uns bis zum Abend unter dem Baum aus.

Im Laufe der Nacht kamen wir einmal versehentlich doch auf die Schnellstraße. Endlich wieder glatten Untergrund unter den Rädern zu haben, war für Hintern, Schenkel und alles sonst am Körper Hängende eine derartige Erholung, dass wir etwa zehn Minuten lang einfach so weiterfuhren. Plötzlich aber erschienen im Rückspiegel, etwa 200 Yards hinter uns, die Scheinwerfer eines Autos – eines Jeeps? Ich gab Gas und jagte weiter die Straße entlang, bis eine scharfe Kurve kam. Die ließ ich links liegen, fuhr geradeaus weiter in ein Feld, würgte den Motor ab und warf die Maschine um. Raghu und ich warfen uns flach auf den Boden.

Nach knapp anderthalb Minuten brauste der Jeep vorbei. Fünf Minuten später sprang ich wieder auf den Kickstarter und wir rumpelten auf die Straße zurück.

Raghu suchte auf der Karte eine Nebenstrecke heraus. Wir hetzten die Maschine durch die Nacht. Als die Sonne aufging, waren wir nur noch knapp hundert Meilen von Nandadhela entfernt.

Wenn es bloß niemals Tag geworden wäre.

Raghu dachte nur noch an die bevorstehende Arbeit. Er überlegte fieberhaft, was er als Erstes in Angriff nehmen würde. Mir dagegen kamen allmählich Zweifel, ob wir am Ziel überhaupt noch einen lebenden Menschen antreffen würden.

Über Nacht hatte sich alles vollkommen verändert. In immer kürzeren Abständen rückten Milane und Geier beim Donnern des Motorrads behäbig beiseite, um sich anschließend wieder ans Werk zu machen. Ab und an begegneten uns zu Skeletten abgemagerte, herumwankende, sitzende, verkrümmt hingeworfene, sterbend am Straßenrand liegende Menschen. Aber irgendwie waren sie doch alle unterwegs.

Ich fragte Raghu: „Wo wollen die bloß hin?"

„In die Stadt", sagte er. „Aber höchstens die Hälfte von ihnen wird dort auch ankommen. Die, die es nicht schaffen, müssten eigentlich sterben. Aber frag mich nicht, wie und warum – fünfzig Prozent von ihnen überleben. Von denen, die es bis in die Stadt schaffen, wird wiederum die Hälfte verhungern oder an Cholera, Typhus oder schlicht an Durchfall verrecken, und rund zehn Prozent werden verrückt. Trotzdem werden vierzig bis fünfzig Prozent von ihnen irgendwann in ihre Häuser zurückkehren und auf den nächsten Monsun warten.

Ich kann dir die Zahlen im Schlaf runterbeten. Ich kann diesen schier unvorstellbaren Überlebenswillen einfach nicht begreifen."

Wir sahen Tiere und Menschen und ihre in der Morgensonne kraftlosen Schatten. Obwohl es noch nicht mal acht Uhr war, begann die Erde bereits, zu Asche zu zerfallen. Dieselbe endlose Erde und derselbe endlose Himmel. Kein Vogel war weit und breit zu sehen, außer den Milanen und Geiern. Nicht ein einziges grünes oder auch nur gelbes Blatt. Nicht einmal trockenes Laub. Nur der spröde, millionenfach gesprungene Boden, die Trockenheit in der Kehle und der gelegentliche, in den Augen Funken entzündende wirbelnde Wind. Und die verdorrten, zu Tode erschreckten Bäume. Ein Maschinengewehr hätte man haben müssen und das ganze elende, krepierende Vieh da, rat-ta-tat, umnieten.

Und die Menschen? Ich versteckte den Kopf hinter Raghus Rücken und kniff die Augen zu. In meinem Hirn saß eine dicke fette Spinne. Als ich sie bemerkte, überfiel mich ein unbeschreiblicher Ekel. Wenn ich die Augen geschlossen hielt, würde sie hoffentlich herauskommen und verschwinden. Also kniff ich die Augen noch fester zu.

Die Spinne schob mir ein Bein zwischen Augapfel und Lid. Ich hob meinen *chappal*, schlug zu und brachte ihr eine klaffende Wunde bei. Aus ihrem aufgeplatzten Leib wuselten Trilliarden von winzig kleinen Spinnen über mich, wie Termiten über ihren Hügel. Krochen mir in Nase, Mund, Ohren. Wenn ich sie ausspuckte, rieselten weitere Trillionen von ihnen in mich hinein. Und von meinem Rachen, je nach Lust und Laune, entweder aufwärts in mein Hirn oder runter in den Magen. Schließlich war meine Nase völlig verstopft und ich bekam keine Luft mehr. Wenn ich niesen könnte, dachte ich, bekäme ich vielleicht wieder Luft. Aber dann würden sie mir mit ihren acht Beinchen langsam, langsam die Luftröhre runterkrabbeln. Wenn ich kotzen könnte, bevor sie in meinen Bauch gelangten, würde ich erlöst sein.

Aber es blieb kein Krümelchen Platz mehr für Luft, und mein Magen schwoll von den Milliarden Spinnen mehr und mehr an. Der Nachschub hörte nicht mehr auf, und mein Wanst wurde dicker und dicker und reichte bald bis an den Himmel. Als Bauch und Blau sich berührten, platzte Ersterer und zerstob zu einem Feuerwerk von Spinnen.

„Jay raam-ji ki!“ Raghu trat voll auf die Bremse. Ein zum Skelett ausgemergelter Ochse ließ sich vor uns knochenklackernd mitten auf die Straße fallen. Es bestand kein Zweifel, dass sein letztes Stündlein geschlagen hatte. Die im Karren hinter ihm aufgetürmte Familie wurde mit einem Ruck nach vorne geschleudert. Darunter auch ein knapp sechs Monate altes Kleinkind, das direkt vor unser Motorrad fiel. Die Mutter starrte mit leeren Augen gegen den plötzlich eingestürzten Himmel. Die Warze ihrer

welken, leergesogenen linken Brust deutete wie ein Prophetenfinger gen Himmel.

Ich sprang vom Motorrad, beugte mich über das Kind und wollte seinen Puls fühlen. Wie es aussah, war es schon seit Längerem tot. Sein Hungerbauch war so kugelprall wie mein eigener. Gleich würde auch er den Himmel schrammen und mit einem großen Knall aufplatzen.

„Wo wollt ihr hin?", fragte Raghu.

„Ach, Sahab, das wissen wir auch nicht", sagte der Karrenführer.

Seine Frau warf einen Blick auf das tote Kind und verfiel dann wieder in ein stumpfsinniges Starren. Ihre drei weiteren Söhne und ein Mädchen standen verwirrt und erschrocken am Straßenrand.

„Aber warum seid ihr dann überhaupt losgefahren?"

„Warum hätten wir bleiben sollen? Wer ist denn jetzt schon noch in Nandadhela?"

„Na, irgendwer wird doch noch da sein!", sagte Raghu.

„Nur ganz wenige sind geblieben. Nur solche, die hartnäckiger sind als ich. Aber auf Nandadhela liegt ein Fluch. Auch die *firangis* haben nichts dagegen ausrichten können. Ich hätte ebenso sterben müssen, wenn *sardaar* Bishander nicht so gütig gewesen wäre, mir mein Land abzukaufen."

Raghu traute seinen Ohren nicht.

„Sie haben allen Ernstes Ihr Land verkauft?"

„Ja, Sahab. Ich bin nicht der Einzige. Viele Leute im Dorf haben ihren Grund und Boden verkauft."

„Was habt ihr dabei rausgeschlagen?"

„Wie kann man in solchen Zeiten von rausschlagen reden, Sahab? Es ist ein Boden wertvoll wie Gold. Aber es ist Hungersnot, und wer sind wir, dass wir da was rausschlagen könnten?"

„Habt ihr euren Daumenabdruck draufgesetzt?“

„Geld nehmen und den Daumen nicht draufdrücken, ist wie zu einer Hure gehen und bei ihr wichsen.“

„Kommt ihr wieder zurück?“, fragte Raghu schließlich.

Der Mann lachte freudlos.

„Lassen Sie’s gut sein, Sahab. Was hab ich dort jetzt noch verloren?“

Ohne ein weiteres Wort trat Raghu die Maschine an, und wir fuhren weiter. Schon nach wenigen Minuten brachte er die Bullet aber wieder zum Stehen und hielt mir einen kurzen Vortrag: „Shank, ich hatte vorhin den Eindruck, dass du drauf und dran warst loszuheulen. Ich werde nicht wieder darauf zurückkommen, aber du und ich, wir haben für Sentimentalitäten echt keine Zeit. Im Übrigen denke ich, dass wenigstens der Mann doch wieder zurückkommen wird. Die Frau scheint sterben zu wollen, und was aus den Kindern wird – keine Ahnung. Jetzt multipliziere diese eine menschliche Tragödie mit tausend, zehntausend, und solltest du dann noch vorhaben durchzudrehen: Vergiss es, augenblicklich! Nach allem, was ich über Nandadhela gehört habe, scheint dort ein echter Bollywood-Schurke zu regieren. Um gegen den antreten zu können, brauchen wir einen klaren Kopf. Ein Kopf voller Gefühlsduseleien wird immer leichter und leichter und treibt wie ein Ballon in den Himmel.“

Wir passierten die ersten Hütten von Nandadhela.

Der *mahaarvada*. Drei Hunde. Und eine Mutter, die ihre Tochter aus dem Weg zerrte und ihr mit derselben Bewegung eine Ohrfeige verpasste. Unendlich viel Staub. Dann das Dorf selbst. Ein vielleicht zwölfjähriger Junge begann, hinter uns herzulaufen. Die Frauen am Brunnen zogen sich den *padar* über den Kopf, um ihr Gesicht zu verbergen. Ein alter Mann, der auf der Schwelle seines Hauses saß, rollte einen Klumpen gelblich-grünen Schleim im Mund und spuckte ihn dann direkt vor unser Rad. Als wir drüberfuhren, zerplatzte das Gebilde, und die Spritzer schossen durch die Gegend und auf unsere Beine. Schneider, Erdnuss-Valas, der Doktor mit probaten Mittelchen gegen die Verfallserscheinungen des Alters und zur Steigerung der Manneskraft, ein Gemüseladen, ein *Rama*-Tempel, ein Schmied und sein Sohn, die einen großen, flickenbesetzten Blasebalg bedienten und ein hellrot glühendes eisernes Rad mit dem Hammer bearbeiteten. Dann vereinzelte Häuser und, weit entfernt, zur Linken ein von einer hohen Mauer umgebenes zweistöckiges Gebäude. Als ich schließlich einige Minuten später die Großbuchstaben auf dem MORE-Van prangen sah, war mir, als kämen wir nach Hause.

Alle vier Reifen des Busses waren mit einer Sichel oder einem anderen scharfen Instrument aufgeschlitzt worden. Bevor Raghu im MORE-Zelt irgendetwas anfasste, stand er eine Minute lang reglos da, dann stellte er alles auf den Kopf.

„Menschen, die plötzlich an einer Nahrungsmittelvergiftung erkranken, hinterlassen ihren Kram nicht dermaßen sauber und ordentlich."

Als ich im Begriff war, mich todmüde auf das Feldbett zu werfen, sagte Raghu: „Shank, ich geh mir die Baustelle ansehen. In der Zwischenzeit fährst du mit der Bullet ins Krankenhaus nach Nehlapur. Dort holst du von Ravoli die Schlüssel des Van und fragst, was es Neues gibt. Und lass dir eine Vollmacht mitgeben, damit wir in Nehlapur unsere postlagernden Sachen abholen können."

Er drückte mir drei zerknitterte Tausend-Rupien-Scheine in die Hand.

„Miete einen Laster. Knicker nicht mit Schmiergeld. Besorg außerdem sechs neue oder gut erhaltene gebrauchte Reifen für den Van. Hol den ganzen Kram von der Post ab und komm dann schleunigst zurück. Ach, und als Letztes: ein Fass Benzin und ein Fass Trinkwasser."
Da ich mir diese lange Liste nicht merken konnte, ließ ich sie mir noch einmal wiederholen. Er kritzelte ein paar Zeilen für Ravoli, und ich brach auf, einigermaßen erstaunt über seine Kaltblütigkeit.

„Was hat Ravoli gesagt?", fragte Raghu, in das Studium geologischer Karten von Nandadhela vertieft.
„‚Wenn ihr mit dem Leben davonkommen wollt, macht, dass ihr schleunigst von hier verschwindet.'"
„Und weiter?"
„Der Lastwagen mit dem Wasser kommt jeden zweiten Tag aus Nehlapur. Das Wasser erst einem Hund zum Probieren geben, bevor man es selbst trinkt. Im Bus gibt es Konserven genug für eine Woche, und im Post Office lagern Reis und Medikamente ausreichend für vierzehn Tage und für die Leute, die an unserem Brunnen arbeiten wollen. Wer nicht arbeitet, seien es nun Frauen oder kleine Kinder, kriegt auch nichts zu essen. Wenn man das nicht streng beherzigt, stehen von jedem Arbeiter sofort zwanzig Verwandte auf der Matte. Und wir sollen ausschließlich das essen, was wir selbst zubereitet haben. Deswegen dürfen wir unter keinen Umständen Einladungen annehmen."
Ich konnte Ravolis zehn Gebote fließend auswendig hersagen, hielt sie allerdings für ziemlich übertrieben. Bis ich ihre Berechtigung erkennen würde, sollte es noch eine Weile dauern.
„Wir sollen uns vor Bishander in Acht nehmen, hat er gesagt. Aber mehr noch als vor ihm müssten wir uns vor

Kartar hüten, seinem Sohn. Hier sind die Schlüssel. Und dort ist das Trinkwasser. Ich habe schon getrunken."
„Ohne es vorher einem Hund zu geben?", fuhr Raghu mich an.
„Ja, ich werde dafür extra einen zähmen müssen."
„Du bist ein echter Vollidiot! Ravoli ist unbezahlbar. Sein Rat ist Gold wert. Mach noch ein einziges Mal etwas gegen seine oder meine Order, und du kannst deinen Kram packen und verschwinden!"
Ich war zerknirscht.
Raghu und der Lastwagenfahrer entluden den Truck und wechselten binnen einer Stunde die Reifen des Vans. Ich war in letzter Minute noch so schlau gewesen, auch eine Batterie zu mieten. Der Fahrer verschwand irgendwohin, um unsere alte aufladen zu lassen, und während Raghu den Van ein paar Runden Probe fuhr, streckte ich mich auf dem Boden aus und machte kurz die Augen zu.
Als ich sie wieder öffnete, war es sieben. Ich schloss den Van auf und holte ein paar Dosen für unser Abendessen.
„Schlüssel?"
Diese neue Inkarnation Raghus gefiel mir nicht sonderlich. Ich gab ihm den Schlüssel. Er befestigte ihn an der Kette um seinen Hals.
Als wir uns am nächsten Morgen gleich nach dem Frühstück auf den Weg zur Baustelle machten, meinte Raghu: „Shank, wie's aussieht, können wir vorerst nicht weiterarbeiten. Die Bohrstange ist gebrochen. Da dir Ravoli kein Wort davon gesagt hat, dürfte meine Vermutung leider stimmen: Die Stange ist nicht gebrochen, sie ist zerbrochen worden. Ich werde heute Nachmittag nach Nehlapur fahren und Telegramme nach Bombay und Genf schicken. Aber es wird zwischen zwei und sechs Wochen dauern, bis ein neuer Bohrschaft eintrifft. Bis dahin will ich zwei Brunnen gegraben haben."

„Ach ja? Mit den Händen?“, witzelte ich.
„Du hast es erfasst. Mit den Händen. Auch wenn wir dabei nicht auf Wasser stoßen, wird es gut für die Moral sein. Und noch eine letzte Sache, Shank: Sollte irgendjemand Anstalten machen, das Zelt zu betreten oder sich am Gepäck zu vergreifen, dann nimm dir das nächste, was zur Hand ist, Taschenmesser, Dolch, Machete, was auch immer, und schlag zu, bevor er es tut. Und sieh zu, dass du ihn so triffst, dass er auch garantiert nicht mehr zurückschlagen kann.“
Auf der Baustelle waren zehn von Raghu im Dorf zusammengetrommelte Männer dabei, mit Hacken und Spaten neben dem schwarzen Bohrgerüst ein zweites Loch zu graben. Bislang war eine fünf Fuß tiefe Grube ausgehoben worden, etwa sechs auf sechs Fuß breit. Raghu sprang hinein und kam nach etwa fünf Minuten nachdenklich wieder raus.
Er nahm mich beiseite und sagte: „Da ist irgendetwas faul! Ich dürfte inzwischen etwa zweitausend Brunnen gebohrt oder gegraben haben. Wenn es in hundert, ach was, in zweihundert Fuß Wasser gibt, dann spür ich das, in den Händen, den Füßen, in der Brust oder sonst wo. Das hat nichts mit außersinnlicher Wahrnehmung zu tun – es ist eine reine Frage der Erfahrung. Aber so viel ist klar: Hier gibt es kein Wasser!“
Bis zum Abend hatte der Brunnen bereits einen Durchmesser von zehn und eine Tiefe von fünfzehn Fuß erreicht. Raghu war mit nach unten gestiegen und grub entweder selbst mit oder feuerte die Arbeiter an.

Als ich am ersten Tag Fotos von den Arbeitern machte, erstarrten sie zu Salzsäulen und gafften mich an. Mit der Zeit aber gewöhnten sie sich daran. Mit den Leuten im Dorf war es das Gleiche. Erst standen alle palavernd herum, dann fasste sich endlich einer ein Herz und sagte: „Machen Sie ein Foto von mir!"

Danach trauten sich auch die anderen.

Anfangs zogen die Frauen den Padar hoch und verschwanden im Haus. Später, wenn der Ehemann nicht da war und ich gerade nicht hinschaute, streiften sie auch manchmal das Ende des Saris beiseite und saßen da und warteten darauf, dass ich sie ebenfalls fotografierte. Ich schraubte ein Periskop-Objektiv auf das Tele. Dann zielte ich mit der Kamera irgendwohin ins Blaue, und sobald sie sich unbeobachtet glaubten, klickte es.

Im Dorf waren drei alte Leute zurückgeblieben, zwei Männer und eine Frau. Als ich sie das erste Mal sah, hockten sie, das Kinn auf die Knie gestützt, unter dem Feigenbaum des Dorfrates. Allen stand der Mund ein wenig offen. Wenn sie die Hungersnot überlebten, dann würde Gott allein wissen, wie.

Eine scheinbar lungenlose Atmung würde das schwarze, wie Bernstein durchscheinende Leben in Gang halten. Gelegentlich bewegte sich ein Auge und irgendwann zog dann das andere nach. Andernfalls hätte die ganze Welt geschielt. Eine Zeit lang hatte man den Eindruck, sie durch einen feinen Gazeschirm zu sehen. Allmählich begannen sich dann ihre individuellen Züge abzuzeichnen. Ihre Gesichter wurden von Milliarden von Rissen, unendlich viel dünner als Haare, zusammengehalten.

Dass die Greisin Augen hatte, war nur anhand der noch stehen gebliebenen hellweißen Wimpern zu erahnen. Die Augen des alten Mannes rechts von ihr hatten nach all den Jahren, die sie die Welt betrachteten, einen staunenden Ausdruck angenommen. Die sieben weit voneinander entfernt aus dem Kopf ragenden Haare des anderen Alten verfolgten wie das Sehrohr eines U-Bootes selbst die geringste Bewegung im Dorf.

Irgendwann später, als ich mit der Kamera losgezogen war, um den Sonnenaufgang im Dorf zu fotografieren, rasselte ich mehrmals mit dem Vorhängeschloss an der Tür des Kaufmannsladens. Drei zweieinhalb Fuß große, gebeugte, aber heiter-gefasste Gespenster kamen auf mich zu. Gerade als der Kaufmann die Tür öffnete, wurden die mit dem Kinn beinahe am Boden schrappenden Köpfe der drei sichtbar. Meine drei zusammengeknüllten Alten waren unterwegs zu ihrem Baum.
Sie sahen alles, erfuhren alles, erduldeten alles. Als Sonne und Mond erschaffen wurden, gaben sie dazu ihren Segen. Ich wünschte mir plötzlich aus ganzem Herzen, dass sie nach der Hungersnot noch da sein würden.

Im einzigen Brunnen von Nandadhela sammelten sich im Laufe der Nacht immer drei, vier Eimer Wasser an. Sobald es alle war, begann die traditionelle Schlacht der Frauen am Brunnen. Vom Hunger und sonstigen Entbehrungen waren die Menschen jedoch inzwischen derart zermürbt, dass ein kurzes atemloses Gekeife alles war, was sie noch zustande brachten. Das ganze Dorf war vor Erschöpfung in Apathie verfallen.
Nach vier Tagen ohne Dusche hätten Raghu und ich eigentlich meilenweit gegen den Wind stinken müssen. In dieser Hitze aber verdorrten selbst Gerüche. Weil ich so extreme und trockene Hitze nicht gewöhnt war, musste ich mir ständig Cold Cream in die Nasenlöcher und auf die rissigen Lippen schmieren.
Nach Feierabend hatten wir regelmäßig noch einige Pflichten zu erfüllen. Zum einen mussten wir die Arbeiter bezahlen, um ihnen dann Getreide zu verkaufen.
Ich fragte Raghu: „Warum sparen wir uns nicht einfach die Farce mit den Löhnen und bezahlen sie gleich mit Getreide im Tausch für ihre Arbeit?“

Raghu schüttelte den Kopf.
„Blödmann! Wie wichtig selbst verdientes Geld ist, müsste gerade ein Arbeitsloser wie du nachvollziehen können. Wenn wir ihnen Geld geben, liegt es allein in ihrem Ermessen, was sie damit anstellen. Selbst wenn sie Schnaps damit kaufen und sich die ganze Nacht volllaufen lassen, ist es immer noch ihr Geld. Es ist schlicht und einfach nicht unsere Angelegenheit. Gib ihnen anstelle von Geld erstklassiges, nahrhaftes Essen, und du wirst sehen, was passiert. Den Unterschied in ihrer Leistung wirst du in spätestens fünf Tagen feststellen."
Was heißt hier Blödmann? Ich hab noch nie so schnell gelernt und bin noch nie so rasch eines Besseren belehrt worden.
Nachdem der Getreideverkauf abgeschlossen war, erledigten wir eine weitere tägliche Pflicht.
„Shank, du würdest einen prima Medizinmann abgeben", sagte Raghu dann oft und ich nickte und verpasste dem Nächsten eine Anti-Typhus-und-Cholera-Spritze. In den ersten vier Tagen führte ich bei allen, die zum Arbeiten kamen, Penicillin-, Sulfonamid- und Streptomycin-Tests durch und notierte mir die Namen derer, die allergische Reaktionen zeigten. Wenn hin und wieder ein Notfall eintrat, starb wenigstens keiner an einem anaphylaktischen Schock. Die Patienten standen in zwei Reihen an, wobei die Frauen deutlich zu Raghu tendierten.
Als ich eines Abends vom Fotografieren zurückkam, stieg in einiger Entfernung von unserer Baustelle ein Typ in *survaar* und *achkan* aus einem Packard. Amar, der Vormann der Arbeiter, eilte sofort herbei, um ihn ehrerbietig zu begrüßen.
Raghu sagte: „Bishandar."
„Du hattest bereits das Vergnügen?"
„Werde ich schon noch", erwiderte er ruhig.

Am nächsten Morgen hatte sich eine Gruppe von jungen Männern am Brunnen eingefunden, die aber deutlich Abstand zu den Arbeitern hielt. Für Begriffe wie Entwürdigung, Elend und Unmenschlichkeit war in Nandadhela zwar längst kein Platz mehr, doch selbst in diesem von Hungersnot gebeutelten Landstrich waren mir derart abgerissene und ausgemergelte Menschen noch nicht untergekommen.

Anderthalb Stunden vergingen, und sie standen immer noch da. Die Grabenden ignorierten sie völlig, sie schauten nicht einmal über den Brunnenrand.

„Wollt ihr arbeiten?“, hatte ich sie schon dreimal gefragt. Aber sie schrumpften nur noch ein bisschen mehr in sich zusammen und gaben keine Antwort.

Als ich es irgendwann nicht mehr aushielt, fragte ich Raghu: „Was sind das für Leute?“

Ohne von seiner Arbeit aufzusehen, sagte Raghu: „Die Unberührbaren des Dorfes.“

„Aber sollte man ihnen nicht auch Arbeit geben?“

„Du hast sie doch dreimal gefragt, oder?“

„Sie haben vielleicht Hemmungen.“

„Dann müssen sie diese Hemmungen eben ablegen.“

In der Hitze schien mir der Schädel schier platzen zu wollen. „Du selbstgerechtes Arschloch! Ich könnte kotzen, wenn ich dich höre!“

„Spar dir die Sprüche, Shank. Denk nach. Wir sind nur so lange hier, bis die Brunnen fertig sind. Danach läuft alles wieder wie gehabt. Was glaubst du wohl, wer in Nandadhela dann den Unberührbaren erlauben wird, aus diesem Brunnen zu trinken? Ich meine, freiwillig, ohne dass man ihn prügelt? Und wenn es schon krachen soll, dann am besten, solange noch gegraben wird. Dann haben sie anschließend wenigstens so etwas wie ein moralisches Recht, daraus zu trinken.“

„Und wenn sie sich nicht trauen, dieses Recht einzufordern, verschwinden wir eben und lassen sie ohne Brunnen zurück, korrekt?"
„Natürlich, du Weltverbesserer! Immer nur ein Brunnen auf einmal."

Am vierten Tag bei Morgengrauen sagte Raghu: „Fünfzehn Meilen von hier soll es einen Fluss geben. Der ist jetzt allerdings seit zwei Jahren verschwunden. Gehen wir uns den mal anschauen."
In den vergangenen Tagen hatte Raghu die geologischen Karten des Nandadhela-Distrikts fast zu Papiermaché zerlesen.
„Irgendwas stimmt mit diesen Karten nicht, aber ich kapier einfach nicht, was. Die sind offenbar systematisch frisiert worden – aber von jemandem, der wusste, was er tat, von einem Meister seines Fachs. Wenn ich nur einen einzigen Anhaltspunkt hätte, würde ich es rauskriegen!"
Bis wir ankamen, war es bereits sieben. Wo der Fluss einmal gewesen war, verrieten nur die vielen Steine, rund poliert wie Meerkiesel. Sonst sah man überall nur brettebene, trockene, durch die Hitze ausgedörrte, rissige Erde.
Raghu hob einen Kiesel auf und ließ ihn sofort mit einem Schmerzensschrei wieder fallen.
„Herrgott!", fluchte er.
Ich dachte schon, ihn hätte ein Skorpion oder sonst ein Getier gestochen.
„Scheiße verdammte, war der Stein heiß!" Er leckte sich die Hand.
Während Raghu arbeitete, schoss ich ein paar Fotos und machte mich dann auf die Suche nach Schatten. Es gab allerdings weit und breit nur meinen und seinen. Ich nahm den Tropenhelm ab und begann, mir damit Luft

zuzufächeln. Raghu sammelte unterdessen Bodenproben, buddelte hier und da.

Schließlich sagte ich mir: Wenn ich schon an einem Hitzschlag krepieren muss, dann kann ich genauso gut vorher Raghu noch helfen. Ich griff ebenfalls zum Spaten. Je feuchter der Boden wurde, desto schneller gruben wir. Bis elf Uhr waren wir zehn Fuß tief gekommen.

Irgendwann warf Raghu den Spaten aus dem Loch und sagte: „Auf!"

„Ich kann nicht. Geh du", sagte ich im Brustton der Überzeugung und klappte zum Sterben zusammen.

„Shank, wenn du jetzt schlappmachst, begrab ich dich in diesem Brunnen. So wahr mir Gott helfe!"

Er zog mich gewaltsam auf die Füße und ließ mich auf seine Schultern steigen. Ich stemmte mich über die Kante und lag schon wieder flach wie ein Putzlumpen. Raghu verfrachtete mich irgendwie auf die Bullet. Dann donnerten wir los.

Eine Viertelstunde später gab es plötzlich einen lauten Knall, und wir flogen beide kopfüber vom Motorrad. Die Bullet hatte einen Plattfuß, fuhr noch ein paar Schlenker und legte sich zwanzig Yards weiter auf die Seite.

Auch hier war nur flaches ebenes Land. In der brütenden Hitze begann die Luft, deutlich zu summen. Wenn sich gelegentlich ein Lüftchen hierher verirrte, fiel es sofort mausetot zu Boden.

Fluchend kramte Raghu das Flickzeug raus.

„Verdammte Scheiße, es gibt hier weit und breit nur den einen verdorrten Baum da drüben, und auch der ist so weit weg, dass wir krepiert sind, bevor wir die Maschine dahin geschoben haben!"

Während er vor sich hinschimpfte, sah ich zu besagtem Baum hinüber und nuschelte mit ersterbender Simme: „Ja, und außerdem ist er auch nur eine Fata Morgana."

„Spiel dich hier bloß nicht als Fachmann auf! Wer hat denn drei Jahre in Afrika gearbeitet – du oder ich?“

„In entgegengesetzter Richtung vom Baum, genau gleich weit weg, aber irgendwie umgekehrt, ist ein schwarzer Fleck, und von dem ist der Baum ein Spiegelbild, darin wirst du mir doch wohl zustimmen, oder?“

„Ruh dich ein bisschen aus, Mann. Die Hitze hat dir arg zugesetzt“, meinte Raghu und vertiefte sich wieder in seine Arbeit.

Als ich zwischendurch aus meinem Halbschlaf hochschreckte und die Augen aufriss, hatte ich den Eindruck, als ob ganz hinten am Horizont ein Tropfen wäre, der immer größer wurde. Als ich zum Baum hinschaute und ihn fixierte, schien er mir lebendig geworden zu sein.

„Noch diese Schraube, und das war's“, sagte Raghu. Ich hingegen musste feststellen, dass meine Stimme weg war. So sehr ich mich auch bemühte, ich brachte keinen Ton raus.

„Raaa-ghu ...!“ Meine Stimme war heiser vor Entsetzen und kam von ganz weit her. „Nashorn!!!“

„Was?“ Raghu wandte sich abrupt um.

Ein grauer Koloss kam wie ein D-Zug geradewegs auf uns zugedonnert.

Bis Raghu „Lauf zum Baum!“ hervorgestoßen hatte, war das Rhinozeros nur noch zwanzig Yards von uns entfernt.

„Lauf zickzack! Zickzack!“, schrie Raghu wohl noch ein dutzend Mal.

Ich hatte keine Ahnung, wohin sich meine Müdigkeit plötzlich verflüchtigt hatte. Beinahe ohne Atem zu holen, lief ich, rannte bis zur völligen Erschöpfung, mit aufgerissenem Mund, mit den Füßen kaum die Erde berührend, Haken schlagend und mühsam die Balance wahrend. Raghu dagegen flitzte schnurstracks ohne Umwe-

ge auf den Baum zu. Die Logik dabei verstand ich zwar nicht, aber ich schlug weiter Haken wie ein aufgezogenes Kaninchen.
Dann aber begann sich die Welt plötzlich wie ein Karussell um mich herum zu drehen, und im nächsten Augenblick hatte ich Erde im Mund. Noch während ich fiel, erwartete ich, jetzt völlig gelassen, aufs Horn gespießt zu werden.
Aber das Geräusch der stampfenden Hufe wurde zunehmend leiser. Ich öffnete die Augen. Der Abstand zwischen Raghu und dem Rhinozeros war auf weniger als fünf Yards zusammengeschrumpft. Und bis zum Baum waren es sicher noch weit über hundert. Nachdem ich eine Weile hingeschaut hatte, schien es mir, als wäre die Distanz zwischen Baum und Raghu geringer geworden, die zwischen Raghu und Rhinozeros dagegen in etwa gleich geblieben. Irgendwie fand ich das tröstlich.
Als Raghu ganz nah an den kahlen, gespenstisch dürren Baum herangekommen war, verringerte er plötzlich die Geschwindigkeit und es sah so aus, als würde er gleich gegen den Baum und das Rhino gegen ihn knallen.
Gerade als ich dachte, gleich rennt er sich am Baum die Birne ein, da warf sich Raghu, zack, zur Seite. Ein dumpfer Knall folgte, und zusammen mit dem Horn schien die riesige Masse des Nashorns teleskopartig in den Baum gefahren zu sein. Kurz darauf blähte sich der Körper allerdings wieder auf. Das Horn aber blieb im Baum stecken.
Während Raghu zu mir herüberschlenderte, bemühte sich das Tier mit titanischer Wut, das Horn wieder zu befreien.
„Auf der Suche nach Wasser ist es wohl von seiner Herde abgekommen“, meinte Raghu. „Ich dachte eigentlich, Nashörner wären in Indien längst ausgestorben.“

„Was meinst du, wird es sich wieder befreien können?"
„Schwerlich. Je verzweifelter es sich zu befreien versucht, desto tiefer treibt es das Horn hinein. Ich erinnere mich, als ich in Afrika war, eine solche Geschichte von einem Nashorn gehört zu haben. Tagelang brüllte es, am fünften Tag starb es dann und wurde unter dem Baum begraben."
Wir überließen das Rhinozeros seinem Schicksal. Wir hatten schon etliche Meilen zurückgelegt, aber noch immer waren seine verzweifelten Schreie klar und deutlich zu hören.

Vor zwei Tagen hatte man den ersten Brunnen unvollendet aufgegeben und an einem völlig anderen Platz noch mal zu graben angefangen. Raghu wählte nach langwierigsten Kalkulationen eine Stelle, die etwa zehn Yards von unserem Zelt entfernt lag.
Am Abend, als Raghu gerade beschlossen hatte, ab sofort nachts Wachen aufzustellen, tauchte der Packard wieder auf.
Diesmal kam Bishandar direkt zu uns. Er war schon eine beeindruckende Persönlichkeit. Ein Profil wie ein Adler und dazu pseudo-schläfrige Augen. Man sah ihm nicht im Geringsten an, dass er einen jederzeit anspringen konnte und anschließend nichts mehr übrig geblieben wäre. Er blies Rauch aus seiner frisch gestopften Pfeife und fragte:
„Der Platz, an dem ihr da gerade grabt – wer hat euch den eigentlich überlassen?"
„Das geht Sie einen Dreck an. Ihnen gehört das Land jedenfalls nicht. So viel ist sicher." Dann wandte sich Raghu zu mir und sagte: „Shank, sei so nett und nimm diese Konversation auf Band auf, ja?"
Ich setzte den Rekorder in Gang.

„Wollt ihr mir etwa drohen?", knurrte der Sardaar.

„Nicht wir sind zu Ihnen gekommen, sondern umgekehrt. Schon vergessen?"

„Was den andern passiert ist, die vor euch da waren ..." Bishandar ließ es bei dem halben Satz bewenden. „Hier gibt es weit und breit kein Wasser. Lasst die Leute doch nicht für nichts und wieder nichts ihre Zeit vergeuden. Ihr habt ihnen falsche Hoffnungen gemacht. Irgendwann packt ihr dann euren Kram und verschwindet, und die Ärmsten können verhungern. Das sind meine Leute. Ich werde nicht schweigend zusehen, wie sie leiden!"

„Dann verschaffen Sie ihnen doch einfach Arbeit und zwei Mahlzeiten am Tag – wie wär's?"

„Passen Sie auf, was Sie da reden! Unfälle passieren jeden Tag."

Als Raghu den Spaten auf einen Stein krachen ließ, sprühten Funken.

In den folgenden fünf Tagen herrschte eine unheilschwangere Spannung. Am sechsten Tag wurden wir durch Amars Geschrei geweckt. Eine Kuh war in das Brunnenloch gefallen. Obwohl ihr Hals halb durchtrennt war, atmete sie immer noch. Nach vielen inständigen Bitten und Drohungen halfen Amar und drei seiner Kollegen Raghu und mir, sie rauszuhieven. An diesem Tag arbeitete praktisch niemand. Am nächsten Tag tauchte überhaupt keiner mehr auf. Raghu kochte vor Wut.

Am Abend kam der Lastwagen mit dem Trinkwasser. Wie gewöhnlich bekam der Hund als Erster davon zu trinken, und er kotzte die ganze Nacht.

Und zu allem Überfluss erschien auch noch Mister Mistri auf der Bildfläche. Er war der Koordinator der MORE-Einsätze in Indien.

„Nun, Raghu, wie geht's, wie steht's?"

„Gott segne dich."

„Auf dem Weg hierher war ich auf einen Sprung beim Sardaar. Er meinte, ihr wärt sauer auf ihn."

Er stieß dabei ein falsches Lachen aus.

„Mein Bericht scheint dich vor deiner Abreise nicht mehr erreicht zu haben. Es ist völlig klar, es hat nicht den geringsten Zweck, in Nandadhela nach Wasser zu suchen."

„Ach ja? Und was sollen wir dann tun?", erkundigte sich Raghu mit unschuldiger Miene.

„Aufhören, die Gelder von MORE zu verschwenden, was denn sonst?"

„Und was ist mit meinem Anteil?", fragte Raghu.

Mistri stutzte kurz. Raghu und ich starrten ihn ausdruckslos an. Mistri deutete mit den Augenbrauen in meine Richtung. Raghu verzog weiterhin keine Miene.

„Ein Freund, und vollkommen korrupt."

Mistri lachte.

„Dann lasst uns ein paar Takte mit dem Sardaar reden."

„Was denn, was denn? Kein Tonband diesmal?", fragte Bishandars Sohn in scherzhaftem Ton.

„Nein", gab Raghu lachend zurück.

„Und was ist mit der Klick-klick-Kamera?"

Ich hielt ihm lächelnd die leeren Hände entgegen.

„Gut", sagte Kartar, „jetzt fangt ihr allmählich an, euch wie Erwachsene zu benehmen. Wie viel?"

„Vierzig für mich und zehn für ihn", meinte Raghu.

„Das ist viel zu viel."

„Ihr habt das halbe Dorf aufgekauft. Praktisch für nichts. Was sind da schon fünfzig Riesen für euch?"

„Kommt morgen wieder", sagte Kartar.

Als wir Bishandars Bungalow erreichten, warteten dort Mistri, Kartar, ein fürchterlicher Schäferhund, Bishandar und noch ein Typ auf uns. Nachdem wir eine Weile mit

Smalltalk verbracht hatten, brachte Bishandars Schwiegertochter Snacks und kalte Getränke. Als sie mir mein Glas reichte, schwappte ein bisschen von seinem Inhalt auf den Unterteller. Die Frau biss sich heftig auf die Unterlippe. Ihr Kopf wurde vom Padar kaum bedeckt. Sie hatte eine breite Stirn, in deren Mitte ein *tika* so groß wie die Sonne prangte.

„Ich bitte um Verzeihung!", sagte sie leise.

„Wir sind modern und aufgeschlossen", meinte Bishandar. „Fast überall im Dorf herrscht Schleierzwang. Nicht bei uns!"

„Auch ich bin für alles aufgeschlossen", erklärte Raghu.

Ich hatte große Mühe, nicht laut loszuplatzen. Aber ich schaffte es, mich zu beherrschen.

Schließlich zog Singh die Scheine hervor. „Okay, hier sind vierzigtausend, zählen Sie's nach."

„Da können Sie Gift drauf nehmen, dass ich es zähle! Aber was ist mit seinem Geld?", erkundigte sich Raghu.

„Ja, ja, er kriegt schon seine zehntausend. Hier, nehmen Sie."

Ich zählte mein Geld. Raghu und ich standen auf, wir verabschiedeten uns von allen und gingen.

Wir waren noch auf der Treppe, da rief der abgerissene, uns unbekannte Mensch, der auch bei Bishandar auf uns gewartet hatte:

„Stehen bleiben!"

Wir gehorchten. Er zog Handschellen hervor und Mistri und Kartar verstellten uns den Weg, damit wir nicht abhauen konnten.

„You are under arrest!" Der Officer des Criminal Investigation Department zeigte uns seine Dienstmarke. „Wegen Vorteilsannahme."

Raghu und ich machten bühnenreife lange Gesichter. Kartar lachte laut los.

„Haben Sie denn die Morgenzeitung noch nicht bekommen?", fragte ich nach einer gebührend dosierten Pause.
„Versuch ja nicht, Zeit zu schinden", herrschte mich Bishandar an.
Ich zog seelenruhig das zehnfach gefaltete „Nehlapurer Tageblatt" aus der Tasche. Auf der ersten Seite prangte rechts unten eine Schlagzeile: „Sardaar Bishandar Singh spendet 50.000 Rupien für die Hungernden".
Von einem Fenster im Obergeschoss her hörte man Bishandars Schwiegertochter herzlich lachen.
Wir zahlten das Geld in Nehlapur auf das Konto des „MORE Nandadhela Relief Fonds" ein.

Am Abend ging ich ins Viertel der Unberührbaren.
„Von euresgleichen haben wir hier schon mehr als genug gesehen", sagte Kanhaiyalal mit der ganzen Gelassenheit seiner siebzig Jahre. „Wenn's was zu ackern gibt, dann kommt ihr, und wenn die Arbeit getan ist, haut ihr wieder ab, und wir können uns am Arsch kratzen. Hilfe gibt's nur für euch. Um uns zu helfen, reißt sich keiner ein Bein aus."
„Vielleicht, weil ihr noch nie versucht habt, euch selbst zu helfen", versuchte ich ihn zu reizen.
„Mir steht diese Leier bis obenhin! Ich weiß nur so viel: Jedes Mal, wenn die uns so etwas wie Land, Arbeit oder Häuser anbieten, nehmen sie uns anschließend ein weiteres Stück unserer Rechte weg."
„Die nehmen nur das, was ihr freiwillig hergebt!"
„Ach ja? Ich kann mich nicht erinnern, dass sie je gefragt hätten."
„Dann lasst euch eben nichts wegnehmen!"
„Du scheinst mir ja ein richtiger Sozialreformer zu sein."
Kanhaiyalal lachte verschmitzt und reichte mir die brennende *chilam*. Ich zog, bis mein Bauch wie eine Trom-

mel gespannt war. Hustete mir anschließend drei Minuten lang die Seele aus dem Leib. Der Alte hatte eine Vorstellung von Humor, die mir richtig Spaß machte.
„Gebt dem Boss etwas Wasser!"
„Nein", sagte ich.
„Kein Wasser?"
„Wasser schon. Sozialreformer nein."
„Dann müsst ihr ganz schön in der Tinte sitzen. Warum wärst du sonst hier?"
„Das ist nicht mein Brunnen."
„Aber den Ruhm dafür steckst doch du ein, nicht?"
Ich stand auf.
„Bist du jetzt sauer?"
„Nein."
„Dann habe ich also den Nagel auf den Kopf getroffen?"
„Haargenau. Aber auch wenn ich neu hier bin, hab ich doch das dumpfe Gefühl, dass wir völlig aneinander vorbeireden."
„Wem gehört also der Brunnen?"
„Es ist jedenfalls nicht so, dass er einfach dem gehören wird, der ihn gräbt. Er wird dem gehören, der ihn sich erkämpft."
„Und trotzdem erwartest du, dass wir kommen und mithelfen?"
Dazu fiel mir nichts mehr ein.

Am nächsten Tag stand Kanhaiyalal mit sieben weiteren Unberührbaren draußen vor dem Zelt.
„Kommt rein", sagte ich, aber sie wollten nicht.
„Nicht, dass wir uns missverstehen", sagte Kanhaiyalal. „Auf dein Gerede fall ich nicht rein. Solange wir arbeiten, solange bekommen wir auch zu essen. Deshalb sind wir hier. Wem dann der Brunnen gehört, wissen du und ich ganz genau."

Die Arbeit wurde mit Schwung in Angriff genommen. Um runter- und wieder raufzukommen, hatte man jetzt zusätzlich zur Rampe auch noch Leitern angelegt. Raghu, Kanhaiyalal und dessen Männer hackten und schaufelten den ganzen Tag lang. Die mit Erde gefüllten Körbe stiegen auf den Köpfen der Frauen kontinuierlich aus der Grube und ließen den Wall um den Brunnen rasch anwachsen.

Ab und an verschwand Raghu für ein halbes Stündchen. Weiß der Himmel, wie viele der Dorffrauen von seinem weiten Herzen und seiner beneidenswerten Kondition profitierten.

Nachdem ich bis in die Nacht in dem zur Dunkelkammer umfunktionierten Bus Filme entwickelt hatte, wollte ich mich endlich aufs Ohr legen. Doch die Tür war von außen abgeschlossen. Ich bekam in dem stickigen engen Raum kaum noch Luft. Eine halbe, eine ganze Stunde lang hämmerte ich gegen die Tür und brüllte, was die Lungen hergaben. Von Raghu aber keine Spur.

Raghu öffnete die Tür, strich sich dabei die Haare glatt.

„Schließ mich noch ein einziges Mal ein, und wir sind geschiedene Leute!"

„Was ist denn mit deinem Sinn für Humor passiert? Just having fun, Yaar!"

„Having a fuck, you mean?"

Dazu sagte er nichts.

Warum er diese neue Eroberung unbedingt vor mir geheim halten wollte, begriff ich erst ein paar Tage später.

Eines Nachts, als ich, wie meistens, außerhalb des Zeltes schlief, hörte ich jemanden lachen. Es klang und hallte, als ob dieser Jemand in eine Wasserpfeife hineinlachte.

Ich drehte mich auf die andere Seite und war kurz davor, wieder einzuschlafen. Doch dann hielt mich eine gedämpfte, aber unverständliche Unterhaltung wach, die mir wie aus einer großen Meeresschnecke ins Ohr drang. Schließlich raffte ich mich auf und warf einen Blick ins Zelt, dann in den Bus. Zweimal Fehlanzeige.
Einer Eingebung folgend ging ich zum Brunnenloch. Mittlerweile war die Grube so tief geworden, dass mir, wenn ich an ihrem Rand stand, richtig schwindlig wurde. Ich legte mich auf den Bauch und schaute hinein. Auf dem ersten Absatz, knapp sieben Fuß direkt unter mir, wanden sich im Licht des Mondes diverse Glieder. Weil neben den beiden Körpern Raghus Hemd und Hose auf einem chromgelben Sari lagen, fragte ich mich einen Augenblick lang, ob da nicht möglicherweise auch noch ein zweites Pärchen zugange war.
Sie kitzelte Raghu und lachte dabei noch mehr als er. Als sie den Kopf zurückwarf, flogen ihre langen Haare auseinander wie die geöffneten Schwingen eines reglos schwebenden Vogels. Raghu kniete vor ihr und küsste ihre ein wenig auseinanderstrebenden Brüste – erst die eine, dann die andere.
Jetzt erinnerte ich mich: Genau so hatte es bei Bishandar Singh aus dem Obergeschoss herausgelacht. Eine geschlagene Minute lang starrte ich, wie vom Donner gerührt, auf die beiden hinunter. Jeder Profi-Spanner wäre bei meinem Anblick vor Neid erblasst. Dann bellte irgendwo ein Hund, und ich kam wieder zu mir.
Eine schlenkernde Laterne bewegte sich auf das Zelt zu. Als ich die Augen zusammenkniff, sah mir der neben dem unsichtbaren Lampenträger hertrottende Köter verteufelt nach einem deutschen Schäferhund aus.
Ich legte mir die Hände als Schalltrichter an den Mund und rief leise in den Brunnen:

„Raghu!“
Erst beim zweiten Anruf schien die in meiner Stimme mitschwingende Panik zu ihm durchzudringen.
Die Frau sah erstaunt und ungläubig zu mir herauf und versteckte sich und ihre Blöße rasch unter Raghu.
„Kartar kommt!“
„Du lieber Himmel!“
Er sprang auf die Füße. Die Frau legte sich die Hände auf die Brüste, dann aber, wohl nach näherer Überlegung, eine davon zwischen die Schenkel.
Raghu lachte und sagte:
„Lass gut sein! Du bist nicht die erste nackte Frau, die Kushank in seinem Leben gesehen hat.“
Dann wandte er sich wieder an mich und fragte:
„Wo ist er jetzt?“
Plötzlich war mir klar, warum ich alles nur gedämpft wahrgenommen hatte. Weil mich die Grillen die ganze Nacht verrückt machten, stopfte ich mir abends immer Watte in die Ohren.
„Verdammt nah“, antwortete ich. „Und er hat den Hund dabei.“
„Was machen wir jetzt?“
Die Frau hatte angefangen zu weinen.
Ich spurtete los, holte mein tarnfarbenes Laken und warf es in den Schacht. Dann kappte ich mit meinem Taschenmesser die Strickleiter. Ich ging zurück zu meinem Feldbett und legte mich schlafen. Als Kartar und der Hund unüberhörbar nahe herangekommen waren, setzte ich mich auf.
„Was soll das denn, Kartar Singh? Ist das nicht eine etwas absonderliche Zeit für einen Besuch?“
„Wo ist der andere?“
„Haben Sie ihn nicht getroffen? Sie scheinen sich tatsächlich verpasst zu haben. Er wollte zu Ihnen.“

Der Hund wurde vom Geruch seiner Herrin richtig aufgeregt.
„Moti, bleib eine Minute ruhig sitzen! Ich mag deine Scherze nicht. Ist sonst noch jemand hergekommen?"
„Ob noch jemand hier vorbeigekommen ist?"
„Gib mir eine Antwort!"
„Dann such dir eine andere Zeit dafür aus. Ich will jetzt schlafen. Good night."
Kartar öffnete den Moskitovorhang des Zeltes und ging hinein. Ich hielt Moti an ihrer Kette fest, kraulte ihr erst beruhigend die Nackenhaare und schlang ihr dann rasch die Kette um das Maul. Sie wand sich vor Schmerzen. Ihre Nasenlöcher verstopfte ich mit den Wattebäuschen aus meinen Ohren. Als ich die Kette ein wenig lockerte, schnappte die Hündin nach Luft. Dabei öffnete sie naturgemäß ihre Schnauze. Ich nutzte die Gelegenheit und warf ihr ein paar meiner Schlaftabletten in den Rachen. Die verdammte Töle würgte und schluckte. Als ich, von meinem Erfolg etwas abgelenkt, den Griff an ihren Nackenhaaren lockerte, ging Moti wie eine Tigerin auf mich los. Weil aber die Kette immer noch um ihr Maul geschlungen war, konzentrierte sie einen Teil ihrer Aufmerksamkeit glücklicherweise darauf, sich davon zu befreien.
„Kartar, pass auf deinen Köter auf!", schrie ich entsetzt.
„Moti!"
Hätte sich Kartars Ruf auch nur um eine Sekunde verspätet, hätte ich Comtesse Dracula am Hals gehabt.
Trotz ihrer zugestopften Nase bellte die Hündin unentwegt in Richtung des Brunnens, als ob es um ihr eigen Fleisch und Blut ginge. Immerhin war es erfreulich zu registrieren, dass sie recht schnell dabei aus der Puste kam, da sie offenbar nicht gleichzeitig kläffen und atmen konnte.

„Mach den Bus auf!", sagte Kartar.
„Haben Sie einen Durchsuchungsbefehl?"
„Ich sag dir, mach ihn auf! Oder soll ich Moti bitten, dir dabei zu helfen?"
Ich schwieg und öffnete die Tür. Kartar nahm sich zehn Minuten Zeit für die Inspektion. Begutachtete beim Licht der Laterne die Konservendosen, dann meine Dunkelkammer und die zum Trocknen aufgehängten Filme. Gleichzeitig versuchte Moti beharrlich, ihn in Richtung Brunnen zu zerren. Schließlich hatte er ihr nerviges Bellen satt und ließ sich mitziehen.
Die Hündin war wirklich hart im Nehmen. Von den Schlaftabletten wären mittlerweile zwei Rhinozerosse umgekippt. Aber das Tier war fest entschlossen, der Sache auf den Grund zu gehen.
„Das ist also euer berühmter Brunnen!"
Kartar beugte sich weit über den aufgeschütteten Erdwall und spähte in die Tiefe. Ein Tritt in den Arsch, murmelte ich zwischen den Zähnen, und die Sache wäre erledigt.
Plötzlich wurde Kartar hellwach.
„Da unten bewegt sich etwas!"
Ich lachte gekonnt königlich amüsiert, warf dabei aber einen ängstlichen Blick in den Schacht.
„Bestimmt: Da unten zappelt etwas! Fass, Moti, fass!"
Er verpasste der Hündin, bei der die Tabletten nun doch zu wirken begannen, einen wütenden Tritt.
Moti klappte zweimal matt die Augen auf und wieder zu und schlief dann ein.
„Dem Aufgeregten kommt alles zapplig vor", witzelte ich philosophisch, um die trockene Angst aus der Kehle zu kriegen.
Kartar machte tatsächlich Anstalten, auf der steilen Erdrampe nach unten zu rutschen. Ich löste das Gürtelband meines Pajama und begann, in den Brunnen zu pinkeln.

„Du widerlicher Dreckskerl! Du abartiges Schwein! Vor meinen Augen zu pissen! Hast du denn überhaupt kein Schamgefühl?"

„Was für ein Schamgefühl? Deine kriminellen Machenschaften würden ganz Bombay die Schamesröte ins Gesicht steigen lassen – und? Schämst du dich etwa? Warum sollte also ich mich schämen, wenn ich vor deinen Augen pisse?"

Ich plapperte und plapperte weiter völlig sinnloses Zeug. Kartar wandte sich angewidert ab. Unter dem Kleiderhaufen wurde eine Fußsohle von Raghu sichtbar.

„Moti! Moti!", rief Kartar wieder.

Moti jedoch schlief den Schlaf der Gerechten. Kartar kämpfte zwar wie ein echter Sikh, um sie zum Aufstehen zu bewegen, aber Moti gab kein Lebenszeichen mehr von sich.

„Ich fahr Sie nach Haus!"

Ich holte die Bullet. Kartar warf mir, trotz allem, einen dankbaren Blick zu, legte sich die schlafende Moti quer über die Schenkel und hielt sich dann an mir fest.

Auf halber Strecke bremste ich abrupt. „Absteigen!", befahl ich.

Er war verwirrt, gehorchte aber.

Ich sagte „Good night", wendete und ließ den Verdutzten in der Pampa und der Dunkelheit stehen.

Raghu und die Frau hatten es in der Zwischenzeit irgendwie geschafft, die Erdrampe hochzuklettern, und versuchten – erfolglos, wie ich hoffte –, den Uringeruch mit Eau de Cologne zu übertönen.

Am nächsten Tag um elf stießen wir auf Wasser. Gerade als wir dabei waren, die *rituelle Kokosnuss* zu zerschmeißen, hörten wir das Donnern von schweren Lastern. Und gleichzeitig das Stimmengewirr vieler Menschen.

Schließlich waren sie alle da: Amar, der Arzt, der Schneider und wer sonst noch von den Dorfbewohnern geblieben war, außerdem Bishandar Singh und Kartar. Moti war offenbar noch nicht wieder auf den Beinen.
Die Frauen, die am Brunnen gearbeitet hatten, ergriffen angesichts dieses Aufgebots die Flucht. Kanhaiyalal und die anderen Unberührbaren blieben scheu im Hintergrund stehen.
Amar und die übrigen Dorfhonoratioren packten Raghu und mich und fesselten uns die Hände auf dem Rücken.
Und dann machten sich die Planierraupen und Bagger, die von Weitem wie Laster geklungen hatten, ans Werk.
Sie brauchten anderthalb Stunden, bis sie die gesamte Erde wieder im Brunnen hatten.

Manche Geschichten sind zum Erzählen, und manche Geschichten sind zum Für-sich-Behalten.

Das war mein zweiter Trip nach Benares.
„Komm mich mal besuchen, bevor ich nach Amerika fahre, und lass uns zwei Wochen lang über die alten Zeiten reden", hatte Sadhan geschrieben.
Meine vier Schulfreunde: Rakesh, Raghu, Jitendra und Sadhan. Bis vor ein paar Jahren hatte ich zu Sadhan noch die am wenigsten enge Beziehung gehabt.
Als ich aus dem Zug stieg, sagte ich:
„Benares hat sich überhaupt nicht verändert."
Sadhan gab darauf keine Antwort. Obwohl er Karriere gemacht hatte und der jüngste Junior-Lecturer in seiner Fakultät war, hatte er sich ebenfalls kaum verändert. Er trug immer noch denselben Mantel aus Trevira. Leicht

fliehende Stirn und riesige, aggressiv vorstehende Zähne. Die Hose allerdings hatte er sich wohl neu schneidern lassen. Es sei denn, er hatte endlich aufgehört, in sämtliche Richtungen zu wachsen. An seine Hosen erinnerte ich mich gut. Auf dem College konnte man nie wissen, wann einem die Knöpfe von seinem Hosenstall um die Ohren fliegen würden.
Eine Veränderung fiel mir allerdings doch auf. Er wirkte irgendwie entspannter. Wenn seine Streitbarkeit vielleicht auch nicht abgenommen hatte, konnte er jetzt auf jeden Fall besser damit umgehen. Zwar würde er bei jeder Keilerei mit Sicherheit weiterhin in der vordersten Reihe mitmischen. Aber ich hatte den Eindruck, dass er nicht mehr den ersten Schlag getan hätte.
Er hatte auf dem Campus einen Dienst-Bungalow mit fünf Zimmern. Nur zehn Fahrradminuten von dort, wo ich damals mit ihm im Hostel gewohnt hatte. Ich freute mich, von Weitem das rote Ziegeldach zu sehen. Genau wie damals wuchs überall Gras. Nur dass es jetzt noch richtig grün war und nicht bis zu den Schultern reichte. Eine verspielte Brise strich darüber hin, streichelte im Vorbeiwehen auch mich und verschwand wieder. Ich sah unwillkürlich auf meine Hände. Die Härchen standen mir zu Berge.
Als wir bei seinem Bungalow angekommen waren, sagte Sadhan: „Benares verändert sich nicht. Es verändert die Menschen."
Das leuchtete mir nicht so recht ein. Mir kam der Verdacht, dass er sich vielleicht gerade bemühte, etwas besonders Tiefsinniges von sich zu geben. Aber so war es nicht.
Weil er ein Studienjahr verplempert hatte, wollte ihn das Indian Institute of Technology in Bombay damals nicht aufnehmen. Deshalb war er nach Benares gegangen. Ein

gemüsefressender sturer *Kanarese*. Klein und schmal. Konnte kaum ein Wort Hindi. Vier Jahre später sprach und sah er aus wie ein waschechter Bhaiyya. Mit einem dicken Schnurrbart. Und durchtrainiertem Körper.

„Ich büffel jedes Jahr wie ein Geisteskranker, um einen Einser zu kriegen. Vier Jahre hintereinander hab ich's auch geschafft. Nächstes Jahr sind die Abschlussprüfungen für den *B.E.* Da will ich wieder eine Eins. Dann kommt der *M.E.* Wieder eine Eins. Dann werde ich ein Jahr unterrichten. Danach stürze ich mich mit ganzer Kraft auf den Ph. D. Und den schließe ich am MIT ab."

Das hatte er damals wie ein Uhrwerk heruntergerasselt. Und wie ein Uhrwerk hatte er eine Hürde nach der anderen genommen. Jetzt fehlte nur noch der Ph. D., und auch der stand in keiner Weise in Zweifel oder blieb der Vorsehung überlassen.

Als wir am ersten Abend einen Spaziergang machten, warf sich Sadhan rücklings ins Gras.

„I am ready", sagte er.

Dann saß er zwei Minuten lang schweigend da.

Ready, es mit der ganzen Welt alleine aufzunehmen?, dachte ich amüsiert. Aber mein unausgesprochenes Gespött war fehl am Platz. Was es auch sein mochte, wofür er ready war – das sollte sich besser in Acht nehmen.

„I am ready for the States. Vergangenen Monat ist mein letztes Paper im ‚MIT Journal' erschienen."

Er zog ein Telegramm aus der Tasche und zeigte es mir.

„Sie erlauben mir zu forschen, über was immer ich will. Ich bin mein eigener Boss, und was ich brauche, das wird mir auch bewilligt. Ich werde dort drüben Aufsehen erregen."

Er wandte sich zu mir und sagte in einem innigen Ton: „Aber du wirst immer da sein, nicht wahr?"

Dann wuchs das Gras weiter und wurde gelb. Sadhan, der jetzt sechsundzwanzig war, wurde wieder zweiundzwanzig, und von seinem Balkon aus tauschten wir mit den Jungs vom dreistöckigen Hostel gegenüber freundschaftliche Pöbeleien aus.
Die Hände zum Megaphon geformt, tat Sadhan den Eröffnungszug: „Sklave meiner Ahnen, kastrierter Haremswächter, go take a flying fuck at the moon!"
Von drüben kam prompt die Erwiderung: „He, du Arschloch, muss ich dir erst beibringen, dass man über so gottgefällige Themen ausschließlich in seiner Muttersprache redet? Ja, du bist gemeint, der Zwerg mit dem Schwanz wie eine Prinzessbohne ..."
Der Campus war riesig, meilenweite Grün- bis Braunflächen, nirgendwo ein Zaun, wie ein offenes Straflager. Unglaublich schön und gleichzeitig methodisch irrsinnig. Sadhan sagte, im Sommer wäre es so heiß, dass einem das Mark aus den Knochen schwitzte, und im Winter so kalt, dass einem das Blut in den Adern gefror. Wohnheime, so weit das Auge reichte. Einzeln über das Gelände verstreut. Und darin aus Bombay, Delhi, Madras, Kalkutta und sonst woher zusammengeströmte Jungen, die ihre ungewohnte Freiheit genossen.
Verboten war nur eines: Mädchen. Frauen. Damen. Girls. Folglich gab es vierundzwanzig Stunden am Tag, selbst während der Vorlesungen, kein anderes Thema.
Sie paukten, fluchten und sprachen über Mädchen. Ohne Ende. Ständig. Unaufhörlich. Bis ihnen der Schaum vor dem Mund stand, sie Ohrensausen bekamen und ihnen die Zunge im Mund verdorrte. Und trotz des ganzen Aufwands sprang nicht einmal eine Professionelle dabei heraus.
Einen Tag zuvor hatte mich ein Freund von Sadhan aus dem dritten Studienjahr darauf angesprochen und mir

meine gönnerhaft-verächtliche Miene aus dem Gesicht gewischt.

„Jawohl, großer Meister, Selbstbefriedigung ist alles, was uns bleibt! Aber glaube mir eins, du Mönch, Heiliger, erhabener Herr: Zehn Tage hier, nicht länger, und du wirst selber zum Menschen! Sie täten also gut daran, sich schleunigst zu verpissen."

Am nächsten Morgen stand ich Zähne putzend auf dem Balkon und schaute hinunter auf das hoch aufgeschossene, üppige Gras. Da kam Sadhan und stellte sich neben mich.

„Wenn ich in den Ferien nach Bombay komme, wundert ihr euch wohl immer über mich? Aber was Geilheit wirklich bedeutet, davon habt ihr Leute in der Stadt keine blasse Ahnung. Ich hab mittlerweile einen solchen Schiss vor mir selbst, dass ich letztes Jahr behauptet habe, ich hätte hier noch Praktika, nur um nicht heimfahren zu müssen. Ich spreche keine fremden Mädchen an. Aber Mutter, Schwestern und Tanten sind für mich inzwischen auch bloß Frauenfleisch."

An dem Abend ging ich mit Sadhan, seinem Zimmergenossen Ravindar und vier oder fünf anderen Jungs aus dem Hostel ins Kino. Als die dreieinhalbstündige Vorstellung vorbei war, kam auch eine Gruppe Mädchen vom Ladies' College heraus.

Der zumeist bis zur Stummheit wortkarge Ravindar fragte mich: „Glaubst du, die beschäftigen sich in Gedanken genauso viel mit uns wie wir mit ihnen?"

„Ich bete jeden Tag zu Gott, dass sie ..."

Der im dritten Jahr, der mich am Abend zuvor angemacht hatte, fiel mir ins Wort:

„Hab noch ein bisschen Geduld, Ravindar. Jetzt sind es nurmehr fünf oder sechs Tage. Dann kommen die Grasschneiderinnen."

Er behielt recht: Fünf Tage später waren die Frauen da. Es mag unglaubwürdig erscheinen, aber ich spürte es schon beim Aufwachen in den Knochen, im Bauch, dass sie angekommen waren. Auf die Welt gingen Schauer von Blitzen nieder. Die Luft vergaß, wieder auszuatmen. Man hörte nur das scharfe Zischen der Sicheln.

Ich lachte in mich hinein, setzte die Brille auf und verließ das Zimmer.

Sämtliche Jungs standen dicht gedrängt auf den Balkonen. Und ihnen zu Füßen, überall im hohen Gras verstreut, sinnverwirrende, zum Fenstersturz verlockende, safrangelbe, papageiengrüne und rosenrote Tupfen. Die Tupfen wogten mit der Brandung des Grases heran, und mir begann schwindlig zu werden.

Mein Lachen klang auf einmal hohl. Das jüngste Opfer auf dem Campus. Die Frauen sangen leise vor sich hin und bewegten sich dabei, ständig in der Hocke, langsam vorwärts. Zwischendurch lachte mal eine von ihnen auf. Und die auf den Balkonen versammelten armen Kerle blickten dankbar, voller Zuneigung zu ihr hin.

Die nächsten zwei bis drei Tage herrschte eine angenehm berauschende Atmosphäre, als hätte ein Wolkenbruch sich unerwartet in eine unmäßige Hitzeperiode hinein ergossen. Die Gesichter entkrampften sich ein wenig, und alles war Nächstenliebe und Sonnenschein.

Aber das hielt nicht lange vor. Nach und nach schlug die Stimmung um. Auf jedem Gesicht zeichnete sich allmählich die Anspannung ab. Und die Gottesgabe begann vor unseren Augen zum Fluch zu werden.

Die Frauen dort unten und wir hier. Allesamt so frei wie Zwangsarbeiter.

Die bis zum Horizont reichenden Grasflächen und diese Manneskraft raubenden fremden Hexen. Wir hätten uns nur ein bisschen hinunterbeugen müssen, und wir hät-

ten sie berührt. Und dann wären entweder sie oder wir zu Asche verglüht.
Diese Frauen witterten zweifellos den säuerlichen Geruch unserer unmenschlichen Begierde. Was immer sie gerade taten und wie dicht das Gras auch jeweils war, sie achteten stets darauf, in Rufweite voneinander zu bleiben. Nachmittags aßen sie auch alle zusammen, kicherten, kauten Betel. Zwischendrin kämmte die eine der anderen die Haare.
Ihre einfachsten Gesten und Bewegungen wurden für uns zu unwiderstehlichen sexuellen Magnetfeldern. Von morgens bis abends lungerten wir unter dem einen oder anderen Vorwand auf dem Balkon herum.
Die Nacht brach herein und rieb die von der Glut des Tages erhitzte Wunde mit dem Pfefferpuder ihrer Schwärze ein. Wir, rastlos, gequält, ruhelos, im Bad, auf dem Klo und in den Zimmern bis zum Rückenmarkschwund onanierend. Und dennoch ständig unbefriedigt.
Als uns ihre Gesichter nach und nach vertraut wurden, suchte sich jeder eine Favoritin aus. Manchmal versteiften sich zwei oder drei von uns auf dasselbe Mädchen, und dann gab es deswegen Ärger. Ansonsten aber malte sich jeder für sich ungestört fiebernd aus, wie er seine Auserwählte à la Dschingis Khan oder Tamerlan in vollem Galopp über den Pferderücken schmeißen und in seine Jurte entführen würde.
Kaum graute der Morgen, hieß es: Alle Mann zurück auf Beobachtungsstation! Unsere übernächtigten Augen spähten krampfhaft, ob nicht aus irgendeinem Sari ein Schenkel oder eine Brust hervorschauen mochte.
Das am meisten diskutierte Thema war, ob die Frauen denn niemals pinkelten. Bei der Vorstellung, dass man irgendwann einmal einen lockenbepelzten Schlitz zu sehen bekommen könnte, verlor das ganze Wohnheim voll-

ends die Besinnung. Aber entweder war ihnen diese Körperfunktion völlig fremd oder sie besaßen gleich mehrere Blasen, so dass sie es zehn Stunden am Stück ohne Entleerung aushalten konnten.

Als am Freitagabend auf Sadhans Zimmer zum eintausendfünfhundertundeinundneunzigsten Mal die Diskussion entbrannte, warf uns Murari einen verächtlichen Blick zu und sagte:

„Ach kommt, hört doch auf damit! Als ob ihr selber all den Blödsinn glauben würdet, den ihr da zusammenquatscht. Ich habe gesehen, wie sie gepisst haben!"

Mit welchem Stolz, welcher Verachtung er uns das entgegenschleuderte! Wir waren alle wie vom Donner gerührt. Was für ein sagenhaftes Glück er gehabt hatte!

„Welche hast du gesehen? Wann? Wo? Was genau hast du gesehen? Alles? Mensch, mach doch den Mund auf! Wie weit warst du entfernt?"

Auf einige Fragen gab er Antworten, auf andere nicht. Unser Neid kannte keine Grenzen. Nach einigen Stunden spülte dann allerdings zwecks Wiederherstellung unseres angeknacksten Selbstbewusstseins eine Welle der Skepsis über uns hinweg.

„Das Schwein lügt! Wir kennen doch alle Murari. Er und seine Ammenmärchen! Wer glaubt dem schon?"

Aber natürlich glaubten wir ihm. Jedes Wort. Felsenfest. Und er sah auch genau so aus, als hätte er diesen göttlichen, überirdisch süßen Anblick wirklich genossen.

Am nächsten Tag machten wir uns mit neuer Energie an die Arbeit. Wir wechselten uns in kurzen Abständen ab, tröpfelten uns Öl in die Augen, zwickten uns, um nicht einzuschlafen. Umsonst.

Am Abend stellte Sadhans Zimmergenosse Murari zur Rede: „Und, Murari, warst du auch heute wieder der glückliche Gewinner?"

Murari lachte dreckig und sagte: „Geht dich das was an?“ Das ganze Hostel lauschte dem Gespräch der beiden mit gierigen Ohren.
„Murari, hör auf mit dem Blödsinn und sag uns die volle Wahrheit!“ In Ravindars Stimme schwangen scharfe Untertöne mit, die sowohl von Frustration als auch von Hoffnung zeugten.
Murari zuckte wieder die Schultern. Der mit Schuhen und Strümpfen fünf Fuß und anderthalb Zoll messende Ravindar stürzte sich wutschnaubend auf Murari. Sadhan konnte ihn gerade noch rechtzeitig am Hemdkragen packen und zurückzerren.
„Jetzt ist's aber gut!“, zischte Sadhan den Zwerg an.
Von da an war Murari der Paria des Hostels. Abgesehen von seinem Zimmergenossen, wurde er von allen konsequent geschnitten.
Eines Tages füllte der aus dem dritten Jahr, der mich wegen meiner Überheblichkeit angepflaumt hatte, unterstützt von anderen aus unserer Clique, Muraris Partner reichlich mit Hausgebranntem ab. Nach und nach löste sich seine Zunge.
„Diese Drecksau. Nennt mich seinen Freund. Steht drei Stunden am Stück hinter dem Vorhang und starrt sie durch sein Fernglas an. Und wenn ich dran bin, sagt er schon nach zwei Minuten: ‚He, los, los, gib schon her, oder hast du vor, sie den ganzen Tag anzuglotzen?‘“
Wir waren schlagartig wieder nüchtern, während ihm entsetzt zu Bewusstsein kam, was ihm da eben rausgerutscht war. Aber wir waren gewitzt. Schnitten das Thema wohlweislich nicht mehr an.
Zwei Tage später, als wir gerade zum Mittagessen ins Wohnheim zurückkehrten, hörten wir ein himmelspaltendes Urgeschrei. Bei genauerem Hinhören stellten wir fest, dass es aus unserem Stockwerk kam.

Murari – die Augen zwei wutrote Schlitze, in der Rechten ein Messer – stürmte aus dem Nachbarzimmer hervor und trat polternd gegen Sadhans Tür. Baumwollflusen, sichtlich die Füllung einer aufgeschlitzten Matratze, wirbelten um sein Dämonenhaupt. Über die Treppe kamen immer mehr Jungen aus den anderen Etagen.
„Ihr bleibt hier stehen!", sagte Sadhan und ging allein weiter.
Einen Moment lang begriff Murari nicht, dass es Sadhan war, der vor ihm stand. Als er es endlich kapiert hatte, hob er die Klinge. Aber Sadhan brauchte kein einziges Wort zu sagen. Seine bloße körperliche Präsenz hinderte Murari daran, seiner Berserkerwut freien Lauf zu lassen. Als er endlich merkte, was er da in der Hand hielt, ließ er das Messer fallen, als hätte er sich verbrannt. Er klappte in sich zusammen, fiel auf die Knie und fing jämmerlich an zu heulen. Eine Weile war nicht zu verstehen, was er dabei von sich gab. Dann aber kam allmählich Sinn in sein Gebrabbel: „Wer hat mein Fernglas gestohlen? Ich werde sein Blut trinken! Wie kann ich sie denn jetzt beobachten ...?"

Am nächsten Morgen sagte Sadhan halb im Scherz zu mir: „Komm, lass uns zur *Ganga* gehen. Wir sollten unsere Sünden abwaschen."
Zwei Wochen lang hatte Sadhan mich immer wieder gefragt: „Du kommst nach Benares und willst die Göttin Ganga nicht besuchen?"
Ich war bis dahin eisern geblieben. Heute aber sagte ich, weiß der Himmel wieso: „Okay, gehen wir."
Zwei Tage später mussten Sadhan und Ravindar am frühen Morgen auf Arbeitseinsatz gehen, zu einem elf oder zwölf Meilen entfernten Kanal. Und ich begleitete sie. Ich wollte einfach nicht allein bleiben und ergriff die

Gelegenheit beim Schopf, dem Campus für eine Weile zu entfliehen.
Um sechs brachen wir mit den Rädern auf. Die Sonne wölbte sich gerade hervor wie eine Beule am Horizont. Gewaltige Heuhaufen standen, einer erstarrten Phalanx gleich, überall herum. Nur von den Frauen war noch keine Spur zu sehen. Ich dankte Gott dafür. Aber nicht ernsthaft. Die Frauen waren das Einzige, was uns am Leben hielt.
Als ich etwas später nach unten sah, hatten sich meine Beine verselbstständigt. Irgendjemand hatte sie aufgezogen, und jetzt sah es ganz danach aus, als ob sie für die nächsten vier, fünf Tage weiter auf und ab pumpen würden. Meine Beine waren im Begriff, den Weltrekord im Dauerradfahren zu brechen.
Vermutlich, um mich am Eindösen zu hindern, war irgendwo ein Plattenspieler dabei, zerkratzte Hindifilmsongs von sich zu geben. Ringsum eine Schar von Zuhörern. Meine beschlagenen Brillengläser versicherten mir glaubhaft, dass Sadhan ihnen seine Schirmmütze hinhielt. Drei Münzen und ein Geldschein fielen hinein. Ich stellte auf die Schnelle Hochrechnungen an, ob dabei wohl eine kalte Limo für mich herausspringen würde. Weil Sadhan mir unterdessen ein Gefäß zum Hineinpinkeln gereicht hatte, kam erneut Leben ins Publikum. Ich sagte zu Sadhan:
„Das nächste Mal lässt du den Hut erst anschließend herumgehen. Pissen ist erfahrungsgemäß enorm publikumswirksam."
„He, du Hohlkopf, was brabbelst du da vor dich hin?"
Sadhan bremste scharf und brachte dadurch auch mein Rad zum Stehen.
„Wenn du so dringend pinkeln musst, dann halten wir kurz."

Nach anderthalb Stunden waren wir da. Mein Hemd hatte sich mit der Butter von den Sandwiches vollgesogen. Ich zog es aus, die Hose gleich mit, und schwamm ein paar Runden im Kanal. Dann legte ich mir mein Buch aufs Gesicht und machte ein Nickerchen unter einem Pipal-Baum. Ab und an kamen Sadhan und Ravindar vorbei, um nach mir zu sehen.

Wir hatten für jeden von uns Essen für drei Tage mitgenommen, aber noch vor Mittag machte sich bei uns allen ein jäher Blutzuckersturz bemerkbar.

Gegen elf kam ein Bauer mit einer Kuh vorbei und meinte: „*Ram* zum Gruß."

„Gibt sie Milch?", fragte Sadhan.

„Sie ist die *Kamadhenu* in Person", erwiderte der Bauer. „Sie hat unsere ganze Familie gerettet. Und nicht nur das. Was soll ich Ihnen sagen, Sahib: Wenn eine Schlange Sie beißen sollte – was Ram verhüten möge –, würde das Gift durch ihre Milch zu Nektar werden. Vorgestern erst hat Jadrams Frau Milch von der Kuh getrunken, weil sie keine Kinder kriegt. Und jetzt staunen Sie: Sie wird selbst bald Milch haben!"

Wir legten der Kuh eine Hand auf die Flanke und verneigten uns vor ihr.

„Wie heißt sie denn?", fragte ich respektvoll.

„Minakumari."

Ravindar sagte: „Geben Sie uns etwas Milch zu trinken."

„Nein, Sahib. Ihr Kälbchen wartet auf sie. Sie werden doch sicher nicht so grausam sein, einem Tierkind Kummer zu bereiten!"

Der Mann mit der Milch hatte an unser mitleidiges Herz gerührt. Sadhan legte ihm zwei Rupien in die Hand, und Minakumari spendete Milch, bis uns fast der Bauch platzte.

„Hast du auch Haschisch?", fragte ich.

Er brachte sein Bedauern zum Ausdruck. Als wir mehrmals nachbohrten, versprach er schließlich, am nächsten Tag etwas vorbeizubringen.
Am späten Nachmittag vergnügten wir uns noch einmal ausgiebig im Kanal und bestiegen anschließend erfrischt unsere Räder.
Dort drüben ein schwächlicher, blässlicher Mond. Am Himmel kein einziges Wölkchen. Dann fiel die Sonne auf die Kante des Weltkreises und bespritzte den ganzen Himmel mit Gelb und Rot.
Immer wieder fuhren wir ein paar Minuten lang alle drei nebeneinander her, und immer wieder fiel ich zurück. Dann hielten Sadhan und Ravindar an, um auf mich zu warten, oder ich strampelte, was die Beine hergaben, um sie wieder einzuholen.
Etwa vier Meilen vor dem Campus tauchten die Frauen auf. Bündel von geschnittenem Gras auf dem Kopf und die Sichel im Sari-Bund. Die Haare hochgesteckt oder bunte Spangen in einzelnen Strähnen und den Tika mitten auf der Stirn. Sie benutzten einen Zipfel des Saris, um sich den Schweiß abzuwischen. Und obwohl sie keine Cholis trugen, waren ihre Schätze besser eingepackt, als hätten sie welche angehabt.

Ich glaube, wir haben sie alle im selben Augenblick gesehen. Sie stand für sich allein. Ich hatte plötzlich das Gefühl, dass sich der Abend immer enger und enger um meine Kehle schnürte. Und im nächsten Moment verloren wir unseren Verstand. Der warme heftige Wind traf uns wie Peitschenhiebe ins Gesicht. Nachdem wir die letzten fünf Minuten niemanden mehr gesehen hatten, stand sie plötzlich da wie eine Erscheinung.
Sie hatte sich das Bündel goldgelben Grases auf den Kopf gelegt und steckte sich gerade das Ende des Saris in

die Taille. Als wir näher herankamen, brannte sich uns ihr dunkles Gesicht wie eine Vision überirdischer Schönheit in die Seele. Wie auf ein geheimes Zeichen hin, radelten Ravindar und Sadhan wie der Teufel los, während ich mir alle Mühe gab, mich nicht abhängen zu lassen.
Beim Anblick der beiden, die wie von Sinnen angerast kamen, blieb sie verdutzt stehen. Aber sobald sie begriffen hatte, dass die zwei irren Radfahrer auf sie zuhielten, machte sie hastig kehrt, hielt die Last auf ihrem Kopf mit einer Hand im Gleichgewicht und ergriff die Flucht.
Ravindar und Sadhan strampelten jetzt wie die Besessenen. Sie schaufelte mit dem freien Arm die Luft nach hinten, aber dadurch ging es auch nicht schneller, und der Abstand zwischen ihr und ihren Verfolgern wurde immer kleiner.
Sie bog von der Straße ab, stürzte sich ins hohe Gras und war verschwunden. Ravindar folgte ihr. Der Wind kämmte das Gras auseinander, und wir sahen sie hingehockt, mit dem Rücken zu uns.
Als Ravindar auf dem holpernden Rad beinahe bei ihr angelangt war, warf sie das Grasbündel ab und machte Anstalten, erneut zu fliehen. Aber er nahm die Hände vom Lenker und ließ sich seitwärts auf sie fallen. Seine Hand bekam ihre linke Brust zu fassen. Für einen Augenblick leuchteten seine Augen im unschuldigen seligen Entzücken eines kleinen Kindes.
Ihre Sichel verfehlte seine Hand, schlang sich um seinen Hals und verschwand halb darin. Jetzt war auch Sadhan da. Als ihm das gurgelnde Blut auf das Hemd spritzte, wandte sie ihre Aufmerksamkeit ihm zu. Sie sah sein entsetztes Gesicht und zuckte zusammen.
Wie benommen bemühte sie sich, die Sichel herauszuziehen, aber Ravindars Wirbel ließen die Klinge nur widerstrebend los.

Sadhan hatte sich mitsamt seinem Rad fallen lassen, und Ravindar lag mit seinem unnatürlich geknickten Hals und seinem Rad unter ihm.

Rote Schmetterlinge ließen sich auf dem gelben Gras nieder.

Sadhan klammerte sich beim Aufstehen so krampfhaft an mich, dass er dabei mein Hemd zerriss. Er rammte mir den Kopf mit voller Wucht in den Bauch. Sein Körper erschütterte mich wie eine geballte Ladung Elektroschocks.

„Oh Gott, Kushank", stammelte er undeutlich, „auch ich war hinter ihr her!"

Dann klappte er ohnmächtig zusammen.

Sie kauerte noch immer am selben Fleck. Hatte die Sichel nicht fallen lassen. Ihr Mund war leicht geöffnet, ihr ganzer Körper ein Ausdruck ungläubigen Staunens. Ihre etwas schräg stehenden großen *Durga*-Augen schienen vor Schreck noch größer geworden zu sein. Die schwarz glänzende Haut schimmerte wie von Generationen mit feinstem Musselin poliertes Ebenholz. An ihrem Nasenflügel der Ring mit dem roten Stein, auf der Stirn ein üppiger karmesinfarbener Tupfer. Die kleinen, aber spitzen Brüste waren noch da, wo sie hingehörten, unter dem Sari.

Von der Spitze der Sichel fiel ein Tropfen Blut ins Gras. Weit hinten am Horizont floss safrangelbes Zwielicht über den Campus. Das von Sadhans Sturz ringsum niedergedrückte Gras begann, sich allmählich wieder aufzurichten.

Ich kniete mich hin und fühlte nach Ravindars Puls.

„Oh Gott, was für ein schreckliches Unglück!", hörte ich noch, und dann war sie weg.

Ich gab Sadhan das Telegramm zurück und wir machten uns auf den Rückweg zum Bungalow. Es brannte schon überall Licht, und die Metallteller standen auf dem Esstisch. Ich schleppte mich auf mein Zimmer. Mein Kopf war plötzlich unendlich schwer. Auf dem Sofa war eine Steppdecke ausgebreitet und ich legte mich hin. Ich muss sofort eingeschlafen sein.

Um halb neun weckte mich Sadhans Ruf: „Das Essen ist fertig!"

Ich wusch mir die Hände, und als ich mich an den Tisch setzte, sah ich sie. Sie bemühte sich, ein wenig vom Licht entfernt, im Halbdunkel zu bleiben.

Den roten Stein im Nasenring hatte sie verloren. Und mit ihm ihre schräg geschnittenen Durga-Augen. Aber ihre überirdische Schönheit nahm mir den Atem.

Als wir fertig gegessen hatten, sagte Sadhan: „Du sagst ja gar nichts."

Ich blieb stumm.

„Ich werde zwei oder drei Jahre wegbleiben, weißt du?"

Sie sah abwechselnd von ihm zu mir, ohne die Augen zu bewegen.

„Kushank, willst du auf mich hören? Nimm bitte Meha mit zu dir."

Sie zuckte mit keiner Wimper.

„Sie ist eine gute Frau. Sie wird sich in jeder Hinsicht gut um dich kümmern."

Wie unabhängig ein Mensch auch sein mag, er wird sich früher oder später doch an irgendetwas oder irgendjemanden binden. Psychologie und Philosophie mögen mit tausend Erklärungen für diese Neigung oder sogar für eine bestimmte Bindung aufwarten, aber „des Menschen Hörigkeit" ist und bleibt eine unumstößliche Tatsache. Ob man diese Fesseln nun liebt oder hasst, ob sie neu oder altvertraut sind, gebunden sind wir, so oder so. Auch wenn wir sie ablehnen und tausend Wege ersinnen, um uns aus ihnen zu befreien, wir bleiben dennoch gefesselt.

Wir alle suchen uns jemanden aus, mit dem wir unter vier Augen oder in aller Öffentlichkeit reden können. Mag dieser Jemand nun zuhören oder nicht. Mag er oder sie uns längst vergessen haben oder wir für ihn völlig bedeutungslos geworden sein: Wir reden stur weiter auf ihn ein. Menschen, die einander zuhören, sind Glücksfälle.

Als ich dich zum ersten Mal sah, wirkten deine Augen selbst durch die Gläser deiner Brille außergewöhnlich. So offene und zugleich alles verschleiernde Augen hatte ich noch nie gesehen. Auch wenn ich ein paar Meilen weit in sie hineingewandert wäre, hätte ich von dir keine Spur gefunden. Gleichzeitig aber waren sie derart unverstellt und vielsagend, dass ich immer wieder für einen Moment die Illusion hatte, mit zwei Menschen gleichzeitig zu sprechen.

Um dich vor deinem hochintelligenten und selbstherrlichen Vater zu schützen und ihm gleichzeitig eine Lektion zu erteilen, hast du dich mit einem unüberwindlichen Schutzwall umgeben. Er hat seinen Zweck erfüllt. Aber dann konntest du der starren Umarmung nicht mehr entrinnen – wolltest es vielleicht auch gar nicht. Er schenkte dir Sicherheit, aber diese Sicherheit hast du mit deiner Freiheit bezahlt und mit dem Verlust der Kraft, dich weiterzuentwickeln.

Gott segne Fernandes, denn er war es, der mir den Mut gab, meinen Job hinzuschmeißen, er war es, durch den ich dich kennenlernte und der mein Leben, wenigstens zum Teil, in eine andere Richtung lenkte.

Ich habe alles in allem vielleicht zwei Stunden mit Fernandes gesprochen, aber die Begegnung erwies sich als äußerst folgenreich. Er spielte, ohne es zu wissen, eine wichtige Rolle bei der Verwirklichung des Krankenhausprojektes, das mir schon lange vorgeschwebt hatte. Der Gedanke daran, aus welch nichtigen und logisch nicht nachvollziehbaren Gründen der Fluss unseres Lebens seinen Lauf über Nacht ändern kann, hat mich oft zweifeln lassen, ob es Sinn hat, Zukunftspläne zu machen.

Erinnerst du dich, aus welch trivialem Anlass ich ihn kennengelernt habe? Ich war ins J. J. Hospital gegangen, weil sie Testpersonen für irgendein neues Medikament suchten. Neben mir saß Fernandes. Ganz in sich versunken, begann er zu sprechen.

„Last night while making an omelette for myself, I remembered something after ten, maybe fifteen years. Wie ich mich früher vor Eiern geekelt habe. Mein Vater machte mir und meinem Bruder zum Frühstück Spiegeleier mit Butterbrot und zu Mittag ein Omelette mit Brot. Wenn es nicht zu stark regnete, also so gut wie nie, holte er uns von einem südindischen vegetarischen Restaurant zerkochtes Gemüse und Salzkartoffeln. Ansonsten gab es abends auch wieder Eier. Die Auswahl war begrenzt, denn Eier waren das Einzige, was mein Vater kochen konnte. So oder so lief es entweder auf Spiegeleier oder Omelette hinaus.

Meine Mutter lag im Krankenhaus in Worli, direkt am Meer, und in ihrem Zimmer hing ganz weit oben an der Decke die trübste Funzel, die man sich vorstellen kann. Das Krankenhaus war eine ehemalige Kaserne aus der Zeit der Briten. In ihrem Zimmer war es selbst tagsüber dunkel. Wenn die Flut kam, schienen die Brecher gera-

dewegs ins Zimmer zu krachen. Meine Mutter war sehr einsam. Bei den wenigen Gelegenheiten, wo ich sie besuchte, wirkte sie irgendwie distanziert.
Die Armut eines Armen und das unablässige Bemühen eines auf middle-class machenden Kleinbürgers, mit Ach und Krach über die Runden zu kommen, haben nichts miteinander gemein. Beides hat seine spezifischen Nachteile. Erstere ist ein alles durchdringender Zustand am absoluten Nullpunkt. Auch die andere Armut ist allumfassend, aber sie korrumpiert, verbiegt und lähmt durch Unsicherheit.
Es war Regenzeit, und mein Vater musste oft zum Krankenhaus laufen, um meine Mutter zu besuchen und ihr zweimal am Tag Essen zu bringen. Ein Kleinbürger, der auf middle-class macht, kann wohl durch eine glückliche Fügung zu Geld kommen, aber seine Unsicherheit wird er erst los, wenn er stirbt oder sich umbringt.
Der letztere Fall tritt selten ein, weil eine kleinbürgerliche Herkunft und chronische Unsicherheit unentschlossene, willensschwache Menschen hervorbringen. Selbstmord aber setzt einen Entschluss voraus.
Wenn ich mich wieder bedroht fühle, werde ich meine Seele verkaufen oder mich auf den Bauch legen und meine Arschbacken auseinanderziehen. Und stumm darum beten, dass der, der mich fickt, wenigstens die Barmherzigkeit haben wird, eine Tube Vaseline mitzubringen."

Ich gab meinen Job auf und begann, im Krankenhaus Interviews und auch Fotos zu machen. Meine Medizinerfreunde und erst recht die übrigen Ärzte zeigten für meine Arbeit wenig Begeisterung. Sie wurden einfach den Verdacht nicht los, dass ich sie mit meinem Projekt in irgendeiner Weise an den Pranger stellen wollte.

Und wenn ich bei der einen oder anderen Institution oder irgendwelche Soziologen um Hilfe bat, meinten die, das sei nicht mein Fachgebiet, mir fehle die entsprechende Ausbildung, und legten mir Steine in den Weg. Mit der Aufgabe, mich abzuwimmeln, beauftragte dein Direktor ausgerechnet dich. Die Sterne mussten günstig für mich gestanden haben. Du hast dir mein Geschreibsel geschnappt und hast erst bei Fernandes wieder aufgeschaut.

Du hast über dies und das gesprochen und dann plötzlich gefragt: „Soll ich Ihnen ein Programm für Ihre Untersuchung schreiben?"

Ich war leicht verwirrt. Du hattest mir erst eine halbe Stunde vorher gesagt, du wärst Lochkartentippse. Aber andererseits wusste ich, wie man in deinem Institut Typen wie mich, ohne Abschluss und Beziehungen, abzufertigen pflegte. Also sagte ich: „Ja, gern!"

Wie mir die Spucke wegblieb, als ich sah, wie viel Arbeit du dir meinetwegen gemacht hattest, wie mir eiskalt wurde, wie es mir die Sprache verschlug, das alles ist längst Geschichte.

Nachforschungen, die ich anstellte, ergaben, dass du zwei Jahre zuvor einen Programmierkurs absolviert hattest und dass deine Dissertation in Soziologie nur noch auf das abschließende Okay wartete.

„Aber warum arbeitest du hier als punch operator?"

Deine Antwort hat mich verdutzt. Du hast mich beinahe angefaucht:

„Because I like it, understand? And don't ask so many questions!"

Irgendwann später, als dein Schutzwall gerade eine temporäre Bresche aufwies, hast du losgesprudelt:

„In der Achten habe ich einmal nicht als Klassenbeste abgeschnitten. Als ich meinem Vater das Zeugnis gezeigt habe, hat er gesagt: ‚Ich will keine zweitklassige Tochter.' Ich habe woandershin geschaut und ‚Fuck you!' gemurmelt. Nachdem ich den B.A. hatte, habe ich den Lochkartenkurs gemacht, überallhin Bewerbungen geschickt und den ersten Job angenommen, den man mir angeboten hat. Er sagte so oft, dass ich nach Hause kommen sollte, dass ich eines Tages wirklich heimgefahren bin. Da fragte er einmal beim Essen: ‚Warum suchst du dir nicht einen ordentlichen Job?' Ich hab ihm in die Augen gesehen und seelenruhig gesagt: ‚Ich hab keine Probleme damit, zweitklassig zu sein'."

Du bist deines Vaters Tochter. Wo andere Leute ein Gehirn haben, hast du eine Acetylenflamme. Was aber diese bestimmte Sache betrifft, weiß Gott, da klinkt sich deine Vernunft restlos aus. Selbst nachdem du von zu Hause ausgezogen warst, hast du den Privatkrieg mit deinem Vater weitergeführt. Er ist der Pol, der Fixstern deines Lebens. Und alle Straßen führen zu Daddy.

Du hast mich irgendwie immer an die Hippies erinnert. Als ich dir das sagte, fandest du, dass der Vergleich gewaltig hinkte. Aber genau wie du stecken die bis über die Kiemen in der Vergangenheit. Geben ihren Eltern die Schuld an allem und meinen, damit wäre hinlänglich erklärt, warum sie selbst es zu nichts gebracht haben.

„Fuck the past and fuck them! Start from now and here!", sagte ich. Aber man kann nicht behaupten, dass das viel bewirkt hätte.

Das Traurige an der Sache ist, dass in dir ein enormes Potenzial zum Glücklichsein und zum Glücklichmachen steckt. Wenn du die Zügel nur ein wenig schleifen ließest, würde der Puls deines Lebens rasch auf Touren kommen. Du würdest nicht nur dich selbst neu erschaffen, sondern auch deine Umgebung, deine Umwelt völlig umgestalten.

„Ich möchte mir nicht wehtun lassen. Kannst du das nicht verstehen? Mein Vater war der Letzte, dem das gelungen ist. Seitdem halte ich jeden auf drei Fuß Abstand."
Schon gut. Schon gut. Und dennoch wirst du dir ganz bestimmt wieder wehtun lassen, denn Dasein kommt nur in zwei Varianten vor: entweder als Zufügen oder als Erleiden von Schmerz. Aber immerhin geht damit die Annehmlichkeit einher, zu leben und Erfahrungen zu sammeln.
Wie oft habe ich mich und dich schon gefragt, warum ihr, du und Deinesgleichen, nicht alldem durch Selbstmord ein Ende macht ...
Weil es naturgemäß ungewiss ist, woher der nächste Augenblick kommen und welchen Verlust er bringen wird, klaube ich mir krampfhaft mit Händen, Füßen, Körper und Hirn so viel Neues, Aktuelles, Jetziges zusammen, wie ich überhaupt nur verarbeiten kann. Ich habe mich deswegen oft mit dir gestritten, habe hoffnungslos gegen dich angekämpft und bin tückisch geworden.
Dann bist du fort, ins Ausland. Reisen macht frei. Und das in mehr als einer Hinsicht.

Du hast die Hand in die Tasche gesteckt, darin herumgesucht und gesagt: „Nimm!"
Es war jetzt sechs Monate her, dass du mir zu verstehen gegeben hattest, du hättest deine Pläne geändert.
„Nein, ich will ihn nicht", sagte ich.
Du warst für einen Monat zurückgekommen, um deine Mutter zu besuchen. Du hast mich zur Sea Lounge bestellt, weil du deine Briefe wiederhaben wolltest. Weil die Fenster die Geräusche des Meeres aussperrten, hatte

man die Illusion, die roten, gelben, blauen und rostbraunen Yachten, die auf den schwangeren Wellen träge vor sich hinnickten, riefen einen hinaus.
In dem Moment ging ein Riss durch mein ebenso konstant wie krampfhaft um sich selbst kreisendes Bewusstsein, und ich erkannte, klar und jenseits jeden Zweifels, dass ich mir etwas vormachte. Wie sehr du im Augenblick auch durch ein Ereignis oder einen Menschen beansprucht sein magst, du kannst deine Handlungen dir selbst gegenüber nicht damit rechtfertigen, dein Bewusstsein sei von der Sturzflut des Geschehenden fortgerissen oder dein besseres Wissen zeitweilig außer Kraft gesetzt worden.
Auch als wir beschlossen hatten zu heiraten und noch schier verrückt nacheinander waren, wussten wir beide doch wohl ganz genau, dass es nicht von Dauer sein würde.
„You find the whole thing so distasteful?“, konntest du dich nicht enthalten zu bemerken.
Als ich darauf keine Antwort gab, fragtest du munter weiter: „Und was soll ich nun eigentlich mit dem Ring anfangen?“
Um ein Haar hätte ich gesagt: „Steck ihn an den rechten Ringfinger und heirate mich.“
Wir alle sind mehr oder weniger große Gatsbys. Du und Chandani und ich und wer weiß, wie viele andere noch. Wir sind alle auf der Suche nach unserer Daisy. Selbst dann, wenn unsere sogenannte „Liebe“ bereits seit Ewigkeiten zu Ende ist, nehmen wir doch auf das leiseste – ja, auch nur eingebildete – Anzeichen hin die abgewetzten Fäden auf und versuchen, das Band irgendwie wieder zusammenzuflicken. Ich musste über meine Selbsttäuschung lachen. Das hat dich aufgeregt.
„Ich komme dir heute wohl sehr witzig vor, was?“

Soll ich dir vielleicht sagen, dass ich auch jetzt, ein halbes Jahr nach deinem Nein, immer noch kein bisschen klüger bin? Wenn du damals, vor anderthalb, zwei Jahren, als deine Periode ausblieb und wir beide in Panik gerieten, wenn du damals wirklich schwanger gewesen wärst, dann säße ich wahrscheinlich heute nicht hier, ohne dich, ohne uns.
Plötzlich ekelte ich mich vor meiner Verlogenheit. Ich war auch ein wenig überrascht. Und leicht belustigt.

Ich hatte tagsüber Fotos geschossen und war gerade wieder aufs Zimmer gekommen, als du fragtest: „Warum machst du eigentlich nie Fotos von mir?"
„Weil mir dann die Fotos bleiben und du verschwinden kannst."
„Keine Ausreden! Ständig machst du Fotos von irgendwelchen Gören und alten Weibern. Mach doch wenigstens einmal auch eins von mir!"
„Das sind keine Ausreden."
„Ach, komm schon! Wohin sollte ich denn verschwinden? In zwei Jahren habe ich den Abschluss und komme zurück. Oder du kommst einfach gleich mit!"
Dann bist du plötzlich verstummt und hast still dagesessen. Du hast Kondensmilch in meinen Tee gegossen und gesagt: „Und jetzt ist es auch noch unsicher, ob ich überhaupt fahre."
Bevor ich fragen konnte, warum, hast du weitergeredet: „Meine Periode ist seit einer Woche überfällig."
Ich analysierte meine Reaktion. Ganz genau.
Die letzten zwei Jahre hatte ich dich immer wieder gedrängt, zum Studieren ins Ausland zu gehen.
Als von der betreffenden Universität über zweieinhalb Monate lang keine Antwort kam und ich deswegen ziem-

lich ungeduldig wurde, hast du ständig wie ein Mantra wiederholt:
„Was macht das schon aus? Wenn ich weg bin, bin ich weg, wenn nicht, dann nicht."
Dann, später, fragte ich dich plötzlich, ob du mich heiraten wolltest. Ich wollte, dass du gehst, und ebenso sehr, dass du bleibst.
Aber an dem Tag fiel nicht ein Wort zu diesem Thema. Bis ich mich aufmachte, um heimzugehen. Weil ich den Kopf in deinen Schoß gelegt hatte und wir Ali Akbar hörten, konnten wir uns ohnehin kaum unterhalten. Wir waren wohl auch jeder in seine eigenen Gedanken eingesponnen.
Als das Band zu Ende war und ich aufstehen wollte, hast du mich mit einem leichten Druck der Hand, die gerade mein Haar streichelte, zurückgehalten.
„Lass uns möglichst schnell heiraten, Kushank. Noch diesen Monat."
Ich setzte mich auf. „Du steckst ja ganz schön in der Zwickmühle, nicht?"
Im ersten Moment hast du nicht verstanden, was ich meinte. Und dann hast du sachte den Kopf geschüttelt und erstaunt die Stirn gerunzelt, als ob du nicht glauben könntest, dass gerade ich so etwas zu dir sagte.
„Wie empfindlich du geworden bist! Oversensitive."
Dann hast du zwei Minuten schweigend dagesessen.
„Den ganzen letzten Monat habe ich darüber nachgedacht. Ich meine genauso wie du, dass wir zusammenbleiben sollten. Jeden Abend gehst du zu dir nach Hause zurück. Das finde ich überhaupt nicht toll. Die Sonntage sind kurz und dann sehe ich dich manchmal tagelang nicht. Wenn du nachts nicht schlafen kannst, möchte ich neben dir liegen und lesen. Ohne ein Wort zu reden. Dich absichtlich ignorieren, damit du nicht sauer wirst.

Oder aber mitten im Gespräch anfangen, deinen ganzen Körper mit der Zunge zu erkunden. Wenn ich den Mut gehabt hätte, wäre ich schon längst, auch ohne Trauschein, bei dir eingezogen. Aber so selbstsicher und mutig bin ich nun mal nicht."

Während du das sagtest, hast du mich wieder auf deinen Schoß gedrückt und meine Lippen mit dem Finger nachgezogen.

„Kushank, bitte lass uns heiraten! Nicht erst, wenn ich aus Baroda zurückkomme. Bevor ich losfahre. Morgen!"

Dann hast du auf meine Antwort gewartet.

„Und die Universität, dein weiteres Studium?"

„Ich nehm dich einfach mit, wenn ich fahre."

„Ah ja, und wer gibt mir ein Stipendium?"

„Es wird sich schon irgendwer finden."

Ich musste plötzlich lachen.

„Und, bitte schön, für welches Projekt?"

„Na, deine Krankenhaus-Recherche, die Fotografiererei."

„Ich hab keinen Abschluss." Ich schüttelte den Kopf. „Fahr du voraus und organisiere da was für mich."

Dann habe ich mir die Stiefel angezogen und gesagt: „Fahr du mal übers Wochenende nach Baroda. Inzwischen rede ich mit Rashid."

„Du willst es ihm endlich sagen?"

Du hattest mich schon ein paarmal angemacht, weil ich dich wie ein schmutziges Geheimnis hütete.

„Ich werde ihn nach einem zuverlässigen Arzt fragen."

Du bist gefahren, dann aber nicht nach zwei, sondern erst nach fünf Tagen zurückgekehrt. Ich habe mir gesagt, so etwas passiert täglich, tausendmal. Ich hatte schon wer weiß wie oft darüber gelesen. Im Krankenhaus hatte ich Frauen mit blutdurchtränkten Kleidern auf Rollbahren liegen sehen. Aber zwischen dem, was einem selbst widerfährt, und dem, was sonst geschieht, besteht kein Zusammenhang. Ich habe mich so sehr bemüht, dir nahezukommen. Während ich gegen einen Teil deiner Vergangenheit ankämpfte, beschlich mich der quälende Verdacht, ich könnte zu deinem neuen Fluch werden.

Da es nicht den geringsten Sinn hatte, sich Sorgen zu machen, machte ich mir weiterhin Sorgen. Hattest du dort abgetrieben und warst jetzt deshalb auf mich sauer? Du hattest mir zwar geschrieben, du würdest etwas später kommen, aber nicht gesagt, warum.

Ich habe dich am Bombay Central abgeholt. Bis wir zu Hause waren, habe ich mich zusammengerissen. Sobald wir im Zimmer waren, hast du meine Hand genommen und, noch bevor ich etwas sagen konnte, gefragt:

„Du meinst doch auch, dass wir heiraten sollten, nicht?"

„Was ist passiert?", fragte ich.

„Wieso?"

Dann fiel bei dir plötzlich der Groschen. „Nichts, überhaupt nichts, du Blödmann! Es ist alles okay."

Dann hast du die Erleichterung in meinem Gesicht gesehen und mich bei offener Tür umarmt.

„Hast du dir meinetwegen wirklich solche Sorgen gemacht? Himmel, was bin ich schwer von Begriff! Los, streu Asche auf mein Haupt, für jeden schlimmen Augenblick, den du meinetwegen hattest, eine Handvoll! Und dann lass dir vom nächsten verfügbaren Astrologen einen Glück verheißenden Zeitpunkt für heute Abend aussuchen und bestell einen Brahmanen in deine Wohnung. Ich werde dort auf dich warten!"

Und da sitzt du nun vor einer Tasse Kona-Coffee unmittelbar vor mir, um dir all die Briefe, die du mir je geschrieben hast, zurückgeben zu lassen. Meine

überbordenden, uferlosen Episteln allerdings willst du behalten.
Wie weit wir uns voneinander entfernt hatten, ging klar aus deinem ersten und deinem letzten Brief hervor:

Lieber Kushank,
es hat gerade Mitternacht geschlagen, und Okhon schläft neben mir. Vor einer Weile war auch ich todmüde. Nach einer Fahrt von sechzehn Stunden kribbelten mir die Beine wie Ameisen. Dazu dann die Aufregung, meine Schwester, ihren Mann und die kleine Okhon nach so langer Zeit wiederzusehen. Ich hatte das Gefühl, im Stehen einschlafen zu können.
Als ich fünf Minuten ruhig dagelegen hatte, spürte ich, dass jemand anders im Zimmer war. Doch als ich die Augen öffnete, war niemand da. Wenn ich mich mucksmäuschenstill verhalte und mich nicht rühre, kommt dieser Jemand vielleicht zurück, dachte ich, habe Okhons Laken glatt gestrichen und wollte mich gerade wieder ausstrecken, da bist du zurückgekommen. Du lachst doch nicht etwa über mich, oder? Aber du bist hier! Du erzählst eine Geschichte, unterbrichst dich mittendrin, ganz in Gedanken, und lauschst dir selbst auf der Suche nach dem richtigen Wort. Wenn ich dich vor mir sehe, erscheinst du mir immer erst einmal so.
Im zweiten Bild kommst du frisch aus dem Bad und wirkst wie neu. Selbst wenn du dir nur das Gesicht gewaschen hast und es anschließend trocken rubbelst, siehst du noch eine gute halbe Stunde lang so aus, als hättest du dich von oben bis unten mit Babypuder eingerieben. Aber das ist nicht das Bild, das ich heute vor mir sehe.
Jetzt sehe ich, wie du dir, ohne Spiegel, die Haare mit den Fingern „kämmst“. Ich kann mich nicht an ein ein-

ziges Mal erinnern, wo deine Haare ordentlich gelegen hätten. Wenn ich sie hin und wieder mal mit Kamm oder Bürste bearbeite, siehst du anschließend so sehr wie ein braves Bübchen aus, dass ich sie sofort wieder gründlich zerwuscheln muss.

Wenn ich heute deine Hand nicht in meiner spüre, dann nur aus dem einfachen Grund, weil du so fürchterlich dünn bist, oder?

Kushank, gerade kommt mir eine weitere Erinnerung an dich: Es sind noch vier Tage bis zu meiner Abreise, und du schreibst mir weiterhin Briefe wie ein Berserker. Die Nacht ist schon fast rum, und du bist erst schlafen gegangen, als du das vierte Aerogramm vollgeschrieben hattest, buchstäblich, bis an die Klebränder.

Kushank: Thank you, thank you, thank you. Ich sage Thank you wie *Madhabi Mukherjee* in „Charulata". Ich kann mir keine schönere Weise vorstellen, wie man jemanden in einem fremden Land willkommen heißen könnte.

Beigefügt findest du zehn Lippenstiftküsse. Kiss them till they put you to sleep. Good night and love me as I love you.

PS Es ist jetzt Morgen, und während ich den Brief mit klarem Verstand lese, ist mir, als müsste ich den Kopf unterm Kissen verstecken. Er wirkt auf mich wie der Erguss eines pubertierenden Mädchens in der Glut ihrer ersten Liebe. Aber einer von uns beiden muss doch schließlich Liebesbriefe schreiben, oder? Und da wir beide in deinen vier Briefen praktisch nicht vorkommen, bleibt diese Aufgabe eben an mir hängen. Ungeachtet der Witze und Rückzieher, I'll stand by what I wrote last night.

Dein Abschiedsbrief war kurz:

Lieber Kushank,
vermutlich kannst du dir schon denken, was ich dir sagen will. Ich muss es dir trotzdem sagen: Ich werde dich nicht heiraten.
Ich würde gerne sagen, dass es mir leidtut. Aber jetzt, wo ich es geschrieben habe, kommt es mir völlig sinnlos vor.

Du hattest dich nicht verändert. Das Brillengestell war neu und das Haar ordentlicher, aber sonst? Ein bisschen fülliger vielleicht. Der gewohnte Pony. Ich sah dich vor einem Spiegel deinen Po mit dem Ende deines grau-blauen Saris kaschieren. Dann hast du dich wie ein Model einmal um dich selbst gedreht und mir deine verschiedenen Seiten vorgeführt.
„Wie sehe ich aus?"
„Wahnsinnig." Ich musste lachen.
„Du verlogenes Subjekt! Schau dir nur meinen Hintern an, wie der ausufert."
„Aber trotzdem wahnsinnig."
„Was, der Hintern oder ich?"
Du. Ganz ehrlich. Du bist nicht schön. Aber mit dir zusammen zu sein bedeutet, sich kampfbereit, zu allem bereit zu fühlen. Mit dir zusammen zu sein ist wie auf einem Motorrad zu sitzen und den heißen Wind im Gesicht zu spüren. Der Puls rast und alle Sinne sind geschärft. Du hast mein Leben erweitert und mich dazu gebracht, nach einer neuen Ebene in mir selbst zu suchen. Du bist sturer, zäher und launischer als ich. Wenn ich bei Verstand wäre, würde ich mir garantiert den gut gemeinten Rat erteilen, uns als Paar auf der Stelle aus

dem Gedächtnis zu streichen. Aber wer will schon bei Verstand sein?

Der schwarze BH, den du unbedingt noch vor deiner Abreise hattest kaufen wollen, schimmerte jetzt durch deine braune ärmellose Choli.

„Die Briefe?“, sagtest du.

Ich gab dir das Bündel Briefe, das ich mitgebracht hatte.

„Und meine?“, fragte ich.

Du machtest ein abweisendes Gesicht. Also nein.

„Die Briefe allerdings, die mir dein Schwager im Auftrag von Okhon geschrieben hat, die hätte ich gerne wieder. Oder wolltest du die auch behalten?“

„Nein.“

Dank dessen akkurater, wie gestochener Handschrift ließen sich die zwei fraglichen Briefe mühelos aus dem Bündel herausfischen.

Auch zu diesen zwei Briefen gibt es eine Geschichte.

Als ich Okhon vor drei Jahren kennenlernte, muss sie wohl so um die drei gewesen sein. Weil ich, wie so viele Erwachsene, nicht weiß, wie ich mich kleinen Kindern gegenüber verhalten soll, sage ich entweder „Hallo“ oder lächle nur und verziehe mich rasch wieder oder bleibe einfach schweigend sitzen.

Als ich bei dir in Baroda die Brille auf die Couch gelegt hatte, um mir die Augen zu reiben, hatte ich plötzlich das Gefühl, dass mich jemand anstarrte. Ich setzte die Brille wieder auf und sagte „Hallo“, doch da war die Erscheinung bereits wieder verschwunden.

Dann, irgendwann am Nachmittag, wollte ich mich gerade hinlegen, als die Erscheinung in einem rot-weiß karierten Röckchen erneut angehüpft kam.

„I can talk, I can talk“, sagte sie.

Ich beobachtete eine Weile, wie sie sich bewegte, und tat es ihr dann nach. Sie war einen Augenblick lang perplex.

Sobald sie aber begriffen hatte, dass ich mich nicht über sie lustig machte, war sie einfach nur entzückt, kriegte sich nicht mehr ein vor Lachen. Von dem Augenblick an waren Okhon und ich Freunde.

Später, als Okhon längst zu ihrem Vater zurückgekehrt war, saßen Shatlajs sechsjähriger Sohn Arshad und ich einmal in seinem Zimmer und spielten *Snakes and Ladders*. Er war viel weiter als ich, aber er wirkte irgendwie bedrückt.

„Na, Chef, was ist denn los?"

„Gar nix."

„Na, und ob! Komm, sag schon."

Nach einer Weile rückte er damit heraus.

„Ich hab erst in acht Monaten Geburtstag. Wenn ich richtig gerechnet habe, sind das bis dahin noch zweihundertvierzig Tage. Das heißt, mehr als eine Million Stunden. So lange halt ich das nicht aus."

„*Nanak* sagt, das ganze Dasein ist leidvoll", steuerte ich altklug bei.

„Du machst dich über mich lustig, oder?"

„Nein. Ich versuche nur, eine Lösung für das Dilemma finden."

Als er am nächsten Tag von der Schule zurückkam, fing ich ihn ab.

„Es gibt zwei Möglichkeiten: Die eine ist, allen zwölf Monaten einfach denselben Namen zu geben: Juni. Auf diese Weise würdest du zwölf Mal im Jahr Geburtstag haben. Allerdings würde sich daraus ein Problem ergeben. Wenn jeder Monat Juni ist, können dein Vater, deine Mutter und alle deine verschiedenen Freundinnen und Freunde, die nicht im Juni geboren sind, niemals Geburtstag feiern. Was ja wohl ziemlich ungerecht wäre.

Hier also die zweite Möglichkeit: aus zwölf Tagen ein Jahr machen. Das würde bedeuten, dass dein Geburtsmonat dreißig Mal im Jahr vorkäme. Außerdem würde bei dieser Lösung niemand benachteiligt werden. Du aber wärst glücklich und würdest dauernd – alle zwölf Tage – gefeiert werden."

Er ließ sich die Sache eine Minute lang durch den Kopf gehen, wobei er unverwandt auf seine Schnürsenkel starrte.

„Kushank, du bist ein Genie!"

Ich konterte mit einem bescheidenen „Thank you".

Arshad schwelgte eine Zeit lang in der geistigen Anschauung des neuen Kalenders. Fünf Minuten später meinte er dann mit leicht geweiteten Augen:

„Wenn es an meinem Geburtstag Coca-Cola regnen würde, das wäre doch stark, oder? Und bei Papas Geburtstag Goldspot, an deinem Himbeerlimonade und an Mamas Choco-cone."

Weil mir die Idee überaus gefiel, setzte ich, sobald ich wieder zu Hause war, einen Brief an Okhon auf, in dem ich ihr Arshads und meine Pläne bezüglich der Gründung einer „Gesellschaft zur Mehrung des Vergnügens auf Erden" mitteilte und sie um ihren Rat und weitere Ideen bat.

Etwa einen Monat später bekam ich von Okhons Vater folgende – kalligraphisch abgefasste – Antwort:

Lieber Kushank,

es ist nun schon mehrere Wochen her, dass ich Deinen Brief erhalten habe. Jeden Tag nehme ich mir vor, ihn zu beantworten, aber immer kommt irgendetwas anderes dazwischen. Ich bitte um Verzeihung.

Okhon wächst in einem aufgeklärten, westlich orientierten Umfeld auf. Wir versuchen, ihr in erster Linie die alles überragende Bedeutung von Vernunft und Rationalität zu vermitteln. Berücksichtigt man diesen Back-

ground, so verwundert es Dich hoffentlich nicht, dass Okhon Deine und Arshads Einfälle für eklatanten Unsinn hält?
Küsschen von Okhon.
Mit freundlichen Grüßen ...

Dieser Brief hat mich wirklich umgehauen. Dass ich mich gelegentlich wie ein Idiot benehme, ist für mich nichts Neues. Man gerät für ein, zwei Minuten aus der Bahn und ist anschließend um einiges klüger. Und wenn einige Zeit vergangen ist und man seinen Weg wiedergefunden hat, fängt man eben wieder an, sich wie ein Idiot aufzuführen. Aber sehr selten hat mich eine Sache dermaßen aus der Fassung gebracht.
Noch bevor ich auch nur den Mund aufmachen konnte, hatte man mir unmissverständlich klargemacht, dass ich mich der zivilisierten, ja, der vernünftigen Welt an sich entfremdet hatte. Zum ersten Mal in meinem Leben fühlte ich mich alt – und noch hoffnungsloser, als wenn ich vor Prutha stand.
Da beinahe unser ganzes Leben eklatanter Unsinn ist, können wir überhaupt nicht beurteilen, welche Dinge im Einzelnen nun besonders eklatanter Unsinn sind. Ich erinnere mich an „Die Brücke am Kwai". Da pflanzt sich der britische Colonel, der hilflos mit ansehen muss, wie seine Soldaten von den Japanern misshandelt werden, vor dem japanischen Lagerkommandanten auf, entfaltet die Genfer Konvention und tönt: „Ihr Verhalten gegenüber den Gefangenen ist mit dem Kriegsrecht nicht vereinbar!"
Als ich den Film zum ersten Mal sah, muss ich so um die vierzehn gewesen sein. Aber schon damals wusste ich nicht, ob ich bei dieser Szene lachen oder weinen sollte. Allen Genfer und sonstigen Konventionen zum

Trotz überbieten sich Japaner, Briten, Deutsche, Amerikaner und andere Nationen im Abschlachten von ihresgleichen, und da hat dieser Kerl doch tatsächlich die Stirn, auf irgendeine Art von „Recht“ zu pochen! Ein Regelwerk zum korrekten Totschlagen von Artgenossen dürfte es im ganzen Universum nur bei den Menschen geben.
Als Raghu nach der Hungersnot in Bihar vom Medical Camp zurückkehrte, erzählte er, einundzwanzig *tribals* seien nach einem dreizehntägigen Marsch ohne Lebensmittel im Camp eingetroffen. Obwohl Raghu und seine Kollegen sie davon abzuhalten versuchten, stopften sie sofort in sich hinein, so viel sie nur konnten. Lediglich drei von ihnen überlebten diese Mahlzeit.
In Bergmans „Licht im Winter“ will ein Fischer aus Angst vor dem Tod nicht mehr leben. Tag für Tag hockt er ganz allein da und geht nicht einmal mehr zur Kirche. Er hat gehört, die Chinesen hätten eine Kobaltbombe gebaut, mit der sich hundert Millionen Menschen auf einen Streich wegputzen ließen.
Was könnte man also da noch als „eklatanten Unsinn“ bezeichnen?

Du hast deine Briefe genommen, bist aufgestanden und hast „Bye“ gesagt. Ich blieb sitzen. Von meinem Platz aus konnte ich genau auf das *Gateway of India* sehen. Die Ironie des Geschehens lag derart auf der Hand, dass ich einen bitteren Geschmack im Mund hatte.
Wenn die Melodramatik einer Sache über ein gewisses Maß hinausgelangt und umkippt, beginne ich den Glauben an sie zu verlieren. Aber deshalb wird sie noch lange nicht weniger melodramatisch.

Regen prasselte auf das Gateway. Ein kurzer heftiger Schauer. Dann wieder schwülheiß. Und dazu der Wind, der mir ins Hemd fuhr.
Chandani, ihr Bruder und ich. Ich konnte nicht zu ihm hinsehen. Es war mir peinlich.
Er hatte einen Buckel. Deshalb musste er wie ein halb zusammengeklapptes Taschenmesser herumlaufen, konnte immer nur auf den Boden glotzen.
Irgendwann würde es vorbei sein. Eine halbe Stunde, eine ganze Stunde, anderthalb Stunden. Dann würden sie endlich aufbrechen, und ich würde mich unter dem Vorwand, noch irgendwohin zu müssen, von ihnen trennen und in die entgegengesetzte Richtung trollen.
Es war noch keine neun. Das Gateway noch völlig leer. Abgesehen vom Kichererbsen-Vala und dem Fernrohr-Vala. Damals gab es erst eines von den Dingern.
Sobald um neun oder Viertel nach das „Alibaba" aufmachte, würden wir uns dort einen Tee genehmigen. Bis dahin gab ich mir redlich Mühe, über Filme oder ähnlich neutrale Themen zu faseln. Das war nicht sehr schwierig. Und ich musste mich dazu auch nicht sonderlich anstrengen.

Manche Boxkämpfe ziehen sich über volle fünfzehn Runden hin. Oder zwanzig, weiß der Geier. Und das, obwohl schon in der vierten oder fünften Runde klar ist, wer verlieren wird. Aber der Betreffende suckelt an einer Scheibe Zitrone, oder die Glocke rettet ihn, wenn er gerade voll eine reingesemmelt bekommen hat und sich eigentlich auf die Bretter legen müsste.

Mit seinem verquollenen, überall aufgeplatzten Gesicht stolpert er auf seinen Wackelpuddingbeinen möglichst rasch in seine Ecke zurück. In der siebten oder achten Runde wäre an sich der Knockout fällig, aber der erlösende Schlag will und will nicht kommen, und wenn doch, stemmt dieser grün und blau geschlagene Muskelmann, bei dem an Mund, Brauen und Jochbeinen schon der blanke Knochen zu sehen ist, bei neun den rechten Ellbogen auf das rechte Knie und rappelt sich wieder hoch. Und auf ein Neues.

Der erschöpfte Sieger in spe schlägt weiterhin zu, zumindest immer dann, wenn er daran denkt, und der Verlierer ist bereits jenseits aller Erschöpfung. Schiebt sich im Zeitlupentempo durch eine Luft aus Schaumgummi ... komm her zu Mama, die Welt ist böse, so gemein, komm, mein Söhnchen, haben sie dich geärgert? Soll Mama sie bestrafen? Ei, ei. Wer hat Aua gemacht? Macht unserem Goldkindchen Aua! Oder: Hau ich ihn oder umarm ich ihn?

Wenn er einen Schlag auf die Backe bekommen hat, jagt er dem anderen entweder die Linke in die Fresse, oder er umklammert mit seinen aufgepumpten Fäusten seine Taille und rammt ihm den Kopf in die Brust.

Zwölfte Runde, dreizehnte, vierzehnte, fünfzehnte, achtzehnte, zwanzigste, vierzigste, fünfzigste Runde. Welche es ist, spielt längst keine Rolle mehr. Der windelweich Geprügelte wird von weiteren Treffern höchstens noch ein bisschen belämmerter. Das ist alles.

Die letzten anderthalb Jahre bin ich mir vorgekommen, als stünde ich unentwegt im Ring.

Ihr Vater hatte gesagt:

„Sie glaubt es nicht, außer Sie sagen es ihr."

Ich hatte genickt.

„Wenn ich sie Ihnen vorbeischicke, werden Sie es ihr dann klipp und klar sagen?"
„Ja."
„Thank you."
Dann hatte er die Zeche für sein Essen und meinen Ananassaft bezahlt und war zusammen mit seinem Freund, der die ganze Zeit nur stumm dabeigesessen hatte, aufgebrochen.

„Du sagst Nein?"
„Ja!"
„Endgültig Nein?"
Sie sah zu ihrem Bruder. Der Vater hatte ihn als Anstandswauwau abgestellt. Hätte er uns nur eine Minute allein gelassen, hätte ich ihr möglicherweise etwas ganz anderes gesagt, hätte vielleicht bestritten, ihr jemals irgendetwas versprochen zu haben. Oder sie hätte mich binnen einer halben Sekunde wieder behext, einen Sinneswandel bewirkt. Er nahm keinerlei Notiz von ihr.
Die Stufen des Gateway. Das Regenwasser, dem man beim Verdunsten zusehen konnte. Und die verletzte Chandani.
Ich sehe sie noch vor mir im Chaturshringi-Tempel. Im tiefschwarzgrünen Seidensari.
Schön, uneingeschränkt und unsagbar. Und nur geschaffen für diese eine Wunde. Sie würde nur ein einziges Mal verletzt werden.

Es war wohl ungefähr ein Jahr her, dass Aroti nach Delhi gegangen war. Auch bei mir lief alles planmäßig. Im College hatte ich schon ein paar Leute näher kennengelernt, richtig angefreundet hatte ich mich allerdings nur mit einem: Rakesh.

Die Englischvorlesung war vorbei und ich hatte mich zum Hörsaal für Politologie aufgemacht. Unterwegs hörte ich jemanden „Rakesh Tejani!“ rufen. Als der Ruf zum zweiten Mal ertönte, hatte ich den Eindruck, dass jemand hinter mir herlief. Ich drehte mich um, und da packte mich ein Schrank von einem Menschen auch schon am Kragen und lüpfte mich eine gute Handbreit vom Boden hoch. Meine gelegentlich durchaus vorhandene Geistesgegenwart war gerade anderweitig beschäftigt, weshalb meine mit Büchern und Heften beladene Hand ganz ohne mein Zutun gegen seinen machtvoll geblähten Brustkorb knallte. Aus meiner momentanen Vogelperspektive sah ich, wie Bücher, Hefte, Studentenausweis und Brille in verständlicher Todesangst auseinanderstoben.

Die Spitzen des gezwirbelten Ringerschnurrbarts dieses Mannes senkten sich immer wieder wie Schmeißfliegen auf meine Wange. Als er Atem holte, schienen seine rosigen Nasenlöcher mit ausgebreiteten Flügeln abheben zu wollen. Volle fünfzehn Sekunden ruhte der Atem in seiner Brust, dann ließen sich die Nasenflügel wieder behutsam auf seinem Gesicht nieder. Mein Hals war im Griff seiner Faust seltsam nach rechts verbogen.

„Lassen Sie mich runter!“

Ich musste lachen, als ich das sagte und meine fiepsig gequetschte Stimme hörte. Da ich immer noch in der Luft baumelte, hatte ich ausreichend Muße, sein Gesicht zu betrachten. Er konnte höchstens zwei, drei Jahre älter sein als ich. Er mochte zwar ein paar Fingerbreit kleiner sein, aber Bodybuilding oder Steineklopfen hatten ihm eine erstaunliche Breite geschenkt. Die trüben Augen erweckten allerdings nicht den Eindruck, als würden sie alles mitkriegen, was sich auf der Welt so tat. Offensichtlich frisch rasiert, duftete er nach Aftershave. Ich machte mir im Geist eine Notiz, ihm bei Gelegenheit zu sagen, dass er am Ohr noch etwas Seifenschaum hatte.

„Rakesh Tejani!", sagte er, nun zum dritten Mal. Sein Hals war zorngebläht. „Du Drecksau! Schämst du dich nicht, meiner Schwester nachzusteigen? Sollte mir jemals wieder zu Ohren kommen, dass du weiter mit Sita rumläufst, brech ich dir sämtliche Beine, kapiert?"

„Wenn Sie meinen Hals nicht loslassen, wird er noch vor meinen sämtlichen Beinen brechen!" Meine Stimme klang immer noch wie die eines heiseren Kranichs.

„Brechen werd ich sie! Brechen! Ich werd dir jede Rippe einzeln brechen!"

Ich hatte bereits angefangen, ihm in dieser Hinsicht blind zu vertrauen.

„Ich bin nicht Rakesh Tejani! Du Rhinozeros, kriegst du das vielleicht endlich in deinen Quadratschädel, dass ich nicht Tejani bin?"

Nachdem ich das in einem einzigen Atemzug hervorgestoßen hatte, traten mir die Tränen in die Augen.

Er verarbeitete meine Worte geradezu hörbar. Käute sie eine geschlagene Minute lang wieder, bis er die Botschaft verstanden hatte und mich fallen ließ.

Aus sicherer Entfernung schauten ein paar Kommilitonen neugierig zu mir herüber. Während ich mir wieder das Hemd in die Hose stopfte, sagte er:

„Warum hast du Scheißkerl mir das nicht eher gesagt?"

Ich hatte gute Lust, ihm eine zu scheuern, brachte aber stattdessen nur ein schwächliches „Sorry" heraus.

„Kein Problem." Er verzieh mir wie ein Mann.

„Aber wer ist dann Tejani? Mir hat nämlich jemand gesagt, dass du ... Sag die Wahrheit! Das bist doch du, oder?"

Ich wich zurück, bevor er mich wieder wie ein Karnickel in die Luft heben konnte. Und zeigte auf den Sohn des Rektors, der jenseits der kleinen Grünanlage herumstand.

„Woher weißt du, dass er es ist?", fragte er grimmig.

Ich lachte verschlagen.

„Na, wer kennt nicht das Pärchen Rakesh Tejani und Sita Ranade?"

Er verabreichte mir eine saftige Ohrfeige.

„Hüte deine Zunge!"

Und nach dieser barschen Aufforderung nahm er sofort Kurs auf den Sohn des Rektors.

Ich blieb noch kurz stehen und sah mir das Schauspiel an. Der menschliche Schrank landete drei bis vier gut platzierte Schwinger, ehe Madhav, der Sohn des Rektors, auch nur anfangen konnte, das College, Puna und ganz Maharashtra zusammenzubrüllen:

„Papa, Phadnis, Papa, Hilfe! Rettet mich!"

Und tatsächlich kamen Papa, der Bibliothekar Phadnis, ein Haufen Professoren und *peons*, Studenten, alle kamen sie angerannt, um Madhav zu retten.

Bis zum Abend wusste ganz *Shivajinagar*, dass Satish Ranade, Sitas Bruder, Prügel bezogen hatte. Als treue Gefolgsleute des Rektors hatten die Peons und *Gurkhas* ihre Arbeit über Erwarten gut verrichtet. Schließlich hatte der Rektor sogar eingreifen müssen und Satish Ranade mit in sein Büro genommen.

Weil alles Weitere in Rakeshs Anwesenheit geschah, wurden wir bereits am selben Abend mit allen einschlägigen Details beliefert.

Als der Rektor begriffen hatte, dass die Hauptursache der ganzen Geschichte Rakesh Tejani war, befahl er seinen Bütteln, den ganzen Campus nach ihm abzusuchen und ihn schleunigst herzuschaffen. Der Oberpeon Dharmadhikari erwischte Rakesh schließlich zusammen mit Sita in der Mensa.

„Darf ich, bevor ich mitgehe, vielleicht erst aufessen?"

Auf diese Frage erwiderte Dharmadhikari: „Versuch, dein Mädchen mit solchen Klugscheißereien zu beeindrucken, nicht mich, okay?"

Satish erklärte immer und immer wieder:

„Das war alles nur, weil irgendein Student behauptet hat, Madhav wäre Rakesh Tejani! Wenn ich gewusst hätte, dass er Ihr Sohn ist, hätte ich ihn nie und nimmer angerührt!"

Es ist schwer zu sagen, ob der Rektor irgendwann auf die Idee gekommen wäre, nach der Identität des verlogenen Informanten zu fragen. Aber der Bibliothekar Phadnis rettete mich aus dem möglichen Schlamassel.

„So, so! Also mit anderen Worten: Wenn es nicht der Sohn des Rektors gewesen wäre, sondern tatsächlich Rakesh Tejani, oder irgendein anderer Junge, dann hätten Sie den durchaus verprügelt, richtig? Was hat dieser Rakesh denn schon Großartiges verbrochen? Sich mit ihrer Schwester unterhalten? Ich habe heute Morgen auch mit Sita gesprochen. Wollen Sie mich jetzt auch verprügeln?"

Es kam natürlich nicht in Frage, Satish der Polizei zu übergeben. Der Direktor hatte die Peons gewarnt:

„Was auch immer er getan haben mag, es ist nicht unsere Sache, das Gesetz in die Hand zu nehmen. Betet also darum, dass sein Vater nicht Klage gegen das College einreicht."

Ich war herzlich dankbar, dass ich mit heiler Haut aus der Affäre herausgekommen war. Wenn ich auch über Satishs Demütigung aus ganzem Herzen frohlockte, beschloss ich, nicht einmal Rakesh die volle Wahrheit zu erzählen.

Aber die Geschichte war damit noch nicht zu Ende. Bis zu Chandanis Auftritt sollte noch einiges passieren.
Die nächsten vier Tage kam Sita nicht ins College. Am fünften Tag zog mich Rakesh mit einem Gesicht, als ob Vater und Mutter, Schwester sowie Onkels und Tanten väterlicher- wie mütterlicherseits kollektiven Selbstmord begangen hätten, in die Bibliothek.
„Ich muss sie sehen!"
Ich sagte Ja, würde allerdings nicht dazu beitragen, dass diese Zusammenkunft zustande käme.
„Ich überlege, ob ich zu ihr nach Hause gehen soll."
„Ja."
„Zwei ‚Jas' sind genug."
Er sprach mir aus der Seele.
„Du meinst also, dass ich die Angelegenheit unnötig aufbausche, richtig?"
„Vielleicht geht's nicht anders."
„Was soll ich bloß machen?"
Das war eine hörbar rhetorische Frage. Von mir erwartete er jedenfalls keine Antwort.
„Und ich brauche keine klugen Ratschläge!", fügte er überflüssigerweise hinzu.
„Ich hätte dir sowieso keine gegeben", sagte ich ein wenig irritiert, weil ich genau das gerade vorgehabt hatte.
„Kommst du mit?"
„Um mit Sitas Bruder Händchen zu halten?"
Er kehrte mir zornig den Rücken zu und verließ die Bibliothek.
Ich rannte hinter ihm her.
„Rakesh!"
Er stand neben der Treppe.
„Du blöder Idiot!", sagte ich.
„Also, kommst du jetzt mit?"

Abends um halb acht stand sein Motorrad, blubbernd wie ein missvergnügtes, frisch transplantiertes Herz, unter meinem Fenster. Rakesh drückte mir eine Schleuder und einen in ein Stück Papier gewickelten Stein in die Hand. Als ich sein melodramatisch besorgtes Gesicht sah, musste ich lachen.

„Hast du vor, mit ihr durchzubrennen?"

„Was du dir für einen Filmschmalz zusammendenkst!"

Er entfaltete den Zettel und hielt mir den zweizeiligen Text unter die Nase: „Wie geht's dir? Wie auch immer du es anstellst, komm morgen zu mir nach Hause! Rakesh."

Der von Rakesh ersonnene Plan war derart unausgegoren und idiotisch, dass ich ganz sicher sofort aus der Sache ausgestiegen wäre, wenn ich auch nur ein Mal in Ruhe darüber nachgedacht hätte. Aber ich fürchte, ich werde selbst noch mit zweiundsiebzig an derlei kindischen Aktionen Spaß haben.

Ich spannte prüfend die Schleuder. Dann hob ich ein kleines Steinchen auf und fragte Rakesh:

„Was soll ich treffen?"

Er zeigte auf eine etwa dreißig Yards entfernte schummrige Straßenlaterne. Als ein metallisches Klirren ertönte, klopfte ich mir selbstgefällig auf die Schulter. Wir brachen auf.

Zähneklappernd und mir ermutigende Liedchen vorträllernd, klammerte ich mich an Rakesh und suchte hinter seinem Rücken Windschutz. Er hatte in seiner warmen Lederkluft allerdings keine Probleme, drehte voll auf, bog von der Prabhat Road rechts ab und fuhr am Law College vorbei. Dann wieder rechts, erreichte die Straße, die zum *Deccan Gymkhana* runterführt, und schaltete den Motor aus. Auf der abschüssigen Straße rollte das Motorrad allein weiter. Vor Sitas Bungalow angelangt, bremste er und stellte sacht einen Fuß auf den Boden.

In zwei Zimmern des Hauses brannte noch Licht: unten im turnhallengroßen Empfangssaal und im letzten Zimmer des Obergeschosses. Rakesh zeigte mit dem Finger auf das obere. Zwei Fenster und eine Sechzig-Watt-Birne. Bei einem der Fenster war der Vorhang vorgezogen. Durch das andere Fenster konnte man einen blassblauen Türvorhang sehen, der sich in der sanften Brise träge blähte.

Rakesh warnte mich flüsternd: „Du musst unbedingt den Vorhang treffen. Sonst sind wir echt erledigt."

Da das Ziel so weit oben lag, beschloss ich, von der gegenüberliegenden Straßenseite aus zu schießen. Das Fenster war vergittert. Ich erinnerte mich an eine wissenschaftliche Untersuchung, über die ich einmal in irgendeiner Zeitschrift gelesen hatte. Bei drei von fünf Schüssen, hatte es da geheißen, trifft der Stein garantiert die Stäbe. Ich dankte Gott dafür, dass es wenigstens kein verschnörkeltes Gitter war, und legte den Stein ein.

Ich hatte gerade die Schleuder gespannt, als ein schwarzer DeSoto aus der Gasse neben Sitas Haus gebogen und auf uns zukam. Ich sagte mir, er fährt weiter, aber der Wagen blieb neben dem Motorrad stehen. Meine Füße waren bereits nass vom Angstschweiß, der mir vom Gesicht tropfte. Als ich versuchte, die Schleuder in meiner Tasche verschwinden zu lassen, ertönte akkurat das Geräusch, das ein in eine Geheimbotschaft eingewickelter, auf das Pflaster fallender Stein produziert.

„Wo bitte geht's zum Film Institute?", fragte der Fahrer des DeSoto.

Rakesh erklärte ihm seelenruhig den Weg. Nachdem er sich bedankt hatte, ließ der Mann den Motor seines Protzschlittens noch eine geschlagene halbe Minute spielen, damit wir auch hörten, was er draufhatte. Endlich rauschte er ab.

Ich machte mich sofort auf allen vieren auf die Suche nach dem Stein, als Rakesh mir leicht in den Hintern trat. Er hielt das Ding in der Hand.

„Mach mir keine Schande, Steinchen", flüsterte ich. Dann spannte ich und schoss.

Es folgten zwei Geräusche: ein gedämpftes, als der Kiesel an den Vorhang schlug, und ein hartes, als er anschließend zu Boden fiel.

Aber gerade, als ich im Begriff war, Rakesh zu umarmen und ihm „Hurra" ins Ohr zu flüstern, flammte ein sonnengroßes Licht hinter Sitas Fenstergitter auf. Noch bevor ich mich umdrehen und hinschauen konnte, ging Satish Ranades Flinte los. Die direkte Auswirkung war, dass mein durch Rakeshs Fußtritt ohnehin bereits sensibilisierter Hintern sich nun zusätzlich wie von sieben bis neun Bienen gestochen anfühlte. Der plötzlich aufkommende Schmerz war derart heftig, dass ich einen Derwischtanz aufführte.

„Dieser motherfucker hat nicht mal den Mumm, richtig zu zielen! Der hat ja einen Heidenschiss vor mir, oder was meinst du, Kushank?"

Ich konnte mich kaum noch aufrecht halten, erwiderte aber mit der mir eigenen feinen Ironie: „Aber klar doch, der scheißt sich vor Angst in die Hosen, wenn er dich bloß von Weitem sieht!"

„Also los! Was machst du eigentlich für Verrenkungen?" Rakesh sprang auf den Kickstarter und zog mich irgendwie auf den Sozius.

Frag mich mal, warum Sitas Bruder deinetwegen so gut auf mich zu sprechen ist, dachte ich bei mir, als ich verblüfft spürte, dass mein Hintern nässte.

„Ich schaff's nicht! Ich fall runter! Halt an!"

Ich kann mich nicht mehr erinnern, ob der Schmerz wirklich so unerträglich geworden war oder ob ich mehr

über die Erkenntnis entsetzt war, dass die Nässe von Blut herrührte.
Rakesh aber fuhr unbeirrt weiter.
„Kushank, nur noch zwei Minuten. Ehrlich. Ich zähl bis hundertzwanzig. Fall so lange bitte nicht runter!“
In meinem inneren Ohr ertönte Jane Fondas Stimme: „Driver, drive slow, we are in a hurry.“
Als die Maschine endlich stand, machte ich die Augen wieder auf. Rakeshs Motorrad hatte mich, unter Mitwirkung der schlaglöcherigen Straßen, glatt püriert. Ich hatte es noch nicht geschafft, innerhalb dieses diffusen Breis meine Hände, Füße und den stechenden Schmerz zu lokalisieren, als ich mich auch schon auf der Entbindungsstation wiederfand.
Bäuchlings auf dem OP-Tisch liegend, fragte ich Moina: „Was mach ich hier eigentlich?“
„Na, ein Baby kriegen natürlich!“
Ich lachte herzlich und ließ mich in die zärtlichen Arme der Narkose fallen.
Moina puhlte aus meiner linken Arschbacke sage und schreibe exakt sieben Kugeln. Ich traute meinen Ohren nicht.
„Aber ich hab doch nur einen Schuss gehört.“
„Er hat mit einer Schrotflinte auf dich geschossen. Rehposten. Jede Patrone enthält acht bis zwölf Kugeln.“
„Und wo sind die restlichen abgeblieben?“
„Ich werde Sitas Bruder fragen und es dir dann sagen.“
Moina lachte und ging.
Die nächsten Tage verbrachte ich in Rakeshs Haus. Wir waren nur drei Leute in diesem großen Bungalow, alle drei die meiste Zeit stumm: die seit dem Tod des Vaters nicht mehr ganz zurechnungsfähige Mutter, der – da Sita sich nicht blicken ließ – verzweifelte Rakesh und ich. Blieb nur noch Moina, Rakeshs Schwester. War sie da,

konnte ich es nicht erwarten, dass sie wieder ging, war sie weg, dann, dass sie wiederkäme.
„Los, Kushank, raus aus der *lungi* und auf den Bauch gelegt! Ich will jetzt sehen, wie tapfer du bist. Sei ein Held und denk an Hannibal und Attila, den Hunnen, und tritt der Frau Doktor nicht aus Versehen in den Bauch, wenn's zu wehtut!"
Fiel der Verbandwechsel allzu schmerzhaft aus, zerwuschelte sie mir das Haar und fragte: „Bist du jetzt sauer auf mich?" Und ging.
Sie kam zwei-, dreimal am Tag auf ihrem Scooter vorbei. Zweimal zum Essen und das dritte Mal, um mich zu verarzten. Sie war dauernd in Hetze, weil sie als Assistenzärztin der Chefin des Entbindungsheims ständig zur Hand gehen musste.
„Kushank, hör auf, an deinem Hintern rumzufummeln. Du brauchst ihn auch nicht festzuhalten. Er läuft schon nicht weg."
Als ich dann beschämt die Hand wegnahm, rief sie gespielt aufgeregt:
„Oh je, schau nur, deine Binde ist runtergefallen!"
Erschrocken griff ich mir wieder an den Hintern. Alles war so, wie es sich gehörte, und Moina trällerte zufrieden: „Sag mir, wo die Löcher sind, wo sind sie geblieben ..." Woraufhin ich wütend die Tür hinter ihr zuknallte.
Als sie einmal zum Verbandwechseln heimgekommen war, hatte sie schon vom Flur aus gerufen: „Halbarsch, he, Halbarsch! Schau nur, was ich Feines für dich mitgebracht habe!"
Da war die Frau auch schon in meinem Zimmer.
„Eine neue, absolut innovative Binde für die gewissen Tage! Völlig untouched by human hand! Krönung der modernen Forschung und Technologie! Noch saugfähiger! Weil nicht aus Baumwolle, sondern aus Zellulose.

Noch sicherer! Und zwar, weil unter unserem hochwertigen Qualitätszellstoff eine himmelblaue Plastikfolie zusätzlichen Schutz gewährt. Außergewöhnlich leicht! Wie eine Blüte. Und Wunder über Wunder: ohne Bändchen! Selbstklebend!"

Als ihr Werbespot zu Ende war, hatte sie auch schon die Schachtel auf mein Bett geworfen, mich umgedreht und sich an die Arbeit gemacht.

Als ich mich am selben Abend im Garten erging, sah ich Sita in Begleitung eines anderen Mädchens ankommen. Ich stürmte ins Haus, um Rakesh die frohe Botschaft zu überbringen, und verzog mich dann auf mein Zimmer. Von unten drangen die Stimmen von Rakesh und Sita herauf. Mir war mit einem Mal ganz öde und leer zumute. Draußen schwang sich gerade ein Papagei aus einem Mangobaum und verschwand in Richtung Sonnenuntergang. Ich musste an Moina denken. Es waren noch gut zwei Stunden, bis sie zum Abendessen heimkommen würde.

„Kushank!" Rakesh trat ins Zimmer. „Du musst mit runterkommen."

„Lass gut sein! Was soll ich dort?"

„Wenn du mit runterkommst, kauf ich dir einen Roman deiner Wahl. Versprochen! Sita will dich sehen."

„Ich komme sicher nicht in einer Lungi runter, und wenn du dich auf den Kopf stellst! Und erzähl mir keine Märchen. Sita will mich bestimmt nicht sehen. Du würdest dich doch gar nicht erst hier raufbemühen, wenn du nicht etwas anderes von mir wolltest."

„Ein Freund, ein guter Freund ...", schmachtete er mich mit bollywoodreifem Schmelz an. „Oh Kushank! Please! Yaar! Es ist eine Frage von Leben und Tod. Es geht um eine wirklich gefährliche Sache. Bring ein Opfer für deinen Busenfreund, deinen Weggefährten, deinen Nach-

barn und alten Ego!“ Fremdwörter waren nicht unbedingt seine Stärke.
„Ach, bleib mir doch mit deinem Gesülze vom Leib! Bring das lieber da unten an, bei ihr!“
„Hör zu, du Esel: Sita hat eine Freundin mitgebracht, ein Mädchen aus Indore. Wenn sie dabei ist, können wir nicht ein einziges persönliches Wort reden. Wenn du runterkommst, kann ich mit Sita ein wenig in den Garten gehen und dort in Ruhe mit ihr sprechen.“
Ich folgte ihm schweigend nach unten.
Sita fragte: „Wie geht's, Kushank?“
Ich fragte mich sofort besorgt, ob sie nicht vielleicht Bescheid wusste, und konnte mich gerade noch beherrschen, mir nicht an den Hintern zu fassen.
„Wie sehe ich aus?“
„Wie der Fleischhändler um die Ecke“, sagte sie und machte mich mit ihrer Freundin bekannt.
Durch Sitas Vergleich geringfügig verunsichert, reckte ich den Hals, um den Namen ihrer Freundin mitzukriegen.
„Hallo, Sanaatani“, sagte ich und fragte mich weiterhin, ob sie nicht möglicherweise doch Bescheid wusste. Sita und ihre Freundin fingen augenblicklich an, wie die Gänse zu kichern, und ich griff in Panik an mein Hinterteil. Aber sie bekamen das gar nicht mit. Sitas Freundin lief schon das Wasser aus den Augen, so sehr lachte sie.
„Nicht Sanaatani, Chandani!“, erklärte Sita schließlich. „Rakesh wartet bei seiner Mutter auf mich. Ich geh sie nur schnell begrüßen und bin in zwei Minuten wieder zurück.“
Als Folge dieses wahnsinnig geschickten Manövers blieb ich mit der – weiterhin mit dem Grinsen kämpfenden – Chandani allein im Raum. Da sie sich wegen meines Hammelschlächter-Aufzugs vermutlich fragte, was ich

wohl von Beruf war und was ich hier zu suchen hatte, gab ich mir die größte Mühe, trotz Lungi einen möglichst souveränen Eindruck zu machen.
Ihr rosiger Teint bewies überzeugend, dass ihre Blutzirkulation einwandfrei funktionierte. Feine, kühne und formvollendete Nase. Ärmellose Choli. Da sie saß, war sonst nicht viel von ihr zu erkennen, aber sie war wirklich atemberaubend schön.
Sie lehnte sich nicht auf der Couch zurück, sondern saß kerzengerade da. Ich war sicher, dass sie auch kerzengerade ging und überhaupt alles kerzengerade tat. Sie wirkte auf mich wie ein Wesen aus höheren Sphären. Sie hatte ihre Schönheit derart verinnerlicht, dass sie sich ihrer überhaupt nicht mehr bewusst war. Wenn man den Mut aufgebracht hätte, ein Gespräch mit ihr anzufangen, wäre sie augenblicklich in einen Zustand hundertprozentiger Harmonie mit einem verfallen und hätte nur noch anmutig, halb offenen Mundes, gelauscht. Diese vollkommene Unschuld machte mich gleichzeitig argwöhnisch und befangen.
Ich fragte mich zunehmend gequält, wie lange wir wohl noch schweigend dasitzen würden. Als mir trotz aller Bemühungen kein Gesprächsthema einfallen wollte, sagte ich schließlich:
„Möchten Sie Musik hören?"
„Was haben Sie denn für Musik?"
Ich stand auf, holte den Schuber mit den Schallplatten und legte ihn neben sie auf die Couch. Sie sagte, sie würde gerne „My Fair Lady" hören. Ich legte die Platte auf und drehte mich um.
Sitas Freundin gab sich die größte Mühe, nicht nach unten zu schauen. Moinas innovative, ja, revolutionäre Monatsbinde hatte ihr Recht auf Selbstbestimmung wahrgenommen und sich in ihre Einzelteile aufgelöst. Wel-

chen Weg ich zum Plattenspieler genommen und wo genau ich die Füße hingesetzt hatte, verrieten etappenweise die Qualitäts-Zellwatte, die hochwertige himmelblaue Plastikfolie und zuletzt die blütenleichte, transparente Papierhülle. Ich vergewisserte mich unwillkürlich, dass wenigstens der Klebestreifen noch an seinem Platz war, und verließ fluchtartig den Raum.

Ich war bereits am ersten Tor des Fergusson College und am Svarvihaar vorbei, und trotzdem war die Frau nirgendwo zu sehen. Ich hatte sie verpasst, und dann war sie plötzlich doch da, fuhr gerade an „Kanade's Classes" vorbei, Repetitorien en gros und en detail.

Drei geschlagene Tage lang hatte ich auf sie gewartet, und kaum ging ich gerade mal für eine halbe Stunde Luft schnappen, schon war sie da.

„Chandani!"

Sie sah stur nach vorne. Wie gewöhnlich. Wenn sie Rad fuhr, bekam ihr Gesicht etwas frettchenhaft Konzentriertes. Kopf erhoben. Und natürlich überhaupt kerzengerade. Wegen der abschüssigen Straße hielt sie die Füße ganz ruhig auf den Pedalen.

Als ich sie eingeholt hatte, trat ich auf die Bremse.

„Chandani!"

Da wachte sie auf. Lächelte leicht um die Augen.

„Wollen wir heimfahren?", fragte sie.

„Zu dir oder zu mir?"

„Weder noch. Zum Chatursbringi-Tempel."

Ich streckte den rechten Arm aus und wir kehrten um. Bis wir das Agricultural College erreicht hatten, war es dunkel. Als ich plötzlich merkte, dass Chandani von meiner Seite verschwunden war, machte ich eine Vollbremsung. Sie stand neben ihrem Rad, ein paar hundert

Yards hinter mir. Der Saum ihres seidenen Saris hatte sich in der Kette verwickelt. Nachdem Chandani es vergeblich versucht hatte, bemühte ich mich, den Sari aus der Kette loszukriegen. Wahrscheinlich machte ich die Sache in der Dunkelheit nur noch schlimmer.
Chandani und ich auf der Straße. Sie mit dem Sari am Rad festgebunden. Ab und an blendeten uns die Scheinwerfer eines herankommenden Autos und verschwanden dann wieder.
Wind kam auf und blähte die schwere Seide von Chandanis Sari. Dann war ein reißendes Geräusch zu hören, und Chandani war wieder frei. In meiner Hand ein Fetzen Seide.
„Oh God!", entfuhr es mir.
Tief-, ja schwarzgrün. Flaschengrün. Einfach tief und schwer. Ein wilder, undurchdringlich dschungeldichter Sari, wie ihn nur Chandani tragen konnte.
Ich setzte mich auf den Asphalt.
„Was ist los?"
„Es wäre besser gewesen, wenn du nicht so gezerrt hättest", sagte ich.
„Ich werde den Sari für dich reparieren. Ich werde ihn so kunstvoll flicken, dass nicht mal du es siehst."
Und dann löste sie die Sicherheitsnadel, die anstelle eines Knopfes den Ausschnitt ihrer Choli zusammengehalten hatte, und heftete damit den abgerissenen Stoffstreifen am Sari fest.
Da es am Fuß des Chatursbringi-Hügels nachts stockfinster war, hatte die Stadtverwaltung dort eine hohe gelbe Straßenlaterne aufstellen lassen. Als wir die Räder daran anlehnten, fragte Chandani: „Sollen wir gleich rauf?"
Weil sie sah, dass ich zögerte, sagte sie: „Lass nur. Ich komm ein andermal allein wieder her, um die Göttin zu sehen."

Ein paar Kinder kamen angerannt und riefen:
„Kaufen Sie für vier Annas Blumen, dann wird die Göttin Ihnen Kinder schenken!“ Sie hefteten sich an unsere Fersen.
Während wir die Stufen hinaufstiegen, fragte Chandani:
„Wann bist du zurückgekommen?“
„Am Einunddreißigsten abends.“
„Warum bist du dann nicht am Ersten bei mir vorbeigekommen?“
Mein Fuß blieb in der Luft hängen.
„Sollte ich zu dir kommen oder vielmehr du zu mir? Du wolltest vorbeikommen, um mir happy new year zu wünschen. Deswegen bin ich doch extra am Einunddreißigsten aus Bombay zurückgekommen! Und nachdem ich drei Tage lang auf dich gewartet habe, verlangst du jetzt von mir eine Erklärung! Das ist wirklich ein starkes Stück!“
„Wie ernst du das alles nimmst! Oma ging's nicht gut, deshalb konnte ich nicht kommen.“
Als wir fast auf halber Höhe waren, verließen wir die Treppe und setzten uns auf den Hang. Ich reckte alle fünf Minuten den Hals, um unsere Fahrräder im Auge zu behalten.
Sie hatte die Ellbogen auf die Knie gestützt, das Kinn in die rechte Hand.
„Möchtest du lieber unten warten? Dann kannst du besser auf die Fahrräder aufpassen.“
Einen Augenblick lang zog ich ihren Vorschlag ernsthaft in Erwägung. Währenddessen wartete sie ebenso ernsthaft auf meine Antwort. Dann lachte sie süß, damit ich kapierte, dass es ein Witz gewesen war.
„Dann kannst du von dort aus mit mir reden und gleichzeitig die Räder bewachen. Du brüllst mir eine Frage hoch und ich brülle die Antwort zurück. Wie wär's?“

Der Wind machte sich allmählich unangenehm bemerkbar. Er schlich sich erst langsam und sacht an. Dann strich er uns plötzlich hart um die Lider, blähte die Kleider auf und verschwand wieder. Kaum hatte sich die Gänsehaut wieder gelegt, kam er zurück und startete eine neue Attacke.

„Bist du schon jemals ganz oben gewesen, um die Göttin zu sehen?“

„Nein.“

„Und auf dem Parvati-Hügel?“

„Als Kind.“

„Und seit du erwachsen bist, gehst du nicht mehr zum Tempel?“

„Bei uns zu Hause haben wir mit Göttern und Tempeln nie viel am Hut gehabt.“

Die Fetzen ihres zerrissenen Saris flatterten im Wind. Plötzlich machte mich diese Göttin seltsam neugierig. Wer hatte sie wohl auf diesem Hügel angesiedelt?

Chandani war tief in Gedanken versunken.

„Ich glaube an die Göttin.“

Ich hatte nicht die leiseste Ahnung, warum sie das sagte. Aber ich hielt es für besser, nicht darauf zu antworten. Also erwiderte ich nur: „Okay.“ Dann: „Wie sieht sie denn aus, deine Göttin?“

„Hässlich. Abgrundtief hässlich. Sie durchbohrt dich mit den Augen und nagelt dich an der Wand fest – so hässlich ist sie. Willst du sie sehen?“

Ich schüttelte den Kopf.

Sie lachte.

„Ach komm, um die Göttin zu sehen, brauchst du nicht an sie zu glauben!“

„Ich beschreite nicht den Weg der Götter“, erklärte ich pompös.

„Warum? Because you find them irrational?“

„Nein. Ganz und gar nicht. Ich halte Götter und sonstige abergläubische Vorstellungen für die wichtigsten Ausdrucksformen menschlicher Vernunft."
Sie wandte mir plötzlich das Gesicht zu und argwöhnte offensichtlich, dass ich mich über sie lustig machte.
„Du willst mich auf den Arm nehmen."
„Nein." Ich lachte.
„Ich habe schon viele Ansichten über Götter und Aberglaube gehört. Aber deine ist mir völlig neu. Ich verstehe nicht, wie du das meinst."
„Forget it. Es würde dich nur langweilen."
„Sei bloß nicht so überheblich. Ich möchte es verstehen."
„Ach, komm. Reden wir von etwas anderem. Mir ist gerade nicht danach, philosophische Vorträge zu halten."
„Was zierst du dich denn so?"
Da es offenbar keinen Zweck hatte, weiter Ausflüchte zu machen, sammelte ich meine Gedanken und dozierte los: „Im Anbeginn der Welt, so dürfen wir annehmen, musste sich der Mensch mit den Elementen und den Naturgewalten auseinandersetzen. Sie kamen und gingen. Sie waren um ein Vielfaches mächtiger als er. Aber was sein seelisches Gleichgewicht am meisten störte, war deren Unberechenbarkeit und Ambiguität. Dieselben Dinge, die seine Not linderten, seine Bedürfnisse befriedigten, ihm ermöglichten zu überleben, ihn gedeihen ließen – ebendiese Dinge konnten ihm ohne Vorwarnung, mir nichts, dir nichts, alles wieder wegnehmen oder ihn ganz und gar vernichten. Wolkenbrüche verursachten Überschwemmungen. Gnadenlose Hitze führte zu Hungersnöten und Feuersbrünsten. Der Mensch brauchte ganz einfach eine geordnete, systematische, geregelte Welt, in der Ursache und Wirkung in einem eindeutigen, unumkehrbaren Verhältnis zueinander standen. Reicht das jetzt?"

Einen Augenblick lang begriff sie nicht, wie mein letzter Satz mit den vorangegangenen Ausführungen zusammenhing.

„Nein. Und fall dir bitte nicht selbst ins Wort, okay?"

„Eines aber begann für ihn, neben all diesen beängstigenden Dingen, mehr und mehr in den Vordergrund zu treten: der Tod. Ein Mensch, mit dem man noch fünf Minuten zuvor gesprochen hatte, verstummte plötzlich für immer. Wie sehr man sich auch bemühte, ihn ins Leben zurückzuholen, wie sehr man ihn auch anflehte oder ihm Tritte verabreichte – er wachte nicht mehr auf. Wenn es für all das nur einen vernünftigen Grund gegeben hätte, wäre alles in Ordnung gewesen.

Jahrtausende vergingen und der Mensch dachte nach. Schließlich entdeckte er den ersten, von nichts mehr ableitbaren Grund. Gott. Über alles erhaben, allmächtig und allgegenwärtig. Gott übernahm für alles die Verantwortung, und dem Menschen wurde leicht ums Herz. Weil wir Gott verärgert haben, deshalb also der gestrige fürchterliche Wirbelsturm. Weil Suresh gestern keine Puja gemacht hat, ist Gott auf ihn sauer geworden und hat ihn mit einem Blitz erschlagen. Aber ich habe ihn doch gestern morgen mit eigenen Augen noch Puja machen sehen! Na und, ist doch vollkommen klar: Er war nicht mit dem Herzen bei der Sache. Das kommt eben dabei heraus, wenn man solch heilige Handlungen aus Eigensucht und Habgier vollzieht!

Nach und nach kam so alles unter Kontrolle. Die großen Katastrophen nahm Gott unter seine Fittiche, während die kleineren, häuslichen in den Zuständigkeitsbereich des Aberglaubens fielen: Schau nicht in die verfinsterte Sonne, kreuz nicht den Weg einer Katze, und so weiter."

„Du machst dich doch mit alldem, was du eben gesagt hast, über mich lustig, oder?"

Ich warf ihr einen bedeutungsvollen Blick zu und sagte: „Nein, das ist einer der vielen Widersprüche in meinem Leben. Es gibt für mich nur einen Grund, gegen den Aberglauben zu kämpfen: weil er mich so stark anzieht."
Auf dem Rückweg sagte sie kein einziges Wort. Ich hatte sie eigentlich fragen wollen, ob wir uns am nächsten Tag sehen würden. Aber nach meiner tiefschürfenden Rede wäre es mir wie ein schwacher Abgang vorgekommen.

Wenig später, nachdem wir uns bei Rakesh kennengelernt hatten, immatrikulierte sie sich an unserem College. Drei Jahre lang studierten wir zusammen, aber erst in den letzten beiden begann ich, mich ernsthafter für sie zu interessieren. Ich fühlte mich zu ihr hingezogen. Gleichzeitig aber veranlasste mich etwas, einen gewissen Abstand zu wahren.
In diesen zwei Jahren hat Rashid sie nur ein einziges Mal für wenige Minuten gesehen. Anschließend sagte er lange nichts. Rashid, mein sporadisch aufkreuzender südafrikanischer Freund. Laut, großmäulig, Hansdampf in allen Gassen, ein Devisenspekulant, im Untergrund kämpfender Studentenführer und Teilzeit-Casanova.
„I don't know how to say this, Shank. So was ist mir noch nie passiert. Aber ich schätze, you've got to be clean, really clean, if you're going to touch that girl."
Zwei Tage später bekam ich einen Brief von ihr.

Lieber Kushank,
ich habe den Glauben an meine Göttin nicht verloren. Willst du mich heiraten? Ich komme heute Abend zu dir aufs Zimmer. Leg dir bis dahin eine Antwort zurecht.
Deine Chandani

PS I may be romantic, Kushank, but not about the man with whom I want to spend the rest of my life. Vergeude also bitte keine Zeit mit deinem üblichen Gerede. Und noch eins: Solange wir beide nicht auf eigenen Füßen stehen, werden wir nicht heiraten. Versprochen. Du wirst dir also andere Ausflüchte einfallen lassen müssen.

Von mir aus hätte ich es noch in vier oder fünf Jahren vielleicht sogar mein Leben lang – nicht fertiggebracht, sie zu fragen. Nicht nur der Abstand zwischen Mund und Bauch ist gewissen Schwankungen unterworfen, auch mit dem Selbstbewusstsein ist es so eine Sache. Rechnet man ein gegen Null strebendes Selbstwertgefühl sowie vier Zentner ausgewachsene Minderwertigkeitskomplexe hinzu, dann wird Chandani zur unerreichbarsten Sache der Welt.
Eine schlichte Einsicht hat mir auch in späteren Jahren immer wieder gute Dienste geleistet: Was nicht befriedigt werden kann, ist auch kein wirkliches Bedürfnis. Wann immer mir diese Faustregel einfiel, habe ich mich brav nach ihr gerichtet. An meinem Verlangen nach Chandani hat das allerdings nichts geändert.

Als wir endlich aufbrachen, war es eins, vielleicht auch schon zwei. Die siebenhundert Milliarden Watt helle Sonne zwei Fingerbreit über dem Kopf und der Himmel ein hauchdünn ausgewalztes glühendes Stahlblech. Es konnte jeden Augenblick einreißen und scheppernd herunterkrachen.
Eine halbe Stunde vorher hatte Chandani gefragt:
„Soll ich dir heute meinen Lieblingsort zeigen? Ich bin schon seit Ewigkeiten nicht mehr in Vitthalvadi gewesen. Wollen wir zusammen hin?“

Ich hatte unüberlegt Ja gesagt, war mir jetzt allerdings sicher, dass uns unterwegs wenigstens ein, zwei Reifen platzen würden – von einschlägigen Hitzeschäden bei Chandani und mir ganz zu schweigen.

Bis wir beim Parvati-Hügel rechts abbogen, gab es nur wenig Verkehr. Ab da überhaupt keinen mehr. Gelegentlich ein paar Tupfer Schatten, aber auch der schien völlig ausgeglüht. Noch ehe wir in Vitthalvadi ankamen, qualmte ich aus den Nasenlöchern wie ein mit Dampf betriebener Drache. Aber die Fahrt verlief immerhin glatt. Chandani war rot wie eine Tomate.

„Na, was habe ich dir gesagt? Ist das nicht ein himmlisches Fleckchen Erde? Komm, lass uns erst ein bisschen die Füße im Wasser kühlen. Dann gehen wir in den Tempel."

Im Schatten eines Mangobaums hinter dem Tempel schlossen wir unsere Räder ab und gingen zum Fluss.

Von dem Augenblick an, als meine Füße ins Wasser tauchten, mochte ich Vitthalvadi. Klein, intim, ohne jedes Brimborium, eine Andachtsstätte im wahrsten Sinne des Wortes. Chandani stand, den Saum des Saris gelüpft, schweigend im Fluss und kühlte sich die Füße. Mir war auch nicht nach überflüssigen Worten zumute.

Ungefähr fünfzehn Yards weiter stromabwärts spülte ein Priester seine wenigen liturgischen Kupfergerätschaften: Lämpchen, Schalen und eine Platte. Die Sachen hatten dieselbe Farbe wie seine *dhoti*. Chandani meinte:

„Wenn ich mal heirate, will ich mich von Kopf bis Fuß mit Kupfer schmücken, blank poliert mit Tamarinde. Selbst wenn es über und über funkelt, ist Kupfer voller Schatten."

Wir ließen unsere Füße auf einem Felsen trocknen, zogen unsere Chappals wieder an und setzten uns unter den Mangobaum. Der einzige Schatten, den es hinter dem Tempel gab, war der unter diesem einen Baum. Sonst überall nur das hohe sonnengelbe Gras. Nach etwa fünf Minuten tauchte ein kleiner Junge auf. Kam auf mich zu, zögerte. Schließlich nuschelte er:

„Der hat gerufen."

Ich fragte: „Was?"

Er wiederholte, ohne aufzusehen: „Hat gerufen ... er Sie."

„Wer lässt mich rufen?"

„Der dort!" Er wies mit dem Finger in Richtung Tempel.

„Warum?"

„Er sagt, Sie sollen mit der Frau kommen."

Er führte uns zum Tempelvorplatz. Da stand ein Polizist, einen Fuß schräg aus der Sandale gezogen, das Koppel über die Schulter gehängt. Einen Augenblick lang dachte ich, ich hätte vergessen, die Zulassung für mein Rad zu verlängern. Aber das Ding war ja gemietet. Es würde schon alles in Ordnung sein.

„Los, ab auf die Wache!", sagte der Polizist. Bevor der Junge unauffällig das Weite suchen konnte, bellte er ihn zurück: „He, du, schön hier geblieben! Für dich gibt's noch Arbeit."

„Warum denn auf die Wache, was sollen wir da?"

„Kommt ihr jetzt mit oder nicht?"

„Wir kommen nicht mit."

„Nun schau sich das einer an! Nicht zu fassen. Erst so was machen und sich dann widersetzen."

„Was sollen wir denn gemacht haben?"

„Habt ihr vielleicht nicht in aller Öffentlichkeit rumgemacht? Nicht die Hand ein bisschen wandern lassen? Schamloses Pack! Direkt am Tempel, im Angesicht Gottes, und dann fragt er noch, was er gemacht hat! Wenn sie wenigstens deine Frau wäre, dann hätte ich ja noch mal ein Auge zugedrückt. Aber ich seh kein *mangalsutra* und sonst auch nichts. Und wie sie im Fluss alles hochgehoben hat, da hab sogar ich die Augen vor Scham abwenden müssen. Aber das war dem jungen Herrn ja noch nicht genug! Ihr habt euch hinter dem Tempel umarmt, und wie du gerade auf die Frau draufsteigen willst, hat mich der Junge gerufen. Da fragt er noch, was sie gemacht haben! Fragt nur, fragt, so viel ihr wollt, aber die Antworten gibt's auf der Wache!"

„Sie lügen!"

„Ein Wachtmeister und lügen? Ich stopf dir dein unverschämtes Maul! Ich bin vielleicht alt, aber eine Brille brauch ich deswegen noch lange nicht! Und was ist mit dem Jungen da? Braucht der vielleicht auch eine Brille? Oder hat der geträumt? Sagt ‚Lügner' zu einem Wachtmeister! Das werd ich mir merken! Auf der Wache plaudern wir weiter. Ich mach dich fertig."

Ich sah mich nach dem Priester um. Er war in der Hitze verdunstet, und an seiner Stelle erschien mir plötzlich Chandanis Vater. Obwohl ich ja noch gar nicht wusste, wie der aussah.

Als ich hörte, dass sie es ihrer Familie erzählt hatte, fuhr ich sie an: „Aber wir hatten doch beschlossen, es einstweilen für uns zu behalten!"

„Bist du jetzt wirklich böse auf mich?" Sie sah mich beunruhigt an.

„Ein bisschen. Ich versteh einfach nicht, was die Eile soll. Das Ganze ist auch für uns beide noch so neu, dass ich es fast vor mir selbst geheim halten möchte. Nicht nur du, ich selbst bin mir schon fast ein bisschen unheimlich! Ich fühle mich so, als ob mir Geheimnisse enthüllt oder neue Mantras offenbart würden. Wenn wir nicht beide aufpassen und die Sache in Ruhe wachsen lassen, dann sitzen wir irgendwann da und haben das, was sich

gerade zwischen uns zu entwickeln beginnt, für immer verloren."
Sie nahm meine Hand.
„Als du ‚Ja' gesagt hast, war ich derart selig, dass ich nachts nicht schlafen konnte. Ich wollte alle selig machen. Meine Mutter, Papa, dich, alle. Da habe ich wohl einen Fehler gemacht, oder?"
Ich schämte mich wegen meiner Feigheit.
„Ach, vergiss es. Das ist eine meiner Lieblingsbeschäftigungen – Mücken in Elefanten zu verwandeln."
Fünf Tage später kam Chandani abends gegen halb neun zu mir aufs Zimmer. Sie war käseweiß.
Ihr Vater war für ein paar Stunden aus Indore gekommen, um sie, wie er sich ausdrückte, „zur Einsicht zu bringen". Er hatte mit Engelszungen auf sie eingeredet.
„Chandani, das ist nur eine Kleinmädchenschwärmerei. Schon bald wird dir das nicht mehr genügen, und du wirst ihn verlassen und dir jemand anderen suchen!"
Je älter man wird, desto bereitwilliger glaubt man seinen eigenen Lügen.
Chandani redete hastig weiter, stolperte über ihre eigenen Worte.
„Bis vorhin hat er auf mich eingequasselt. Immer und immer wieder hat er gesagt, dass er sich mir nie in den Weg stellen würde. Aber es hätte nicht den geringsten Sinn, so etwas zu überstürzen. Ich habe ihm gesagt, ich hätte überhaupt keine Eile. Da hat er gelacht und mich umarmt. ‚Dann wirst du ihn also nicht mehr treffen, bis deine Prüfungen vorbei sind?' Eine geschlagene halbe Stunde hat er mich deswegen bearbeitet. Aber ich habe nicht Ja gesagt. Als er schon gehen wollte, hat er mich noch einmal umarmt und gesagt: ‚Chandani, über gewisse Dinge rede ich nicht gern. Aber von dir soll niemand später behaupten können, du wärst unfähig gewesen,

der Wahrheit ins Gesicht zu sehen. Er scheint dir über seine Familie nicht alles erzählt zu haben. Bevor ich hergekommen bin, habe ich über die Purandares detaillierte Auskünfte eingeholt. Was ich erfahren habe, war sehr aufschlussreich. Das ist keine gute Familie. Kushank und sein Bruder sind nicht die leiblichen Kinder ihres Vaters. Und ihre *maushi* geht in Bombay auf den Strich."
Chandani starrte mich an.
„Kushank, das ist doch nicht wahr, oder?"

An der Ecke der Hindu-Kolonie. Es hat einundzwanzig Uhr geschlagen. Meine Tante promeniert die Straße entlang, die Lippen blutrot geschminkt und die Wangen rosa vom Puder. Plötzlich verdreht ihr mein Vater den Arm und tritt ihr ins Kreuz.
„Her mit dem Geld, Nutte!", zischt er. Doch mein kindliches Gemüt versteht nicht, was ich sehe.
Dann, viel später, wallfahre ich eines Nachts als durstiger Pilger der Liebe zur Stätte der Erquickung und finde eine Perle in einem Dunghaufen.
„Kushank!" In der Dunkelheit sieht mir meine Maushi forschend ins Gesicht. „Oh Gott, wie konnte das nur geschehen?" Sie drückt mich an ihre Brust. Mit Mühe die Tränen zurückhaltend, sagt sie: „Hab keine Angst! Ich bin nicht die Einzige hier in der Gasse. Komm, ich bring dich zur Rama!"

„Schon möglich", sagte ich zu Chandani und verließ das Zimmer.

Ich schaute wieder zum Wachtmeister hinüber. Er war älter als mein Vater. Nach jedem zweiten Satz strich er mit der rechten Faust über seinen borstigen

Schnurrbart. Diese schlichte Handlung schien ihm ein sinnliches Vergnügen besonderer Art zu bereiten. Plötzlich klappte sein Mund wie ein Schnappmesser auf, und eine lange Schlange aus betelrotem Rotz spritzte neben meinen Füßen auf den Boden.

Seine Waden waren eng in khakifarbene Gamaschen geschnürt. Darüber ein knotiges Netz von Krampfadern. Aber das nahm ich alles nur am Rande wahr. Meine Augen wichen nicht von seinem Gesicht. Er quasselte immer noch. Sein kriegerischer Schnurrbart war von Tabaksaft vergilbt. Er begann, allmählich vor meinen Augen zu verschwimmen.

„Los! Ich hab nicht den ganzen Tag Zeit! Ich hab noch tausend andere Dinge zu erledigen! Gehen wir jetzt, oder was?“ Und zwirbelte dabei seinen Schnurrbart.

Ich schätzte ihn auf drei Söhne und zwei Töchter. Und vier bis fünf Enkel, seit bestimmt schon sieben Jahren. Mein Magen würgte an gallengelbem Tabak. Aber nicht so sehr, dass ich mich hätte übergeben können. In meinem Bauch, meinem Mund, meinen Augen war nichts.

Ich zog meine Geldbörse aus der Tasche. Fand darin drei Rupien und fünfunddreißig Paise.

„Nächstes Mal kommt ihr mir nicht so billig davon!“

Über die Jahre sickerte Vitthalvadi immer tiefer in mich hinein. Es gibt nur wenige Dinge, die einen selbst im Erwachsenenalter nachhaltig prägen können; eines davon war für mich, wie ich jetzt weiß, Vitthalvadi. Aber wenn ich mich auch an alles haargenau erinnere, verstehe ich es nach wie vor nicht.

Einmal, viel später, sind du und ich nach einer langen Wanderung durch Bombay spätabends zu deinem Zimmer zurückgekehrt. Du hast die Tür zugemacht und dich aufs Bett gesetzt. Den Kopf in die Hände gestützt, hast du angefangen, lautlos zu weinen. Das war das erste und einzige Mal, dass ich dich je weinen sah. Nach einigen Minuten hielt ich es nicht mehr aus. Ich dachte, wenn ich dir nur die Brille abnehmen könnte, würde ich den Grund deiner Tränen verstehen. Also zog ich sie dir ab, ohne zu fragen. Ist es so, dass eine weinende Frau dem Mann schwach erscheint, wodurch er sich umso männlicher fühlt? Diese Frage kann ich bis heute nicht beantworten. Aber ich hatte das Gefühl, versagt zu haben – als hätte dich jemand schlecht behandelt und ich wäre dir nicht zu Hilfe geeilt.

„He, was ist los? Was ist passiert?"

Als ich noch einmal fragte, hast du nur müde den Kopf geschüttelt, bist ins Bad gegangen, hast die Tür abgeschlossen, und ich konnte dich nicht mehr anschauen.

Was ist passiert? Mir kam die Frage selbst vollkommen sinnlos vor. Was ist passiert?

Hättest du gesagt: „Vitthalvadi ist passiert", was wäre dadurch gewonnen gewesen? Wir alle leben in einem bestimmten Kontext, und der kann je nachdem aus Schokolade oder Dreck bestehen. Jeder von uns sitzt eingekapselt in einer Raumblase. Wir können sie beschreiben, entrinnen können wir ihr nicht.

Nach den Prüfungen kehrte Chandani nach Indore und ich nach Bombay zurück. Als ich eines Morgens die Tür öffnete, lag ein Brief auf dem Boden. Die Handschrift sagte mir nichts. Ich riss das Kuvert auf und sah sofort den Briefkopf von Chandanis Vater. Er machte nicht viele Worte:

Herr Kushank,
meine Tochter wünscht nicht mehr, sich mit Ihnen zu verehelichen. Und selbst wenn, könnte sie gegen meinen Widerstand nichts ausrichten.
Ich möchte Ihnen den guten Rat geben, keinerlei Versuch zu unternehmen, sich mit ihr zu treffen. Erkennen Sie, was für Sie das Beste ist, und handeln Sie dementsprechend.

Chandani konnte mir zwar weiterhin schreiben, ich aber hatte keinerlei Möglichkeit, ihr Briefe zukommen zu lassen. Und so begannen meine Trips nach Indore.
Während ich in einem Waggon dritter Klasse auf der oberen Pritsche schlief, ließ jemand meine Brille mitgehen. Sie hatte mich vor sechs Jahren sechzehn Rupien gekostet, und ich hatte sie seitdem ununterbrochen getragen. Ich hatte meine Zweifel, dass der Dieb dafür auch nur ein paar Annas kriegen würde. Mein Aufenthalt in Indore aber wurde dadurch zu einer ziemlich verschwommenen Angelegenheit.
Dieser Zwischenfall war ein Sinnbild für die Art und Weise, wie ich Indore erlebte. Bei allem, was ich dort tat, schien ich durch einen Nebel zu tappen. Meine Empfindungen, ja, mein ganzes Selbstgefühl schrumpfte mehr und mehr in sich zusammen. Dazu hatte ich permanent das Gefühl zu ersticken. Ich sehnte mich danach, Indore möglichst bald den Rücken zu kehren und nach Bombay zurückzufahren.
Ich hatte nicht die leiseste Ahnung, wo ich in dieser völlig fremden Stadt billig – am besten umsonst – wohnen und wo ich Chandani finden könnte. Ich brachte mein Gepäck in einer schmierigen Absteige unter, duschte und machte mich dann auf die Suche nach dem Psychologischen Seminar der Universität. Als ich dort ankam,

war es elf. Erkundigungen ergaben, dass die erste Veranstaltung erst um halb drei beginnen würde. Ich setzte mich irgendwo hin und wartete. Hin und wieder warf ich einen Blick in das Buch, das ich mitgenommen hatte, aber ohne Brille begannen mir bald die Augen zu brennen.

Chandani erschien in ihrem blauroten Sari. Sie schaute zu mir herüber und fing an zu zittern. Als sie nach einer Viertelstunde immer noch kein Wort gesagt hatte, zerrte ich sie in ein Taxi und fuhr mit ihr zu meiner Unterkunft. Als wir die Treppe heraufkamen, beäugten mich der Lodge-Manager und sein Gehilfe mit komplizenhaftem Kennerblick.

Drei Wände meines fünf auf acht Fuß großen Zimmers bestanden lediglich aus dünnen Sperrholzplatten. Diese Trennplatten endeten bereits vier Fuß unterhalb der Decke. Ich schob den Riegel an der Tür vor und forderte Chandani auf, sich aufs Bett zu setzen. Die Laken waren ihrem Aussehen nach seit etlichen Wochen nicht mehr gewechselt worden. Sie weinte fünfzehn Minuten ununterbrochen. Ich kam mir über die Maßen dumm und hilflos vor. Ich verstand nicht, warum sie so weinte, aber ich hatte das unbändige Verlangen, sie von diesem düsteren, ekelerregenden Ort, von Indore wegzuholen und in mein und meines Vaters Haus zu bringen.

„Chandani, warum wolltest du, dass ich komme?“

Immer wieder, immer wieder stellte ich ihr diese eine Frage und wurde von Mal zu Mal wütender.

„Sei mir bitte nicht böse!“, schluchzte sie endlich. „Ich hatte einfach keine Kraft und keinen Mut mehr! Ich musste dich sehen – mit eigenen Augen, vor mir!“

„Behandeln dich deine Eltern schlecht, Chandani?“

Sie lachte so fremd, dass ich gegen den Drang ankämpfen musste, ihren oder meinen Kopf gegen irgendeine

möglichst harte Fläche zu knallen und damit allem ein Ende zu machen.
„Warum antwortest du mir nicht?"
„Was wirst du tun, wenn ich dir geantwortet habe?"
„Dich mitnehmen, zu mir nach Hause."
Sie zog mich zu sich heran und küsste mich sanft.
„You are such a romantic fool, Kushank! Wenn wir ohne Geld und ohne Job zusammenziehen, dann haben wir uns bald verloren. Ein leerer Bauch liebt nicht lang – ist dir das nicht klar?"
Seit wir ins Zimmer gekommen waren, hatte ich das Gefühl, dass uns jemand beobachtete. Als ich mich umdrehte und den Blick möglichst unauffällig über die Wand schweifen ließ, entdeckte ich in Schulterhöhe ein kleines Loch. Ich zog meinen Kugelschreiber aus der Brusttasche, spielte damit ein bisschen herum und stieß ihn dann ohne Vorwarnung durch das Loch.
„Au!", schrie jemand auf.
Ich schob den Riegel zurück, riss die Tür auf und stürmte ins Nachbarzimmer. Jammernd rieb sich der Lodge-Manager das Auge. Ich sah nur noch Rot. Ich rammte dem Kerl das Knie in die Weichteile und knallte anschließend seinen Kopf gegen die Sperrholzwand, immer wieder, bis Chandani und irgendein Hausdiener mich von ihm wegzerrten.
Ich ließ ein paar kleine Scheine auf dem Tisch im ersten Stock zurück und verließ mit Chandani die Bruchbude.

Obwohl der Film schon seit einer Dreiviertelstunde lief, betrat außer uns noch ein weiteres Pärchen erst jetzt das Kino. Der Türsteher hatte den schweren Vorhang hinter sich zugezogen und war verschwunden, ohne uns an unsere Plätze zu führen. So wusste ich nicht, wo wir uns hinsetzen sollten.

Ein äußerst verschwommener *Dilip Kumar* und eine fast pointillistisch verfremdete *Vaijayantimala* standen vor dem noch etwas unschärferen Taj Mahal und erklärten unisono:
„Ein *Shah-en-shah* ließ dereinst diesen wundervollen Taj erbauen."
Zwischendurch ließ Vaijayantimala den armen Dilip einfach stehen und legte ein Tanzsolo hin. Ich musste daran denken, wie sehr ich mich immer geschämt hatte, wenn ich als Kind allein für mich tanzte und dann plötzlich merkte, wie mir jemand durchs Fenster dabei zusah.
Die Pärchen um uns herum befanden sich alle in unterschiedlich fortgeschrittenen Stadien der Umarmung. Mir dagegen behagte die Vorstellung nicht besonders, ein Kino als Stundenhotel zu benutzen. Ich starrte also stur nach vorn und konzentrierte mich voll auf den Film. Als ich die Augen zusammenkniff, um besser mitzukriegen, was Dilip Kumar an Gewagtheiten von sich gab, fing Chandani an zu lachen. Die nächsten fünfundvierzig Minuten lang würde sie nun niemand stoppen können. Als ich sie zum tausendsten Mal fragte, was denn los sei, sagte sie endlich:
„Du siehst todkomisch aus, wie du ohne Brille krampfhaft auf die Leinwand starrst."
Da ließ ich jede Scham, Scheu und Gottesfurcht fahren und zog sie zu mir heran. Wer von uns beiden in diesem Moment den anderen mehr zum Anlehnen brauchte, hätte ich nicht sagen können.

Nachdem wir aus der Lodge geflüchtet waren, hatten wir eine Viertelstunde darüber beraten, wohin wir nun gehen sollten. Da wir jederzeit jemandem über den Weg laufen konnten, der Chandani kannte, kamen Plätze, Straßen und Gassen eigentlich nicht in Frage. Endlich

hatte ich entschieden, dass wir erst etwas essen gehen und uns dann irgendeinen Film anschauen würden.
Während des Essens beschrieb Chandani sachlich und unpersönlich ihre häusliche Situation. Ich wollte meinen Ohren nicht trauen, aber sie redete ruhig und unbeirrt weiter. Als sie mir etwas besonders Bizarres über ihre Angehörigen erzählte, musste ich daran denken, was ihr Vater über meine Familie behauptet hatte, schaltete aus reinem Selbstschutz auf Durchzug und hörte nur noch halb hin.
Die ersten zehn Tage hatte niemand ein Wort mit ihr gesprochen ... nein, das ist nicht ganz richtig. Es fiel gelegentlich schon das eine oder andere Wort: „Schlampe" etwa, „Hure" oder „Nutte". Wenn sie keinen ausreichend großen Bogen um ihre Angehörigen machte, packten sie sie an den Haaren und verabreichten ihr, en passant, eine Tracht Prügel. Damit es nicht langweilig wurde, bekam ihre Mutter alle paar Tage einen Anfall, während ihr Vater wegen seiner Diabetes und des ständig drohenden Herzinfarkts permanent stöhnte. An all dem war natürlich einzig und allein Chandani schuld.

Als Dilip Kumar, sichtlich darum bemüht, nicht allzu sehr zu torkeln, den nächsten Song anstimmte – „Ich bin kein Säufer, Leute, ich trinke nicht, gezwungen hat man mich zum Trinken!" –, hatten wir genug und gingen. Chandani zurück nach Hause, ich nach Bombay.

Ich lernte rasch, wie eine schmierige Ratte in der Gosse zu leben. Den Kopf aus dem Loch gesteckt, ein kurzer, flinker Blick in die Runde, dann ins Freie geflitzt, ein paar Sekunden lang ängstlich herumgewuselt und wieder ins Loch. Diese neue Verstohlenheit begann sich bald auch in meiner Mimik, meinen Gesten und sogar in

meinen Gedanken abzuzeichnen. Bei den Dingen, die ich Chandanis Vater zu verdanken hatte, rangierten Selbstverachtung und Selbsthass an erster Stelle.
Noch zwei Mal sollte ich nach Indore fahren. Beim zweiten Mal traf ich Chandani morgens gegen zehn. Sie war sichtlich überrascht, mich zu sehen.
„Papa hat mich gezwungen, dir in einem Brief zu schreiben, dass ich dich nicht heiraten würde. Er hat mir eine ganze Woche lang von früh bis spät so furchtbare Dinge über deine Familie erzählt, dass ich schließlich nicht mehr konnte und eingewilligt habe. Aber am nächsten Tag, als ich wieder klar im Kopf war, habe ich dir sofort einen zweiten Brief geschrieben, zur Entwarnung. Aber da warst du wohl schon losgefahren und hast ihn deswegen nicht bekommen."
Und wieder die schmutzigen Versteckspielchen, wieder eine dreckige Absteige und anschließend ins Kino.
Zehn Monate lang hatte ich verzweifelt Arbeit gesucht. Hatte auf unzählige Annoncen geantwortet und weitere unzählige Büros einfach auf gut Glück abgeklappert. Schließlich gab ich es auf und beschloss, meinen M.A. fertig zu machen. Als ich nach Indore fuhr, um es Chandani zu sagen, ließ sie sich erst einmal drei Tage lang nicht blicken, obwohl ich von morgens halb zehn bis abends um sechs auf dem Campus war und mich nicht von meinem Beobachtungsposten rührte. Der vierte der von Rashid gespendeten Geldscheine ging am dritten Tag zur Neige. Ich legte die verbliebenen fünfzehn Rupien für die Rückfahrt beiseite und verbrachte die dritte Nacht auf einer Bank im Bahnhof.
Als ich Chandani am nächsten Morgen endlich traf, wirkte sie völlig ausgelaugt. Ich sagte: „Wenn du heute nicht aufgetaucht wärst, wäre ich zu dir nach Hause gekommen."

Sie schüttelte mutlos den Kopf.
„Sie hätten dich fürchterlich gedemütigt."
„Ich wäre darauf gefasst gewesen. Deshalb wären mir ihre Beleidigungen scheißegal gewesen."
„Aber mir nicht!"
Als ich sie irgendwann am Nachmittag ansah, fühlte ich mich schrecklich erschöpft. Chandani sagte:
„Lass uns irgendwohin gehen. Sonst sieht mich noch jemand von der Uni und erzählt es dann meinen Eltern."
Ich rührte mich nicht von der Stelle.

Ein dicker Dodge kam näher, hielt, und der Fahrer stieg mit einer Tüte in der Hand aus. Gelbe Weizenkörner glitzerten für einen Augenblick in der Sonne, hinter ihnen Hunderte von Tauben. Die Vögel tanzten in der Luft wie am Hinterrad eines Fahrrads festgebundene Ballons. Zwei Minuten später waren Körner und Tauben verschwunden.
Chandani versuchte immer noch verzweifelt, an mich heranzukommen. Ich schaute aufs Meer. Die Sonne schien sich allmählich durchsetzen zu wollen.
Ihr Bruder sagte: „Ich geh mir mal Zigaretten holen."
Zwei Minuten später gab's immer noch nichts zu reden. Und als wir endlich doch anfingen, waren wir wie erdrückt von der ungeheuren Masse des Gateway. Während Chandani sprach, ging ihr immer wieder die Luft aus, bis schließlich nur noch ein Flüstern herauskam. Das Meer tat seine Arbeit und überspülte im Zehnsekundentakt die steinernen Stufen.
„Du hast mal gesagt, wenn einer von uns beiden Schluss machen sollte, würde das so lange nicht gelten, bis wir uns von Angesicht zu Angesicht gesehen hätten. Stimmt doch, oder?"

Ich sah sie an und nickte. Es fiel ihr schwer zu sprechen, und es war auch keine Zeit, sich die Worte gründlich zu überlegen.
„Als ich dir damals geschrieben habe, es wäre Schluss, bist du auf der Stelle nach Indore gekommen, um es von mir persönlich zu hören."
Sie atmete tief durch und lachte verzweifelt.
„Jetzt bin ich eben gekommen. Weil du Schluss gemacht hast. Aber ich habe nicht die geringste Ahnung, wie ich dich umstimmen kann, Kushank."
Dann versagte ihr die Stimme und sie brach völlig zusammen. Sie stand kerzengerade da, ohne zu schluchzen, ohne zu weinen, mit gesenktem Kopf und zitterte am ganzen Leib. Alle paar Sekunden ballte sich in ihr ein neuer Gedanke oder einer neuer Schmerz zusammen, wuchs zu einer siebenstöckigen Welle an, donnerte über sie hinweg und ließ sie gebrochen und zerschunden zurück. Dann aber nahm sie sich zusammen.
„Warum nur, Kushank? Warum bloß? Was ist aus unserer Liebe geworden?" Als zerrisse es ihr das Herz.

Ihr Vater sagte: „Wenn Sie sie heiraten wollen, dann tun Sie das sofort!"
Sein Freund aus Bombay, der ihn begleitet hatte, entwirrte seine Beine, schlug sie andersherum übereinander und lächelte ermutigend.
Ich sagte: „Nein."
„Was heißt ‚Nein'?"
„Dass ich das nicht vorhabe."
„Jetzt nicht oder überhaupt nicht?"
Chandanis Vater starrte, hinter seiner Brille verschanzt, zu mir herüber. Als ich zurückstarrte, wandte er die Augen ab.

Obwohl sein Gesicht weder besonders fett noch fleischig war, wirkte es so, als ob es nach unten zerliefe. Ein feiner, vornehmer Mund. In dieselbe Richtung zerfließend wie sein ganzes Gesicht. Senkrechte Streifen aus Betelspucke zeigten die Marschrichtung an. Wenn er sprach, hatte man den Eindruck, als watete er durch Unrat. Dabei schien er sich aber keineswegs Sorgen zu machen, dass er sich die Hacken schmutzig machen könnte. Er latschte breitfüßig hinein. Er sprach leise, aber die Worte schmatzten aus ihm heraus wie stinkender Schlick zwischen gespreizten Zehen.

Ich sah ihn an und war am Ende meiner Kräfte. Das war unsere erste Begegnung, nachdem unser Katz-und-Maus-Spiel sich zwei volle Jahre hingezogen hatte. Während dieser Zeit hatte Chandani ihn immer wieder gefragt: „Wie kannst du ihn so schlechtmachen, ohne ihn jemals gesehen zu haben?"

Ihr Vater brachte mich zurück in die Gegenwart: „Ich werde Sie das nie wieder fragen!"

Mit zwanzig, zweiundzwanzig bist du noch unschuldig. Einfach aus Mangel an Jahren und Erfahrung. Aber spätestens dann sind die Tage deiner Unschuld gezählt. Noch ein kurzes Weilchen, und wir verwandeln uns allesamt in gewöhnliche – oder auch außergewöhnliche – Dreckschweine, Arschlöcher und motherfuckers. Wenn sie dich allerdings erwischen, bevor diese entscheidende Metamorphose stattgefunden hat, dann bist du noch einfältig, zerbrechlich und wehrlos. Wenn sie Anstalten treffen, dir die Eier abzuschneiden und dir das Rückgrat zu brechen, gibst du dich einfach deinem edlen Ekel hin, anstatt nach dem nächsten Knüppel oder Stein zu greifen, ein paar Schädel zu zertrümmern und das Weite zu suchen. Das kann doch nicht zwei Jahre lang so weitergehen, redest du dir ein, die Menschen können doch nicht wirklich so sein! Du klammerst dich heldisch an die Hoffnung, sie irgendwann einmal doch eines Besseren belehren und von Grund auf verändern zu können. Aber wenn dein Rückgrat erst mal hin ist, ist es hin. Und dann findest du kein neues. Weder in deinem Kopf noch im bestirnten Himmel über dir.

„Hören Sie, Sie haben diese Entscheidung ganz allein getroffen. Ich habe Sie nicht dazu überredet."

„Nein."

Seine Kinnlade klappte herunter. Ich erklärte es ihm:

„Sie haben mich nicht dazu überredet, Nein zu sagen."

Er atmete gewaltig auf.

„Aber sind Sie auch bereit, das genau so zu sagen?"

„Ich hab's doch gerade gesagt."

„Schriftlich? Bezeugt und beglaubigt? Denn sonst wird Chandani es nicht glauben."

Ich hätte ihm am liebsten auf die Schulter geklopft und gesagt: Mach dich locker, Mann. Du hast gewonnen. Die Sache ist ausgestanden.

Ich sagte: „Ja."

„Er hat deinen Brief in den Safe gelegt." Sie rang sich so etwas wie ein Lächeln ab.

„Aber ich hatte ihn doch an dich adressiert!" Und noch bevor sie antworten konnte: „Okay, I know. Sag nichts, ich weiß Bescheid."

„Du bist immer noch genauso wie früher, trotz der zwei Jahre." Den Rest konnte ich kaum verstehen, so leise sagte sie es: „Bitte bleib auch mir gegenüber derselbe, ja, Kushank?"

Ein unsichtbarer Koloss ließ von den Alexandra Docks her seine gellende Sirene ertönen, und ein paar Minuten später schob sich das Schiff vor die kleine hügelige Insel

gegenüber dem Gateway. Stieß weiterhin herzzerreißende Schreie aus.
„Willst du's dir durchs Fernrohr anschauen?"
Um irgendetwas zu sagen, sagte Chandani: „Ja."
Sie bückte sich und umfasste das angelaufene Rohr des Messingteleskops. Kniff das linke Auge zu und sagte:
„Da ist kein Schiff."
„Wie kann das sein, Memsahib? Schließen Sie nur richtig das linke Auge und dann sehen Sie den Ozean."
Chandani versuchte es noch einmal.
„Es ist dunkel, sonst nichts."
„Wie, Memsahib, wie kann man an einem solchen Morgen von dunkel sprechen! Lassen Sie mich bitte durchschauen."
Der Fernrohr-Vala heftete sein Auge an das Okular.
„Sorry, very sorry", sagte er beschämt. „Ich hatte vergessen, diese cap hier zu entfernen. Versuchen Sie es jetzt noch mal." Er zog die Objektivkappe ab, richtete das Fernrohr aus und sagte:
„Jetzt werden Sie first class sehen. Alles. Die See, das Schiff und klitzekleine Boote."
Das reglos daliegende Schiff heulte alle zwei Minuten, dass einem die Lungen platzten, dann nahm es Kurs auf die offene See.
Chandani strich sich eine Haarsträhne aus der Stirn und sagte: „Nein, danke. Ist schon gut."
„Oh, bitte, Memsahib, tun Sie mir das nicht an! Sie sind mein erster Kunde! Bitte schauen Sie durch, volle fünf Minuten. Ich werd's auch nicht doppelt berechnen!"
Chandani lachte nur.
Er lief jetzt hinter ihr her.
„Okay, okay, Frau, Sie brauchen mir überhaupt nichts zu bezahlen. Das war ein mistake, sorry. Nehmen Sie das doch nicht so seriously! Morgens ist das Meer so wun-

derschön. Was für das bloße Auge zu weit weg ist, wird durch das Fernrohr ganz nah herangeholt! Bitte schauen Sie doch durch! Sie würden mir eine große Freude damit machen!"

Ich gab ihm Geld.

Ich hatte Lust, mich zu setzen, aber das Wasser auf den Stufen war noch nicht vollständig verdunstet. Endlich fand ich eine halbwegs trockene Stelle und sagte: „Setzen wir uns."

Chandani war total zappelig, weil ihr Bruder jederzeit zurückkommen konnte und wir noch kein einziges ernsthaftes Wort miteinander geredet hatten. Ein paarmal bewegte ihr ein halb ausgegorener Gedanke oder Satz die Lippen und war dann gleich wieder verschwunden. Und so schwiegen wir uns weiterhin an. Ich fühlte mich in ihrer Gegenwart kalt und gefühllos. Dachte über ihr Problem nach.

Plötzlich erhellte sich ihr Gesicht. „Ich werde auf dich warten! Stell dir vor, du änderst irgendwann deine Meinung, und dann wär ich nicht mehr da? Ich würde mich dann richtig schlecht fühlen!"

Ich starrte weiter aufs Meer. Aber die scheppernde Glocke des Feuerwehrwagens kam unerbittlich näher und näher. Und das kreiselnde rote Licht heftete sich mir wie ein lidloses Auge mitten auf die Stirn. Ich schüttelte bloß den Kopf.

„Aber warum denn nicht? Was stört's dich denn? Ich werd ganz für mich allein warten. Sobald die Prüfungen vorbei sind, besorg ich mir am College einen Job und zieh von zu Hause aus."

„Das hat doch überhaupt keinen Sinn!"

„Aber warum denn nicht? Ich würde dich auch bestimmt nicht bedrängen. Wenn du magst, dann kommst du zurück. Wenn nicht ... tja, dann war's das eben."

Sie redete und redete auf mich ein und hielt dann plötzlich inne. Irgendein neuer Gedanke war ihr in den Kopf gefahren und ließ sie erstarren. Allmächtiger, welche brandneue, total selbstlose Idee würde mir Chandani jetzt vor den Latz knallen? Aber ich hätte mir keine Sorgen zu machen brauchen.

„Gibt's eine andere?"

„Nein."

Prompt war ihr Enthusiasmus wieder da.

„Dann gibt's von der Seite her nicht die geringsten Probleme. Es ist also wirklich nicht nötig, dass du dich jetzt, auf der Stelle, so oder so entscheidest. Mach dir überhaupt keinen Kopf übers Heiraten oder mich oder was auch immer. Ich werd mir auch keinen machen. Und wenn dir irgendwann danach ist, werde ich da sein!"

Als ich keinerlei Reaktion zeigte, lachte sie gebrochen.

„Schau, ohne jede Verpflichtung! Wenn du eine andere triffst, brauchst du mich nicht erst um Erlaubnis zu bitten, ehrlich!" Jetzt mit einem ganz dünnen Stimmchen: „Könntest du damit leben?"

Chandanis Bruder musste eine ziemlich seltene Marke rauchen. Ich schuldete ihm was. Aber so allmählich hätte er doch zurückkommen können. Wir mussten ja noch den zuvor vereinbarten Tee-zu-dritt hinter uns bringen.

„Kushank!"

Ihre Stimme ließ mich auffahren. Sie schien ebenfalls tief in Gedanken versunken gewesen zu sein.

„Es ist alles aus und vorbei, oder? Warum kann ich das dann nicht begreifen?"

Der Wind machte sich unangenehm bemerkbar, deshalb zog sie den Padar über den Kopf. Sie wandte sich zu mir und sah mich an und drehte mit dem Mittelfinger der linken Hand mein Gesicht zu sich hin.

„Ich will nicht mehr leben."

Ich weiß nicht, ob ich das erwartet hatte. Aber selbst wenn, hatte sie mich doch kalt erwischt. Sie sagte das ganz schlicht, ohne jeden Unterton, und in dem Moment wurde mir bewusst, dass wir beide jetzt zu feindlichen Lagern gehörten.

Sie hatte ihre letzte Waffe aus dem Ärmel gezogen. Und keineswegs als leere Drohung. Na dann. Ab jetzt ist alles erlaubt.

Ich hatte plötzlich einen bitteren Geschmack im Mund. Sie konnte tun, was ihr passte. Ich hatte Nein gesagt. Sie zog lediglich die Konsequenzen aus dieser Tatsache. Vielleicht war es auch nur ihr allerletzter Versuch, mich zurückzubekommen. Wie auch immer. Was sie auch für Motive haben mochte: Es waren ihre Motive. Ich jedenfalls würde sie jetzt mit allen Mitteln bekämpfen, mit allem, was mir zu Gebote stand, allem, was mir einfiel – mochte es nun gelogen oder wahr oder weiß der Geier was sein.

„Ist dir echt nichts anderes eingefallen, um mich unter Druck zu setzen? Wenn du das vor einem Jahr deinen Eltern gesagt hättest, dann hätte es vielleicht was genützt. Aber wir sind ja alle so durchtrieben, nicht wahr, wie die kleinen Kinder! Wir wissen immer haargenau, bei wem wir durch Heulen Schokolade kriegen und bei wem nicht."

Ich lachte gemein.

„Klar, seinen Angehörigen kann man so etwas nicht sagen, stimmt's? Unmöglich! Die waren dir doch von Anfang an immer um einen Schritt voraus! Anfälle, Herzattacken, Bluthochdruck, das bringen deine Leute doch mit links! Du selbst hast mir erzählt, deine Großmutter würde immer nur von ‚suicide' reden, weil sie meinte, das würde auf Englisch eindrucksvoller und gefährlicher klingen!"

Während ich so vor mich hingiftete, schrumpfte Chandani mehr und mehr in sich zusammen. Ihre verletzten Augen und ihre hilflosen Hände. Sie nahm meine Hand. „Oh God, Kushank, how they've hurt you! Du glaubst doch selbst nicht, was du da sagst, oder?"

Ich hatte sie beschämen wollen. Aber sie hatte nur einen einzigen Satz gebraucht, um mich nackt und wie ein Idiot dastehen zu lassen. Ich sah förmlich, wie mein Gesicht immer länger wurde.

Der Fernrohr-Vala starrte uns an. Und ich ihn. Was soll man bloß von Chandani halten? Chandani, die auf Henri Rousseau und Hieronymus Bosch steht und dann Frauen mit Silikonbrüsten und Männer ohne Sack hinkritzelt. Und unerwartet voll ins Schwarze trifft. Sagt aus heiterem Himmel etwas ganz Schlichtes und gleichzeitig so unfassbar Tiefes, dass man, wenn man nur in Stimmung zum Zuhören ist, in einem Augenblick um sechs Monate klüger ist.

Intelligenzmäßig ist sie wohl eher Durchschnitt. Das jeweilige Klassen- oder Semesterziel erreicht sie nur durch zyklische Fleißschübe. Chandani mit ihrer Vorliebe für Schmalzmusik, drittklassige historische Schinken und mythologische Dramen, stets eins mit sich und der Welt, in vollkommener Harmonie mit der kastrierten Gesellschaft, in der sie lebt – dieselbe Chandani erfasste gelegentlich, ohne es selbst zu bemerken, etwas unendlich Tiefes und Wesentliches, um sofort wieder aufzutauchen und wie gehabt im seichten Mainstream herumzuplätschern.

„Bleib beim Thema!"

Wir mussten die Sache hinter uns bringen, bevor ihr Bruder zurückkam.

„Kushank, versuch es mir nicht auszureden. Das Leben hat für mich wirklich keinen Sinn mehr."

Ich fuhr sie verächtlich an: „Hast du nichts anderes, wofür es sich zu leben lohnt, als mich?"
Meine Frage musste ihr überflüssig erschienen sein.
„Nein, nichts."
Ich spürte, wie ich einen unendlichen Hass auf sie bekam, sie aus ganzem Herzen verabscheute. Dann verreck doch, hätte ich ihr am liebsten gesagt. Na los, verreck, verreck einfach!
„Du hättest mich zum Mittelpunkt deines Lebens gemacht, mich auf ein Podest gestellt, mich in den Himmel gehoben. Wenn wir geheiratet hätten, wäre ich vor deinen Augen alle halbe Stunde da runtergefallen, und das hätten weder du noch ich lange verkraftet."
„Aber Kushank, du heiratest mich ja nicht. Die Frage nach dem Verkraften stellt sich überhaupt nicht. Gerade deshalb will ich ja sterben."
Das brachte mich wieder zur Besinnung. Zwei Jahre lang hatte mich diese Frau geliebt. Ohne Vorbehalte. Ohne Zweifel. Ohne Unterlass. Und dann hatte ich das Handtuch geschmissen – ich, und nicht sie. Den Hass, den ich deshalb auf mich hatte, ließ ich nun an ihr aus.
Ihr höflicher Bruder hatte sich die letzten fünf Minuten unter der Kuppel des Gateway herumgedrückt.
„Kushank, please."
Sie war frei. Ich hatte ihr gegenüber keinerlei Rechte mehr. Aber ich schüttelte trotzdem weiterhin den Kopf.
Ihr Bruder kam jetzt zielstrebig auf uns zu.
„Du hast deine Entscheidung getroffen, nun misch dich nicht in meine ein."
Obwohl ich schon seit Jahren die Überzeugung vertrat, niemand, und am allerwenigsten ich, hätte das Recht, einem anderen vorzuschreiben, wie er zu leben habe, schüttelte ich fortwährend den Kopf, wie aufgezogen, selbst dann noch, als der Bruder wieder bei uns war.

Sie schickte mir jede Menge Briefe. Ich machte sie nicht einmal auf. Nach vier Monaten gab sie es endlich auf.

Was man auch tut, unschuldig ist man dabei nur ein einziges Mal: das erste Mal. Der Spruch „Dies ist meine erste neunte Liebesaffäre" kann einem im richtigen Augenblick durchaus ein paar Lacher einbringen, er wird einem aber kaum helfen, mit sich selbst klarzukommen. *Baba* hatte mal gesagt: „Einmal gut sein ist nicht genug. Der Mensch muss immer gut sein."

Was ich auch für Gründe gehabt haben mag, Chandani abzuservieren, oder wie viele davon auch wirklich stichhaltig gewesen sein mögen – in dem Moment, als ich mit Chandani Schluss machte, ging mir mein Gutsein abhanden. Nicht alles auf einmal, aber ein entscheidendes Stück. Und wenn man es ein Mal geschafft hat, einen Verrat zu begehen, fällt es einem beim zweiten Mal schon erheblich leichter. Und wenn das Gutsein restlos futsch ist, dann ist man kein Mensch mehr, und dann ist nichts mehr zu retten. Was ist man hinterher immer ...?

Von Zeit zu Zeit, wenn ich anfange, mir selbst allzu ähnlich zu werden, klammere ich mich an irgendeinen Sinnspruch wie an eine Notbremse.

Etwa: Hinterher ist man immer klüger.

Statt wie sonst am Montag kam ich dich am Freitag besuchen. Da saß ein Mensch mit dicken Brillengläsern und einer tiefen Stimme bei dir rum. Da du vorzuhaben schienst, mit ihm auszugehen, habe ich das Tonband auf den Tisch gelegt und wollte wieder verschwinden.

„Was ist das?"

„Die Songs aus ‚Westside Story'."

Du hattest mir erzählt – deine bislang einzige persönliche Bemerkung –, dass du es allen Bemühungen zum Trotz nicht geschafft hättest, an den Leonard-Bernstein-Soundtrack heranzukommen.

„Wirklich?" Du schienst dich aufrichtig zu freuen. „Aber eine Platte von vierzig Minuten auf einem Sechs-Stunden-Tape?"

„Ich hab's aufgefüllt."

Ich ging.

Eine Woche später gab ich meine Trips zum Krankenhaus auf. Es würde zwar noch gut zwei Monate harte Arbeit kosten, das Projekt endgültig abzuschließen, aber ich hatte eine Pause und eine Luftveränderung dringend nötig. Zum einen, weil ich von den täglich sechzehn bis achtzehn Stunden Arbeit vollkommen erschöpft war. Und zum anderen, weil die im Krankenhaus herrschende Stimmung absoluter Hoffnungslosigkeit in den zehn Monaten, die ich praktisch permanent dort verbracht hatte, immer mehr auf mich übergegangen war.

Demütigungen, blinder oder „aufgeklärter" Glaube, Hokuspokus, schwarz gebrannter Fusel, Schmiergelder, Korruption, Schmutz, totale Resignation und Tod – lauter Dinge, die der Inder an sich in schier unvorstellbaren Mengen verträgt. Bei mir war es nicht anders. Auch mein Vater hatte Ankush und mich mit der üblichen ungesunden Mixtur aus Liebe, Starrsinn und ständiger Unsicherheit großgezogen. Als ein waschechter Vertreter der progressiven, in die Zukunft drängenden jungen Generation hatte ich dennoch in der allumfassenden Vergeblichkeit dieses Krankenhauses unbeirrbar nach einem Silberstreif, nach dem legendären maharashtrischen Hoffnungsschimmer gesucht. Aber wer in Hindustan arm auf die Welt kommt, muss noch im Augenblick seiner Geburt ein Reinheitsgelübde ablegen. Rein schwarz sei fortan dein Dasein, ohne jegliche Beimengung von Licht.

Vierundzwanzig Bücher, für jeden Tag eins – wobei ich froh sein konnte, wenn ich in der Zeit auch nur eines durchbekommen würde –, zum Anziehen alles doppelt, jeweils ein Kleidungsstück zum Tragen, eines zum Waschen, an den Füßen die Chappals, die Brille auf der Nase, für Letztere sechs von Vaters weißen Taschentüchern, groß genug, um sich darin vollständig einzuwickeln, und in der Tasche meine bescheidene Barschaft.

So brach ich nach Benares auf. Eigentlich hätte ich wie immer trampen müssen, zum einen jedoch tendierte meine psychische Verfassung stark zum Beschissenen, und zum anderen würde ich nach meiner Rückkehr all meine Kraft brauchen, um auf der Suche nach einem neuen Job wer weiß wie vielen Leuten in den Arsch zu kriechen.

Drei Tage vor meiner Abreise habe ich dich besucht. Noch bevor ich saß, hast du gesagt:

„Das Tape hat mir sehr gut gefallen. Morgen ist Samstag, magst du mittags zum Essen vorbeikommen?"

Ich hatte es bisher noch nie erlebt, dass du gescherzt oder überflüssige Worte gemacht hättest. Unsere Kontakte waren bislang nur dienstlicher Natur gewesen, gewissermaßen – wir hatten uns immer nur wegen meiner Arbeit getroffen. Ich hatte mir etwas in den Kopf gesetzt und meinen Job aufgegeben. Als aber meine erste Begeisterung und meine Scheiß-drauf-Allüren abflauten, hast du mich aufgerichtet und gesagt: Take it easy, Purandare. Distanz war bisher immer die wichtigste Komponente in unserer Beziehung gewesen. Und jetzt diese Einladung zum Essen. Das verschlug mir die Sprache. Deine Worte drangen mir so deutlich wie ein Blitzstrahl in den Schädel, aber ich konnte nicht glauben, was ich da hörte. Geschlagene fünfzig Sekunden lang regte sich kein Muskel in meinem Gesicht. Als ich endlich ein „Ja, gern“ herausbrachte, hast du gesagt: „Forget it.“

Ich dachte, du machst Witze. Aber Witze waren deinem Denken, deinem ganzen Wesen vollkommen fremd. Ich fragte also: „Was ist auf einmal los?“

Du sagtest: „Gar nichts.“

Fünf Minuten lang stellte ich dir immer wieder dieselbe Frage. Aber deine Antwort blieb stets dieselbe. Ich bekam einen Hass auf dich. Und auf mich. Und ging.

Es sollte noch eine Weile dauern, bis ich imstande sein würde, deine Rückzieher auch nur halbwegs mit Anstand hinzunehmen.

Als mir in Benares Sadhans Frau eines Abends eine Tasse *Bournvita* zum Einschlafen brachte, bat ich sie um einen Inland-Luftpostbrief. Ich schrieb dir mit so winzigen Buchstaben, dass man sie wohl nur unter dem Mikroskop hätte entziffern können. Ich füllte beide Seiten des Blattes mit Anekdoten aus dem Krankenhaus, Erlebnissen, Ärgerlichem und Amüsantem. Unser letztes Treffen erwähnte ich mit keinem Wort.

Als ich wieder in Bombay war und mich zu dir aufmachte, zitterte ich innerlich wie ein Mückenschwarm. Ob du überhaupt mit mir reden würdest?

Du lachtest. Die Göttin hatte mich erhört!

„Geh dir ein paar Stunden die Beine vertreten. Danach können wir zu mir.“

Auf dem Weg zu deinem Zimmer fing es an zu schütten. Das war mein erster Monsun auf dem Marine Drive. Während ich die größten Anstrengungen unternahm,

den Regenschirm aufzuspannen und mich unter ihm möglichst unsichtbar zu machen, bist du zu meiner Verwunderung immer langsamer und langsamer gegangen. Dann kam eine Windböe und stülpte meinen Schirm um. Und du hast einfach so dagestanden und hast den Monsun genüsslich in dich aufgesogen.
„Los!“, hast du gerufen, hast die Straße überquert und dich an die Brüstung gestellt, dem Meer zugewandt. Ich blieb im dürftigen Schutz eines Hauses stehen. Weil Wind und Regen allmählich zu ermüden schienen, sprangen jetzt die Wellen ein und zeigten, was sie konnten, blühten auf wie weiße Pfauenfedern. Ich bekam Angst, dass du das Gleichgewicht verlieren könntest. Aber du warst vom Glauben an deine Seelenverwandtschaft mit den Elementen völlig durchdrungen. Als du wieder zu dir gekommen warst und dich nach mir umschautest, stand ich immer noch wie angewurzelt da.
„Warum bist du nicht gekommen?“
Meine Zähne klapperten mittlerweile wie eine Schreibmaschine.
„Are you okay?“
Ich schüttelte den Kopf.
„Heißt das nun Ja oder Nein?“

„Warum sind bei Frauensachen die Knöpfe eigentlich immer links?“, fragte ich dich, während ich mir das Hemd, das du mir frisch vom Bügel gereicht hattest, umständlich zuknöpfte.
„Weil Papageien grün sind“, hast du gesagt.

Das Meer gehört dir. Genauso wie Sonne und Mond, Frösche, Schnecken, Steuermarken, Goldspot, Schränke, Katzen, Rock Hudson, Grünzeug und Straßen, Teppiche, Regenmäntel und derlei Kram überhaupt nichts für dich

sind, ist das Meer ganz und gar deins. Du bist für den Ozean verantwortlich. Passt du auch schön auf ihn auf?
Monsun. Aber kein Regen. Aus mit der Sonne. Ein paar Wolken aus verbranntem Papier rasen wie bescheuert vorbei. Dahinter der Himmel. Wie ein Mundvoll ausgespucktes schaumiges Wasser nach dem Zähneputzen. Unten das Meer. Randvoll. Dicht an dicht. Wie ein waffenstarrendes Heer, das am D-Day mit gespitzten Ohren nur auf deinen Befehl wartet: sieben, sechs, fünf, vier, drei, zwei, eins. Los.
Du vor dem Meer. Wie ein antiker Volksredner. Das Wasser dürstend nach einem Wort von dir, an deinen Lippen hängend. Und du gegen die Brüstung gelehnt, die Augen ins Unendliche gerichtet, dein ganzer Körper eine einzige strahlende Erwartung, und dann kommen die Wellen mit endlos langen Schritten auf dich zu und bewerfen dich unter tosendem Beifall mit Myriaden von leuchtend weißen Blumensträußen. Die Hände des Heeres, zahllos, gierig nach dir gereckt. Einander besinnungslos überrollend, überkletternd, danach lechzend, die Füße, den Gewandsaum, das Haar, die Augen ihres Superstars, ihres Messias, ihres leibhaftigen Sai Baba zu berühren.
Deine Grübchen rutschten immer höher, verschwanden schließlich in deinen Augen. Inzwischen patschnass, lauschtest du auf das Donnern der nächsten heranrollenden Woge. Und dann das Krachen von Becken aus Messing. Und das ganze Meer schlägt brandend über dir zusammen.
Sie knapsen immer weitere Stücke vom Meer ab. Vor dem Victory Stall und dem Gateway, beim Cuffe Parade und am Nariman Point. Wann wirst du, rächende Göttin, wütend genug sein, dein Meer auf Bombay loszulassen?

„Ich mach nicht auf", hast du gesagt.

„Ich komme."

„Hör auf zu spinnen! Ich wohne hier zur Untermiete. Und du weißt ganz genau, dass es nur die eine Tür gibt, um ins Haus zu kommen. Und genau diese eine Tür mach ich nicht auf."

Du gehörst nicht zu der Sorte von Frauen, die ihre Meinung ändern.

„Ich komme", wiederholte ich und legte auf. Gleich beim ersten Schritt hatte ich das Gefühl zu schwimmen. Als ich durch die zähe, teerige Dunkelheit watete, hefteten sich bei jedem Schritt Fetzen der Nacht an meinen Körper. Die erste Nacht des Blackouts. Seit meiner Kindheit erstarre ich bei plötzlicher Dunkelheit vor Angst. Wenn ich ins Kino gehe und der Film schon läuft, dann ist meine erste Reaktion, nach der Hand des Platzanweisers zu greifen.

Ich ging schneller und schneller. Auf dem Marine Drive konnte ich endlich frei durchatmen. Es war das zweite Mal, dass ich dich in deinem Zimmer besuchte. Seit dem Telefonat war etwa eine Stunde vergangen. Ich war ziemlich sicher gewesen, dass der Gurkha-Wächter mich aufhalten würde. Aber er hatte gerade furchtbar Wichtiges mit seinem Freund zu bereden. Als der Lift losfuhr, begann ich, mir wie ein Vollidiot vorzukommen. Es war bereits nach halb elf, und du hattest mir erst vor ein paar Tagen gesagt, dass deine kinderlosen Hauswirte höchst altmodische Ansichten hatten. Weil mir immer noch genug Zeit zum Umkehren blieb, trieb ich mich zur Eile an. Ich tastete im Dunkeln nach der Klingel.

Die Tür war leicht angelehnt. Der von innen vorgeschobene Riegel hatte sie am Einschnappen gehindert.

Du hast schon auf mich gewartet. Der Schein deiner Leselampe produzierte ein kümmerliches Pfützchen Licht.

Du hast mich bei der Hand genommen und mich ins Zimmer geführt. Hast gelacht und gesagt: „Hatte ich dir nicht gesagt, du sollst nicht kommen?"

Später einmal, in den Lodhi Gardens, hast du mich in der dunstigen Dämmerung Delhis gefragt:
„Was macht das schon aus?"
Und das Deprimierendste dabei war, dass du es absolut ernst gemeint hast.
Was soll ich dir sagen? Schieb dir noch einmal die Brille an die Nasenwurzel und sag: „Hatte ich dir nicht gesagt, du solltest nicht kommen?"
Und das reicht. Denn das macht etwas aus. Allein, dass du es sagst, macht gewaltig etwas aus.
Dann bin ich gegangen. Ich war ganze anderthalb Minuten lang bei dir.

„Wann fährst du nach Delhi, um dem ausländischen Verleger dein Manuskript und die Fotos aus dem Krankenhaus zu zeigen?"
„Nächste Woche."
„Und wie viele Tage wirst du mit ihm verbringen?"
„Tage? Den Rest meines Lebens!"
„Sei nicht albern."
„Okay. Zwei Tage."
„Dann kannst du mich am dritten Tag vom Bahnhof abholen."
Ich starrte dich verbittert an.
„Very funny!"
„Ich kann dir sagen, was ich will – du glaubst es nicht. Na schön, ist in Ordnung. Trip cancelled."
„Willst du allen Ernstes kommen?"
„Wollte! Hör doch zu! Jetzt nicht mehr."

„Dein nichtswürdiger Sklave bittet um Verzeihung."
„So nicht! Berühr meine Füße!"
„Wirklich?"
„Ja, zusammen mit einer Freundin."
Ich war leicht enttäuscht.
„Sie hat da beruflich zu tun. Mach dir ihretwegen keinen Kopf. Du wirst sie überhaupt nicht zu Gesicht kriegen. He, hörst du mir zu, Kushank?"
„Ich hör dir zu! Mit aufgesperrten Lauschern und offenem Mund hör ich dir zu! Siehst du nicht, dass ich eine gute Handbreit über dem Boden schwebe?"

Wir haben uns sieben Stunden nach Abfahrt meines Zuges wiedergesehen. Da es fünf vor fünf war, hast du gemeint, ich solle noch einen Augenblick warten.
Sobald es fünf schlug, hast du gefragt: „Was ist passiert?"
Ich habe mich bemüht, das ganze Drama in Kurzfassung wiederzugeben.
Ich hatte mich mit Rashid getroffen und war mit ihm zum Bombay Central gefahren. Weil wir noch massenhaft Zeit hatten, brachten wir das Gepäck in den Zug und aßen dann draußen *vegetarian cutlets* aus der Hand. Fünf Minuten vor Abfahrt des Zuges bin ich schlagartig wie ein Hefekloß aufgegangen, und meine Kehle war wie zugeschnürt. Anaphylaktischer Schock. Rashid legte mich im letzten Augenblick, bevor ich ohnmächtig wurde, auf eine Bank und machte sich mit viel Geschrei auf die Suche nach einem Arzt.
Später erzählte er: „Dieser Dreckskerl von einem *station master* hat sich schlicht geweigert, einen Arzt zu rufen. Ich habe ihm gesagt, dass du schleunigst Hilfe bräuchtest, dass es um Leben und Tod ginge. Er hat gesagt: ‚Don't exaggerate. Wir werden alles tun, was in unseren Kräften steht.' Also habe ich mir ein Taxi geschnappt,

vier Ärzte in der Umgebung abgeklappert und sie auf Knien um Hilfe angefleht. Aber keiner wollte mitkommen. Die hatten alle Angst, da könnte die Polizei mit ins Spiel kommen. Schließlich habe ich einen gefunden, der mitkam. Er hat dir auf der Stelle fünf Spritzen gegeben, und inzwischen hatte der Station Master vier weitere Ärzte vom Railway Hospital und von sonst woher mobilisiert. Und der vierte hat dir einen Vitamin-B-Komplex gespritzt!"
Rashid meinte, ich sollte mich im Krankenhaus durchchecken lassen und erst nächste Woche fahren. Ich habe nicht auf ihn gehört. Nach einer dreistündigen Diskussion mit dem Bahnhofsvorsteher habe ich ein Ticket für den Nachtzug bekommen.

„Aber warum denn? Dann wären wir eben nicht gefahren. Was macht das schon aus?"
Du warst über meine Lebensgier, mein wildes Verlangen, jeden einzelnen Moment auszukosten, ein wenig schockiert. Ich hatte den Eindruck, dass du es sogar leicht abstoßend fandest. Wie sehr ich mich selbst verachte und ankotze wegen dieser Gier und gleichzeitigen Unsicherheit! Aber das ist alles, was ich habe. Nur ein Leben. Nur ein Du.
Ich fasste deine Hände und schüttelte dich wie verrückt: „Das macht, das macht etwas aus! Das macht gewaltig etwas aus!"

Als ich dich am Bahnhof abholen wollte, hat es eine ganze Weile gedauert, bis du aus dem Frauenwaggon aufgetaucht bist. Ich befürchtete schon, du hättest es dir anders überlegt. Dann aber bist du endlich ausgestiegen. Du hast leise „Hallo, Knochengestell" gesagt und bist einfach weitergegangen. Dann kam auch deine Freun-

din. Da ihr Koffer ziemlich schwer aussah, habe ich ihn ihr abgenommen. Sie sagte „Thank you“, schaute mich aber ziemlich argwöhnisch an, während sie vom Zug herunterkletterte.
„Wie war die Fahrt?“, fragte ich, nur um irgendetwas zu sagen.
„Was geht Sie das eigentlich an? Das ist ja wohl die Höhe! Was nehmen Sie sich für Vertraulichkeiten heraus?“
Du hast dich nicht mehr eingekriegt vor Lachen. Die Frau war genauso perplex wie ich. Schließlich hast du gesagt:
„Meine Freundin ist übrigens gar nicht mitgekommen.“

Während wir uns in der Open Air Hall in Delhi eine Aufführung von Molières „Der Geizige“ anschauten, hast du eine Tafel Cadbury-Schokolade auseinandergebrochen, mir eine Hälfte gegeben und dabei meine Hand berührt.
„Du bist ja der reinste Eisblock!“, hast du gesagt und meine Hände zwischen deinen gerieben.
„Wärmer?“

In den Lodhi Gardens ging die Sonne unter, und deine Stimmung wechselte ebenfalls. Wattiger Nebel floss um die Bäume und waberte schlierend weiter.
An diesem Tag ging die verwirrende, gleichzeitig künstliche und natürliche Komposition der Lodhi Gardens über meine Kräfte. Todesstille ringsum.
„Lass uns gehen!“, sagte ich.
„Ich möchte zusehen, wie die Nacht kommt.“
„Das ist keine Gegend, in der man sich um diese Zeit allein herumtreiben sollte.“

„Dann geh! Ich habe keine Angst vor der Dunkelheit."
Nach fünf Minuten hast du wieder angefangen zu reden. „Weil ich mich als Kind im Dunkeln fürchtete, hat mir mein Vater an einem kalten Abend in Baroda einmal befohlen, rund ums Haus zu laufen. Selbst heute noch liegt unser Haus sehr einsam weitab von jedem Verkehr, und jedes Jahr bringt der Gärtner in unserem Garten bestimmt ein, zwei Schlangen um. Ich gehe also raus, schlinge die Arme um einen Pfosten der Veranda und rühre mich nicht mehr von der Stelle. Ich war mir sicher, dass meine Mutter drinnen vor Angst um mich zitterte. Sie durfte nicht laut schluchzen, aber ich hörte sie leise weinen. Vater kam heraus, um zu sehen, ob ich, wie befohlen, wirklich ums Haus herumlief. Er hat mich ein paarmal gerufen, aber ich gab keine Antwort. Als er die Taschenlampe anmachte, hat er mich sofort entdeckt.
‚Du bist ein Trampel von zehn Jahren und hast immer noch Angst vor der Dunkelheit? Na, ich werd dir die Angst schon austreiben – ein für allemal!'
Dann hat er mich in unsere Garage gesperrt, wo kein Auto drin war, und von außen den Riegel vorgeschoben. Ich hab wohl gut drei Stunden am Stück geheult. Dann saß ich still da. Seit dieser Nacht habe ich nicht mehr geweint. An diesem Tag habe ich beschlossen, dass ich überhaupt keine Gefühle mehr in mir zulassen würde. Egal, welche. Glück, Schmerz, Angst, Zärtlichkeit. Ich würde nichts und niemanden an mich ranlassen. Nicht mal meine Mutter. Ihre Zärtlichkeit und Hilflosigkeit bewirkten nichts, außer meinen Vater noch mehr in Rage zu bringen.
Morgens um halb sechs ist mein Vater gekommen.
‚Und? Ist die Angst weg?'
Ich hab ihn angeschaut und gesagt: ‚Was macht das schon aus?'"

„Knochengestell, teach me to ride a mobike!“
„Das kann ich doch selbst nicht!“
„Dann lernst du's eben und anschließend bringst du es mir bei.“
Ich sah dich an: beide Hände fest am Lenker. Die Rechte dreht sich rhythmisch nervös abwärts, füllt meinen Kopf mit einem wummernden Donnern. Die Maschine geht ab wie ein Komet. Dein Haar weht waagerecht, parallel zur Straße. Und deine Augen glänzen im Rausch der Geschwindigkeit.
„Wann willst du anfangen zu lernen?“
„In genau einer Woche.“
Bisher hatte ich ein einziges Mal in meinem Leben ein Motorrad selbst gefahren. Als ich in der achten Klasse war, gab es in der Nähe der Schule einen Typen, bei dem man, wenn man den entsprechenden Führerschein hatte, so ein Ding mieten konnte. Raghu nervte ihn so lange, bis er ihm eines Tages für eine halbe Stunde eine Maschine überließ. Irgendwann saß ich dann vorn und Raghu auf dem Sozius. Raghu schrie: „Bremsen!“ Und als ich den Trupp Kinder vor mir sah, gab ich vor lauter Schreck stattdessen Gas. Die Kinder stoben auseinander. Nach zehn Minuten kamen wir auf die Straße nach Vadal, die zum Glück völlig verlassen war, und ich drehte voll auf. Zischte durch die Luft wie ein Pfeil.
Auf der Rückfahrt sah mich die Tante, die gerade auf dem Weg in die Schule gewesen war, um das Schulgeld für ihren Sohn zu bezahlen.
Als ich nach Hause kam, sagte Baba:
„Mach so was ja nie wieder!“

Ich ging also zu Rashid und quasselte ihn in Grund und Boden. Bis er mir eine Woche lang täglich drei Stunden Unterricht auf seiner Honda gab.

Am siebten Tag dann rauf zu dir aufs Zimmer. Du hast schon auf mich gewartet, in Jeans und mit einem Kopftuch um die Haare. Ich drehte eine Runde vom Rani Bagh über Malabar Hill, Kemp's Corner und über die Queen's Road bis zu deinem Institut und stellte dann den Motor ab.
„In wie vielen Tagen willst du's lernen?"
„Wie viele hast du gebraucht?"
„Sechs."
„Dann ich auch in sechs."
Jeden Abend von acht bis zehn übte ich mit dir, entweder vom Cuffe Parade zur katholischen Kirche oder von Khar nach Santa Cruz.
„Wohin?", fragte ich dich dann am siebten Tag.
„Puna", hast du gesagt und gelacht.
Beide ohne Führerschein. Und obendrein eine Frau am Lenker. Da konnte man sich ja gleich erschießen. Wir fuhren zu dir. Du musstest deine Lederjacke anziehen und deine Haare unter meiner Baskenmütze verstecken, die ich bei dir liegen gelassen hatte. Du warst wirklich nicht ganz bei Trost: Eine noch schwierigere Strecke ist dir nicht eingefallen, wie?
Ich tankte voll und fuhr die Maschine bis Khandala. Der Fahrtwind drang mir durch Mark und Bein, bis ich nur noch am Zittern war. Tief unten im Tal glitzerten die Lichter von Khopoli, aber ich traute mich nicht, die Aussicht zu genießen. Beim Shingrobap-Tempel warf ich dem Gott im Vorbeifahren vier Annas zu und rief: „Rette uns!"
Nachdem wir in Lonavla gierig zwei Tassen Tee getrunken hatten, kam wieder Leben ins Leben. Du warst so aufgeregt und ruhelos, als würdest du vor Fieber glühen. Ich fasste deine Hand und fragte: „Are you okay?"
„Ja, ja! Keine Sorge!"

Dann bist du auf den Kickstarter gesprungen, und die Honda löste sich in Wind auf. Mit einem Mal erfüllte mich ein seltsamer Frieden. Es gibt zwei grundsätzliche, diametral entgegengesetzte Herangehensweisen beim Motorradfahren. Ich vergesse nie, dass ich fahre. Du dagegen wurdest, damals und später, immer ganz eins mit der Maschine. Ausgerechnet du, die Hohepriesterin des Abstandhaltens! Wenn du Motorrad fuhrst, warst du der Welt und dir selbst entrückt. Als wir auf die Höhe des Valvan-Damms kamen, hast du mehr und mehr Gas gegeben.
Ich klammerte mich fest an deine Taille, hob den Hintern vom Sitz und schrie in dein rechtes Ohr:
„Ich will nicht sterben!"
Du hast fröhlich zurückgerufen:
„Ich versteh kein Wort!"
Da schrie ich aus den tiefsten Tiefen meiner Seele:
„Ich will nicht sterben!"
„Nicht einmal, während du die Arme um mich geschlungen hast?"
„Nein!"
„Oh, I love you, Kushank, I love you!"
Der Wind wehte mir deine Worte ins Gesicht. Ich dachte, du hättest mich wieder nicht verstanden. Also brüllte ich noch einmal:
„Auch nicht, während ich dich umarme!"
„I know, I know. That's why I love you! Hast du gehört? I love you, I love you!"

Als wir uns das nächste Mal sahen, hatte sich der Wind gedreht.
Ich war noch nicht mit beiden Füßen in deinem Zimmer, da hast du gesagt: „Ich glaube, es ist besser, wenn du nicht mehr herkommst."

„Aber sonst geht's dir noch gut, ja?"
„Ist das so schwer zu kapieren? Ich will dich nicht mehr sehen!"
Ich versuchte, die Sache irgendwie ins Humoristische zu wenden.
„Tja, das ist deine Sache. Nur ich werde dich auch weiterhin sehen."
„Das bringt doch nichts! Wir haben es schon zu weit getrieben. Wenn du jetzt gehst, wird alles einfacher."
„Für wen?"
„Für uns beide."
„Ich gehe nicht."
„Oh yes. Und ob."
„Dann wirst du mich schon rausschmeißen müssen."
„Don't underestimate me."
„Tu ich nie."
„Please, Kushank."
„Sorry. Ich gehe nicht."
„Sei kein Vollidiot. Schau, ich werde einfach irgendetwas sagen, was dir wehtut, und dann gehst du ja doch."
„Du hast mir in der Vergangenheit schon ausgiebig Gelegenheit gegeben, mich an deine liebenswürdige Art zu gewöhnen."
„Und jetzt versuchst du, es mir heimzuzahlen."
„Keine Spur!"
„Wenn ich dir den wirklichen Grund verrate – gehst du dann?"
„Nein."
„Du Idiot! Warum kapierst du's nicht? I don't want to come any closer to you! Jedes Mal, wenn ich dich wiedersehe, bröckelt ein weiteres Stück meiner guten Vorsätze ab. Anstatt nichts an mich ranzulassen, werde ich immer weicher und lass dich immer tiefer in mich rein. Und eines schönen bösen Tages wird die Termite der Freund-

schaft mich nackt und ausgehöhlt zurücklassen und ihres Weges ziehen."

„Ich bleibe!"

„Hast du überhaupt kein Ehrgefühl? God, you are really shameless!"

„You are damn right."

Ehre und Schande kommen aus demselben Stall. Was ihr tieferer Sinn sein mag, weiß der Himmel. Wir kennen uns schon so viele Jahre. Aber wir haben tausend Möglichkeiten gesucht und gefunden, uns selbst Steine in den Weg zu legen und zu verkrüppeln. Der Popanz der Ehre dürfte die beliebteste und effektivste von ihnen sein. In ihrem Namen haben wir unsere Vernunft vergewaltigt, uns bis aufs Blut bekämpft, die schlimmsten Schandtaten begangen, jenes köstliche Ding namens Rache entdeckt, Krieg und Weltkrieg gespielt. Ich bin ein Sohn meiner Ahnen. Auch ich habe oft genug in den Fängen dieser Zwillingsschwestern, Ehre und Schande, gezappelt.

Nach Mutters Tod fing ich an, auswärts zu essen. Vater gab mir dafür monatlich Geld. Was ich damit anfing, war meine Sache. War es weg und ich bat ihn um mehr, gab er mir noch etwas. Aber meistens mochte ich ihn nicht fragen. Also hungerte ich oft. Zweitägige Fastenzeiten waren damals nichts Ungewohntes für mich. Hin und wieder aber spielten Bauch und Kopf dann doch verrückt.

Beim Hunger gibt es wie beim Schlafbedürfnis eine magische Grenze. Bis du sie überquert hast, leidest du Höllenqualen. Hast du sie erst einmal hinter dir gelassen, bist du absolut frei. Doch wenn ich drei oder vier Mahlzeiten am Stück hatte ausfallen lassen, wickelte sich diese magische Grenze wie eine Stacheldraht-Boa um mich und machte sich daran, mich zu erdrücken. Dann begann es, um meine Augen und im Gehirn dumpf zu summen. Die Boa schloss sich nach und nach wie ein Schraubstock um meinen Kopf, und ich wurde reizbar wie ein tollwütiger Hund. Ich stopfte mir Watte in die Ohren, aber die gigantische schwarze Hummelbiene wuchs und wuchs immer weiter, und schließlich schneite ich einem meiner Freunde ins Haus. Oder Freundinnen. Jitendra oder Prachinti.

Ich war jetzt das dritte Mal innerhalb von vier Tagen bei Jitendra zum Essen. Es musste schon gegen halb zwölf Uhr nachts sein, aber bei ihnen aß man fast immer ziemlich spät. Und wie spät es auch sein mochte, ich wusste, dass ich immer etwas zu essen bekommen würde. Als ich mir gerade die zweite heiße *chapati* auf den Teller zog, sagte Jitendras Mutter irgendwas auf *Sindhi*. Schlagartig erstarrten alle, die um den Tisch saßen. Jitendras kleiner Bruder und seine Schwester fixierten ihre Teller. Ich konnte zwar kein Sindhi, aber es reichte immerhin, um in etwa zu verstehen, was sie sagte.

„Hat er keine eigene Familie? Jeden Tag, den Gott werden lässt, steht er auf der Matte. Ist das hier eine Armenküche oder was?"

Nur Jitendra aß seelenruhig weiter. Erst wollte ich so tun, als hätte ich nichts verstanden. Doch dann spürte ich, dass ich knallrot geworden war. Jitendra sagte:

„Iss weiter, Kushank. Mutter plappert immer alles heraus, was ihr gerade durch den Kopf geht."

Mir lag irgendetwas wahnsinnig Schlagfertiges auf der Zunge, wie: „Der einzige Unterschied ist, dass sie das ausspricht, was ihr Übrigen nur denkt." Aber ich habe nie Vergnügen daran gefunden, andere Leute mit spitzen Bemerkungen zu attackieren.

Ich aß zu Ende, jedoch nicht etwa überstürzt. Wenn man das Erwachsenenalter erreicht hat, ist es auch eine Frage der Ehre, wie man den Rückzug antritt. Wie seinerzeit der Hotelmanager in Gulmarg, redete ich mir gut zu: „It's all right, it's all right", biss die Zähne zusammen und hielt durch.

Als Jitendra mich später heimfuhr, sagte er:

„Lass Mutter doch reden, was sie will. Schließlich bin ich derjenige, der das Geld nach Hause bringt, oder?"

Immerhin war an diesem Tag mein Bauch halb voll geworden. Aber ich stellte meine Besuche bei ihnen nach und nach doch ein. Wenn mir der Magen gar zu laut knurrte und Prachinti nicht zu Hause war oder in ihrer Familie auch gerade Hungersnot herrschte, überfiel mich schmerzlich die Erinnerung an die Mahlzeiten bei Jitendra. Wenn ich mich irgendwann wirklich nicht mehr beherrschen konnte, ging ich doch wieder zu ihm. Aber nur noch ein- oder zweimal. Anschließend fand ich mich selbst zum Kotzen.

Aber wenn es um uns beide ging, habe ich mein Ehrgefühl immer außen vor gelassen. Ich hatte meine Lektion inzwischen gelernt. Der Sinn, den mein Leben durch dich gewonnen hatte, hat sich, als du verschwunden bist, in sein Gegenteil verkehrt. Solange ich aber mit dir zusammen war, hätte mich nichts von dir abgebracht.

An diesem Tag hast du nichts mehr gesagt. Ich lag vier Stunden lang herum und las Anouilhs „Der arme Bitos". Dann bin ich gegangen.

Am nächsten Morgen um Viertel nach sieben marschierte ich seelenruhig an deiner erstaunten Hauswirtin vorbei und klopfte an deine Tür.

„You?“, hast du gesagt. Aber um rückfällig zu werden, hast du noch anderthalb Monate gebraucht.

„Lust zu heiraten?“
„Wen?“, hast du gefragt.
„Mich, Weib. Mich.“ Ich lag auf dem Bett, schaute zur Decke und stemmte mit verdrehtem Kreuz die Beine gegen die Wand.
„Nur wir beide. Gegenseitig. Ich dich und du mich. Ohne irgendwem etwas zu sagen.“
„Im Ernst?“
Ich klappte den Mund zu. War es nicht ein ungeschriebenes Gesetz zwischen uns beiden, niemals vom Heiraten zu reden? Doch beim bloßen Gedanken, dass wir zwei für den Rest unseres Leben so hätten weitermachen können, ohne dass ich dir die einzige relevante Frage gestellt hätte, hörte meine Uhr auf zu ticken.
Noch während du lachtest, bist du plötzlich sehr ernst geworden. Ich war auf einmal wie benommen – nicht bei der Vorstellung, dass du Ja sagen könntest, sondern vor Verwunderung darüber, wie gut es mir gelungen war – sei es aus seelischer Impotenz, sei es aus schlichter Verlogenheit –, nicht zu merken, dass ich vollkommen und rettungslos in dich verliebt war.
Es war mir wie eine einfache Frage vorgekommen, trotzdem fing ich an, mich unsicher zu fühlen.
„Ich meine es im Ernst.“
„Ich weiß.“
„Willst du mich heiraten?“
Du hast geschwiegen. Fast eine Stunde lang.
Dann: „Bis wann willst du die Antwort haben?“ Und noch ehe ich antworten konnte: „Und bitte sag jetzt nicht: auf der Stelle.“
„Wann dann?“

„Kushank, in was sind wir auf einmal hineingeraten?"
„Willst du mich heiraten?"
„Hast du dir das wirklich gründlich überlegt?"
Dann, als käme dir deine Frage im Nachhinein völlig überflüssig vor, hast du gesagt:
„Du bekommst meine Antwort, wenn ich aus Baroda zurück bin. Am Montag."

„Rede, rede, rede, rede!", sagte ich, kaum dass wir in deinem Zimmer waren.
„Du bist verrückt, vollkommen verrückt."
„Ja, verrückt. Verrückt nach dir!"
„Aus welchem Bollywood-Schinken hast du das schon wieder?"
„Wenn es doch stimmt!"
„Lust zu heiraten?"
„Ja, ja, ja, ja!"

„Ich bleibe heut Nacht hier."
Du hast *Faiyaz* auf den Plattenspieler und die Nadel sanft auf den Rand der Platte gelegt. Dann hast du hochgeschaut. Mir war nicht ganz bewusst, was ich da gerade von mir gegeben hatte. Aber ich schlug die Augen nicht nieder. Fünf Minuten lang hast du geschwiegen. Dann hast du gesagt:
„Du wirst wohl einen meiner Saris als Lungi tragen müssen." Und dann, so als fiele es dir erst nachträglich ein: „Wenn meine Hauswirtin Wind davon kriegt, kann ich mir eine andere Bleibe suchen."
Dann hast du die Tür abgeschlossen.
Nachdem ich mich gewaschen hatte, hast du geduscht und dann die Vorhänge zugezogen.
„Brauchst du Licht?"
Ich zuckte die Schultern.

Du hast das Deckenlicht aus- und die Leselampe angemacht. Dann hast du dich neben mich aufs Bett gelegt.
„Soll ich mich selbst ausziehen oder willst du das machen?“, hast du gefragt.
„Ich mach's.“
„Do you remember the first time you held and kissed me? Du bist fix und fertig hier angekommen und hast den Kopf in meinen Schoß gelegt. Plötzlich hast du meinen Kopf zu dir heruntergezogen. Am nächsten Tag ist mir im Institut jedes Mal schwindlig geworden, wenn ich daran gedacht habe.“
Ich sagte nichts.
„Du lachst über mich, stimmt's?“
„Woran liegt's, dass dein Körper immer so gut riecht?“
„An der Seife.“
Diese Antwort war so typisch für dich, dass ich laut loslachen musste.
„Ich benutze genau dieselbe Seife, aber mir hat so etwas noch keiner gesagt.“
„Du bist verrückt, einfach verrückt!“, hast du gesagt und mich umarmt.
Deine Haut fühlte sich kühl an. Ich dachte zuerst, es wäre, weil du gerade geduscht hattest. Aber deine Umarmung hatte auch später immer diese erfrischende Kühle. Wenn ich den ganzen Tag gearbeitet hatte und völlig erschöpft und verschwitzt war, brauchte ich mir nur vorzustellen, wie ich, das Gesicht zwischen deinen Brüsten, auf dir liege, und ich bekam überall eine wohlige Gänsehaut. Jedes Mal, wenn ich auf dein Zimmer kam, ging ich schnurstracks unter die Dusche, und egal was du gerade tatest, umarmte ich dich dann und schlief auf dir ein, die Nase zwischen deinen Brüsten. Wenn ich nach fünfzehn, zwanzig Minuten die Augen wieder aufschlug, sah ich als Erstes deine rosigen Brustwarzen.

„Wie oft hast du noch vor, mich zu lieben?", hast du mehr als nur einmal gefragt.
„Bis du es satt hast."
„Na, dann hast du eine Lebensaufgabe. Ich krieg dich nämlich niemals satt!"
Du Siebenseltsame! Dir ist nie auch nur im Traum eingefallen, dieses Geziere und ritualisierte Gesträube aufzuführen, das „ehrbare" indische Frauen normalerweise für notwendig erachten. In der Liebe warst du mit einer extremen Unbefangenheit bei der Sache und hast dadurch jedes Mal wieder im Handumdrehen eine natürliche schamlose Atmosphäre geschaffen. Wenn wir miteinander schliefen, hast du dich vollkommen vergessen. Die Barrikaden und Stacheldrahtverhaue, mit denen du dich sonst immer zu umgeben pflegtest, existierten dann einfach nicht mehr.
So häufig wir uns auch wegen der verschiedensten Dinge in die Haare gerieten, haben wir doch nie die Notwendigkeit verspürt, Sex als Versöhnungsmittel oder auch nur als Kompromissbasis zu missbrauchen. Du hast mir beigebracht, ohne jedes Gefeilsche Liebe zu machen, ohne jedes Geschacher. Du hast mit einer solchen Freigebigkeit Freude verschenkt, du hast die Liebe so natürlich und frei und ganz vollzogen, mit Körper und Geist, dass kein Ich oder Du mehr verblieb, keine Erwartungen, keine Bedingungen.
Ich war ein Tiefseetaucher mit einer lodernden Fackel in der Hand. Und die Fackel warf ein magisches Licht. Sie erhellte dich aus unendlicher Ferne und brannte gleichzeitig herunter, während ich zu Asche verglühte. Mit jedem Atemzug kam die Flut heran und hob uns beide empor. Der Himmel, unendlich weit. Ich wurde zu einem Vogel hoch oben, hoch, hoch oben. Meine reglos ausgebreiteten Flügel ritten auf der luftprallen Woge

dahin. Dann legte ich die Schwingen an, und die Erde schwoll empor, mir entgegen, mich zu empfangen, der ich im Sturzflug hinabschoss. Als ich sie berührte, bist du zurückgewichen. Ich musste mich noch höher in den Himmel hinaufschrauben. Eine plötzliche Drehung, und du warst wieder bei mir, mit mir, dort.
Die ganze Welt in einer einzigen Umarmung. *Parvati,* um Shiva, von Shiva umschlungen.
Plötzlich zerbrach alle Anspannung und wir verwandelten uns in reinen Rhythmus. Eine Welle dieser rhythmischen Schwingung schoss hinaus, von uns aus, ins Unendliche, und leckte an den Brüsten der Welt. Erlösung, Erlösung, Erlösung. Der Himmel erlöst und vereint mit dem Ozean, in dir und in mir aufgehoben.

Sie würde es nicht mehr lange machen. Noch ein, zwei Tage vielleicht. Dann würde ihre Dunkelheit ein Ende haben. Für immer.
Man würde mir einen Zettel unter der Tür durchschieben: „Sie ist von uns gegangen."
Es wäre irgendwie anständiger abzuwarten, bis sie tot wäre, und mich erst dann zu entscheiden. Ob ja oder nein. Aber ich geh nicht zur Bestattung, ums Verrecken nicht. Sie weiß das.
Als ich heute Abend aufstand und gehen wollte, fragte sie wie selbstverständlich:
„Kommst du noch einmal?"
Mir fiel auf die Schnelle keine Antwort ein. Ich wollte gerade „I beg your pardon?" stottern, als eine ihrer Töchter, die aus Cochin, ohne anzuklopfen, hereingerauscht kam.
„Wie geht's dir, Mama?"

Sie nahm ihre Umarmung ohne Gegenwehr hin.
„Wie sehe ich aus?"
„Krank, schrecklich krank", rutschte es der Tochter heraus. Dann riss sie sich wieder zusammen: „Aber es geht dir bestimmt bald wieder besser. Du wirst sehen. Ich bin ganz sicher."
Kaku lachte.
„You are being kind to me. But Kushank is more honest."
Die Tochter sah mich böse an.
„Wieso, was hat er denn gesagt?", fragte sie ihre Mutter und beäugte mich argwöhnisch.
„Gar nichts", sagte sie. „Er hat, solange er hier ist, nicht ein Wort gesagt."
Wie viel Zeit sich ein Sterbender zum Sterben zu lassen gedenkt, bleibt so lange ungewiss, bis er wirklich tot ist. Ja, man kann eigentlich nicht einmal sicher sein, dass er nicht in der allerletzten Minute noch einen Rückzieher macht. Aber dass Kaku am Sterben war, stand außer Zweifel. Selbst wenn die medizinischen Gründe streng genommen nicht ausgereicht hätten, wäre sie gestorben. Es war nur eine Frage der Zeit.
Da es nur ein leichterer Anfall gewesen war, steckten ihre drei Bombayer Töchter in einer ziemlichen Klemme. Es hätte mir ein diebisches Vergnügen bereitet, ihnen mein Mitgefühl auszudrücken, aber bei manchen Leuten konnte man nie wissen. Die letzten beiden Male hatten sie Kaku ins Städtische Krankenhaus schaffen lassen, weil es sie da nichts kostete. Trotzdem hätte die eine oder andere bei einer unpassenden Bemerkung meinerseits möglicherweise die Augen verdreht, ja, wäre am Ende sogar in Ohnmacht gefallen. Oder ich hätte mir, weil symbolische Gesten dieser Art an mich glatt verschwendet sind, einen tränenreichen Vortrag anhören dürfen, wie mitleidlos ich sei und wie innig sie ihr Mütterlein lieb-

ten, oder zumindest, wie durchdrungen vom Bewusstsein ihrer Kindespflicht sie seien. Und dieses Risiko wollte ich bestimmt nicht eingehen.
Schließlich hatten sie sich ein Herz gefasst und, hoping for the best, sie in eine Privatklinik verfrachtet.
Wenn zwischendurch eine der Töchter nicht aufpasste, zeichneten sich auf ihrem Gesicht tiefe Stressfalten ab, Furchen des Grams über diese horrende und völlig unnötige Ausgabe. Was man auch unternahm, ihre Mutter würde sowieso sterben. Zu Hause, im Städtischen Krankenhaus oder in der Privatklinik. Wo auch immer. Was machte das schon aus, wo? Sie mussten sich mit der vierten Schwester, die jetzt aus Cochin angereist war, auf dem Weg vom Flughafen hierher über die Aufteilung der Kosten beredet haben.
Die taktlose Bemerkung ihrer Mutter hatte sie tief getroffen. Kaku würde sich nie ändern. Schon gar nicht jetzt, an der Schwelle des Todes.
Sie biss wütend die Zähne zusammen und zischte:
„If I were honest I wouldn't have left Cochin."
Wir waren noch keine zwei Minuten wieder zusammen, und schon ließ irgendein karmischer Deckenventilator alle Unzufriedenheit und Missgunst, allen unausgesprochenen Groll, allen tief im Herzen schwärenden, jahrelang wortlos gebliebenen Kummer stäubend hochwirbeln und wieder auf uns herabrieseln. Und Kaku, die seit sechs Jahren überhaupt nichts mehr sah, schaute dem Ganzen zu. Eine ewige Minute lang breitete sich das ungeheure Schweigen wie ein Vakuum aus.
„No!" Mit einem ärgerlichen Schnaufer ließ sie Kakus Hand abrupt los. „That's not true! I came to see you live, not die!"
Wenn die Tante jetzt beschlossen hätte, in Gottes Namen also doch weiterzuleben, hätte sie damit einiges Chaos

verursacht. Aber wenigstens in diesem Moment meinte das Mädchen wirklich, was es sagte. Und mehr zu erwarten, wäre wahrlich vermessen gewesen.
Unser Leben lang laufen wir mit diesem einen Herzen durch die Gegend. Es pumpt und pumpt und hält uns in Betrieb. Und eines schönen Tages kommt jemand daher und will es sich anschauen – oder wir selbst verspüren den Wunsch, einen Blick darauf zu werfen. Und dann sucht man und sucht, und ist man endlich fündig geworden, kommen einem angesichts dieses seltsamen Gebildes gelinde Zweifel. Was uns selbst betrifft, können wir tun und sagen, was uns passt. Aber den Luxus, über andere zu urteilen, können wir uns keinesfalls leisten.
Danach hatten sich die beiden nicht mehr viel zu sagen. Etwas später meinte die Tochter, sie würde am Abend zurückkommen und die Nacht bei der Mutter verbringen, und verließ mit ihren Schwestern das Zimmer.
Also wieder wir beide allein. Einen Unterschied gab es allerdings. Vor fünfzehn Jahren konnte Tante die Dunkelheit sehen. Jetzt musste sie die Augen nicht extra schließen, wenn sie es dunkel haben wollte. Ich konnte sie ungeniert nach Lust und Laune anstarren. Ihre Augen waren weit geöffnet. Ihre trüben Augäpfel irrten ununterbrochen umher. Legten Blick für Blick Zeugnis von ihrer inwendigen Dunkelheit ab. Ich versuchte, ihre blinden Augen auszusperren, indem ich meine sehenden zukniff. Aber sie waren allgegenwärtig. Auch hinter meinen Lidern. Umfingen mich wie zwei Katarakte. Ich verspürte große Lust, ihr die Zunge rauszustrecken. Aber das letzte Mal hatte ich mich damit gewaltig in die Nesseln gesetzt.

„Du streckst mir die Zunge raus? Deiner Tante? Du Rotzlümmel, hat man dir nicht beigebracht, ältere Men-

schen zu achten? Du dachtest wohl, ich würde das im Dunkeln nicht sehen, was? Aber ich bin schon mit einigen von deiner Sorte fertig geworden, das kannst du mir glauben! Ich habe vier Gören. Eine schlimmer als die andere. Und ich habe ihnen noch allen Manieren beigebracht! Jetzt hast du schon so viele Prügel bezogen und bist immer noch unverschämt! Aber du kannst gern mehr davon haben!"
Es war nicht ihr Stil, falsche Versprechungen zu machen.

Wenn ich aufgestanden wäre, um das Licht anzumachen, hätte ich augenblicklich eine Breitseite von Fragen ausgelöst.
„Wer ist da? Kushank? Was brauchst du? Willst du heimgehen? Langweilst du dich? Klar langweilst du dich! Du fühlst dich hier angebunden, nicht wahr?"
Fragen über Fragen. Und wenn sie erst einmal anfing zu reden, erinnerte sie sich auch sehr bald an ihre Töchter, und dann gnade mir Gott.
Was für einen Hass die Mädchen auf ihre Mutter hatten! Nein, das war sogar schlimmer als Hass. Solange sie klein waren, hatten sie die Mutter immerhin ertragen. Das wenigstens hatte man ihnen in der Schule beigebracht. Als der Vater starb, waren sie alle entweder auf dem College oder schon auf Jobsuche. Bis man nicht fest auf eigenen Füßen steht, sollte man sich besser nach der Decke strecken. Damit war die Sache für sie allerdings keineswegs ausgestanden. Alle vier heirateten, aber die Mutter dachte deswegen noch lange nicht daran, sie aus ihren Klauen zu entlassen. Sie entdeckte ihre neue Leidenschaft: das Krankwerden.
Royelle, Sabatienne, Chezyl, Berenice. Aber die Mutter rief sie absichtlich immer bei ihren hinduistischen Namen: Urmila, Sanjayi, Premangi, Tripti. Das gehörte sich

nicht. Kapierte sie das denn nicht? Wenn sie das wenigstens nur zu Hause gemacht hätte. Aber nein. Vor jedem wildfremden Menschen tat sie das. Mit voller, böser Absicht. Außerdem wurde sie von Tag zu Tag hässlicher. Das größte Sakrileg ihrer Mutter aber war, dass sie ihren geliebten Papa geheiratet hatte!

Ich traute mich nicht, Licht zu machen. Um mir ihr ermüdendes Gekeife zu ersparen, hatte ich sie schon neun oder zehn Monate lang nicht mehr besucht. Jetzt würde ich mucksmäuschenstill hier sitzen bleiben müssen. Wie ein Bekloppter in der Zwangsjacke. Bis ihre Tochter wiederkam. Nach Möglichkeit, ohne einen Piep von mir zu geben. Kurze Zeit später trat Ruhe ein. Mein über das andere geschlagene Bein fühlte sich zunehmend dick und taub an, als hätte es sich die Elephantiasis geholt. Ich presste beide Fußsohlen fest auf den Boden und wackelte mit den Zehen. Kaku würde keinen Ärger mehr machen. Sie schien in ihre eigenen Träumereien versunken zu sein.

„Ich hab nämlich nicht gedacht, dass du kommen würdest. Ich hab viel an dich gedacht. But that was no reason why you should come."

Hatte sie nicht mitbekommen, dass Sanjayi gegangen war? Ihre Stimme klang recht ruhig und vernünftig. Wenn ich versucht hätte, es ihr zu erklären, hätte sie es verstanden?

„Ist es draußen windig? Wenn ich auf den Balkon gehen würde, bekäme ich dann ein bisschen frische Luft ab?"

Sie schob die Decke zurück und stemmte sich halb auf. Die Anstrengung schien sie zu erschöpfen. Sie hatte es jedenfalls nicht eilig weiterzureden.

Ich stand auf, zog die Vorhänge auf die Seite und hielt Ausschau nach dem Wind. Aber die Vorhänge hingen reglos herunter.

„Machst du bitte das Licht an? Ich würde gerne den Klick des Schalters hören."
Als ich das Licht einschaltete, lauschte sie mit geschlossenen Augen.
„Noch einmal, please!"
Jetzt waren ihre Augen geöffnet.
„Weißt du, manchmal kommt es mir so vor, als ob zwischen mir und dem Licht einzig meine Augen stünden. Willst du mir nicht die Augen ausreißen? Sie mit den Fingern einfach rausdrücken? Ich hab mich so oft gefragt, ob du wohl kommen würdest. Jetzt bist du gekommen. Aber was nützt mir das? Was ich brauche, ist Licht, doch das ist schlicht und einfach nicht möglich. Und ohne Licht gibt's keine Vergebung. Sind wir uns beide vielleicht trotzdem ein kleines bisschen nähergekommen? Ein ganz kleines bisschen? Ich selbst kann mir nichts vormachen ... sag du's mir also."
Und ich sagte: „Yes, it's all right. All right between us. Seit fünfzehn Jahren ist alles in Ordnung."
Sie lachte leise in sich hinein.
„The forgiveness is in me. Not in your words."
Ich setzte mich wieder auf den Stuhl. Selbst wenn ich jetzt noch ein paar Jahre mit der Tante zusammen in diesem Raum hätte verbringen müssen, es hätte mir nichts ausgemacht. Nun hätten wir reden können, so viel wir Lust gehabt hätten, denn es gab nichts mehr zu sagen. Ich ließ den Kopf auf die rechte Schulter sinken und machte ein Nickerchen. Ich wurde erst wieder wach, als ich auf dem Korridor das Klackern von Sanjayis Stöckelschuhen hörte.
„What do you know?", fragte Kaku.
„Nothing."
Man konnte hören, wie Sanjayi draußen mit der Krankenschwester redete.

„Hast du's jemals jemandem verraten?"
„Nein."
Ich wünschte Sanjayi und Kaku eine Gute Nacht und ging. Schokolade gibt's dafür, dass man den Mund hält.

Seit diesem Besuch bei meiner Tante ging ich jeden Abend so spät wie möglich heim. Und verschwand jeden Morgen direkt nach dem Duschen, um mich vom Überbringer der Todesnachricht nicht erwischen zu lassen. Hätte Kaku allerdings beschlossen, zwischen Mitternacht und sechs Uhr früh das Zeitliche zu segnen, wären alle Vorsichtsmaßnahmen natürlich umsonst gewesen.
Als ich in der dritten Nacht nach Hause kam, bemerkte ich, dass ich auf ein Stück Papier getreten war. Ich sagte „Good bye, Kaku" und knipste das Licht an. Unter dem Abdruck meines Absatzes erkannte ich Sanjayis prägnante Handschrift.

Dear Kushank,
Will you come over to the hospital? Mum wants to speak to you.
Affectionately yours,
Sabatienne

Reden will sie. Worüber will sie denn reden? Haben wir nicht erst vorgestern miteinander geredet? Bedeutende letzte Worte? Es ist mir egal, ob du Vorsätze umschmeißt oder deine Pläne änderst. Aber lass mich dabei aus dem Spiel. Infolge unvorhergesehener Umstände und höherer Gewalt verzögert sich das Ableben von Missis Reghla alias Kaku auf unbestimmte Zeit. Die Sterne stehen zur Zeit nicht gut. Ich löschte das Licht und löste mich in Kakus Dunkelheit auf. Purandare, Sie haben nicht den geringsten sense of death. Vielleicht nicht. Vielleicht aber

auch zu viel davon. Zwei Stunden vertrödelte ich mit derlei dummen Sprüchen.
Was will sie von mir? Meine Antworten sind noch immer die gleichen. Auch wenn die Fragen sich geändert haben sollten. Und was, wenn sie überhaupt keine Fragen hat? Ich hatte den Glauben an meine Vorahnungen verloren. Wenn sie starb, bevor ich sie noch einmal gesehen hätte, würde ich mich den Rest meines Lebens mit Schuldgefühlen herumschlagen müssen. Also die Tür abgeschlossen und hin zu ihr. Wenn ich sie noch unter den Lebenden erwischen wollte, durfte ich keine Zeit verplempern.
Es war Viertel vor eins. Aber der Zug war trotz der nächtlichen Stunde gestopft voll, wahrscheinlich die zweite Nachtschicht. Vielleicht. Aber das war nicht der eigentliche Grund. Wenn vierhundertsiebenundsechzigtausend Kobaltbomben auf einmal vom Himmel fielen und alle momentan existierenden Menschen pulverisierten, dann blieben doch immer noch die Menschen übrig, die an den Menschen kleben, die außen an den Fenstern der Bombayer Vorortzüge hängen. Als in Mahim ein weiterer Menschenpulk hereinströmte, bekam ich es wirklich mit der Angst zu tun. Pure Panik. Was, wenn die Typen mich nicht mehr aussteigen ließen? Wenn diese Volksmassen sich an den Türen zusammenballten, verklumpten und versteinerten und ich vergeblich gegen sie anrennen und zurückprallen, anrennen und zurückprallen würde, bis wir endlich in Virar, der Endstation, angekommen wären? In Khar war ich allein auf dem Bahnsteig. Die übrigen Passagiere hatte die Nacht verschluckt.
Draußen stand kein einziges Taxi. In der Hoffnung, auf der Ghodbunder Road eines zu finden, marschierte ich los. Die Augen zu Boden gerichtet, weder nach links noch nach rechts schauend. Wenn man seine Schritte

zählt, verkürzt sich die Strecke. Sagt man. Aber jetzt die Ghodbunder. Anständige, saubere Straße. Vier Autos, kein einziges schwarz-gelbes. Die Chappals in der Hand. Am besten läuft sich's unbeschuht. Und wenn ein Hund mir ein Stück wegbeißt, was dann? Eile die Meile mit Weile. Der Igel schlägt den Hasenfuß. Und wenn die Tante sich schon abgesetzt hat? Dann sieht sie eben, wie das ist. Die vierzehn Spritzen in ihren Bauch verdrängen, nicht daran denken, und laufen, laufen, laufen.

Man sah schon von Weitem, dass in Kakus Zimmer kein Licht brannte.

Ich glaube nicht an Symbolismus, aber im Dokumentarfilm über *Tilak* war es die Kerosinflamme, die den großen Mann umbrachte. The flame died and then he died.

Und was hast du vor, Tante?

„Rechts von dir ist der Schalter."

Ich blieb einfach in der Tür stehen, versuchte, wieder zu Atem zu kommen, und leckte mir die trockenen Lippen.

„Warum machst du kein Licht?"

Als ob das noch etwas ändern würde. Ich knipste das Licht an. Sie lag da und starrte zur Decke. Die Knie unterm Laken an den Bauch gezogen.

„Redest du nicht mit mir?"

„Doch."

Entsetzlich. Auch mein linkes Auge wird mal derart schielen. Das ist nur eine Frage der Zeit. Wozu also die Eile? Wir alle sind auf dem besten Weg, zur Karikatur unserer selbst zu werden. Und allen voran: Kushank Purandare.

„Du hast keine Ahnung, was die Alte nun schon wieder von dir will, stimmt's?" Sie verzog das Gesicht zu einem bitteren Grinsen. „Weißt du, dass sich mein Gesundheitszustand erheblich gebessert hat? Du hättest das Schweigen meiner lieben Töchter hören sollen! Na, was denkst du jetzt? Tantchen fängt schon an zu phantasieren? Ich wünschte, ich hätte den Zauberfaden, mit dem sich ein Gespräch mit dir anknüpfen lässt. Aber bei dir nützt alles Wünschen nichts. Ich kenn dich jetzt schon seit Gott weiß wie vielen Jahren. Dich und dein Schweigen. Seit Bangalore. Da dachte ich noch, es wäre schlichte Arroganz, und hab dich einfach nicht beachtet. All right, verdroschen hab ich dich. Und jetzt? Jetzt sagst du wahrscheinlich, verprügeln kann ich dich nicht mehr ... Aber ein bisschen verständiger wird man mit dem Alter schon, oder? Dein Schweigen war nicht einfach nur Ausdruck von Arroganz. Entspann dich! Ich werde dich schon nichts fragen. Ich will einfach nur reden. Daran bist du doch gewöhnt. Ans Zuhören."

Ich stand auf und schaltete das Licht wieder aus. Bitterkeit hatte ihren Mund seltsam verzerrt.

„Aus dir kommt nie ein Ton raus. Nur Monologe. Grundsätzlich. Bei uns beiden. Nein – ganz so ist es auch wieder nicht."

Ich hatte immer noch keine Ahnung, worauf sie eigentlich hinauswollte.

„Anfangs war das überhaupt nicht so. Ich hatte vier Töchter. Aber die reichten mir nicht. Du warst mir von allen der Liebste. Und das lag nicht nur daran, dass ich keinen Sohn hatte. So viele von unseren Freunden hatten Jungen. Und hätte es bei euch nicht auch Ankush gegeben? Aber du? Alles an dir war so spontan, so unverblümt. Zorn, Ärger, Freude und Zuneigung. Alles ein bisschen maßlos, ein bisschen gierig. Ich erinnere mich an einen Brief, den du meinem Bruder aus Bangalore geschrieben hast. ‚Lieber Baba, hier ist eine Fieberepidemie ausgebrochen. Sanjayi hatte hundert Grad Fieber. In Europa hätte sie gekocht.'"

Sie unterbrach sich plötzlich.

„Kushank, Kushank?"
„Ich bin noch hier, Tante."
„Hast du genug? Ich hab seit heute Morgen auf dich gewartet. Vierzehn Stunden lang. Na, nicht direkt gewartet. Ich war mir nicht sicher, ob du überhaupt kommen würdest. Aber ich versuchte, es offen zu lassen, ob du kommen würdest oder nicht. Das schien das Warten irgendwie leichter zu machen. Die Krankenhausuhr hämmert einem die Zeit wie Nägel ins Bewusstsein. Aber sie würde auch schlagen, wenn ich taub wäre. Was habt ihr mit eurer Mutter gemacht?"
„In den Wind gestreut. Von den *ghats* bei Khandala aus."

Im schaukelnden Waggon versuchen, das Gleichgewicht nicht zu verlieren, nach einer geeigneten Stelle Ausschau halten. Schließlich, direkt hinter einem Tunnel, sich mit völlig unbeteiligter Miene zur Tür hinauslehnen, das Tal von Khopoli bewundern und rasch das Päckchen aus der Hand fallen lassen. Beinahe eine Minute lang blieb es am nächsten Waggon hängen. Dann ging die Verschnürung auf, und Asche und Knochenreste flogen davon.

„Jetzt dauert's nicht mehr lang."
Ihre Beine streckten sich unter dem Laken langsam aus. Ich hatte die Tante noch nie so friedlich gesehen.
„Wirst du mich ins Meer bringen?"
Mir fiel die Krankenschwester ein, die unten am Empfangstresen gesessen und geschlafen hatte. Den Kopf auf den verschränkten Armen. Sie war hochgeschreckt, als sie meine Schritte gehört hatte.
„Zu wem wollen Sie?"
„Zu Missis Reghla. Sie liegt im zweiten Stock. Da ist sie doch noch, oder?"

„Ist das vielleicht eine Zeit für Besuche? Kommen Sie morgen früh wieder!"
Auf der Treppe Sanjayi. Ihre Augen wie zwei Löcher voll von Dunkelheit.
„You win", zischte sie bitter.
Immer noch dieselbe Sprache. Wenn wir früher, als ich noch ein Kind war, ins Kino oder Theater gingen, zog ich Baba alle paar Minuten am Ärmel. Comedy, tragedy, bullfight, social, problem play – was da vorne auch abgehen mochte, meine einzige und all meine Sinne beschäftigende Frage war: „Wer gewinnt?"
Sobald wir wieder zu Hause waren: der Zorn des Vaters. Baba legte mir die Hand auf die Schulter.
„Wenn du mich das nächste Mal wieder mit deinen Fragen nervst, nehm ich dich nicht mehr mit. Verstanden?"
Das nächste Mal kam, Baba war restlos in den Film versunken, ich versuchte mit aller Kraft, mich zu beherrschen, und dann platzte die Frage wieder aus mir heraus: „Wer gewinnt?"
Aber jetzt bin ich kein Kind mehr. Jetzt spiele ich nicht. Und ich habe keine Ahnung, was du für ein Spiel spielst. Ich will's auch gar nicht wissen. Also kann ich auch nicht gewinnen – nicht wahr, Sanjayi?

„Ich mag jetzt nicht mehr warten."
Kakus Füße lugten unter dem Laken hervor. Wie kurz sie war. Eine hässliche Zwergin. Und Baba sagte immer, sie sei einmal sehr schön gewesen. Mag sein. Manchmal muss man den Leuten einfach glauben.
„Ich hatte es satt, auf dich zu warten. Und was, wenn du, nach den ganzen Streitereien mit diesen Gören, schließlich doch nicht gekommen wärst?"
Ihr Gesicht, das von den Schlaganfällen viel abbekommen hatte, verzog sich noch weiter vor Anstrengung.

„Zuerst die Töchter und dann dieser Padre. Sie trauten ihren Ohren nicht, als ich sagte, dass ich nicht begraben werden will. Sanjayi, Premangi, ach was, alle vier, scheinen sich einzubilden, ich würde nur deshalb wieder zum Hinduismus zurückkehren, um ihnen eins auszuwischen. Ganz anders der Padre. Der meint, das wäre ‚nicht Tradition'. Man könnte die Religion, der man bei der Heirat angehört hätte, anschließend nicht wieder aufgeben. ‚I am sorry', sagt er und schüttelt den Kopf. ‚Aber Einäscherung kommt überhaupt nicht in Frage. Denken Sie doch noch einmal darüber nach', sagt er. ‚In aller Ruhe. You are in no condition to take such a decision. Ich werde nicht zulassen, dass Sie gegen Ihre eigenen Interessen handeln. Außerdem, was ist mit der heiligen Kirche? Sie würden der kommenden Generation ein schändliches Beispiel geben!' Und dann alles wieder von vorn, Religion und Gott, blablabla.

Was für Vollidioten, alle, und ich auch. Im Ernst, was meinst du? Glaubst du etwa, es drängt mich wirklich wieder zur Religion meiner Kindheit? Nein, ich nehme die Frage zurück. Keine Fragen. Wird schon so sein. Aber ich gebe keine Religion auf, welche auch immer. Was würde Gott dazu sagen? Der ist ja schließlich auch noch da. Keine Ahnung, ist seine Sache, soll er sich doch was ausdenken. Bis jetzt hat er sowieso nichts von sich hören lassen.

Als ich weiter stur geblieben bin, sagt der Kerl doch allen Ernstes, ich wäre nicht mehr zurechnungsfähig. Sagt der doch zu den Mädchen: ‚Lasst euch das vom Arzt bescheinigen! Fürs entsprechende Honorar macht er das garantiert. Wenn ihr das nicht tut, bezahl ich's aus meiner eigenen Tasche. Gott wird mir diese gute Tat dereinst anrechnen.' Und das alles in meiner Gegenwart, als wäre ich schon tot! Und als Premangi sich weigert, sagt er doch glatt: ‚Ihr werdet alle vier exkommuniziert!' Tripti war schon ein wenig erschrocken. Aber Sanjayi hat ihn angeschnauzt, wenn er sich einbilden würde, sie durch Drohungen einschüchtern zu können, hätte er sich gewaltig geschnitten."

Eine kurze Weile schwieg sie. Als sie wieder sprach, kam ihre Stimme von ganz weit her.

„Es ist nichts mehr übrig. Kein Weg mehr, auf dem wir uns entgegenkommen könnten. Sie haben nur noch Hass für mich übrig, alle vier, eiskalten Hass. Kein sehr angenehmes Vermächtnis. No. Not a pleasant memory to take with me, either. Und genauso sehr wie mich hassen sie auch dich und sind wütend auf dich. Weil ich dich habe rufen lassen. Du hast mir immer noch keine Antwort gegeben. Obwohl ich wie ein Wasserfall geredet habe. Um sich im Dunkeln zurechtzufinden, reicht es nicht, blind zu sein."

„**D**as ist free", sagte er.

Khakhifarbene Shorts und tiefblaues Shirt. Ich sah ihn verständnislos an, also ließ er sich zu einer Erklärung herab: „Für mich."

„Aha", machte ich und verstummte wieder.

„Gar nicht schlecht, wie? Solche Vergünstigungen für das Personal?" Er wölbte die rechte Augenbraue zu einem Fragezeichen.

Musst du mir unbedingt das Ohr ablabern? Lass dich doch einsalzen, du und deine sociability!

„Gibt es auch Vergünstigungen für die Familie?"

Ich bemerkte meinen Fehler zu spät. Er nahm meine Frage tatsächlich ernst. Und sie stürzte ihn augenblicklich in Verwirrung. Sie war ihm bislang noch nie in den Sinn gekommen. Er kratzte sich den Bart und bemühte sich, irgendwo in der Leere seines Kopfes eine Antwort zu finden. Ich hatte mich auf die steinerne Stufe gesetzt, und er gesellte sich jetzt zu mir.

„Keine Ahnung." Er schüttelte den Kopf und sagte noch einmal: „Keine Ahnung."

Dann schwieg er ein paar Minuten. Zerzauste sich den Bart.

„Muss mich noch erkundigen. Aber für mich selbst hab ich überhaupt noch nix festgemacht. Ich halt ja eigentlich nichts von so 'ner Hetze. Mann, das ganze Leben ist 'ne einzige Hetze, und dann auch noch da hetzen? Also, wenn's nur die Hand oder der Arm wär ... so abgehackt, Sie verstehen? Oder nicht? Wär doch echt 'ne Idee, wie? Ich hab immer so kauzige Einfälle im Ärmel. Ich mich selbst bestatten! With electric cremation! Das da hinten ist ein kleines Guckloch, zum Von-außen-Durchgucken. Auch zur Ganga würd ich mich selbst bringen. Am einen Arm ist kein Arm mehr dran. Am anderen Arm ist noch'n Arm dran, na? Was ist das? Ich zeig's Ihnen. So ein Feuer kriegen Sie Ihr Leben lang nie wieder zu sehen. Jetzt ist er noch da, und in einer Minute: fschhhhh! Nix mehr. Futsch."

„Nein, danke. Ich möchte lieber hier sitzen bleiben."

Hinter uns drang das Plätschern eines Springbrunnens durch das kunstvoll durchbrochene Zement-Gitterwerk. Hier könnte man gut schlafen. Wenn man wirklich müde wäre. Wie ich jetzt. Allein oder zusammen mit einer Frau. Weil da ein kleiner Brunnen ist.

„Warum?"

„Einfach so."

„Ihre Mutter?"

Dein Vater, du Scheißkerl! „Nein."

„Eine Verwandte?"
„Nein."
„Irgendwer." Er nickte verständnisinnig. „Na, und wenn schon. Heute die, morgen Sie. So wissen Sie wenigstens, was da auf Sie zukommt. Na, fällt Ihnen da noch 'ne Antwort drauf ein?"
Nein. Keine Antwort. Mitten im Springbrunnen. Hoch oben darüber ein vierzehn Tage alter Mond. In der Ferne eine *Ganpati*-Prozession. Was für ein Gedränge. Siebzehnhundert Hindernisse bis zum Ziel. Diese Straße ist gesperrt. Die da ist nur für Kleinfahrzeuge frei. Und die da hinten nur für Hellseher. Kaku hat sich einen prima Tag ausgesucht. Ein paar Kränze. Alles in allem – wie viele? – na vielleicht sieben Trauergäste, einschließlich der Tante selbst. Ein bisschen Geflenne. Dann wurde es für alle ziemlich spät. Zeit zu gehen. Bye, Kushank.
Er und ich. Die Schienen, auf denen die Tante in den Ofen gerollt war, bis ans Ende der Kammer, Tropfen vom Springbrunnen auf dem Körper. Aus dem Glimmerguckloch der schweren eisernen Tür flackerndes Rot. Ringsum fürchterlich sengende Luft. Bye, Kaku. Mutter sagte immer: In Hindifilmen sind die Menschen erst dann wirklich tot, wenn man gesehen hat, wie sie auf den Scheiterhaufen gelegt werden. Du hast alles umgeschmissen, Kaku. Vom Fahrrad-Zeitalter mit einem Sprung ins Hightech-Zeitalter.
„Haben Sie 'ne Urne dabei?"
Als keine Antwort kam, versuchte er zu verhandeln: „Eine Pappschachtel oder so?"
„Nein."
„Nichts? Ja, worin wollen Sie sie denn mitnehmen?"
„Keine Ahnung."
Kaku, lass uns hier aufhören, ja? Ich hol dich morgen früh ab.

Er warf mir einen geringschätzigen Blick zu.
„Dann warten Sie mal hier." Er entfernte sich brummelnd: „Kommt mit vier Frauen angetanzt, aber an einen Henkelmann zu denken, das ist wohl zu viel verlangt ..."
Fünf Frauen. Kaku.

Handtuch? Nicht am Haken. Ein, zwei Minuten lang betrachtete ich das Boot in der Wanne. Eine See war versehentlich über das Deck gegangen und hatte die Flamme gelöscht. Vom öligen Rauch war das Schiff ganz schwarz geworden. Handtuch? Ich durchwühlte meine feucht gewordenen Klamotten, Hemd und Pajama. Das von Kaku war auch nicht da. Und nach Kaku zu rufen hätte auch nichts genützt.

„Sieh zu, dass du endlich fertig wirst! Ich hab Missis Svaminathan gesagt, dass ich spätestens um elf bei ihr sein würde."
„Ich komm nicht mit."
„Wieso denn auf einmal nicht? Heute morgen beim Frühstück hast du noch Ja gesagt."
„Ich hab keine Lust. Ich bleib zu Hause."
Es sah so aus, als ob sie gleich sauer werden würde.
„Also, was ist denn los?" Tiefer Seufzer. Dann lachte sie plötzlich und zog mich an sich.
„Du willst das Boot fahren lassen, stimmt's?"
Ich starrte auf den Boden.
„Bevor du nicht Ja gesagt hast, mach ich dir den Docht nicht an!"
„Ja."

„Und du wirst ganz bestimmt die Finger von der Streichholzschachtel lassen? Sag: Promise!“
„Promise.“
„Und zwar auch, wenn die Flamme ausgeht oder der Docht weg ist?“
„Promise.“
„Und du gehst auf keinen Fall raus in die heiße Sonne. Ich bin spätestens um eins zurück. Wenn du vorher Hunger kriegst, nimm dir von den Weintrauben auf dem Tisch. Kushank, schau mich an und sag Ja, guck nicht zum Boot hin! Hast du verstanden, was ich dir gesagt habe?“
„Ja.“
„Gut, ich geh dann. Heute hast du vermutlich sowieso nichts anderes mehr im Kopf als das Boot.“

Handtuch? Ich rase wie ein Wilder tropfnass in mein Zimmer. Wenn ich nicht nach links und rechts schaue, sieht auch niemand, dass ich pudelnackt bin. Links, auf der anderen Straßenseite, ein umzäuntes Gelände. Rechts, in einiger Entfernung, der Bungalow der Shrinivasans. Sonst weit und breit nichts. Scheuklappen vor den Augen.
Das Zimmer. Meine Augen fielen aus den Höhlen und plumpsten mir in den Magen. Starrten dabei aber weiter. Ich sog mir gierig den Bauch voll, heißhungrig. Glotzte, schlang, schluckte mit jeder einzelnen Pore meines Körpers. Aminara von den Rustums nebenan, zu denen ich unter keinen Umständen ins Haus durfte, hatte Kaku mir eingeschärft, also die Aminara hatte keine Choli an und trug auch nicht das weiße Ding darunter, was die Tante immer trug. In meinem Kopf ein Feuerwerk von Funken. Zwei rosige Früchte, an der Spitze lila-violett, tütenspitz zulaufend unter den ausdauernd zwirbelnden

Fingern des Onkels. Im nächsten Moment rutschte sein langer schmaler Körper an ihr runter. Blieb scheinbar irgendwo stecken. Dann platzte vor meinen Augen die Spalte seines bleichen Hinterns auseinander, und schon ging's wieder hoch. Hoch, hoch, hoch, kurze Atempause auf dem Gipfel, Backen zusammengekniffen ... und ... wieder rein! Ihr fester Körper zerging um ihn. Würgte ihn krampfhaft aus und schlang ihn wieder in sich hinein. Mein zitternder Körper als Echo auf ihr erschöpftes Stöhnen.

Ihre Augen öffneten sich langsam. Trunken, verschwommen. Am Himmel Granatäpfel, platzend. Rote Saftkörner zerspritzten in mir, füllten mich, schwellten mich unerträglich. Randvoll von Schmerz, Durst, Lechzen, immer mehr, immer mehr. Ich ein einziges schlürfendes Auge. Ihr Blick wie ein Nagel in meinem Fleisch. Ich gespannt geschwollen, verhärtet, qualvoll.

„Look, look!", rief sie.

Die Ungläubigkeit in ihrer Stimme war ebenso atemlos wie ich.

„Guck, wie er ihm steht! The littlest darling I've ever seen! I could lose it in the palm of my hand!"

Jetzt bemerkte auch Onkel meine Anwesenheit. *Kaka* der Lange. Mit seiner hellen, rosigen Haut, den Strähnen weißen Haars, die ihm in die Augen hingen. Er war Gott: *Indra* oder *Vishnu*. Manchmal auch beide gleichzeitig. Seine Hand erstarrte mitten im Zwirbeln. In seinen Augenspalten begann sich die Schlange des Zorns zu regen.

„Was, bitte, tust du hier?"

Baba sagte immer, dass außer dem Premierminister nur noch mein Kaka gutes Marathi sprach. Seine Stimme war nicht lauter als normal.

„Ich hab geduscht."

„Ganz offensichtlich. Wieso bist du nicht mit deiner Kaku mitgegangen?"
Kaku? Welche Kaku?
„Ach, nur so, wegen dem Boot."
„Wie lange gedenkst du, hier noch herumzustehen?"
Aminara starrte mich immer noch an. Ich versuchte hastig, mich mit den Händen zu bedecken. Sie lachte glucksend auf, und Kakas Goldkette rutschte über ihre linke Brust und glitzerte und blendete mich.
„Würdest du bitte so freundlich sein, mir eine Antwort zu geben?"
Ich drehte mich um und lief weg.

Ich war bestimmt seit einer Stunde knochentrocken. Aber noch immer im Bad. Immer noch nackt. Die Füße taten mir vom langen Stehen weh. Die Uhr schlug halb eins, und die Tür ging auf.
„Komm raus. Du hast heute anscheinend nicht mehr vor, dich anzuziehen."
Die Stimme meines Onkels: tief, gebirgig dröhnend. Eine Stimme, die man sich erst verdienen muss.
„Da, nimm."
Kaka wartete, bis ich die Hand ausstreckte. Ein zehn Zoll großer Weihnachtsmann, in Zellophan verpackt. Mit roten Bändchen.
„Iss ihn schnell. Bevor er schmilzt."
Sanft hob er mit der rechten Hand mein Kinn hoch. Dann ein Zischen, eine betäubende Erschütterung, eine Ohrfeige, die mir das Gesicht auf die andere Seite warf. Und während mein Ohr anschwoll:
„Iss. Schokolade gibt's dafür, dass man den Mund hält."
Als die Tante heimkam, war ich bereits am Kotzen. Die vom Weihnachtsmann noch übrig gebliebenen Stiefel zerliefen mir in der Hand, ich wälzte mich hilflos in flüs-

sigem Schokoladenbrei, versuchte, meinen Magen umzustülpen, lag totenbleich herum, steckte mir gelegentlich noch einmal einen Finger in den Hals.

„Goddammit!" Während sie mir mit einem feuchten Handtuch das Gesicht abwischte, fragte Kaku: „Warum zum Teufel hast du ihn nicht davon abgehalten, die ganze Schokolade auf einmal zu essen?"

Die beiden starrten sich bitterböse an. Ich hatte den Eindruck, dass Kaku es nicht ungern gesehen hätte, wenn ich den Onkel vollgekotzt hätte. Und das wäre noch lange nicht genug gewesen.

„Ich hatte gedacht, er mag Schokolade", sagte Kaka.

Plötzlich riss mich die Tante an den Haaren hoch. Einen Augenblick schien sie mich für den Onkel zu halten. Als ich mich wand und zappelte, ließ sie mich wieder los.

„Oh you fool, you clown!", rief sie.

Am zweiten Tag, abends, ließ Doktor Svaminathan, nachdem er mir eine Spritze verpasst hatte, das Schloss seiner Tasche einschnappen und sagte:

„You better call his father. The boy is going to die."

Kaku saß an meinem Bett und schwieg, als ob sie die Kieferklemme hätte. „Der soll's bloß versuchen. Der soll's bloß versuchen!"

Und klappte den Mund wieder zu.

Als ich am siebenten Tage wieder auferstand, lag Onkel bereits auf Eis. Baba war gekommen. Kaku saß immer noch da. Diesmal allerdings neben Kaka. Telegramme, Ferngespräche, Sarg, Blumen, alles war arrangiert. Jetzt mussten nur noch die vier Mädchen eintreffen. Aber Kaku sprach kein einziges Wort. Weder mit den Töchtern, als sie da waren, noch mit irgendjemandem sonst. Nur einmal hat sie mich nachts zu sich gerufen. Bei Kerzenlicht. Während sie auf die Mädchen wartete.

„Es ist Mitternacht. Happy birthday, Kushank. Diese Kerzen hier sind nicht für deinen Geburtstag bestimmt, aber das nächste Mal werden sie alle nur für dich sein. Zwölf Stück. Üb schon mal tief einzuatmen. Denn du wirst die zwölf mit einem einzigen Atemzug auspusten müssen. Und jetzt geh zu deinem Baba."

Sie kam am Nachmittag. Augen wie ein Chiffonschleier. Es war so gut wie niemand mehr beim Onkel. Nur Kaku. Und die ließ traurig den Kopf hängen und sah erst mal nichts. Sie zündete die mitgebrachte Kerze an, stellte sie auf die Holzplanke am Fußende des Sarges, machte *pradakshina* um Kaka herum und blieb dann wieder am Fuß des Sarges stehen. Sie sah zu Kaku hinüber. Ich hätte mich am liebsten vor meine Tante gestellt und sie unsichtbar gemacht. Aber ohne mich auch nur eines Blickes zu würdigen, ließ mich Aminara zur Salzsäule erstarren. Sie stand einfach nur da. Mit ausdruckslosem Gesicht, völlig regungslos. Bis die Tante den Kopf hob und sie ansah.

Das Wohnzimmer in Kakus Haus war schon immer riesig gewesen. Aber seit sie Onkel rausgeräumt hatten, schien es nicht mehr zum Haus zu passen. Eigentlich hatten sie ja nur den Sarg rausgeschafft; Kaka selbst hatte den Raum nicht verlassen. Er war immer noch da. Aber weil er nun mal beschlossen hatte, unsichtbar zu bleiben, musste er ständig hinter mir stehen. Auch jetzt. Obwohl schon so viele Nächte vergangen waren. Und weil ich mit dem Kopf auf Babas Schoß eingeschlafen war, stand er jetzt hinter ihm.
Wie lange hatten diese Leute vor, hier noch schweigend herumzusitzen? Als Papa die Tante ins Wohnzimmer gerufen hatte, war es dreiviertel zwölf gewesen. Gleich

würde es halb eins schlagen, und Kaka würde die Badezimmertür aufmachen.
Alle saßen blöd rum. Auch Baba. Und morgen früh um halb sieben fuhr unser Zug. Mutter hätte hier sein müssen. Am Vorabend einer Reise scheuchte sie uns immer alle um halb zehn ins Bett.
Kaku lassen wir mal beiseite, aber was war mit diesen vieren los? Seit Kaka tot war, existierte ich schlicht nicht mehr für sie. Und wie hatten sie mich vorher gehätschelt! Kushank, Schokolade, Kushank, ein Buch, Kushank, Kino. Kushank dies und Kushank jenes. Und wenn ich mich jetzt zu ihnen setzen wollte, fragten sie argwöhnisch: „Hat Mama dich geschickt?"
Wenn ich dann wie ein Dummkopf zurückfragte: „Wohin?", sagten sie: „Was heißt hier wohin, du Hohlkopf? Hierher! Zu uns!"
Ich ließ mich von ihren Pöbeleien nicht abschrecken und fragte: „Wozu?"
„Shut up! Sieh zu, dass du Land gewinnst! Du verstehst das sowieso nicht", sagte Sanjayi, die Jüngste, verächtlich und dank hochgerecktem Kinn von oben herab. Sie wandte sich dann sofort wieder zu ihren drei Schwestern, und los ging das Getuschel.

Ich ging auf Sicherheitsabstand und schrie:
„Wartet's nur ab! Ich geh zu Kaku und erzähl ihr alles!"
„There, didn't I tell you?", zischte Premangi ihren Schwestern zu. „Didn't I tell you that the rascal was a spy?"
Ich würde Baba bei Gelegenheit nach der Bedeutung des letzten Wortes fragen. Aber an der Tür musste ich doch noch eins draufsetzen und schrie: „Yes, yes. I am a pie!"

Es war derart still, dass ich allmählich fast einschlief. Baba hatte sich zwar bereits zweimal geräuspert, aber seine Stimme hätte das durchaus noch ein drittes Mal vertragen.

„This is going to be difficult. Ihr werdet mir schon helfen müssen."

Weil keine Antwort kam, machte ich die Augen auf. Premangi und Urmila auf dem roten Teppich und Sanjayi und Tripti hinter ihnen auf Stühlen. In der linken Ecke ganz für sich allein Kaku. Sie hatte die Brille abgenommen und sich zwei Finger der rechten Hand in die Augen gebohrt. Seit dem Tod des Onkels saß sie auf diesem Stuhl und bohrte in ihren Augen. Bald würden sie völlig im Schädel verschwunden sein.

„Eine von euch vieren wird wohl hier bleiben müssen", sagte Baba.

Tripti warf Baba einen stechenden Blick zu.

„What for?"

Baba antwortete in gereiztem Ton:

„Muss ich euch etwa auf Knien bitten, bei eurer eigenen Mutter zu bleiben?"

„You would be wasting your time", gab Premangi kühl zurück.

Baba nahm sich zusammen.

„Stop being theatrical! Ich wünschte, euer Vater wäre hier und würde euch den Kopf zurechtrücken!"

„He isn't and you can't blame us, can you?"

Das war wieder Tripti.

Baba legte meinen Kopf auf die Couch und ging zu Sanjayi hinüber.

„Du bist die Jüngste. Du bleibst doch, oder?"

„Ich? Ich soll mein Studium mittendrin abbrechen und hierbleiben? Ich denk nicht dran!"

Vater schaute in Urmilas eisig abweisendes Gesicht und gab es auf.

„All right. Kushank wird hierbleiben."

„Nein! Ich nicht!" Ich sprang auf, lief zu Baba und warf mich auf den Boden. „Ich will mit nach Hause!"
Ich hielt seine Füße krampfhaft umklammert, aber er richtete mich nicht auf. Und ohne Kaku anzusehen, wusste ich, dass ich ihrer apathischen Maske endlich einen Sprung beigebracht hatte.

Wenn ich am Morgen aufstand, schwirrte mir der Kopf vor lauter Zimmern. Kakus Zimmer, Babas Zimmer, jetzt wieder unbewohnt, mein Zimmer. Ich ging durch Millionen von Türen, und immer waren noch weitere Zimmer da. Noch ehe ich auch nur einen Schritt aus dem Bett gemacht hatte, hatte ich mich schon in diesem Zimmerlabyrinth verlaufen. Wenn ich nachts einschlief, ließ ich die Zimmer hinter mir. Aber kaum wachte ich morgens auf, tanzten sie mir wieder vor den Augen. Endlose Ketten und Fluchten von Zimmern. Nach links, nach rechts, in alle acht Richtungen, die ich in der Schule gelernt hatte. Selbst wenn ich sie auf Englisch sagte. Ganz hinten ein Zimmer, in der Mitte ein Zimmer, vor mir ein Zimmer. Sanjayis, Premangis, Urmilas, Triptis Zimmer, Onkel-und-Tantes Zimmer, das Gästezimmer, Küche, Balkon, Terrasse. Gab's denn vorher auch schon so viele davon? Bevor Kaka starb? Von Anfang an? Seit ich jedes Jahr hier meine Ferien verbrachte?
Ich ging von Zimmer zu Zimmer und nannte jedes beim Namen. Die Gewissheit ihrer Anzahl nahm ich nach jedem Zählen mit ins Bett. Und sobald ich die Augen schloss, entglitten sie mir wieder, wie Seifenblasen trieben sie dahin, knallten gegeneinander und zerplatzten im Flüstergewölbe meines Kopfes. Aneinandergeklebte, einwändige Zimmer, hinter Türen versteckte, bei der leichtesten Berührung plötzlich wie Segel umschlagende, wie Luftballons frei in den Lüften schwebende, hier-

hin und dorthin treibende Zimmer. Himmelherrgott, ich hab das Esszimmer vergessen! Und wieder von vorn, von einem gottverdammten Zimmer ins nächste traben und zählen. Bis zur Küchentür, wo ich stehen blieb und darauf wartete, dass Muthamma vom Chapati-Rollen auf- und zu mir hinsah.

„He, was ist los? Hast du vor, da festzuwachsen?" Dann, kurze Zeit später: „Hast du deine Zunge verschluckt?"

„Muthamma?"

„Sag, was du zu sagen hast, und stiehl mir nicht die Zeit! Ich kann nicht einfach so rumstehen und Löcher in die Luft gaffen! Also, sagst du jetzt endlich, was du zu sagen hast, oder nicht?"

Da platzte es aus mir raus:

„Muthamma, kannst du zählen?"

„Was sagst du? Du bist jetzt schon so lange hier und kannst immer noch nicht anständig Hindi reden?"

„Count, count machen?"

„Was willst du denn, dass ich zähle?"

Ich gestand es ihr, gequält:

„Zimmer."

„Hay Rama, *Bhagvan*, ich schwör bei *Phaneshvar Venkateshvar*, ich sag das der Memsahib! Wie du mich quälst! Und das alles bloß, weil das Kismet mich analphabetisch gemacht hat! Ich ruf sie jetzt! Bleib du hier stehen, und ich ruf sie!"

Der Schock fuhr mir in den Bauch.

„Kaku? Nein!!! Ich berühr deine Füße! Versprich mir, dass du sie nicht rufst, versprich es, bitte, versprich es!"

Meine Stimme nahm hektisch eine immer panischere Tonlage an.

Zimmer. Eindimensional, einfarbig, aseptisch weiß, albinoweiß, lepraweiß, Mistkerle, Furzer, von den eigenen Gasen angetrieben. Und dazu die schwarze Tante. Im

Kleid oder Sari. Auch die Bluse schwarz. Die das Reden fast gänzlich aufgegeben hatte und wie eine Mumie auf dem Sofa saß. Nur zum Essen stand sie auf, und um aufs Klo zu gehen. Das war's.

Aber ihr steinernes Schweigen sog alles ringsum in sich auf, wurde dichter und dichter.

In den ersten Tagen kamen noch Leute zu Besuch. Doch Kakus verbissenes Schweigen leitete ihr Mitleidsgetue und ihre sprudelnden Fragen zwangsläufig sofort auf mich um. Kaku verhielt sich ihnen gegenüber nicht direkt unfreundlich. Weil aber diese Leute von mir eine intensive Anteilnahme an ihren nichtsnutzigen Fragen erwarteten, hatte ich bald das ärgerliche Gefühl, dass Kaku sich mir gegenüber irgendwie unfair verhielt – dass sie mir den Schwarzen Peter zuschob. Dauernd saß sie mit gesenktem Kopf da, und plötzlich schoss ihr Blick kurz hoch. Wenn die Augen der Gäste und die ihren sich dabei zufällig trafen, brach eine beklommene Unruhe aus, und dann hatten es alle sehr eilig zu verschwinden. Dieses Misstrauen, das in ihren Augen aufflackerte, habe ich nie begriffen, aber es ging mir durch und durch, wie ein eisiger Schauder. Meine hilflosen Wanderungen durch die endlosen Räumlichkeiten der Wohnung waren irgendwie ein Symbol, die Verlagerung von Kakus Zweifeln nach außen.

Die Gäste standen auf und gingen. Und ließen sich nie wieder blicken. Aber sie haben nie verstanden, dass dieses skeptische, zweifelnde Misstrauen nicht sie meinte, sondern auf Kaku selbst bezogen war und nur deswegen so allumfassend, so hoffnungslos und vernichtend war.

Um etwas Zeit totzuschlagen, ging ich ab und an runter in die riesige Elektrowerkstatt der Shrinivasans. Weil ich mich mit ein paar Technikern dort angefreundet hatte, warf mich der Gurkha nicht raus. Aber die Shrinivasans waren überzeugte Arbeitsethiker, und sie setzten bei ihren Angestellten dieselbe selbstlose Begeisterung für ihr Handwerk voraus. Also hatten die Männer keine Zeit für mich und drückten mir allerlei Klimbim in die Hand, damit ich mich selbst beschäftigte: durchgebrannte Glühbirnen, schwarz angelaufene Röhren, eine ausgemusterte Platine. Von der Werkstatt pilgerte ich dann weiter in den Tabak- und Pfeifenladen nebenan. Aber die Pfeifen waren immer dieselben.

Der Ladenbesitzer fragte mich jedes Mal „How are you, son?“ und zog sich anschließend wieder in seinen braunen Pfeifenkopf zurück.

Draußen die achtzig Fuß breite Straße, der stille Nachmittag, keinerlei Verkehr. Mittagessen, wann immer es mir beliebte. Der Nachmittag, die gefühllose, mit Fassaden verstellte Weite.

Es dauerte immer ewig bis zum Abend, und dann kamen Sambodh und Sushiksh Shrinivasan und Jamshed, der Sohn von den Rustums, aus der Schule. Zu einem Abend gehören vier und auch zu einem Sonntag. Der Sonntag war ein einziger langer träger Abend, der bereits am Morgen begann. Den Rest der Woche über schluckte ich meine Tränen runter, bis mir die Kehle wehtat, oder ich langweilte mich zu Tode. Meistens mit trockenen Augen. Im Torbogen zwischen dem Haus der Tante und dem der Rustums.

Nachmittags, wenn ich gegen die Wand gelehnt dastand, machte mein Mund „Aah!“, und Erinnerungen an vergangene Ferien strömten mir in den Kopf. Dann kam Sanjayi vorbei. Gelegentlich auch Kaka.

Sie war aufs Bett gestiegen und hatte sich gegen den einen Pfosten des Moskitonetz-Gerüsts gelehnt. Die Arme erhoben, die Achselhöhlen entblößt, die Hände am

Querbalken. Der Kopf hing theatralisch auf die rechte Schulter hinab.

„I am Jesus, Kushank", sagte sie, „und du bist die Römer und die Juden. Now quick, quick, bevor mir die Nägel von den Händen und Füßen runterfallen!"

Sie ließ mit der linken Hand los und zeigte auf das Körbchen, das auf dem Bett lag:

„Setz mir die Dornenkrone auf! That will kill me."

„Nein, nein, du bist gar kein Jesus! Steig da runter!"

„Kushank – no: Romans, how dare you? Ihr müsst mich töten!"

Jetzt fing sie an zu stöhnen. Richtig gequält zu stöhnen. Von ihren Händen und Füßen lief das Blut nur so runter, wie auf den Heiligenbildern.

„Nein!" Ich fing an zu schreien. „Ich lass dich nicht sterben, Sanjayi! Versprich mir, versprich mir, dass du da jetzt runterkommst!"

„No. Gleich sterbe ich, and my mother Mary will begin to cry. Kushank, did you hear me? Gib mir meine Krone!"

Jetzt wurde ich völlig hysterisch, schrie und schlug mit dem Kopf gegen die Wand.

„Ich lass dich nicht sterben, ich lass es nicht zu!"

Kaka packte mich am Schlafittchen und brüllte Sanjayi an: „Mach sofort, dass du da runterkommst! Du und deine sadistische Klosterschule! Und du hörst augenblicklich auf zu heulen, Kushank! Was ist denn jetzt aus deinem ständigen ‚Junge oder Mädchen' geworden, hä? Wenn du auf der Straße ein Pferd oder ein Kamel siehst, einen Hund oder eine Ratte, ist doch deine Standardfrage: ‚Junge oder Mädchen?' Was bist denn du? Doch wohl ein Junge, oder? Warum hörst du dann nicht mit der Flennerei auf? Schluss jetzt, hört endlich auf mit diesem gottverdammten Christus! Ich erzähl euch die Geschichte von Odysseus und seinen Kumpanen."

Auf dem Balkon ein kühler Wind und Regen. Gemäß den Instruktionen von Sanjayi hatte ich mein Buschhemd bis unten hin aufgeknöpft. Sie kam mit gezierten Schritten hereingetrippelt. Wasser, Schlamm, die Füße der Königin. Das Buschhemd blitzschnell vom Körper gerissen und vor ihr auf dem Boden ausgebreitet.
Sanjayi belohnte mich dafür mit einem huldreich süßen Lächeln.
„Thank you, my Lord Raleigh."
Ich war von ihrer Schönheit berückt. Schier geblendet. Mein neuerdings angedeuteter Adamsapfel war beim Hüpfen auf halbem Weg erstarrt.
„Knie dich hin, Blödmann, ich schlag dich zum Ritter!"
Ich auf den Knien, nur in Shorts. Bereit, mir den Kopf für die Königin abschlagen zu lassen. Sanjayi klopfte mir mit dem Lineal erst auf die linke Schulter, dann auf den Kopf und schließlich auf die rechte Schulter.
„I, Elizabeth, Queen of Britain and all her domains, dub thee knight. Erhebt Euch, Sir Walter Raleigh."

Wenn es ein Problem gab, dann mit dem Onkel. Wir konnten nämlich nie so recht entscheiden, wo wir ihn genau platzieren sollten: *Lakshmi Bai*, der Papst, Thor, *Padmini*, Christus, Helena, *Arjuna*, Venus, Hektor, Shivaji, *Lala Lajpat*, Scarlett O'Hara, Achilles, *Karna*, Jupiter wurden alle schon mühelos von uns abgedeckt. Mir persönlich war *Dattatreya* wegen seiner Hunde immer am liebsten. Weil er aber auf den quietschbunten Postern immer so tuntig aussah, behielt ich meine Meinung für mich.
All diese verschiedenen Inkarnationen standen uns prinzipiell zur freien Verfügung. Dennoch beschlich mich zuweilen der Verdacht, dass mir großes Unrecht geschah. Die Mädchen wurden einfach, wozu sie gerade

Lust hatten: Helena, Juno, Franz von Assisi, *Akbar* oder wer auch immer. Ich aber brauchte nur einmal Jeanne d'Arc sein zu wollen, und schon lachte mich Sanjayi aus: „Don't be silly! You can't be a girl!"

„Du darfst mich nicht direkt anschauen, Kushank!"
„Wieso nicht?"
„Weil du auf meine unendliche Schönheit den bösen Blick werfen würdest. Ich bin Padmini. Hab ich dir nicht gesagt, du sollst mich nicht anschauen? You may, however", fügte sie mit größtmöglicher Herablassung hinzu, „look at me in the mirror."

Doch ihr Papa? Sanjayi sprach das schönste „Pa" der Welt aus. Wenn sie das „P" in „Pa" aussprach, platzten ungeduldige Blütenknospen auf. Ihr „Papa" kam so liebkosend, dass es wie eine Flaumfeder in den Fingern einer kaum spürbaren Brise kitzelte. Wenn sie Papa sagte, breitete Sanjayi die Arme aus und stürzte sich mit selig verklärtem Antlitz vom einundzwanzigsten Stock eines Hochhauses in die Arme ihres Papas. Papa, der einhundertzehn Buchseiten in der Stunde las, überall in der Welt herumgereist war, ohne Sattel reiten konnte, der Papa mit dem zärtlichen „Pa" vorne dran, der in Zeitlupe gepustete Seifenblasen zum Platzen bringende Papa.
Unser aller Held – Papa. Weshalb wir auch niemals entscheiden konnten, wer er denn nun eigentlich war. Sanjayi vertrat lange die Lehrmeinung, er könne nur Christus sein. Aber auch wenn Papa katholisch war, so hielt er doch weit mehr von *Krishna* als von Christus. Die Gita konnte er rückwärts, vorwärts, horizontal, vertikal und diagonal im Schlaf aufsagen. Sang sie allmorgens um halb sechs und danach zu jeder beliebigen Stunde des Tages: Wann immer sich die Gelegenheit dazu bot, rieb

er einem ein paar heilige Verse unter die Nase wie ein Fahrkartenkontrolleur in Zivil seinen Ausweis. Okay, Krishna war schön, aber Papa – meinte zumindest Tripti – konnte er nicht das Wasser reichen. Krishna war blau. Kaka war hochgewachsen, heller als eine Rose, hatte eine edle Stirn und dichte Haare.

„Potiphar, Potiphar, o this Potiphar ..."
Sanjayi und ich marschierten gemessenen Schritts durch das Haus und skandierten dabei unser allerliebstes Kindergedicht:
„Dem sein Po war voller Haar, ganz voll Haar,
Dass kein Loch zu sehen war,
O this Potiphar!
Ließ dann einen Pupser fahrn,
O how relieved he felt!
Och, o, au, ah,
O this Potiphar!"

„He, willst du heute kein Mittagessen?"
Muthamma packte mich an der Hand und schleifte mich die Treppe hoch. „Du weißt doch ganz genau, dass, solange du nicht gegessen hast, die Memsahib keinen Bissen zu sich nimmt, oder?"
Sie saß da, formlos wie ein Monolith. Wegen ihr hatte mich Sanjayi im Stich gelassen und war abgereist. Wie ein Wasserbüffel saß ich bis zum Hals in schwarzem Schlamm. Ich hatte plötzlich eine unbändige Lust, Kaku mit Händen und Fäusten zu traktieren, ihr Stirn, Wangen und Ohren grün und blau zu schlagen und wie ein irrsinniger Derwisch auf ihrem Kopf herumzutanzen.
„Wie lange willst du noch so rumhängen? Runter mit diesem ewigen Schwarz und auf den Müll damit!"

Oh Himmel, *Narayana*, Durga und Joseph! Genau wie meine Mutter, wenn sie wütend auf mich war, hatte ich Kaku, ohne nachzudenken, angeblafft, und genau wie meine Mutter bereute ich meine Worte sofort.

Jetzt würde sie mir bestimmt eine scheuern. Das Essen verlief in eisigem Schweigen. Ich hatte mich mit beiden Händen so fest in den Holzrahmen des Sofas verkrallt, dass es wie bei einem Erdbeben zitterte. Ich hatte mir die Kacke selbst eingebrockt. Sie war nicht nur am Dampfen, sie würde auch gleich explodieren. Und mich völlig zukleistern. Das Weltende war nah.

„Steh auf. Zieh dir was an. Um drei fängt der Film an."

Feine lindblaue Bluse und ein weiß gestreifter Sari.

Von da an ging Kaku mindestens zweimal die Woche ins Kino. Entweder mit Missis Svaminathan oder Missis Narottama oder mit der älteren Tochter der Golwalkars. Aber ich ging nie wieder mit. Mal ganz davon abgesehen, dass sie mich auch nie wieder dazu aufgefordert hat. Bei diesem ersten und einzigen Mal, in „Dillagi" mit Shyam und Suraiya, musste Kaku neun Mal mit mir rausgehen, damit ich Pipi machen konnte. Beim zehnten Mal hat sie mich in ein Taxi gestopft und mich nach Hause gebracht.

Wenn sie zur Drei-Uhr-Vorstellung ging, war sie gegen halb sieben wieder da. Um vier schloss ich die Haustür ab, hängte mir den Schlüssel um den Hals und ging runter, um auf die Nachbarskinder zu warten. Aber dann wurde es Sommer, und Kaku ging wegen der Hitze nur noch in die Abendvorstellung.

Als es klingelte, war ich mit dem Essen noch nicht mal halb fertig. Wenn Tante abends ins Kino ging, war das Essen immer kalt.

„Iss um halb acht, hörst du? Du sollst nicht auf mich warten!"
Mein Essen zog sich dann hin, von halb acht bis beinahe Viertel nach acht. Wenn sie abends ausging, sorgte Kaku dafür, dass Muthamma alle meine Lieblingsgerichte kochte. Aber wenn sie nicht da war, wanderte mir jeder Bissen endlos von einer Backe in die andere. Um sieben wurden Sambodh und Sushiksh reingerufen, damit sie ihre Hausaufgaben machten, dann Jamshed. Danach war ich allein. Ich stieg die vierundzwanzig Stufen rauf, schloss die Tür mit meinem Schlüssel auf und machte sie fest von innen zu. Danach kam überhaupt niemand mehr ins Haus. Außer Kaku, und die hatte ihren eigenen Schlüssel.
Aber das Klingeln hörte und hörte nicht auf. Vom Esstisch aus sah man in der Ferne die Lichter des Shrinivasan'schen Hauses. Die Klingel wurde und wurde nicht müde. Ich fing an zu rennen. Zuerst ins dunkle Nebenzimmer. Dann überall Licht machen. Es klingelte und klingelte. Bohrte sich mir in die Trommelfelle. Und was, wenn er von oben reinkommt? Premangis Zimmer, Balkon, wenn er von da kommt? Die Klingel machte mich fast wahnsinnig. Kakus Zimmer, das von Urmila und von Tripti. Ob ich um Hilfe schreien soll? Und was, wenn mich niemand hört? Und was, wenn er dann weiß, dass ich da bin? Also mit ungewaschener Ess-Hand aufs Klo. Die Kette! Donnerrauschendes Wasser, ertränkt die Klingel vollkommen. Strudel um Strudel, so schnell wie beim Ozeanquirlen seinerzeit, übereinander, ineinander gurgelnd und wieder aufbrodelnd. Gott, wie ich Wasser liebe!
Ich kann die Klingel immer noch hören. Also noch mal die Kette ziehen. Und wieder füllt sich der Kasten mit Wasser. Klotür aufstoßen! Ins Bad galoppieren! Wasser-

hahn aufdrehen! Wie ein Irrer rennen, aufdrehen, rennen, hasten, stolpern, rennen, er hinter dir her! Ans andere Ende der Wohnung geflitzt, in Onkels Klo! Hebel runter! Gegurgel, Geschäume, Gegluckse und Dammbruch! Tohuwabohu im kosmischen Whirlpool! Schnell, bevor mich die Klingel wieder festnagelt, quer durch die Wohnung zum anderen Klo! Und was, wenn er an der Regenrinne auf die Terrasse klettert? Zieh, zieh an der Kette! Ob nun Wasser kommt oder nicht! Zieh! Häng dich dran! Reiß das verdammte Ding herunter! Kaku, Mutter, kommt doch! Bitte, Baba, lass die Klingel aufhören! Please, Ankush, please!

Er kam am nächsten Morgen. Gipsbein und Krückstock.

„Eine geschlagene halbe Stunde hab ich geklingelt! Dann hab ich's aufgegeben. Ich hab die Spülung gehört, den Wasserhahn, und wie jemand dauernd hin und her gerannt ist. Da hab ich mir Sorgen gemacht und noch fünf Minuten weiter geklingelt."

„Kushank, komm bitte mal her."

Ich wollte ihn nicht sehen, aber Kaku rief noch einmal nach mir.

Er war groß. Ungefähr in Kakas Alter. Er sah mich prüfend an, während er auf meine Antwort wartete.

„Weiß nicht. Ich war nicht zu Haus."

Er lachte.

„Lüg doch nicht! Als ich wieder runtergegangen bin, haben sämtliche Lichter in der Wohnung gebrannt."

„Wo warst du?" Kakus Frage klang unerwartet scharf.

„Ich sag dir doch, er war zu Haus! Hat wohl mit seinen Freunden im Haus gespielt."

„Bist du nach dem Essen aus dem Haus gegangen, irgendwohin, Kushank?" Jetzt noch schärfer: „Zu den Shrinivasans?"

„Nein."

„Sonst zu jemandem?“
„Nein.“
„Schön, dann geh jetzt.“

Sushiksh kam schreiend und hüpfend angerannt, um seinen Bruder abzuholen.
„Sambodh! Sambodh! Los, los, beeil dich! Wir gehen ins Kino! Daddy hat den Vertrag gekriegt! Von Murphy's!“
Sambodh schleuderte seinen Kricketschläger in die Luft.
„Yippee! Jetzt werden wir stinkreich! Und ich krieg endlich ein Fahrrad!“
Sushiksh erklärte mir inzwischen:
„Wir gehen in ‚Captain Horatio Hornblower‘! Taramm-tara!“
Er tönte jetzt wie der Sprecher aus der Vorschau:
„See Hornblower on the high seas! Tarammtara! See Hornblower rescue his lady love from the slave-king of Barbary! See! Bang, bang, bang!“
Ich sah das Meer und darauf ein Schiff. Das Schiff wurde vom Wind hin und her geworfen! Sturm! Schwere Seen über Deck! Das Boot randvoll mit Wasser und mittendrin, völlig unerschüttert: Hornblower! Er sah genau wie Kaka aus.
„Sambodh, ob dein Vater mich wohl auch mitnimmt?“
Bevor ich begriffen hatte, was ich da fragte, war es auch schon raus.
„Ich frag ihn.“ Flitzte weg und kam sofort wieder angerannt.
„Ja! Ja! Dich und auch Jamshed! Alle!“
Als ich atemlos ins Wohnzimmer gerannt kam, saßen die Svaminathans zusammen mit Kaku da und schwatzten. Ich sah nur Hornblowers Sturm und tanzte herum: Tarammtara!
„Onkel Shrinivasan nimmt uns mit ins Kino!“

Und ich machte Yippee wie Sambodh vorhin.
„Er wird jetzt stinkreich und kauft Sambodh ein Fahrrad! Er hat Murphy's Vertrag gekriegt! See Hornblower fight the seas!"
Ich fightete ein wenig nach rechts, dann nach links und fragte schließlich: „Ich darf doch mit, ja?"
„Aber Onkel Svaminathan wollte dich gerade auf eine Spritztour mitnehmen, in seinem Auto!"
Langes, langes Gesicht.
Svaminathan machte Tarammtara und schwang mich liebevoll in die Höhe.
„Ach was, das macht doch überhaupt nichts! Ich fahr ein andermal mit ihm spazieren. Lass ihn jetzt mit seinen Freunden gehen. Am liebsten käme ich auch mit!"
Kaku nahm mich mit hinein und half mir beim Umziehen: meine besten Sachen! Man hörte, wie Svaminathan nebenan unter dröhnendem Gelächter mein „See this, see that" nachmachte. Kaku schnallte mir den Ledergürtel zu und zog den Reißverschluss meiner Shorts hoch.
„Kushank, hast du sie gefragt, ob sie dich mitnehmen?"
Ich wollte nicht riskieren, dass sie mir doch noch verbot zu gehen, sagte aber trotzdem Ja.
Kaku nahm mein Gesicht in die Hände:
„Nächstes Mal bittest du nicht wieder fremde Leute um so was, ja?"
„Nein, nie wieder!"
„Dann lauf und erzähl mir heute Abend die Geschichte!"

„Du gehst nicht!", erklärte mir Jamshed, der sich nicht umgezogen hatte.
„Warum?"
„Weil meine Mutter mich nicht gehen lässt. Und wenn ich nicht gehe, gehst du auch nicht!"

„Ach nein? Und wer bist du, bitte schön, dass du mir das verbieten kannst? Kaku hat's mir erlaubt. Sie hat mir selbst andere Sachen angezogen. Du kannst ja hierbleiben – ich geh jedenfalls!"

Als ich mich umdrehen wollte, packte er mich am Handgelenk und riss mich zurück.

„Wag's ja nicht! Mach einen Schritt, und ich erzähl alles deiner Tante!"

„Ach ja? Und was willst du ihr erzählen?"

Aber meiner wütenden Entschlossenheit war die Luft schon ausgegangen.

„Weißt du das nicht mehr? Letzten Dienstag? Weißt du's wirklich nicht mehr? Am Abend? Wen willst du eigentlich für blöd verkaufen?"

Ich wurde allmählich nervös.

„Erzähl's ihr nicht! Please. Ich geh nicht ins Kino, aber versprich mir, dass du es Kaku nicht erzählst!"

„Wer bist du, um so mit mir zu reden? Ich bin der Boss von diesem Viertel. Was ich dir sage, hast du gefälligst zu tun!"

„Boss? Du Blödmann! Eine miese kleine Petze bist du! Los, kämpf mit mir, wenn du dich traust, du miese petzerische Ratte!"

Er verdrehte mir mit aller Kraft den rechten Arm. Bis es ernsthaft wehtat.

„Petze, hä? Sag das noch ein Mal, dann kannst du Gift drauf nehmen, dass ich's deiner Tante erzähle!"

Sobald das Auto der Svaminathans weggefahren war, ging ich rauf. Zusammen mit Jamshed.

„Du bist nicht weg?" Tante traute ihren Augen nicht. „Was ist passiert?"

Ich schwieg.

„Und wo warst du die ganze Zeit?"

Ich schwieg noch beharrlicher.

„Aber warum bist du denn nicht gegangen? Der Film muss doch schon vor einer Stunde angefangen haben."
„Kann sein. Ich hatte keine Lust mehr."
„Lüg mich nicht an!"
Kaku begann nun, ernsthaft sauer zu werden. Ihr Blick schweifte immer wieder hinüber zu Jamshed, der sich wie ein Pfau spreizte.
„Wie sollte er es wagen, wenn ich ihm gesagt habe, dass er nicht gehen soll?"
„Und deshalb bist du nicht gegangen? Weil der da es dir verboten hat?"
Kaku fing an, am ganzen Leib zu zittern.
„Ja oder nein, Kushank?"
Jamshed steckte die Hände in die Taschen, tat noch obermackerhafter und sagte lässig:
„Du bist nicht gegangen, weil ich dich erpresst habe, richtig? Stimmt's oder nicht? Als ich ihm gedroht hab, Ihnen alles zu erzählen, hatte er nichts mehr zu sagen. So war es doch, nicht wahr, Kushank?"
Ich sah ihn an und war nicht einmal mehr verzweifelt.
„Was heißt das, mir alles zu erzählen?" Kaku wurde jetzt richtig giftig.
„Dass er am Dienstagabend bei uns gewesen ist. Der Angsthase! Er hat die Parvez abgeknutscht. Auf die Lippen. Vor allen Leuten."
„Du gehst jetzt auf der Stelle nach Hause", zischte Kaku zwischen den Zähnen.
Jamshed spritzte zur Tür und stolperte dabei ein paarmal über seine eigenen Füße.
„Fragen Sie ihn doch! Fragen Sie ihn, wenn Sie mir nicht glauben", schrie er noch, ehe er verschwand.

Kaku und ich. Im hallengroßen Wohnzimmer. Sie war sich noch nicht darüber im Klaren, wie sie mit mir verfahren sollte. Ich hatte keine Lust, sie anzusehen und ihr Entscheidungshilfe zu leisten. Deshalb blieb es eine ganze Weile still: ich, den Blick auf den Teppich geheftet, sie, all ihre Willenskraft aufbietend, um mich telepathisch zum Aufschauen zu bewegen.

Als sie sich schließlich an die Arbeit machte, stellten wir gemeinsam das ganze Haus auf den Kopf. Kakus Chappals, unfehlbare Wurfgeschosse! Tritte! Kopfnüsse! Ohrfeigen! Anfangs renne ich. Dann bleibe ich stocksteif stehen. Lasse mich auf den Hintern plumpsen. Wälze mich auf dem roten Teppich hin und her. Kakus nimmer erlahmende Hand. Dann noch mein Ledergürtel.

„Warum bist du zu denen rübergegangen? Hatte ich dir nicht gesagt, dass du das nicht sollst? Und hast du es mir nicht versprochen? Red schon! Du Nichtsnutz! Warum redest du nicht? Was haben dir diese Leute erzählt?“

Ihr Haus ist dreckig, Kaku. Unseres ist weiß und schön. Groß. Sie haben riesige Betten und das Wohnzimmer ist gerammelt voll von riesigen Schränken, die bis hoch an die Decke reichen. Gelbe Lampen und vergilbte Wände. Ich hab dich so lieb, Kaku. Ich will da gar nicht hingehen. Die Kette von der Klospülung war gerissen. Es ist weit bis zum Haus der Shrinivasans. Und hinter mir die Klingel, meilenweit zu hören, und dann noch der klingelnde Mensch. Jamsheds Leute haben mich angesehen und gelacht und gesagt: Sei nicht so schüchtern! Aber ich hab nichts gesagt. Dann haben sie die Tochter von Jamsheds großer Schwester gerufen. Parvez. In einem Kleid mit grünen Tüllblumen. Sie ist sechs Jahre alt. Weil sie so schüchtern war, haben sie sie zu mir hingeschubst. Wir haben dir eine neue Freundin besorgt. Sie ist ein Püppchen. Du bist doch ein Püppchen, Parvez, oder? Gib deinem neuen Freund ein Küsschen, Parvez. Sag zu ihm: Ich hab dich lieb! Kiss him, Parvez, kiss him! Und alle sind um mich herumgestanden und haben so Knutschgeräusche gemacht, und bei denen ist überhaupt keine Luft, kein bisschen Durchzug, man kann gar nicht atmen, überall Vorhänge und Schirme an den Lampen, bei uns gibt's Licht, Fenster, Balkone, jede Menge Licht, unheimlich viel Licht, und Jamsheds Vater hat keine Schlaufen an der Hose und gar keinen richtigen Gürtel und bindet sie sich mit einer Schnur zusammen, und sein Unterhemd ist ganz vollgekleckert mit Essen, und Aminara hat immer weiter gezischt: Kiss him, kiss him on the lips!, und Parvez hatte Angst und hat sich an mich geklammert, und da hab ich sie auch umarmt und ihr die Lippen auf den Mund gedrückt.

Schokolade gibt's dafür, dass man den Mund hält.

„Warum weinst du nicht?" Tantes Gürtel und Mund waren jetzt nicht mehr zu bremsen. „Hol dich der Teufel! Was haben die dir erzählt? Los, heul endlich, heul! Was hat dir dieses Pack erzählt? Sag mir, was du weißt!"

Sie klappte plötzlich zusammen, kniete jetzt neben mir. In sich zusammengesackt rüttelte sie an meinen Schultern und schluchzte.

„Sag doch, Kushank, was haben die dir erzählt? Was hat Aminara gesagt? Was hat diese Bagage von deinem Onkel behauptet? Was hat dieses Drecksvolk über Kaka und Aminara für miese Lügen erzählt? Wenn du weinen würdest, könntest du es mir sagen! Please, Kushank ... Hörst du mich? Hörst du nicht ...?"

Mit Kaku in der Tüte auf dem Marine Drive. Schwere See in meinem Bauch und Puddingbeine. Es ist das erste Mal, dass ich hier zu Fuß entlanggehe. Sonst immer im Bus oder im Taxi. Heute fährt hier nichts, und ich habe es auch nicht eilig. Auch sonst ist niemand unterwegs, nicht mal die üblichen Verdauungsspaziergänger. Mit Tante in der Hand an der Brüstung, an der äußersten Kante von Bombay. Ein, zwei Minuten lang die feuchte Salzluft spüren, bis die Augen ganz wach sind.

Ich kenne die Stelle hier. Sie gehört nicht zur Fußgängerüberführung, sondern zur Brüstung darunter. Man sieht sie von hier aus zwar nicht, aber dort wimmelt es von Kakerlaken. Auch wenn man da unten sitzt, merkt man nichts von ihnen. Bis sie dir über die Hand laufen, dich mit ihren Fühlern und Beinchen kitzeln. Sie wohnen in den Rissen der Betonbrüstung. Tief unten: Steinblöcke, Krabben und die Tetrapoden, die Wellenbrecher, vor deren Augen ich einst ertrank.

Examenszeit, in Puna, nachts, zwischen halb eins und eins, das Licht gerade ausgemacht und ins Bett, ins zähe grüne Meer von kübelweise Wörtern und Sätzen und Seiten aus dem Buch über politische Wissenschaften. Eine See, so zäh, dass sie es nie zu einer Welle bringt. Und mittendrin ich, halstief. Bis zum Ufer ist es nicht weit, aber ich spüre keinen Grund unter den Füßen. Mein rasendes sinnloses Gezappel, nur raus, nur raus aus diesem uferlosen, endlosen, grundlosen, klebrigen Glibber. Die See wollte mich weder verschlingen, noch ließ sie mich atmen.

Und die urzeitlichen, uranfänglichen Tetrapoden, die mich belauern. Die mich erst in dem Augenblick freigeben werden, wenn der allerletzte Atemzug in meiner Kehle röchelt. Grauenerregend, die Seele auslotend, bis in unbewussteste Tiefen. Wie planlos verstreute, träge, unnütze, prall geschwollene vierköpfige Schwänze. Die mich immer tiefer und tiefer hinabziehen. Ich hasse sie aus tiefster Seele, aber es gelingt mir einfach nicht, ihnen einen Tritt zu verpassen und mich aus dem grünen Sirup herauszuziehen.

Der Ort, an dem du geboren bist, die Stadt, das Dorf, das Viertel bedeutet für dich tausend Dinge. Jede Stelle, jede Ecke, jeder Winkel ist mit einer Erinnerung, einem Ereignis verknüpft. Hier hast du dir die Hände und Knie aufgeschürft, dir den Kopf angeschlagen und geweint, dort drüben hast du unreife Mangos vom Baum geschlagen, hinter der Schule da drüben hast du Doktor gespielt, zehn Kilometer weiter hast du deinen Abschluss gemacht, im Mahatma Gandhi Pool hast du schwimmen gelernt und im Rathaus geheiratet.

Jedes Ereignis und jede deiner Erinnerungen ist ein Dialog zwischen dir und dem Ort, an dem du lebst. Und auch wenn die Stadt, das Dorf, das Viertel vielleicht nie die Hauptrolle, vielleicht nicht einmal eine Nebenrolle in deinem Leben spielen, sind sie doch so tausendfach präsent, so allgegenwärtig, dass sie die vierte Dimension deines Bewusstseins bilden.

In meiner Erinnerung gibt es jede Menge Bombays. Aber keines davon ist das Bombay der Tetrapoden. Dieses Bombay führt ein eigenes Leben. Es existiert für sich. Du kannst hingehen und es dir ansehen, du kannst es anfassen und dich davon überzeugen, dass es real ist. Aber das ist auch alles. From here on the action passes into her hands. Es ist subterran, symbolisch und archetypisch. Und deshalb prägend, bestimmend.

Wenn du lang genug in Bombay gelebt hast, nimmst du es überhaupt nicht mehr wahr. Wenn du ununterbrochen ein aufgerissenes Maul vor dir hast, merkst du es ja auch nicht, wenn es dich irgendwann verschluckt hat. Wenn dich jemand fragt, wer oder was Bombay ist, denkst du nicht an die Tausenden und Myriaden von Bombays deiner Erinnerung, und selbst wenn doch, würden sie sich doch niemals zu diesem einen Bombay zusammenfügen. Sie sind nicht das wirkliche Bombay. Du könntest dich dein ganzes Leben lang hier herumtreiben, ohne dem Bombay der Tetrapoden zu begegnen. Doch was immer du gerade bist, was immer du gerade tust, fühlst, denkst und trachtest, ist eine unbewusste Reaktion auf ihr Da-Sein.

Einzig weil es die Tetrapoden gibt, kann ich den Marine Drive entlanglaufen und zu Hause in Ruhe meine Zeitung lesen. Sonst fräße das Meer alle zehn Minuten einen weiteren dicken Happen von Bombay weg. Aber es hat seinen Preis, diese Küste zu konservieren, und jeder in Bombay bezahlt ihn. Ob er es nun weiß oder nicht. Der Preis sind die Tetrapoden, die er ständig – in seinem Körper, seinem Geist und seinem ganzen Leben – mit sich herumträgt.

Es gibt noch einen anderen Trick, durch den uns Bombay wach und bei Bewusstsein hält: diese roten und grünen Lichter. Die an jeder Kreuzung wie blöd herumzwinkern. Und wir, wir starren sie an, gebannt, als ob unser Leben von ihnen abhinge. Und dann wird es grün, und ob man nun überhaupt da entlangwill oder nicht, über die Straße will oder nicht, der Herr Vater gerade das Zeitliche segnet, du eigentlich aufs Klo musst, der Vietnamkrieg zu Ende ist, die Leprösen die Stadt erobert haben, Mösen Lotosblüten treiben, Rhinozerosse zu Pingpongbällen kollabieren – was macht es schon aus, was da drüben auf der andern Straßenseite ist, ob überhaupt etwas dort drüben ist, aus dem Weg, du Arschloch, gib Gas, mach endlich Platz, Beeilung, gleich wird's, gleich wird's wieder rot.

Und dann, Schlag halb zehn, ist Schluss mit rot-grün. In der Nacht hat ganz Bombay nur noch ein einziges Auge. Ein gelbes. Blink, blink, blink, wie der Tick eines kaputten neurotischen Nervenwracks. Ob du's siehst oder nicht, ob du bist oder nicht, egal. Nur dieses dauerhicksende Licht und seine regelmäßigen, unaufhörlichen gelben spastischen Anfälle. In der Nacht.

Also los, Kaku, lass uns gehen. Nach Chowpatty Beach, sagte ich und stand auf. Das ist dein letzter Trip. Wenn man am P. J. Gymkhana vorbei ist, liegt rechter Hand das Taraporevala Aquarium. No more fish and chips for you, Kaku. Government Ladies' Hostel. Girlanden von Mädchen auf den endlos langen Balkonen begaffen den Trubel gegenüber. Mein Kopf ist so groß wie eine Null. Hohl und leer. Ich kann nicht mehr, Kaku. Auch die Krähen in meinem Bauch sind jetzt still. Alles nur dumpf und dösig. Ich möchte jetzt am liebsten einschlafen. Genau hier. Das andauernde Gezirpe und Getröte summt und sirrt in meinem Kopf. Ob ich mich hinsetze? Die große Uhr des Yoga-Centers zeigt zwanzig vor zwölf. Hinter mir die Charni Road Station. Ob ich einfach den Zug nehme und heimfahre? Kaku, sag doch was! Sonst schlaf ich ein. Hier, mitten auf der Straße. Ich vergesse die ganze Aktion, verschieb deine Entsorgung auf morgen. Wie weit soll ich denn noch laufen? Wenn du nicht endlich mit mir redest, stehe ich einfach nicht wieder auf. Permanently horizontal.
Und sieh erst mal zu, dass die Horden da drüben weniger Lärm machen. Schluss damit! Auf der Stelle! Sonst werde ich rabiat! Lasst mich schlafen. Nur das eine Mal. Dann werde ich bestimmt nicht wieder darum bitten.
Diese Schweine lassen nicht einmal einen hungrigen Menschen schlafen. Und zu dem nervigen Menschenge-

blöke jetzt auch noch die Trommeln und Zimbeln. Öffentliche Massenhochzeit. Sämtliche Jungen und Mädchen Bombays im Alter zwischen zehn und fünfundzwanzig. Auf einen Schlag! Zwangsweise verheiratet. Und dann ist Ruhe für die nächsten zehn Jahre. Kein Gegröle mehr, keine Feiern. Aber nicht heute, bitte nicht heute. Verheiratet werdet ihr erst morgen. Geht jetzt brav wieder nach Hause. Ich will, dass Tante noch heute ankommt.

Wenn das Gebrüll zunimmt, sich aber nicht bewegt, dann heißt das wohl, dass ich mich ihm nähere. Vorne auf der Charni Road Bridge behauptet Bollywood-Schönheit Asha Parekh: „Um meine Haut zart und geschmeidig zu halten, benutze ich täglich Lux."

Tu ich auch, nützt bloß nicht das Geringste. Zumindest konnte ich bis jetzt keinerlei Wirkung feststellen. Im Neonlicht blaue Zuckerkram-Valas und blaue *kulfis*. Ob ich mir eine Kulfi kaufe, Kaku? Immer dichteres Gedränge. Sand unter den Füßen. Vor mir rhythmisch skandierte Jay-jay-jay-Rufe aus Tausenden von Kehlen. Ein spitzer Ellbogen in meinen Rippen. Wie eine riesige Sturmflutwelle, ein tsunamischer Menschenschwall von der Opera House Bridge herab. Schreie von Zertrampelten und Zerquetschten. Dann eine kurze Entspannung, und ganz Bombay schiebt sich mit einem kollektiven Ruck um fünfzehn Fuß näher an Chowpatty Beach heran.

Und auf einmal verstand ich das Wort, das immer und immer wieder skandiert wurde. Und in meinem leeren Bauch blähte sich plötzlich ein elefantenköpfiger Pummel: Ganpati! Sein Fest! Da hast du dir aber einen tollen Tag ausgesucht, Tante!

Um atmen zu können, starrte ich eine Viertelstunde stur in den Himmel. Ich werde den Kopf jetzt nie wieder runterkriegen. Und dabei Kaku hoch in die Luft gehalten. In der linken Hand. Hoch über dem wüsten Geschiebe und Geschubse.

Jetzt höre ich nichts mehr. Vor mir ein Kreis von Tanzenden, Hand in Hand, besinnungslos wirbelnd. Nach und nach dann *mridang*, Zimbeln, *damaru*, Pfeifen, *pakhvaj* und *lejhim* – ich spiele sie alle allein. Jeder einzelne Ton des Gesamtgetöses entperlt meinem Inneren. Deshalb ist es draußen auch so still und ruhig. Diese ekstatischen Tänzer mit ihren hochgekrempelten Pajamas, aufgebundenen Dhotars, fingerdicken Halsadern, schweißgebadeten Oberkörpern, stampfenden Füßen, halb offenen Hemden, rhythmisch klirrenden Lejhims, allesamt sich wiegend im Takt mit dem Götterbild – alle sind mit mir verkabelt.

Immer rundherum und rundherum im Kreis. Ich bin gefangen in ihrer Formation aus Rhythmus und Rufen. Ganz natürlich, plötzlich und unwiderstehlich hineingesogen. Ich tanze mit, weil ich gar keine andere Wahl habe. Wie all die anderen auch. Wenn dich der Rausch packt, schaut Gott nicht einfach nur zu. Er nimmt dich bei der Hand. Er lässt dich hüpfen, wirbeln, taumeln, zerfließen im Tanz als Ausdruck deiner eigenen Machtvollkommenheit und Wonne. Er tauscht den Platz mit dir, ergreift von dir Besitz und lässt dich in Göttlichkeit zergehen. Wie schwarzes Gift breitet er sich in meinem Körper aus. Aber es ist auch ein berauschendes Gift. Es blendet, dröhnt und zersetzt. Je mehr es dich von innen her zerfrisst, desto klarer erkennst du den Zusammenhang zwischen Leben und Lebenssinn.

Während mein Körperbewusstsein stückweise von mir abfiel, dämmerte mir die Erkenntnis, dass ich keinerlei Gefahr lief, meine Individualität zu verlieren. Ich war längst zu einem Medium geworden. Ich hatte Raum und Zeit kurzgeschlossen, Jahrtausende überwunden und war in das Land meiner Ahnen hinabgestiegen. Ur-Mächte waren mir auf dem Weg begegnet. Archaische Mächte, vor denen Vernunft und Wirklichkeit verblassen und Mythen sich mit Sinn und Kraft und Unausweichlichkeit vollsaugen.

Ich hatte noch nie zuvor getanzt. Aber jetzt wurde der Rhythmus aller Stammestänze der Welt in mir lebendig. Schau, Kaku, sieh her, ich kann tanzen! Wirklich und ehrlich tanzen! Ohne jemals eine Stunde genommen zu haben!

Im schaurigen Neonlicht der Buden zertropfende, schattenerleuchtete Gesichter, kreisrundes wirbelndes Taumeln, immer schneller und schneller, der torkelnde Himmel, das Meer, Chowpatty, das Tamburin in meinen Ohren, überall pinkfarbenes Pulver, das Päckchen aus meiner Hand gerissen. Nein! Finger weg! Das ist meine Tante! Kaku in der Luft, zerstäubt, legt sich wie ein Schleier auf rasende Körper, auf mich.

Ein Aufschrei. Verwirrung. Tumult.

„Asche! Asche! Schwarze Magie! Hexerei! Sieht aus wie ein Tamile! *Shivasena*, Sieg heil!“ Beim ersten Schlag gleich drei Zähne weg! „Das ist ein beschissener Muslim, schau dir seine Augen an“ – sie drücken mir die Gurgel zu –, „die sind rot, die Drecksau, schaut euch seinen Schwanz an, da wird man’s ja sehen! Der Herr steh uns bei! Jay *Bhavani!* Heil Shivaji!“ Sirenen, Polizei. „Was hat der Schwesterficker da gehext?“ Prügel, Bambusknüppel auf den Schädel. Auf die Wache mit blutigen, aufgeplatzten Lippen.

Nur eines auf der Welt ist immer neu: der Schmerz. Wir erleiden ihn, seit es Menschen gibt. Wie oft und wie lange schon, weiß keiner, und dennoch kriegen wir ihn, dämlich wie wir sind, niemals über, nie hängt er uns so sehr zum Hals raus, dass wir wirklich die Schnauze voll haben und ihn über Bord werfen, ihn in die Pampa schicken, ihm die Visage polieren, alle Knochen im Leib brechen, bis er verreckt und wirklich ganz und gar tot ist.

Wenn du mich fragen würdest, was die zwei allerfrischesten Produkte auf der Welt sind, würde ich dir antworten: Schmerz und Leiden. Ob die beiden identisch sind oder wirklich zweierlei, und wenn, welches dann zuerst kam, weiß ich nicht, aber so viel ist klar: Nichts auf der Welt ist so intim, so dringlich und so unentrinnbar. In jedem Augenblick neu, frisch, zart und doch allbestimmend. Du magst erst vor zwei Minuten einen grauenvollen, nervenzerreißenden, Himmel und Seele spaltenden Schmerz verspürt haben, aber deshalb ist er dir jetzt, wenn er wiederkommt, um keinen Strich vertrauter. Und auch wenn dich haargenau derselbe Schmerz zehnmal hintereinander überfällt, ist er doch jedes Mal wieder ganz neu und unverbraucht. Ganz einfach deshalb, weil man sich an Schmerz und Leiden nicht erinnern kann. Du kannst hunderttausend Dinge sagen und hunderttausend weitere erleben, aber für diese beiden gibt es nur ein einziges Mal: das erste. Es ist immer das erste Mal, erster Akt, erste Szene.

Das ist mein zweites Gastspiel auf einer Polizeiwache. Aber kennt man eine, kennt man alle. Variationen gibt es höchstens bei der Farbe der Uniformen. An der Wand immer ein Bild des ewig zahnlos lächelnden Gandhi und eines des jeweils aktuellen Präsidenten. In Benares war es noch *Radhakrishnan*. Hier ist es *Giri*.

Dann prügelten sie mich. Was können diese Leute prügeln! Die auf dem Chowpatty Beach und die auf der

Wache. Prügeln, prügeln, prügeln. Tritte, Eisenstangen, Ratten in die Hose, Bambusknüppel, Stiefel, mehr weiß ich jetzt nicht mehr. Prügeln, prügeln, weiterprügeln, einzeln, gemeinsam, gezielte Tritte in die Nieren, brennende Kippen in die Nasenlöcher, Eier in die Hand und mit dem spitzen Bleistiftende drauf, bis sie so dick sind wie ein Straußenei, Nase gebrochen, blau, schwarz, grün, lila prügeln, prügeln, prügeln.
Name?
Adresse?
Was hattest du auf dem Chowpatty Beach zu suchen?
Parteizugehörigkeit?
Religion?
Muslim?
Hindu?
Name?
Adresse?
Und das Ganze noch mal von vorn. Noch einmal die gleichen Formulare.
„Weg da, aus dem Weg!"
Ich kenne mich mit dem speziellen Lametta dieser Leute nicht aus. Aber so wie der klang, musste er noch über dem Inspektor rangieren. Alle anderen, ob in Khaki oder Blau, rissen augenblicklich ihre Knochen zusammen.
„Wenn er draufgeht, nehmen Sie das dann auf Ihre Kappe, Nene?"
Die anderen würdigte er keines Blickes.
„Er wird schon nicht sterben, Sahib. Ich mach diesen Job schließlich schon lang genug."
„Bilden Sie sich ein, totprügeln wäre eine gute Methode, um etwas aus ihm rauszukriegen?"
„Also, bislang hat der Scheißkerl keinen Piep von sich gegeben! Nicht mal seinen Namen hat er gesagt."
„Haben Sie nachgeschaut, ob er eine Zunge hat?"

Eine halbe Minute lang schien Nene zu glauben, dass der Sahib zu scherzen beliebte.
„Haben Sie nachgeschaut oder nicht?“ Seine Stimme war vollkommen ruhig.
Dann stand Nene plötzlich gebückt über mir.
„Mach den Mund auf! Aufmachen! Mouth! Open!“
Schließlich stemmte er ihn mir mit Gewalt auf und rief erleichtert: „Ja, er hat eine! Da wären Sie aber beinahe reingefallen, Sahib! Aber ich hab schon viele von der Sorte in den Fingern gehabt ...“
„*Havaldaar*! Heben Sie ihn auf. Aber vorsichtig!“
„Und das Formular?“
„Bei Ihrer langjährigen Erfahrung werden Sie doch wohl imstande sein, so ein Ding allein auszufüllen!“ Dann barsch: „Vorsichtig, hab ich gesagt! Nene, packen Sie mit an. Ich will den Rücken des Gefangenen zwei Fuß über dem Boden sehen. Und wenn er auch nur ein einziges Mal zusammenzuckt, werden hier ein paar Leute nach ihrer Mama weinen!“

„Sie lassen einen einfach nicht schlafen, die Mistkerle! Das sind keine Menschen! Teufel sind das! Einer wie der andere!“, schrie mein Zellengenosse. Sie legten mich auf den Boden.
„Tut's sehr weh? Wachtmeister, Wasser!“
Der Havaldaar öffnete meine aufgeplatzten Lippen behutsam und ließ eine Novalgintablette in meinen Mund fallen. Dann flößte er mir Wasser ein.
„Ausgerechnet meine Zelle musstet ihr euch auf dem Stockwerk aussuchen? Habt ihr nicht genug davon? Was musstet ihr diesen Zirkus gerade hier veranstalten?“, keifte mein Zellengenosse weiter.
„Versuchen Sie jetzt zu schlafen. Morgen sieht es bestimmt schon etwas besser aus.“

Dann dachte er kurz nach und ließ mich noch eine Tablette schlucken.
„Das ist doch hoffentlich wenigstens ein Politischer, oder? Ich will augenblicklich den Direktor sprechen!"
Er musste brüllen, damit der Chef ihn bestimmt auch hörte. Meine Eskorte verließ die Zelle, schloss die Tür und dann auch die Korridortür ab. Die Geräusche und die Prozedur würde ich bald auswendig kennen. Das betäubende Geräusch von Metall auf Metall. Aus jedem einzelnen Stockwerk dieses Flügels, des anderen Flügels, jeder einzelnen Zelle. Von der Welt abgesondert. Entfremdet. Entmenschlicht.
„Wachtmeister, ich will die Nacht nicht mit dem Typen da verbringen! Ich kann schon wegen dieser nackten Glühbirne nicht schlafen, und jetzt auch noch die entstellte Visage von dem Kerl! Inspektor, Oberaufseher, hören Sie mich? Ich schrei Himmel und Hölle zusammen! Ich halte Sie die ganze Nacht wach! Ich lege Dienstaufsichtsbeschwerde ein! Hört mich denn niemand?"
Er war an den Gitterstäben hochgeklettert. Hing ein paar Minuten da wie ein Affe und rutschte dann langsam wieder runter.
„Kacke, verdammte, du könntest mich abmurksen, und das wäre denen scheißegal! Freuen würden die sich. Aber du brauchst dir nicht erst die Mühe zu machen. Es reicht schon, dich anzuschauen, da wird man zum Zombie. Egal, die Dreckskerle wollen mich schon seit Ewigkeiten loswerden. Wie heißt du? Verdammt nochmal, Scheißkerl, einen Namen wirst du doch wohl haben, oder? Ist ja ein ganz Vornehmer, kriegt die Fresse nicht auf, was?"
Dann legt er mir den Mund ans Ohr und brüllt:
„Hörst du mich? You are English understanding? Yes? Not Marathi? I am introduce: Mein Name is Phanse!

Phanse! Wie ‚Aubergine', understand? Ha ha! Answer you me! Ach, fick dich doch selbst! Bist du stumm oder taub? Oder beides? Warum redest du nicht? Für wen hältst du dich eigentlich? Ich bin auch nicht weniger als du. Auch wenn dein Vater irgend so ein Scheiß-Oberbonze ist, brauchst du dich nicht so aufzublasen, kapiert? Ich bin ein leader! Von den Bankgewerkschaften! Und von den dock workers demnächst auch! Ab kommenden Februar! Wenn du ein so großes Tier bist, was hast du dann hier verloren? Du Schwein hast wahrscheinlich geklaut! Von den Armen! Ist ja sonnenklar! Schau dir doch nur die schnieke Hose an! Mir machst du nichts vor, du! Aus Trevira, nicht? Wie viel? Siebzig Rupien, achtzig Rupien? Gib Antwort, du Kapitalistensau, mach endlich das Maul auf! Genau so muss man mit euch Geldsäcken umgehen! Du hast anscheinend immer noch zu wenig Prügel gekriegt! Verhungern lassen sollte man alle Unternehmerschweine! Und außerdem noch auspeitschen! Dreiundzwanzig Hiebe pro Stunde! Aber dabei aufpassen, dass sie nicht abkratzen! Was für ein schamloser Mistkerl! Dem kann man jede Scheiße ins Gesicht kotzen, und er frisst das brav und sagt keinen Mucks! Na bitte, was hab ich gesagt? Klaut den Armen Leben und Geld, gibt aber keinen Ton von sich! Man ist nicht von nix ein großes Tier! So einer ist sich zu fein, die Fresse aufzumachen! Wer hat dich geschickt? Red schon, du Wichser! Glaub ja nicht, dass ich blöd bin! Ich seh vielleicht so aus, aber ich bin's nicht! Contractor? Red schon, du Dreckskerl, wenn du ein Mann bist, mach endlich das Maul auf! Sag was! Wenn ich erst mal wieder draußen bin, dann kannst du sehen, ob ich den Contractor nicht endgültig zum Schweigen bringe! Oder Soares? Scheiße, der ist ein dreckiger Verräter! Raspelt Süßholz ohne Ende! Und dann rammt er dir ein Messer in den

Rücken! Ich kenn die ganze Bande! Hat Schiss, dass ich nächstes Jahr die Dock Union kriegen könnte! Und klar werd ich sie kriegen! Davon wird mich auch sein Vater nicht abhalten! Hat er dich geschickt? Machst du jetzt vielleicht endlich dein Maul auf, oder soll ich dir noch eine reinhauen?"

Einen Augenblick blickte er entmutigt drein. Schwer zu sagen, seit wie vielen Jahren er immer wieder an der Unzulänglichkeit der Sprache scheiterte. Aber diese ihm mittlerweile gewiss vertraute Niederlage quälte ihn noch immer jedes Mal aufs Neue. Für alles, was ihm in seinem Leben an Unerfreulichem passiert war, gab es nur einen Verantwortlichen: die Welt. Und dass er oft, wenn er redete, den Sinn der Wörter nicht traf, oder die Wörter das, was er eigentlich sagen wollte, irgendwie nicht so recht aussagten, war ein weiterer Grund, warum er mit der Welt haderte.

Jetzt sagte er erschöpft: „Was ich sagen wollte, war bloß: Mach's Maul auf, dann kannst du auch reden. Antworte, oder ich reiß dir die Zunge raus."

Er stand auf und kam zu mir herüber. Ich saß auf dem Boden, gegen die Wand gelehnt, die Hände auf dem Boden. Er setzte mir den rechten, beschuhten Fuß auf die linke Hand. Verlagerte dann sein ganzes Gewicht darauf, balancierte auf dem einen Fuß. Verlor das Gleichgewicht und fiel hin. Lachte leicht verlegen. Nahm meine Linke in die Hand, und plötzlich war sein Lachen wie weggewischt. Er fing an zu schluchzen. Rotz schlierte ihm aus der Nase in den Mund.

„Hat's wehgetan? Schrecklich wehgetan?"

Und während er weinte und weinte, sah er, dass meine Hand immer dicker wurde. Entsetzt ließ er sie sofort los. Die Reue übermannte ihn, und er begann den Kopf gegen die Gitterstäbe der Zelle zu schlagen.

„Mutter, was habe ich bloß getan? Lieber Herrgott, rette ihn doch!“

Ich machte die Augen zu. Er schüttelte mich mit aller Kraft.

„Sie verzeihen mir doch, oder? Ich schwör beim Leben meiner Mutter, ich werde so was nie wieder tun! Nie wieder! Sie haben mir doch verziehen, oder?“

Doch dann kam die Wut wieder in ihm hoch.

„Wie oft soll ich dich noch dasselbe fragen? Warum tust du so, als ob du die Augen zuhättest? Glaubst du, ich bin blöd und krieg das nicht mit?“

Nachdem er mir in den Rücken getreten hatte, krebste ich lange unter Wasser, bis mir die Lungen zu platzen drohten. Dann war das Wasser mit einem Mal zu Ende, und ich krachte durch die Oberfläche. Aber auch wenn jetzt Luft da war, in meinem Mund, in meiner Kehle, bekam ich sie einfach nicht runter. Meine Augen quollen aus den Höhlen, und mein Brustkorb knarrte in allen Nähten.

Dann verlor ich die Kontrolle über meinen Körper, und der Atem strömte rauschend ein.

Als ich einen Fuß bewegte, klebte mir die Hose am Bein, und ich flüsterte: „Oh God!“ Nein, nicht das! Das ist alles nicht wahr! Und schüttelte den Kopf – und da bist du mir eingefallen.

Wir saßen im Berry’s.

„Was macht das schon aus“, hast du gesagt. Nicht gefragt, an deinem Satz war kein Fragezeichen. Nur die Gewissheit eines Punkts.

Dann wurde mir schwarz vor Augen und mein Schmerz hörte auf. Stunden oder Tage ohne Bewusstsein. Aber es war eine Zeit ohne Qual, ohne Ich.

Diese Übersetzung ist
Shrînâth Günther D. Sontheimer
gewidmet,
unserem Freund und Lehrer

Nachwort der Übersetzer

„Aus dem Marathi, Hindi und Englischen ...“

Diese Angabe könnte dahingehend missverstanden werden, dass wir uns bei der Übertragung von Kiran Nagarkars Roman außer auf das Marathi-Original auf eine etwaige Hindi- sowie eine englische Übersetzung gestützt hätten. Das ist nicht der Fall.

Nein, Nagarkar hat seinen Roman tatsächlich aus drei – unterschiedlich gewichteten – verschiedenen Sprachen konstruiert, hat den Marathi-Grundtext immer wieder mit Brocken, Sätzen und zum Teil längeren Passagen auf Englisch oder Hindi durchschossen und angereichert. Er hat dies allerdings nicht getan, um sich als „experimenteller Autor“ zu profilieren, sondern seine Gründe waren rein sachlicher Natur.

Indien ist ein Land mit derzeit über zwanzig offiziellen, von der Verfassung anerkannten Regionalsprachen – an „kleineren“, das heißt, vielleicht jeweils „nur“ von ein paar hunderttausend Menschen gesprochenen, gibt es erheblich mehr. Babylonische Zustände schienen also vorprogrammiert zu sein. Dieser Gefahr wirken zum einen die zwei – in ganz Indien geltenden – Amtssprachen Hindi und Englisch entgegen; zum anderen die Tatsache, dass, zumindest in den Städten, die meisten Inder zusätzlich zu ihrer jeweiligen Muttersprache (also etwa Marathi, Bengali, Kanaresisch, Tamil ...) wenigstens eine dieser zwei Amtssprachen beherrschen – und zwar meist erheblich besser, als der Durchschnittsdeutsche etwa Englisch oder gar Französisch kann.

Kompliziert wird die Situation allerdings dadurch, dass größere Städte – als wichtige Zentren der Industrie und des Handels und/oder als ebenso bedeutende kulturelle Zentren – von jeher eine starke Sogwirkung ausgeübt haben.

Die Wirtschaftsmetropole Bombay etwa (und um diese geht es ja in diesem Roman in erster Linie) ist ein Sammelbecken verschiedenster Gruppen, und berühmte Universitätsstädte wie Puna und Benares ziehen Studenten aus praktisch ganz Indien an. Drawidische Tagelöhner, Geschäftsleute aus Ahmedabad oder goanische Stadtbedienstete, die unter Umständen seit Generationen in Bombay leben, sprechen also in der Familie beispielsweise nach wie vor Tamil, Telugu, Gujarati oder Konkani, auf dem Basar Marathi und an ihrem Arbeitsplatz möglicherweise Hindi oder Englisch; und der Student aus Karnataka, den Kushank in Benares kennenlernt, spricht von Haus aus Kanaresisch – was in Nordindien in der Regel niemand versteht –, kommt eine Zeit lang mit Englisch über die Runden, muss aber, um allen Lehrveranstaltungen folgen zu können, möglichst rasch Hindi lernen.

Damit aber noch nicht genug: Angehörige bestimmter Religionsgemeinschaften sprechen – unabhängig von ihrer regionalen Herkunft – oft jeweils eine eigene Sprache. Muslime etwa Urdu, Sikhs Panjabi, Christen (unter anderem) Konkani und Parsen Gujarati. Alle diese und weitere Religionen finden sich in Bombay – und so auch alle diese Sprachen (und andere). Deshalb kann sich durchaus die für uns vielleicht etwas absurde Situation ergeben, dass vier gebürtige Bombayer von Haus aus vier verschiedene Sprachen sprechen und, um sich verständigen zu können, auf eine fünfte – eben Hindi oder Englisch – zurückgreifen müssen.

Dies erklärt, warum Kushank sich mit der literarisch ambitionierten Parsi-Frau auf Englisch unterhält (ihr Marathi reicht offensichtlich nur fürs Einkaufen), oder warum Kushanks Freund Rashid (ein Muslim, wie der indische Leser sofort am Namen erkennt) mit seiner Freundin ein urdu-eingefärbtes Hindi spricht; warum Aroti (die, wie wir erfahren, aus Delhi stammt) mit dem Icherzähler entweder in ihrer Muttersprache Hindi oder in Englisch redet, und so weiter. Hinzu kommt noch, dass es in Indien durchaus gang und gäbe ist (und keineswegs als „unschön" gilt, sondern als Zeichen von Modernität, Bildung und Progressivität angesehen wird), seine – auf Hindi, Bengali, Marathi oder was auch immer geführten – Gespräche durch englische Wörter, Wendungen und sogar ganze Sätze „aufzuwerten".
So gesehen, hat Nagarkar also lediglich die sprachliche Wirklichkeit seiner Welt wiedergegeben.
Diese Mehrsprachigkeit hat uns als Übersetzer verständlicherweise vor ein Problem gestellt. Es wäre zwar denkbar gewesen, sämtliche englischen Dialoge und zum Teil längeren erzählenden Passagen unverändert zu übernehmen; schließlich lernt jeder Deutsche auf der Schule Englisch. Aber was hätten wir aus dem Hindi machen können? Ein paar Wochen haben wir mit dem Gedanken gespielt, es mit Französisch wiederzugeben, aber dies hätte vollkommen falsche Assoziationen wachgerufen; und was zur Zeit des alten Buddenbrook noch ging, funktioniert heutzutage nicht mehr.
So mussten wir uns schweren Herzens dazu entschließen, das „Hindihafte" unter den Tisch fallen zu lassen, also alle entsprechenden Passagen genau so zu übersetzen, als ob sie in Marathi geschrieben wären. Und schließlich haben wir, um es dem Leser nicht unnötig schwer zu machen, auch darauf verzichtet, den engli-

schen Text beizubehalten, und stattdessen entsprechende Stellen lediglich durch einzelne englische Wörter oder Sätze „markiert“.

Dies waren keineswegs die einzigen Schwierigkeiten, mit denen wir zu kämpfen hatten. Nagarkar schreibt – wie ihm auch mehrere indische Rezensenten bescheinigt haben – ein zum Teil recht eigenwilliges Marathi; seine Syntax ist oft eher expressionistisch als lehrbuchgetreu zu nennen; seine Orthographie ist vielfach phonetisch, orientiert sich also eher an der tatsächlich gesprochenen Sprache als an den Wörterbüchern. Abgehackte, oft prädikatlose Halbsätze wechseln sich mit ausufernden, teilweise von Sanskritismen (und Indo-Anglizismen) wimmelnden Passagen ab.

Bei der Bewältigung all dieser Hürden hat uns – außer dem Autor selbst – vor allem unser Lehrer und sehr guter Freund Prof. Dr. Günther D. Sontheimer (1934-1992) unendlich geholfen; unter seiner „Schirmherrschaft“ entstand – vor bald 25 Jahren – eine erste Fassung der vorliegenden Übersetzung, und er war es auch, der uns überhaupt mit dem Roman und dem Autor Kiran Nagarkar bekannt gemacht hat. Ihm fühlen wir uns zu großem Dank verpflichtet.

Ditte und Giovanni Bandini

Glossar

Hinweis zur Aussprache indischer Termini:
Vokale werden wie im Deutschen ausgesprochen; „ch“, „sh“ und „j“ wie im Englischen; „s“ ist immer stimmlos (wie „ß“); „y“ entspricht dem deutschen „j“; „z“ ist ein stimmhafter S-Laut (wie in „Rose“). Nach „k“, „g“, „t“, „d“, „p“ und „b“ wird ein „h“ immer deutlich artikuliert als Hauchlaut gesprochen.

Hinweis zur Schreibweise indischer Hauptwörter:
Die erste Nennung im Text wird kursiv und klein geschrieben (bei Eigennamen und Titeln groß), ab der zweiten Nennung werden die Hauptwörter „eingedeutscht“ und im Weiteren durchgängig groß und nicht kursiv geschrieben.

aai „Mutter“; im übertragenen Sinne auch Anrede oder Bezeichnung für eine ältere Frau

achkan lange, bis zum Stehkragen hochgeknöpfte, eng anliegende Männerjacke

Akbar (1542-1605) dritter und wohl bedeutendster Mogulherrscher

Ali Akbar (Khan) Sarod-Spieler; einer der größten und berühmtesten indischen Musiker der zweiten Hälfte des 20. Jh. (der Sarod ist ein gut 1 m langes, bundloses, lautenartiges Saiteninstrument aus Nordindien, das gezupft wird; er hat 6 oder 8 Spiel- und unterschiedlich viele Resonanzsaiten)

anna alte indische Münze; ein Sechzehntel einer Rupie; existiert nur noch als inoffizielle „Zähleinheit“; vier Annas sind so viel wie 25 *Paise*

Apollo Bunder ehemaliger Landungsplatz für Passagierschiffe, an der Ostseite des südlichsten Zipfels Bombays (Colaba) gelegen

appa „Vater"; im übertragenen Sinne auch als Anrede oder Bezeichnung für einen älteren Mann

Arjuna einer der wichtigsten Helden im *Mahabharata*

B. A. Bachelor of Arts; niedrigster akademischer Grad der geisteswissenschaftlichen Fakultät

B. E. Bachelor of Engineering; niedrigster akademischer Grad der ingenieurswissenschaftlichen Fakultät

baba hier respekt- und liebevolle Anrede für den Vater

Bachelor of Commerce (B. C.) niedrigster akademischer Grad der wirtschaftswissenschaftlichen Fakultät

bai-ji als Anrede etwa „gnädige Frau"

begum (eigentl. *begam)* (Urdu) „Herrin" oder „Fürstin"; im Islam gebräuchliche Anrede und Bezeichnung für eine Dame (Rashid, der hier das Wort benutzt, ist, wie am Namen erkennbar, Muslim)

bhabhi Frau des älteren Bruders, Schwägerin

Bhagvan „Erhabener"; im Hinduismus allgemeine Bezeichnung für Gott (meist ist *Vishnu* gemeint)

bhai „Bruder", Freund, Kumpel

bhaiyya (Hindi) „Bruder"; gemeint ist hier jemand, dessen Muttersprache Hindi ist

bhau (Marathi) „Bruder"

Bhavani in *Maharashtra* besonders verehrte kriegerische Erscheinungsform der großen Göttin des Hinduismus

bibi (Urdu) „Dame"; höfliche Bezeichnung und Anrede für eine (muslimische) Frau

Bismillah (Khan) berühmter *sanai*-Spieler

Bournvita von der Firma Cadbury hergestelltes Kakao-Malz-Pulver; wird in heißer Milch aufgelöst

Breach Candy Viertel am Ansatz des südwestlichen Zipfels der Halbinsel Bombay

chapati ungesäuerter dünner Fladen aus Weizenmehl, der ohne Fett in einer eisernen Pfanne gebacken wird *chappal(s)* offene Sandale, Schlappen, durchaus auch aus Gummi; im engeren Sinne siehe *kolhapuri-chappal*

chawl vor allem für Bombay typisches, in der Kolonialzeit erbautes großes, mehrstöckiges Mietshaus mit sehr kleinen, billigen Wohnungen

chilam Chillum; kleine, gestreckt trichterförmige Pfeife aus Ton, Stein oder Holz, die vor allem zum Rauchen von Haschisch verwendet wird

choli eng anliegendes, kurzärmliges, den Bauch frei lassendes Leibchen, das in der Regel zum Sari getragen wird

compound durch eine Palisade oder eine Mauer eingefasstes größeres Gelände, auf dem ein Wohnhaus (Herrenhaus) und verschiedene Nebengebäude stehen

Cuffe Parade Viertel auf dem Südzipfel der Halbinsel Bombay

dal allgemeine Bezeichnung für Hülsenfrüchte sowie für daraus zubereitete Gerichte

damaru kleine sanduhrförmige, beidseitig bespannte Trommel, an der zwei jeweils in einer Holzperle endende Schnüre befestigt sind; dreht man die Trommel rasch zwischen Daumen und Zeigefinger hin und her, knallen die Holzkügelchen gegen die Felle und erzeugen dadurch ein hartes trommelwirbelartiges Geräusch

Darbaari Kaanadi berühmter Raga

Dattatreya als gleichzeitige Inkarnation von Brahma, *Vishnu* und *Shiva* verehrter hinduistischer Gott (bzw. mythischer Weiser); er wird in der Regel zusammen mit einer Kuh und von Hunden umgeben dargestellt

Deccan Gymkhana große, traditionsreiche Sportanlage in Puna (Cricket, Tennis, Schwimmen); außerdem Name einer großen Straße, die daran vorbeiführt

devi-ji wörtl. „verehrte Göttin"; höfliche, respektvolle Anrede für eine (hinduistische) Frau

dhobi Wäscher; Angehöriger der Wäscherkaste

dhotar (Marathi; Hindi: *dhoti*) traditionelles Beinkleid der hinduistischen Männer; ein meist weißes Baumwolltuch, das um die

Hüften geschlungen und zwischen den Beinen hindurchgezogen wird, wodurch eine Art knielange Pluderhose entsteht

dhoti siehe *dhotar*

Dilip Kumar (* 1922) eigtl. Yusuf Khan; berühmter indischer Schauspieler

dosa südindisches Gericht; mit scharf gewürzten Kartoffeln (oder anderem) gefüllter aufgerollter dünner (crêpeartiger) Fladen aus Reis und Linsen

Durga eine Erscheinungsform der großen Göttin des Hinduismus; mächtige Gemahlin *Shivas*; mit „Durga-Augen" sind hier große, dunkle, eindringlich starr blickende Augen gemeint

Faiyaz Ustad Faiyaz Khan (1880-1950); sehr berühmter indischer klassischer Sänger

firangi wörtl. „Franke", d. h. Europäer oder allgemein „Weißer"

Forgive me, oh Goddess, for he was strong and I was half asleep Anspielung auf ein Gedicht des hellenistischen Autors Hedylos; die entsprechende Stelle lautet tatsächlich: „Goddess, remember we were all alone / And he was strong – and I was half asleep." (der Verfasser der engl. Übersetzung konnte nicht festgestellt werden)

Ganga der heiligste Fluss Indiens; Verkörperung der gleichnamigen Göttin, der zweiten Gemahlin *Shivas*; auf Deutsch „Ganges"

Ganpati (auch *Ganesh*) eine der beliebtesten hinduistischen Gottheiten; der elefantenköpfige Sohn *Shivas*; ihm zu Ehren wird (vor allem in *Maharashtra*) ein zehntägiges Fest begangen, das am 4. Tag der „hellen" Hälfte des Mondmonats Bhadrapad (August/September), dem Geburtstag des Gottes, mit der feierlichen Versenkung seines Bildnisses in einem Fluss, Teich oder – so in Bombay – dem Meer schließt; das ursprünglich rein religiöse und viel kürzere Fest wurde Ende des 19. Jh. von B. G. *Tilak* zu einer politischen hindu-nationalistischen, damit anti-britischen (und auch anti-islamischen) Großveranstaltung umfunktioniert

Garhwali aus Garhwal gebürtig, einer Gebirgsregion Nordindiens

Gateway (of India) an der Ostseite des südlichsten Zipfels von Bombay direkt am Meer errichteter triumphbogenartiger Prunkbau (1924 vollendet), der ankommenden Schiffsreisenden als „Tor nach Indien" dienen sollte; berühmtestes Wahrzeichen der Stadt

ghat bestimmten Aktivitäten vorbehaltener befestigter Abschnitt eines Ufers; so gibt es zum Beispiel „Leichenverbrennungs-Ghats", „Bade-Ghats" usw.

Giri, Varahagiri Venkata Präsident von Indien von 1969 bis 1974

Gita kurz für Bhagavadgita; im 4./3. Jh. v. Chr. entstandenes, rd. 700 Sanskrit-Doppelverse umfassendes Lehrgedicht; Teil des *Mahabharata*; der wohl berühmteste und in Indien beliebteste religiös-philosophische Text des Hinduismus

Gurkha Angehöriger eines nepalesischen Volksstammes, der als besonders tapfer und kriegerisch galt und gilt (die Briten haben noch immer eigene Gurkha-Regimenter), weshalb Gurkhas in Indien gern als zuverlässige Wächter eingesetzt werden

halkat Schimpfwort, das je nach Situation und Betonung sehr unterschiedliche Bedeutungen haben kann; kommt in diesem Fall in etwa einem liebevollen „Mistkerl!" gleich

Hanuman affengestaltiger Gott; treuer Gefolgsmann und Verehrer von *Ram(a)*; Schutzherr der Ringer und Kraftsportler

havaldaar Dienstgrad beim Militär und der Polizei; entspricht etwa dem Sergeant (Feldwebel/Polizeimeister)

hill station meist von den Briten gegründeter „Luftkurort", in dem Kolonialbeamte in einer Höhe von 1.500 bis 2.000 m der Hitze des indischen Sommers entfliehen konnten; seitdem beliebte und prestigeträchtige Ferienorte

Hindifilm allgemein ein Film, in dem Hindi gesprochen wird; im engeren Sinne das, was heutzutage „Bollywood-Film" genannt wird

ho jay! (Hindi) etwa „Hoch lebe …!", „Hurra!"

huri ein schönes, ewig jungfräuliches Mädchen im (islamischen) Paradies

Indra im Hinduismus der König der Götter

Ishvara „Herr"; kann sowohl *Shiva* als auch *Vishnu* meinen, oder auch einfach nur unspezifisch „Gott" bedeuten *jay* wörtl. „Sieg!"; vor Namen von Personen, Gottheiten, politischen und anderen Institutionen usw. verwendet; etwa „Heil!", „Hoch mit ...!"

jay raam-ji ki (Hindi) etwa: „Heil dem verehrten *Ram(a)*!

-ji Respekt, liebevolle Verehrung anzeigende Partikel, die an Namen, Titel u. ä. angefügt, aber auch selbstständig verwendet werden kann

Jin raton ki bhor nahin „Nächte ohne einen Morgen"; Song aus einem *Hindifilm*

Jnanadeva, Dnyanadeva auch Jnaneshvara genannt (1275-1296); berühmter Mystiker, Philosoph und religiöser Dichter aus *Maharashtra*; schrieb u. a. einen hoch angesehenen, in Marathi-Versen abgefassten Kommentar zur Bhagavadgita (vgl. auch *Gita*)

Kailaas (auch *Kailash*) mythischer Götterberg; Wohnsitz des *Shiva* (wird mit dem gleichnamigen Berg im tibetischen Transhimalaya identifiziert)

kaka Onkel (Ehemann der Schwester des Vaters)

kaku Tante (Schwester des Vaters)

Kamadhenu göttliche Kuh der hinduistischen Mythologie, die jeden Wunsch zu erfüllen vermag (sie wurde in der Urzeit, neben anderen kostbaren Dingen, von Göttern und Dämonen gemeinsam aus dem Milchozean gequirlt)

Kanarese aus dem südindischen Bundesstaat Karnataka gebürtig; der Vegetarismus ist im Süden Indiens wesentlich verbreiteter als im Norden; die südindischen (drawidischen) Sprachen sind mit den nordindischen nicht im Mindesten verwandt

Karna ein Held aus dem *Mahabharata*

Kesarbai Surashri Kesarbai Kerkar (1892-1977); aus Goa stammende Sängerin; gilt als eine der bedeutendsten Interpretinnen nordindischer klassischer Musik des 20. Jh.

Kishore (Kumar) (1929-1987) der wahrscheinlich berühmteste Playback-Sänger der Bollywood-Filmindustrie; auch Schauspieler

kolhapuri-chappals nach der Stadt Kolhapur (in *Maharashtra*) benannte traditionelle *chappals* aus Leder, bestehend aus einer dünnen Sohle, einem breiten, verzierten Riemen, der über den Spann geht, und einer Schlaufe, durch die der große Zeh gesteckt wird

Krishna als achte Inkarnation *Vishnus* geltender volkstümlicher, äußerst beliebter Gott

kulfi(s) in Hohlformen gegossene Süßigkeiten (z. B. Eiscreme oder Gelee)

Lala Lajpat (Rai) (1865-1928) indischer Schriftsteller, Politiker und Freiheitskämpfer

Lakshmi Bai auch bekannt als Rani von Jhansi (1828-1858); berühmt wegen ihres heldenhaften Kampfes gegen die Briten während des Aufstands 1857

lejhim Handglocke

lungi eine knöchellange, um die Hüften geschlungene Stoffbahn; wird als bequeme männliche Hauskleidung getragen, in der Öffentlichkeit allerdings nur in Südindien oder, wie hier angedeutet, von Personen niederer Kaste

M. E. Master of Engineering; zweiter akademischer Grad der ingenieurswissenschaftlichen Fakultät

maai „Mutter"; im übertragenen Sinne auch als Anrede für eine ältere Frau

Madhabi Mukherjee bengalische Schauspielerin; Hauptdarstellerin von *Satyajit Rays* Film „Charulata"

Madrasi Hotel allgemein ein von Tamulen betriebenes Lokal, das südindische Küche und Getränke – wie eben Kaffee – anbietet

mahaarvada das Viertel, in dem die Unberührbaren (Marathi: „mahar") eines Dorfes oder einer Stadt wohnen

Mahabharata zwischen 400 v. Chr. und 400 n. Chr. entstandenes rund 100.000 Doppelverse umfassendes Sanskrit-Epos, das in seinem Kern den Kampf zwischen zwei miteinander verwandten, aber verfeindeten Fürstengeschlechtern behandelt

Maharashtra indischer Bundesstaat; Hauptstadt ist Bombay (heute: Mumbai)

mangalsutra (Sanskrit) „glückverheißende Schnur"; aus schwarzen Glas-(und Gold-)perlchen bestehende Halskette, die die hinduistische Braut bei ihrer Hochzeit umgehängt bekommt und fortan als Zeichen ihres Verheiratetseins trägt

Marine Drive 3 Kilometer lange sechsspurige Küstenstraße entlang einer Bucht am Indischen Ozean im Süden der Halbinsel Bombay

maushi Tante mütterlicherseits (Schwester der Mutter)

mennigrot beschmierter Stein Bildnisse hinduistischer Gottheiten werden im Rahmen der *puja* mit einem roten Tupfer (Pulver oder Paste) auf der Stirn versehen; entsprechend verfährt man mit „selbstentstandenen (nicht-anthropomorphen) Bildnissen" wie Steinen oder Felsblöcken, die dann mit der Zeit vollkommen rot werden

mridang längliche, in der Mitte gebauchte, beidseitig bespannte Holztrommel, die in der klassischen südindischen Musik in etwa die Rolle der nordindischen Tabla spielt, aber auch oft (dann auch in Nordindien) in der (v. a. religiösen) Volksmusik verwendet wird

Nanak Guru Nanak (1469-1539); Stifter des Sikhismus; der hier zitierte Ausspruch wird allerdings oft scherzhaft verwendet, im Sinne von „Ja, ja, die Welt ist ein Jammertal ..."

Narayana eigentlich ein Beiname des hinduistischen Gottes *Vishnu*, hier (und meist) einfach im Sinne von „Gott" verwendet

Nariman Point modernes Geschäftsviertel im Süden der Halbinsel Bombay, an der Küste des Indischen Ozeans

Neun-Meter-Sari „normale" Saris sind rd. 6 Meter lang; Neun-Meter-Saris gelten als altmodisch und vornehm, da sie teurer, schwerer und bei körperlicher Arbeit hinderlicher sind

paan Genussmittel, das meist nach dem Essen gekaut wird: ein Betelblatt mit darin eingewickelten Stückchen Betelnuss, Kalk und verschiedenen Gewürzen

padar (Marathi; Hindi: „pallu") das „freie" Ende des Saris; wird von sittsamen (oder in sittenstrengen Familien/Gemeinschaften lebenden) hinduistischen Frauen vor allem in der Öffentlichkeit als Kopfbedeckung/„Schleier" getragen; wird ansonsten nach hinten über die Schulter geworfen

Padmini rajputische Königin im 13./14. Jh.; Inbegriff der hinduistischen tapferen Ehefrau, die sich, um ihre Ehre zu retten, ins Feuer stürzt

paisa (Pl. *paise*) ein Hundertstel einer Rupie

pajama weite, gerade geschnittene, im Bund geschnürte, meist weiße Männerhose

pakhvaj nordindische Trommel, dem *mridang* ähnlich, aber mit kleineren Fellen

Parameshvara „höchster Herr"; einer der vielen Beinamen *Shivas*; wird aber auch einfach im Sinne von „Gott" verwendet

Parsi Anhänger(in) der von Zarathustra gestifteten altpersischen Religion (Zoroastrismus); als Parsen oder Parsis werden namentlich die Zoroastrier bezeichnet, die seit ihrer Flucht vor den Muslimen v. a. in Westindien (Gujarat, Bombay) und Pakistan leben

Parvati eine Erscheinungsform der großen Göttin des Hinduismus; Gattin von *Shiva*; Parvati und Shiva gelten im Hinduismus als das vollkommene, leidenschaftliche Liebespaar

peon(s) (a. d. Spanischen) etwa „Diener", „Laufbursche" in Schulen, Universitäten, Behörden u. ä.

Phaneshvar Venkateshvar v. a. in Südiniden verehrte Manifestation *Vishnus*

poli(s) gefüllte Fladen

pradakshina im Hinduismus rituelle Umwandlung (im Uhrzeigersinn) einer heiligen Stätte (Tempel usw.) oder auch einer Respektsperson

puja rituelle Verehrung einer hinduistischen Gottheit durch Darbringung von Blumen, Obst, Räucherwerk u. a. m.

Radhakrishnan, Sarvepalli bedeutender indischer Religionsphilosoph; Präsident Indiens von 1962 bis 1967

Ram, Rama Name der 6. Inkarnation des Gottes *Vishnu*; wird im Volks-Hinduismus meist als eigenständige Gottheit verehrt; bedeutet auch „Gott" im allgemeinen, allumfassenden Sinne

rani „Königin"; Titel und Bezeichnung einer hinduistischen Fürstin; hier als „ehrerbietiges" Kosewort verwendet

rituelle Kokosnuss bei feierlichen *pujas* zu besonderen Anlässen (z. B. der Einweihung von Gebäuden u. ä.) ist es üblich, eine Kokosnuss als Opfergabe zu zerschmettern; das Fruchtfleisch wird als „Gnadengeschenk" der jeweils verehrten Gottheit verteilt

sadra Büstenhalter

sahab „Herr"; respektvolle Anrede oder auch Bezeichnung für einen Mann höheren Standes

Sai Baba berühmter, extrem wuschelhaariger Guru aus Bangalore

Saigal Kundan Lal Saigal (1904 - 1946); berühmter Sänger und wohl erster (musikalischer) Superstar des *Hindifilms*; wird von vielen noch immer als der größte Sänger des 20. Jh. angesehen

sanai (Marathi; Hindi: „shehnai"): schalmeiartiges Blasinstrument

sardaar „Anführer", „Häuptling", „Chef"; Anrede und Bezeichnung für einen männlichen Sikh (respektvoll auch: Sardaar-*ji*)

Sati Savitri „die gute/edle Savitri"; mythologische Gestalt; Inbegriff der treuen, reinen, keuschen, selbstlosen, sich für ihren Mann aufopfernden hinduistischen Ehefrau

Satyajit Ray (1921 - 1992) auch im Westen berühmter, sehr bedeutender bengalischer Filmregisseur

Schwarzes Loch von Kalkutta kleine Gefängniszelle in Kalkutta, in die 1756 146 Briten eingesperrt wurden (die meisten von ihnen starben); oft im übertragenen Sinne für einen beliebigen überfüllten, menschenunwürdigen Lebensraum verwendet

Shah-en-shah (Persisch) „König der Könige"; hier ist der Mogulkaiser Shahjahan gemeint, der Erbauer des Taj Mahal

Shambhaji (1680 - 1689) Sohn und Nachfolger *Shivajis*

Shiva im Hinduismus neben *Vishnu* und der großen Göttin wichtigste Gottheit; Gemahl der großen Göttin

Shivaji (1630 - 1680) als Volksheld verehrter Begründer des Marathenreiches, das er von 1674 bis zu seinem Tod als König regierte; Identifikationsfigur der Hindu-Nationalisten *Maharashtras*

Shivajinagar „*Shivaji*-Stadt"; Viertel von Puna

Shivasena „*Shivas* Heer"; ultrarechte, hindu-nationalistische Partei in *Maharashtra*

Sindhi hauptsächlich in der pakistanischen Provinz Sindh und in der östlich daran angrenzenden Küstenregion Indiens gesprochene Sprache

Sindhu Bhairavi berühmter und beliebter Raga; er wird traditionell in den letzten Stunden der Nacht, bis zum Sonnenaufgang gespielt/gesungen und drückt die Stimmung sehnsüchtiger Erwartung nach dem/der Geliebten aus

Snakes and Ladders ein mit „Mensch ärgere dich nicht" vergleichbares englisches Brettspiel

station master Bahnhofsvorsteher

survaar Hose; *pajama*

sweeper (engl. „Feger") auch in Indien gebräuchliche Bezeichnung für den Angehörigen einer nicht zum Kastensystem gehörenden, also unreinen Gesellschaftsgruppe, deren traditionelle Beschäftigung darin besteht, anderer Leute Schmutz zu beseitigen

taandava der kosmische Tanz, durch den *Shiva* zyklisch das Weltall zerstört

tika (traditionell rotes) Stirnzeichen (mehr oder weniger großer Punkt) verheirateter hinduistischer Frauen

Tilak, Bal Gangadhar (1856-1920) aus *Maharashtra* stammender indischer Politiker; Nationalist; energischer Wegbereiter der indischen Unabhängigkeit; Gandhi bezeichnete ihn später als den „Schöpfer des modernen Indien", Nehru als den „Vater der indischen Revolution"

tribal(s) (Englisch) Angehöriger eines nicht zum hinduistischen Kastensystem gehörenden Stammes; „Eingeborener"

Tukaram (1608-1649) v.a. in *Maharashtra* als Heiliger verehrter Mystiker; wird von vielen als einer der größten Marathi-Dichter überhaupt angesehen; verfasste Tausende Gedichte oder Hymnen, meist zu Ehren des Gottes Vithoba, die sich noch heute größter Beliebtheit erfreuen

upaasna Verehrung, Anbetung, Kult

Vaijayantimala (Bali) berühmte Bollywood-Schauspielerin und Tänzerin, die es als erste Südinderin zum *Hindifilm*-Star brachte

-vala suffixähnliches Wort zur Bildung einer Herkunfts-, Berufs- oder sonstigen „Zugehörigkeits"-Bezeichnung (z. B. Madras-Vala: „Madrasi" bzw. „Mensch aus Madras"; *paan*-Vala: „Paan-Verkäufer" usw.)

vegetarian cutlets Gemüsefrikadellen; enthalten oft auch Hülsenfrüchte (Hülsenfrüchte können besonders starke allergische Reaktionen hervorrufen)

Vishnu im Hinduismus neben *Shiva* und der großen Göttin wichtigste Gottheit

yaar Freund, Kumpel

yon lean and hungry Cassius Anspielung auf „Julius Cäsar" von William Shakespeare: „Yond Cassius has a lean and hungry look, / He thinks too much; such men are dangerous." („Der Cassius dort hat einen hohlen Blick: Er denkt zu viel! Die Männer sind gefährlich!" Übersetzung: A. W. Schlegel)

Kiran Nagarkar

Gottes kleiner Krieger

Roman

Aus dem Englischen von

Ditte und Giovanni Bandini

Band 17690

Von den Seitengassen in Bombay zu den heiligen Hallen in Cambridge, vom Terroristencamp in den Bergen Afghanistan zu einem Trappistenkloster in Kalifornien – das ist der Weg von Zia Khan, einem jungen Inder aus einer liberalen muslimischen Familie. Egal welcher Weltreligion er sich anschließt, Zia glaubt der Auserwählte zu sein: Gottes kleiner Krieger. Schonungslos zeigt der Roman, wie schmal die Grenze zwischen echter Hingabe und Fanatismus ist.

»... etwas Besseres hab ich seit langem nicht gelesen.«
Wolfgang Herles, aspekte

»Kiran Nagarkar ist eine herausragende Gestalt der indischen Gegenwartsliteratur.«
Rainer Traub, Der Spiegel

Fischer Taschenbuch Verlag

fi 17690 / 1

Josh Bazell
Schneller als der Tod
Roman
Aus dem Amerikanischen von Malte Krutzsch
304 Seiten. Gebunden

In seinem früheren Leben war Pietro Auftragskiller für die New Yorker Mafia. Er stieg aus, ging ins Zeugenschutzprogramm und wurde Arzt. Doch jetzt ist einer der alten Feinde in sein Krankenhaus eingeliefert worden. Diagnose: Krebs im Endstadium. Wenn er stirbt, ist Pietro geliefert. Die nächsten acht Stunden im Tollhaus der Klinik werden zum atemlosen Kampf um Leben und Tod.

»Schneller als der Tod« ist ein adrenalingeladener Thriller, mit Dialogen so scharf geschliffen wie ein Skalpell. Josh Bazell schreibt extrem cool und schockierend unterhaltsam – so zynisch und komisch, als hätte Tarantino bei »Dr. House« Regie geführt.

»›Schneller als der Tod‹ ist ein Wahnsinnsspaß.
Josh Bazell hat mich hinweggefegt mit seiner Geschichte, die so unbarmherzig ist wie ein Schuss aus dem Gewehr!«
Michael Connelly

S. Fischer

fi 1-003912 / 1

David Gilmour

Unser allerbestes Jahr

Aus dem Englischen von Adelheid Zöfel

256 Seiten. Gebunden

Eltern sind auch nur Menschen. Und was macht man mit einem Sohn, der nicht mehr in die Schule gehen möchte? David, der Vater, schlägt Jesse einen ungewöhnlichen Handel vor: freie Kost und Logis, aber drei Filme pro Woche. Von Truffaut über Hitchcock bis hin zu »Basic Instinct«. Nachmittage und Abende gemeinsam auf dem Sofa. Kein Kurs in Filmgeschichte, sondern viel Zeit zum Reden über falsche Freundinnen, die richtigen Fehler, verlorene und gefundene Liebe. Und darüber, wie lebenswichtig Leidenschaft ist.

Ein wahres und weises, zärtliches und urkomisches Buch über gebrochene Herzen im Film und im wirklichen Leben und darüber, dass Erwachsenwerden nichts mit dem Alter zu tun hat.

»Ein zu Herzen gehendes Buch darüber, was es heißt, seinen Platz im Leben zu finden und für jemanden da zu sein. Ganz selten hat mich ein Buch wirklich glücklich gemacht. So ein Buch ist ›Unser allerbestes Jahr‹.«

New York Times

S. Fischer

fi 1-027819 / 1

Norman Ollestad

Süchtig nach dem Sturm

Roman

Aus dem Amerikanischen von Brigitte Heinrich

352 Seiten. Gebunden

Malibu in den siebziger Jahren. Während andere Kinder Fahrrad fahren und Ball spielen, fährt Norman seit seinem vierten Lebensjahr waghalsige Skirennen und surft mörderische Wellen. Sein Vater, Big Norm, treibt ihn unermüdlich zu diesen Abenteuern unter halsbrecherischem Risiko an. Aber nicht aus krankhaft elterlichem Ehrgeiz. Er, der Lebenskünstler, verrückt und ernsthaft zugleich, versucht seinem Sohn eins nahezubringen: sich von der Angst nicht unterkriegen zu lassen, sondern sie als Ansporn zu nehmen, Höchstleistungen zu erreichen – sportlich und emotional. Diese extreme Lebensfreude, die Lust am Abenteuer, dieser Funke springt auf seinen Sohn über und rettet ihm letztendlich das Leben.

Norman Ollestad erzählt eine wahre Geschichte: die einer schwierigen und zugleich innigen, geradezu leidenschaftlichen Vater-Sohn-Beziehung, die über den Tod hinaus geht und das Leben erhellt.

»Ein ununterbrochener Adrenalinstoß und gleichzeitig eine Expedition in die Tiefe der Gefühle.«
New York Times

S. Fischer

fi 1-055215 / 1

Vikram Seth

Zwei Leben

Porträt einer Liebe

Aus dem Englischen von Anette Grube

Band 16478

In »Zwei Leben« erzählt Vikram Seth zärtlich und präzise von einer wahren Liebe, die ein ganzes Jahrhundert umspannt. Mit zurückschauender Sehnsucht berichtet er von zwei Menschen, seinem Onkel Shanti und Tante Henny, die sich an der Wegkreuzung von indischer Diaspora und jüdischem Exil trafen: ein bewegendes Denkmal und erzählerisches Kunststück zugleich.

»Ein erstaunliches, ein zauberhaftes, ein umwerfendes Buch.«
Sascha Lehnartz, Frankfurter Allgemeine Sonntagszeitung

»Eines der ungewöhnlichsten Bücher über die Liebe.«
Franziska Wolffheim, Brigitte woman

Fischer Taschenbuch Verlag

fi 16478 / 1

Jonathan Safran Foer
Alles ist erleuchtet
Roman
Aus dem Amerikanischen von Dirk van Gunsteren
Band 15628

Der literarische Überraschungsbestseller aus den USA

Ein junger Amerikaner reist durch die Ukraine. Lebt sie noch, die Frau, die seinem jüdischen Großvater während der Nazizeit das Leben gerettet hat? In einem klapprigen Auto macht er sich auf die Suche nach einer gespenstischen Vergangenheit. Seine Reiseführer sind ein alter Ukrainer und dessen Enkel Alex, der ein herrlich verrücktes Englisch spricht. Ein wundersames Road-movie, ein unwiderstehlich verspieltes Buch: herzzerreißend, komisch und tieftraurig.

»Ein witziges, fast weises Buch.«
Cosmopolitan

Fischer Taschenbuch Verlag

fi 15628 / 2

Jonathan Safran Foer

Extrem laut und unglaublich nah

Roman

Aus dem Amerikanischen von Henning Ahrens

Band 16922

Oskar Schell ist altklug und naseweis, hochbegabt und phantasievoll. Eine kleine Nervensäge, die schon mit neun Jahren eine Visitenkarte besitzt, auf der Oskar sich als Erfinder, Schmuckdesigner und Tamburinspieler ausweist. Vor allem aber ist er todtraurig und tief verstört. Nachdem sein Vater beim Angriff auf das World Trade Center ums Leben kam, will er herausfinden, warum Thomas Schell sich ausgerechnet an diesem Tag dort aufhielt. Mit seinem Tamburin zieht Oskar durch New York und gerät in aberwitzige Abenteuer.

»Ein spektakuläres, sprachmächtiges Buch. Foer ist ein literarisches Wunderkind, ein großartiger, plastischer, sinnlicher Geschichtenerzähler.«
Der Tagesspiegel

»Ein ... herzzerreißender und ernsthaft spannender Roman.«
Rolling Stone

Fischer Taschenbuch Verlag

fi 16922 / 1

Richard Powers

Der Klang der Zeit

Roman

Band 15971

In einem Roman mit großen Figuren, farbigen Dialogen und vor dem Tableau der Rassenunruhen der letzten Jahrzehnte Amerikas erzählt Richard Powers die Geschichte einer Familie mit zwei Hautfarben – die eines vor den Nazis geflüchteten jüdischen Wissenschaftlers und einer Afroamerikanerin. Ihre Ehe wäre in vielen Staaten der USA noch ein Verbrechen, doch in New York fühlen sie sich sicher. Sie vertrauen ganz auf den amerikanischen Traum, dass sich jeder selbst neu erfinden kann. Mit Hilfe der Musik bauen sie ein Nest, das alle Dissonanzen der Welt fernhalten soll. Und es scheint zu gelingen: Der älteste Sohn wird ein gefeierter Tenor und Liedsänger, der mittlere begleitet ihn am Klavier, und einzig die Tochter durchschaut, dass sich nur Weiße leisten können, über die Hautfarbe hinwegzusehen, und schließt sich den Black Panthers an.

»Zeitkritik, Gesellschaftsporträt, Sehnsucht nach einer Schönheit, die den alltäglichen Rassismus besiegt. Richard Powers verknüpft dies zu einem großen Roman.«
Susanne Weingarten, DER SPIEGEL

Fischer Taschenbuch Verlag

fi 15971 / 1 / a

Richard Powers

Das größere Glück

Roman

Aus dem Amerikanischen von Henning Ahrens

416 Seiten. Gebunden

Eine junge Frau in Chicago, die vor Glück nur so strahlt. Wohin sie auch geht, Freunde und Bekannte scharen sich um sie, denn sie scheint frei von Zorn und Düsternis. Dabei stammt sie aus Algerien, einem Hexenkessel aus Gewalt und Gegengewalt, dem sie nur knapp entging. Kennt sie das Geheimnis des Glücks, besitzt sie gar das »Glücks-Gen«? Laboratorien und Fernsehshows reißen sich um sie, ein Karussell, das sich immer schneller dreht, bis sie alles zu verlieren droht. Meisterhaft ist Richard Powers ein großer Roman gelungen über die Frage, was unser Leben bestimmt – die Sterne, die Eltern oder die Gene? Mit einer zärtlichen Liebesgeschichte sucht er die Antwort.

»Richard Powers ist einer der gewaltigsten Erzähler seiner Zeit.«
Ulrich Sonnenschein, Frankfurter Rundschau

»Er gehört zum Besten, was die US-Literatur derzeit zu bieten hat. Ein neuer Powers ist ein Ereignis in der literarischen Welt.«
Susanne Weingarten, Brigitte

S. Fischer

fi 1-059024 / 1